폭군의 아이를 가졌습니다

폭군의 아이를 가졌습니다 II

초판 1쇄 인쇄 | 2020년 4월 29일
초판 1쇄 발행 | 2020년 5월 13일

지은이 | 류란
펴낸이 | 권순남
펴낸곳 | 페리윙클
디자인 | licock

주소 | 서울특별시 노원구 동일로237가길 17, 신영산업빌딩 602호
전화 | 02-2091-0291 팩스 | 02-2091-0290
메일 | marubooks@mayabooks.co.kr
출판등록 | 2008년 1월 7일 제310-2008-00001호

ISBN | 979-11-368-0221-7 / 979-11-368-0219-4(세트)
정가 | 11,800원

※ 이 책은 페리윙클이 저작권자와의 계약에 따라 발행한 것입니다. 본사의 허락 없이 내용을 무단 복제하거나 무단 전재하는 것은 저작권법에 의해 금지되어 있습니다.

※ 저자와 협의하여 인지를 붙이지 않습니다. 잘못된 책은 구입한 곳에서 바꾸어 드립니다.

※ 이 도서의 국립중앙도서관 출판시도서목록(CIP)은 서지정보유통지원시스템 홈페이지(http://seoji.nl.go.kr)와 국가자료공동목록시스템(http://www.nl.go.kr/kolisnet)에서 이용하실 수 있습니다. (CIP제어번호:CIP2020009683)

페리윙클은 (주)마야마루출판사의 로맨스 판타지 문학 레이블입니다.

PERIWINKLE ROMANCE NOVEL

II

폭군의 아이를 가졌습니다

류란 장편소설

목 차

4장 변화(2)　　　007

5장 어긋남　　　047

6장 결과　　　227

4장

변화(2)

 황궁은 큰 만큼 소모 물자가 많다. 자연 드나드는 사람이 많을 수밖에 없었다. 식재료, 옷감, 여러 재료들이 매일매일 외궁을 거쳐 내궁으로 들어갔다.
 "어? 존이네."
 외궁을 지키고 있던 경비단원이 많은 식재료가 실린 마차를 모는 남자에게 말을 걸었다.
 "오늘도 식재료들이 싱싱한데?"
 "언제나 저희 상회의 제품들은 질이 좋습니다."
 "그야 그렇지. 그런데 옆은 누군가? 처음 보는데?"
 "아, 시골에서 올라온 외가 쪽 사촌입니다. 한창 일을 배우는 중이니 몇 번 더 보실 수 있을 겁니다."
 "잘 부탁드립니다! 에릭이라고 합니다!"
 존의 옆에 앉아 있던 호감 가는 얼굴을 지닌 청년이 쑥스럽게 웃어 보였다.

"호오, 그래? 나도 잘 부탁하지. 좋아, 통과!"

"감사합니다."

존은 외궁의 문을 통과하자마자 어두운 표정을 지었다. 지금 그는 인생의 큰 갈래에 서 있었다. 마음 같아서는 당장이라도 뒤돌아서 도망치고 싶지만, 앞으로 나아갈 수밖에 없었다. 그의 어린 손자가 인질로 잡혀 있는 이상. 선택할 수 있는 것은 단 둘 뿐이었다. 손자를 포기하든가, 아니면 손자를 위해 죄를 저지르든가. 어느 쪽이든 존에게는 지옥이었다.

"얼굴 펴. 잘되면 손자도 돌려주고, 도망치는 것도 도와줄 테니."

옆에 앉아 있던 에릭이 호기심 어린 표정으로 주변을 둘러보는 척하며 존에게 속삭였다.

"야, 약속은 꼭 지켜 주십시오."

"물론이야. 우리도 나쁜 사람들은 아니라고."

아니긴. 이미 손자를 납치하고 자신을 이용해 먹는 시점에서 이미 그들은 악마나 다름없었다. 존은 이를 악물었다.

황제는 최근 기분이 좋은 상태였다. 일란이 드디어 긍정적인 반응을 보였기 때문이었다. 그 뒤로는 만남조차 거부하고 틀어박혀 있었지만, 나쁜 신호 같지는 않았다.

"그래, 헤스트 백작은 양녀 건에 대해 뭐라던가?"

서류를 넘기다 묻는 말에 옆에 대기하듯 서 있던 그림자 기사가 냉큼 대답했다.

"폐하의 명을 기쁘게 따르겠다고 합니다."

"그래, 좋군."

아무리 자신이 막 나가는 이라고 해도 뭐든 뜻대로 하는 것은 아니었다. 일단은 표면상의 명분이 필요했다. 지금까지 필요했던 것은 폭군이었지만, 이제 모든 것을 정리하면 그렇게 굴 필요가 없어질 것이다.

그리고 무엇보다 일란을 평화롭게 황후의 자리에 올려 주고 싶었다. 그리하여 황가에 대해 충성심도 강하고, 자신에게 원한이 없는 귀족 중에 일란을 양녀로 들일 자를 골랐다. 그게 헤스트 백작이었다. 오래전에 어린 딸을 잃은 뒤로 자식을 갖지 못하던 백작이었다. 부인도, 애첩도 아이를 가지지 못하던 그는 자신이 내민 제안을 기꺼이 받아들였다.

이제 때가 머지않았다. 일란이 귀족의 양녀가 된다면 그다음은 빠르게 진행될 수 있을 터였다. 그녀를 황후로 들이고, 아이들은 황녀와 황자로 만든다.

"아이들에게 붙일 선생은?"

"미리 알아 두었습니다."

"물론 모두 최고겠지?"

"물론입니다."

"좋아."

황제는 피식 웃으며 들고 있던 서류를 내려놓았다. 리안과 엔릴. 지금 이름도 좋았지만 황가의 아이가 된다면 좀 더 제대로 된 이름을 주는 것도 좋을 것 같았다. 물론 일란의 동의가 있어야겠지만.

예전에는 아이들을 가지게 되리라고는 상상도 한 적이 없었다. 일란을 만나고 그녀가 임신한 걸 알게 되어서도 그저 필요에 의한 아이라고 생각했는데. 아이들은 일란과의 연결 고리, 그 외의 의미가 없었다. 일란을 곁에 둘 구실 정도가 다였는데, 같이 지내는 시간이 길어질수록 서서히 생각이 달라졌다.

종이에 물이 스미듯 아이들은 자신에게 스며들어 왔다. 정신을 차렸을 때는 이미 아이들과의 관계가 깊어진 뒤였다. 이제는 일란이 없더라도 아이들에게 해를 끼칠 수 없게 되어 버렸다. 목숨을 가지고 위협한다거나, 이용해 먹는다거나.

'이젠 불가능하지.'

바람의 궁에 갈 때마다 달려오는 아이들을 볼 때면 저도 모르게 입꼬리가 솟아 올라가기도 했다. 지금도 생각만으로 입꼬리가 올라가 그를 가리기 위해 고개를 숙여 보았지만, 이내 들려오는 목소리에 다시 고개를 들 수밖에 없었다.

"폐하!"

까만 머리의 여자아이가 발랄하게 자신에게로 뛰어왔다. 언제나 긍정적이고 뛰어노는 걸 좋아하는 아이는 리안. 그냥 봐서는 전혀 황녀로 보이지 않는다. 동생보다 책 읽기를 싫어하고, 가끔 예의범절에 서툰 면도 보인다. 그렇지만 목검을 쥘 때면 언제나 무척 즐거워 보였다.

때로는 자신에게 싸우는 법을 가르쳐 달라고 조르면서 옷자락에 매달리기도 했다. 그럴 때면 일란은 기겁했지만, 자신은 그게 그리 싫지 않았다. 비록 자신에 대한 악명을 모르는 상태라 하더라도 이리 겁 없이 대하는 아이가 신기하기도 하였다.

그리고 가끔, 아주 가끔 귀여워 보이기도 하였다. 하는 행동만 봐서는 가끔 일란이 연상되기도 하였다. 그러니까 구석진 정원에 숨어 상사를 욕하며 거칠게 굴 때의 일란 말이다.

그런 리안과는 다르게 얌전하고 책을 좋아하는 아이는 엔릴. 누나인 리안이 노는 옆에 앉아 책을 읽고 있는 걸 보고 있자면 과거의 자신이 생각나기도 했다. 새로운 지식을 얻는 걸 즐기며, 제법 머리가 좋다. 그렇기에 리안과는 다르게 엔릴은 자신에게 더 가까이 다가오지 않았다. 엄마가 하는 걸 보고 눈치로 거리를 두는 것 같았다.

그래서 구하기 힘든 책으로 꼬시곤 하였다. 처음에는 멀찍이 떨어져 있다가도 새로운 책을 보면 홀린 듯이 다가와 표지를 쓰다듬어 보았다. 나중에는 그런 자신을 깨닫고 화들짝 놀라기는 했지만, 엔릴과도 천천히 가까워지고 있음을 알 수 있었다.

'이러면 안 되는데.'

아이들에게는 마음을 줄 생각이 없었다. 분명 그러했는데. 마음이 변해 갔다. 가끔 아이들이 원하는 평범한 삶을 주어도 되지 않을까? 하는 생각이 들기도 했다. 어리석은 생각임을 알면서도 말이다.

'어리던 나는 평화롭게 자라서 결국은 어떻게 되었던가.'

방패가 되어 주던 어머니를 잃자마자 황후에 의해 지옥으로 굴러떨어졌다. 지금이야 이미 원한을 다 갚은 상태라 그때만큼 분하지는 않았지만. 아직도 모든 기억이 사라지지 않고 남아 있었다. 권력을 쥔 자가 악독한 마음을 품으면 어떻게 되는지 누구보다 잘 알 수밖에 없었다.

'그러니까 일란과 아이들에게 권력을 쥐여 주어야 한다.'

권력은 훌륭한 방패가 되어 줄 것이다. 지금의 자신에게 그러하듯이.

'그래도 사실은.'

일란과 아이들이 평화롭게 지낼 방법이 하나 더 있긴 하다. 절대 실행하고 싶지 않은 방법이란 게 문제였지만.

그들에게 자유를 주는 것.

제국과 떨어진 곳으로 보내고, 황가와의 연을 끊는다. 그것만으로도 그들은 남은 생을 안전하고 평화롭게 살아갈 수 있을 것이다. 약간의 위험이 있긴 하지만, 그야 자신이 남아서 전부 처리하면 될 터였다.

그러나 그럴 수 없었다. 이런 자신이 얼마나 이기적인지 알고 있었지만, 일란과 아이들을 놓아줄 수 없었다.

'손에 넣고 싶다.'

그리고 행복해지고 싶었다. 오랜 시간 기다려 가지고 싶은 사람이 생겼다. 그런 사람을 놓치고 싶지 않았다. 이제는 자신도 원하는 이와 함께 평화롭게 살고 싶었다. 그러기 위해서 손에 다시 피를 묻혀야 한다는 점은 좀 우스웠지만.

'이제 얼마 남지 않았다.'

레온하르트의 움직임은 철저하게 감시하고 있었다. 그보다는 못해도 아리사 또한 감시하고 있었다. 제국에 흩어져 있던 병력을 움직이고, 거슬리는 자들의 이름을 살생부에 적어 넣었다. 눈에 거슬리는 이들을 한데 모아 전부 치워 버리고 나면 그때는 어떤 방해도 없을 것이다. 이미 모든 준비를 해 두었으니 이후로는 모든 것이 빠르게 진행될 것이다.

그토록 끔찍하게 여겼던 황제의 자리에서도 행복을 손에 넣을 수 있다. 황제는 그렇게 생각했다.

앞으로 어떤 일이 닥쳐올지 짐작도 하지 못한 채.

오늘의 황제는 반쯤 벗고 있었다. 아니, 정정한다. 사실 꿈에 나오는 황제는 거의 대부분 벗고 있었다. 사실 옷을 입고 있을 때가 훨씬 드물었다.

"그대, 나의 토끼."

그 토끼, 난폭하다면서요. 일란은 어색하게 웃으며 몸을 뒤로 물리려 했지만, 꿈속의 황제도 발전해 나가는 모양이었다. 긴 팔을 내뻗어 일란의 퇴로를 차단했다.

'이거 꿈이라면서!'

이게 어떻게 꿈이야? 이리 보고 저리 봐도 눈앞에 있는 이는 황제인데. 정작 그 당사자는 꿈속에 들어오지 않았다고 하니 황당할 뿐이었다.

"오늘도 여전히 사랑스러워."

그리 말하며 허리를 휘어 감는 나쁜 손에 일란은 익숙한 표정으로 한숨을 푹 쉬었다.

'왜 내 꿈인데!'

한번은 독한 마음을 품고 꿈속의 황제에게 폭행을 행사하려 하였으나, 무리였다. 뺨을 한 대 맞고 애처로운 눈빛으로 바라보니 절로 손이 내려갔던 탓이다.

"그대는 너무 폭력적이군."

피의 황제라 불리던 이에게서는 듣고 싶지 않은 말이었다.

'대체 갑자기 왜!'

이런 꿈이 이어지는 것일까? 도무지 알 수가 없었다. 꿈속의 황제는 때로는 매혹적으로, 때로는 부드럽고 다정하게 다가와 자신을 홀렸다. 그 외모로 가까이 다가올 때면 심장에 무리가 갔다. 요즘에는 그마저도 조금 익숙해졌다고 피할 수 있게 되었지만, 아무래도 힘들었다.

황제는 자신이 뭔가 한 게 아니라고 했지만.

"아냐, 역시 의심스러워."

꿈속에 들어오는 도구 말고 다른 것이 없으리란 보장이 있는가? 없었다. 그게 아니라면 이렇게 황제에 대한 꿈을 자주 꿀 리가 없었다. 그동안 자신을 몇 번이나 속여 왔던 황제였다. 아무래도 너무 쉽게 믿어 넘긴 것 같았다.

그리 생각하는 사이에도 황제는 가까이 다가왔고, 마침내!

일란은 눈을 떴다.

어느 늦은 밤, 번쩍 눈을 뜬 일란은 일어나자마자 베개에 머리를 박았다.

"으윽!"

'추궁, 다시 추궁해 봐야 하는데.'

만약에 진짜 아니라면 어떻게 하지? 그 쪽팔림을 어떻게 감당한단 말인가. 그 때문에 몇 번이나 황제를 의심하면서도 여태껏 다시 묻지 못하고 있었다.

"이걸 진짜 어떻게 한다?"

재차 한숨을 내쉰 일란은 다시 잠자리에 누웠다. 아니, 누우려고 했다. 창밖으로 보이는 모습만 아니었다면. 창에 가까이 다가간 일란은 커튼을 확 걷어 젖혔다. 아직 새벽이 오기에 먼 시간인데 창밖이 너무나도 환하게 불타오르고 있었다. 해가 땅에 떨어지기라도 한 것처럼.

황궁의 건물이 불길에 휩싸여 있었다. 커다랗게 솟아오른 불길이 밤하늘을 붉게 물들였다. 아직은 딱히 건조한 날씨도 아니었고, 황궁은 언제나 모든 사건, 사고에 철저히 대비를 하고 있다. 저렇게 큰불이 일어났다는 것이 이상했다.

"불 꺼!"

"당장 물을!"

"사람들 깨워!"

창문을 열자 다급한 사람들의 비명과 고함이 들려왔다.

"빨리 물을 쏟아부어!"

"틀렸습니다! 불길이 너무 셉니다!"

"젠장, 갑자기 왜 이런 불이······."

이상했다. 그리고 그 이상함을 감지하는 순간, 일란은 곧바로 옷을 갈아입고 방 밖으로 뛰쳐나갔다.

"일란 님!"

깨어난 사람은 자신뿐만이 아닌 모양이었다. 밀레카와 다른 시녀들 또한 바쁘게 복도를 내달리고 있었다.

"밀레카! 무슨 일인가요?"

"황궁의 자재품 보관 창고에 불이 났습니다. 지금 자세한 사정을 알아보기 위해 사람을 보내 놓은 상태입니다."

그리 말하면서도 밀레카는 긴장을 늦추지 않고 있었다. 그녀도 알고 있는 것이다. 지금 이 상황이 이상하다는 것을.

"그리고 다른 곳에 지원 요청도 해 둔 상태입니다."

"잘했어요. 전 일단 아이들을 보러 가겠어요."

"같이 움직이겠습니다!"

아이들의 방은 자신의 방과 멀리 떨어져 있지 않았다. 아이들 또한 소란에 깨어났는지 졸린 눈을 비비며 일어나 있었다.

"엄마?"

커튼을 걷어 밖을 보고 있던 리안이 뒤돌아 일란을 보았다.

"밖에 불이 났어요."

"그래, 불이 났어. 둘은 괜찮니? 놀라지 않았어?"

"괜찮아요."

일란은 아이들을 달래면서 세심하게 방 안을 살폈다. 아직은 딱히 이렇다 할 이상이 보이지 않았다.

"불이 빨리 꺼져야 할 텐데."

엔릴이 걱정하듯 말하자 리안이 씩씩하게 대답했다.

"괜찮아. 금방 꺼질 거야!"

"응, 빨리 꺼지길 빌자."

아이들의 대화는 귀엽고 사랑스러웠지만, 지금은 그것에 집중하고 있을 수 없었다.

그사이, 방문 밖에 서 있던 밀레카는 다른 기사로부터 보고를 받고 있었다. 원래부터 범상치 않다고는 생각했었는데 직급이 상당히 높은 모양이었다. 평소에는 기사들과 대화를 잘 나누지 않기에 몰랐는데.

"불이 잘 안 꺼진다고?"

"그렇습니다. 마치 기름이라도 부은 것같이 타오르고 있다고 합니다."

자재 창고 하나쯤이야 타도 상관없었다. 문제는 자신이 지켜야 할 사람들의 안위였다. 밀레카는 빠르게 머리를 굴리기 시작했다. 오늘 밤에 경비를 세워 둔 지점, 혹시라도 침입자가 들어온다면 전투가 벌어질 만한 장소.

그러는 사이, 일란이 밀레카에게 말을 걸어왔다.

"밀레카."

"네?"

"검을 줄 수 있나요?"

"검 말입니까?"

밀레카는 처음으로 제대로 된 표정이라 할 만한 것을 얼굴에 떠올렸다.

"네, 검이요."

일란이 다시 한번 말했다.

"바람궁의 경비가 얼마나 철저한지는 알고 있습니다."

"예, 현재 바람궁의 경비는 최고지요. 굳이 검을 쥐지 않으셔도 어떻게든 안전하게 모시겠습니다."

"그래도 밀레카."

"네."

"나는 타인의 검에 아이들의 목숨을 전부 맡기고 싶지 않습니다."

딱딱한 일란의 목소리에 밀레카는 잠시 고민하는 듯했다. 밀레카의 고민은 길지 않았다. 이 상황에서는 손이 하나라도 더 있는 게 나았다. 게다가 일란은 과거 황궁기사였던 몸. 오랫동안 쉬었다 하더라도 그 실력이 어디 가지는 않았을 것이다. 거기다 이어지는 일란의 말은 결심을 굳혀 주었다.

"적어도 위기 상황에서 내가 스스로 내 몸을 지킬 수 있게 도와줘요."

"알겠습니다. 잠시만 기다려 주십시오."

밀레카는 빠르게 움직여 복도 너머로 사라졌다.

"무슨 일이에요?"

엔릴이 일란에게 질문을 했다. 단순히 불이 난 걸로 끝날 이야기가 아니라는 걸 깨달은 모양이었다. 일란은 아이들에게 사실대로 이야기해 주기로 하였다. 지금은 에둘러 안심시키기만 할 때가 아니었다.

"엔릴, 리안. 잘 들어. 밖에 불이 났지?"

"네."

"누가 불을 지른 것일지도 몰라."

"누가요?"

리안이 눈을 동그랗게 뜨며 놀란 표정을 지었다. 아직은 어린지라 누군가를 해치기 위해 불을 지르는 사람이 있단 걸 이해하기 어려운 모양이었다.

"그건 엄마도 몰라. 하지만 그 사람들이 우리를 잡으러 올지도 몰라."

"왜 우릴 잡아요?"

"우릴 미워하니까."

이 부분에서 아이들은 한 번 더 놀란 듯했다.

"왜요? 왜 미워해요?"

"그러게 말이다."

일란은 엔릴과 리안을 꼭 끌어안은 채로 말을 이었다.

"나쁜 사람들이에요?"

"그래, 나쁜 사람들이야. 둘 다 저번 일 기억하지?"

아이들은 저번 일이 무엇인지 금방 알아차렸다.

"엄마가 검을 들었을 때?"

"그래, 그때."

일란이 검을 들고 천막을 나서고, 둘은 낯선 사람과 함께 가만히 숨어서 기다렸었다.

"또 숨어야 해요?"

"그래야 할지도 몰라. 아직은 잘 모르지만 혹시나 숨어야 한다면, 잘 숨을 수 있지?"

"네! 잘 숨을 수 있어요."

리안이 재빠르게 대답했다. 그동안 바람의 궁에서 지내면서 밀레카나 엔릴과 함께 숨바꼭질을 자주 해 왔다. 밀레카는 아이라고 해서 쉽게 봐주지 않았다. 마치 훈련이라도 시키듯이 진지하게 숨바꼭질을 했기에 숨을 만한 장소라면 전부 꿰뚫고 있었다. 그중에는 최근 아이들이 발견한 비밀의 장소도 있었다.

"역시 내 딸! 숨바꼭질을 참 잘하지."

"저도요."

"엔릴도 잘하지. 일단 엄마가 숨으라면 숨는 거야. 그리고 숨을 죽이고 기다리렴."

"숨을 죽여요?"

"조용히 하란 거야."

"나도 알거든?"

리안이 삐죽 입술을 내밀었다.

"그래, 그리고 누가 이름을 부르거나 찾더라도 절대 나오지 마. 나와도 되는 사람은 딱 둘이야."

"누구요?"

"한 명은 엄마, 다른 한 명은 황제 폐하."

"카일?"

"폐하라고 부르라고 했지?"

"앗, 맞다!"

뒤늦게 실수를 눈치챈 리안이 자신의 입을 스스로 막았다. 이런 상황에서는 어떠랴, 싶었지만. 일란은 작게 웃으며 리안의 머리를 쓰다듬어 주었다.

"아무도 믿지 마."

"네."

"그럴게요."

아직 아이들은 이해하기 어려운 부분이 많은 모양이었지만, 일란의 말에 얌전히 대답했다.

"그리고 만약에 누군가에게 잡힌다면 얌전히 따라가렴."

"도망치면 안 돼요?"

"그러다 다치면 엄마 마음이 아플 거야."

"안 다치고 도망치면?"

"그러면 좋지만 그건 힘드니까. 알았지, 리안? 엔릴은 누나랑 꼭 같이 다니고."

일란이 혹시 모르는 상황에 대비하여 아이들에게 조곤조곤 조심해야 할 것을 이야기해 주는 사이, 밀레카가 돌아왔다.

"여기 있습니다."

일란에게 검을 건네주는 밀레카의 손길에 망설임은 없었다. 본인이 달라고 해 놓고 묻기도 우스웠지만, 일란은 묻지 않을 수 없었다.

"괜찮은가요?"

"괜찮습니다. 저희에게 있어 최우선 목표는 일란 님과 아기님들을 무사히 지키는 것입니다. 그렇다면 최선의 방법을 취해야겠지요."

밀레카가 단호하게 대답했다.

"내가 도망갈지도 모르는데요?"

"심술궂으시네요. 하지만 그 또한 불가능한 이야기입니다. 만약에 그래도 경비를 뚫고 도망가신다면."

그녀는 눈을 내리뜨며 이어 말했다.

"그렇다면 그 또한 잘못 판단한 제 실수겠지요. 하지만 그러지 않으시리라 믿겠습니다."

그 말에 일란은 어깨를 으쓱하며 웃어 보였다.

"믿음에 부응할 수 있도록 노력해 보죠."

그 순간, 마주 보고 희미하게 미소 짓고 있던 밀레카의 표정이 평소대로 돌아왔다. 돌처럼 딱딱하게 굳어 버렸단 소리다.

"침입자가 들어온 모양입니다. 잠시 자리를 비우겠습니다. 부디 안전하게 여기에 계셔 주세요."

그 말과 함께 밀레카는 손에 딱 붙는 까만색 장갑을 끼더니 시녀복 치맛자락 아래로 손을 넣었다. 다시 드러난 손에는 날카로운 송곳 모양의 짧은 검이 들려 있었다. 겉보기에는 에스토크 같았으나 그 길이가 생각보다 짧았다.

그러는 사이에도 창밖으로 보이는 불길은 잦아들 생각을 하지 않았다. 경비에 돌려야 할 인원들조차 불을 끄기 위해 동원되기 시작했다. 그 때문에 침입자가 움직이기 더 수월해진 모양이었다.

"어리석은 자들 같으니."

밀레카는 혀를 차며 무기를 들었다.

"문 앞을 지켜."

그녀가 발을 내디디며 말하자 어둠 속에서 그림자 기사 몇이 나와 일란과 아이들이 있는 방문 앞을 지켜 섰다. 일란을 그토록 아끼는 황제가 아무리 뛰어난 실력자라도 밀레카만을 붙였을 리 없었다. 그녀 외에도 그림자 기사의 일부를 붙여 주었다. 비록 정보의 유출 때문에 황궁기사는 붙이지 못했으나, 그만으로도 무시 못 할 전력이었다.

"막아!"

"절대로 여기서 나가게 해선 안 돼!"

밀레카가 아래층으로 내려오자 누군가의 절규와 날카로운 금속음이 들려왔다. 동시에 코끝을 찌르는 피비린내에 붉은 입술이 호선을 그리며 초승달처럼 휘었다. 평소에는 표정이 희미했지만, 밀레카도 즐겁게 웃을 때가 있었다. 전투를 하는 순간, 피를 볼 때. 그때면 그녀는 피어나는 붉은 꽃처럼 웃었다.

'우리는 망가졌어.'

그런 이들을 황제가 모아 두고 인간처럼 보일 수 있게 만들어 주었다. 그렇기에 그 충성은 절대적이다.

"너희는 실수했어."

밀레카는 그림자처럼 침입자들 사이로 스며들었다. 에스토크는 다루기 쉬운 무기가 아니었지만, 그녀의 손안에서 살아 있는 것처럼 움직였다.

"으아악!"

구두를 신은 발이 춤을 추듯 그림자를 밟을 때마다 누군가의 비명이 들리며 시체가 늘어났다.

"오셨군요."

"그래, 그런데 왜 이 모양이지?"

"생각보다 실력자들입니다. 게다가 목적이 시간 지연인 듯합니다. 악착같이 붙들고 있어요."

그야 한 명이라도 밖으로 빠져나가서 사람을 불러오면 계획을 망칠 수도 있으니까. 하지만 그건 모르는 소리였다. 이들에겐 굳이 사람을 내보내지 않고도 황제의 궁과 연락할 수단이 있었다.

"전서구는?"

"몇 마리 날려 봤는데 화살에 맞았습니다."

"내부에 적이 있군."

어차피 그건 그림자 기사들도 모두 아는 사항이었다. 그렇지만 이렇게 노골적으로 덤벼들 줄이야.

"그렇게 빨리 죽고 싶나? 빨리 정리하고 그들도 처리하도록 하자고."

밀레카의 말과 함께 그림자 기사들은 더 빠르게 움직이기 시작했다. 침입자들도 바보는 아닌지라 여러 군데서 침입을 시도하고 있었다. 지금 당장은 전부 막아 내고 있었으나 혹시 모를 위험도 간과할 수는 없었다.

'주군의 배우자가 계신 곳인데. 여기가 어디라고!'

우습게 여겨진 기분이 들어 불쾌해졌다. 밀레카는 더욱더 빠르게 움직이기 시작했다. 침입자들은 발악을 하며 버텼지만, 금방 죽어 나갔다.

"이대로 갈 순 없다!"

그중 하나가 악을 쓰며 허리춤의 자루를 꺼내 들어 공중에 휘둘렀다. 그러자 곱게 갈린 가루가 금방 허공으로 퍼져 나갔다.

"다들 죽어!"

그 말과 동시에 그림자 기사들은 평소 가지고 다니던 복면으로 호흡기를 막았다. 가루가 독일 가능성을 생각했기 때문이다.

'잠시 숨을 멈추는 정도라면.'

전혀 어렵지 않았다. 애초에 그림자 기사들은 암살자 출신이다. 암살자에게 독은 무척이나 친밀했다. 밀레카는 여전히 자루를 흔들어 대는 남자의 목에 무기를 찔러 넣었다. 남자의 손에 금방 힘이 풀리고 자루가 스르르 바닥으로 떨어져 내렸다.

"뭐야, 이거, 독이 아닌데요?"

독에 일가견이 있는 다른 이가 자루에 든 걸 확인하더니 마스크를 내렸다.

"되지도 않는 수작을 부리네."

어처구니없이 속았다. 밀레카는 혀를 차며 시체를 걷어찼다.

얼른 모든 이들을 정리하고 일상으로 돌아가야 했다. 그걸 위해 자신들이 여기에 배정된 것이었으니까. 한 군데를 정리하고 다른 곳을 향해 뛰어들었다. 그림자 기사들이 더해질수록 침입자들은 금방 쓰러져 갔다.

'그런데 이상해.'

몇 군데를 돌아보니 이상한 점이 눈에 들어왔다.

'한 단체에서 침입한 것이 아냐.'

싸우는 방식이 달랐다. 독기를 품고 달려들며, 목숨을 걸고 발악하는 이들은 익숙했다. 보통 황제에게 원한이 있는 반란군이 이렇게 불나방처럼 굴곤 했으니까. 하지만 몇몇 이들은 그저 시간만 끈다는 느낌이 강했다. 자신의 목숨을 더 소중히 하느라 싸우다 도망치는 이도 있었다.

굳이 구분하자면 암살자와 기사를 대하는 만큼의 차이가 났다. 어차피 그 끝은 죽음이겠지만, 그 차이점이 마음에 걸렸다. 밀레카는 일란과 아이들이 머무르고 있는 이 층을 바라보았다. 역시 다시 올라가 보아야 할 것 같았다. 기사 몇을 남겨 두고 왔지만 이상하게 심장이 두근거렸다.

밖의 불길은 아직 잡히지 않아 어두운 밤인데도 불구하고 대낮처럼 환했다. 저 정도 인원이 동원되었는데도. 그러는 사이, 다른 곳에서도 불길이 치솟기 시작했다.

"대놓고 불을 지르고 있네요."

"그러게. 난 다시 위로 올라가 볼 테니 침입자들을 처리해. 몇은 살려 두는 것 잊지 말고."

정보를 얻어 낼 사람이 필요했다.

"걱정 마십시오."

"믿는다."

그 말과 함께 밀레카는 위층으로 향했다. 어쩐지 불길한 예감이 들었다.

일란은 깊게 숨을 들이쉬며 문을 노려보았다. 자신과 아이들을 지키고 있는 그림자 기사가 있는 것을 알고 있었지만, 전적으로 거기에만 기댈 수는 없었다. 아이들은 불안할 텐데도 꿋꿋하게 버텨 주고 있었다. 해 준 것도 많이 없는 것 같은데 어찌 이리 잘 자랐는지.

리안과 엔릴을 끌어안고 숨죽이고 있자니 어떠한 예감이 스치듯 지나갔다. 몸을 움찔거리는 일란을 느낀 리안이 그녀를 올려다보았다.

"엄마?"

"리안, 엔릴."

"네."

아이들 또한 일란의 표정에서 상황을 읽어 낸 듯했다. 평소보다 조용히 대답하는 아이들에게 일란은 속삭였다.

"숨바꼭질 잘한다고 했지?"

"응."

"엔릴도?"

"네, 잘해요."

"그럼 이제 숨어 보자. 소리 내지 말고."

일란은 검지를 입술 위에 올려 보였다.

"아까 말한 것 잊지 않았지? 절대 엄마가 말한 사람 외에는 불러도 나오면 안 돼? 아는 사람이라도."

"밀레카도?"

"밀레카도 안 돼."

"네."

리안은 불안한 표정을 지어 보였지만, 그 감정을 입 밖으로 꺼내진 않았다. 말했다가는 진짜가 될 것 같아서. 무서워서. 엔릴도 마찬가지였다.

마지막으로 아이들을 꽉 안아 준 일란은 검을 쥔 손에 힘을 주었다. 문밖의 소란이 커지고, 작은 신음과 함께 묵직한 무언가가 쓰러지는 소리가 들려왔다. 더는 가만있을 수 없었다. 엔릴이 일란의 옷자락을 잡아 왔다.

"괜찮아."

일란은 부드러운 목소리로 말했다.

"엄마가 그랬지? 기사였다고? 그중에서도 황제 폐하를 지키는 기사였단다. 알지? 동화책 속에서도 황족을 지키는 기사가 제일 강해."

"알아요."

"그러니 정말 괜찮아. 리안?"

리안이 입술을 지그시 깨물더니 엔릴에게 손을 내밀었다.

"이리 와, 엔릴. 엄마, 내가 엔릴까지 지킬게. 다녀와요."

"용감한 누나네."

"나도 용감해!"

"그래, 엔릴도 용감해. 리안도, 엔릴도 너무 믿음직스러워. 자,

그럼 엄마가 말하면 숨바꼭질이 시작되는 거야. 잘 숨어야 해?"
"네!"
"네."
"그럼 시~작!"

일란이 작게 말하자 엔릴의 손을 잡은 리안이 방을 둘러보았다. 숨을 만한 곳을 찾아보는 모양이었다. 여차하면 방 밖으로 내보내야 할지도 모른다. 그렇게 생각했지만 리안은 뜻밖의 행동을 하였다. 방에 있던 어린이용 책장에 꽂힌 책 하나를 끙끙대며 잡아당긴 것이다. 그러자 책장이 옆으로 밀리며 어른이 기어 들어가면 딱일 정도의 작은 통로가 드러났다.

'저런 것도 있었어?'

일란도 미처 알지 못했던 비밀 통로였다. 하긴, 황족이 살던 궁이니 저런 것 하나쯤은 있는 게 당연할지도 모른다. 워낙 호기심이 많은 아이들이다 보니 놀다가 발견한 모양이었다. 리안은 여전히 엔릴의 손을 꼭 잡고서 그 안으로 뛰어들었다. 아이들이 뛰어들자마자 책을 도로 밀어 넣으니 책장이 원위치를 찾았다.

'그래도 다행이네.'

아이들이 도망칠 곳이 있어서. 작게 웃은 일란은 검을 손에서 한 바퀴 돌렸다. 얼마 전에 다친 손목이 욱신거렸지만, 버티지 못할 정도는 아니었다.

'이 정도쯤이야.'

더한 고통과 상황에서도 살아왔다. 그런데 지금은 고작 손목을 다쳤을 뿐이었다.

'그리고 아이들을 지켜야 하는 상황이지.'

아이들에 대한 일이라면 부모는 강해지는 법이다. 일란은 그대로 문을 걷어찼다.

탕!

문이 거칠게 열리며 밖의 상황이 눈에 들어왔다. 좀 어둡긴 했지만 창문으로 새어 들어오는 붉은빛이 있어 인영을 파악하는 건 어렵지 않았다. 문 앞을 지키고 있던 그림자 기사들은 전부 쓰러져 있었다. 무슨 일이 있었는지는 몰라도 감당하기 어려운 무언가가 있었던 모양이었다. 그게 독이든, 사람이었든. 어차피 그 모든 것은 사람이 만들어 내는 것이라 그런 고민은 큰 의미가 없었다.

'바람의 궁은 폐궁이지.'

그래서 다른 궁보다 구조를 알아내기가 어려울 것이다. 그런데 이렇게 침입자들이 날뛴다는 것은 어디선가 정보가 새었단 소리였다.

'이걸 걱정해 왔던 거였지.'

자신과 아이들에게 적의를 가지거나, 이용해 먹으려는 사람들. 황가의 일원이 되는 것은 많은 이득이 따랐으니, 그 자리를 탐내는 이들이 얼마나 많겠는가. 그동안 걱정해 왔던 것이 현실화되었다.

'크레센트 영애도 그렇고.'

크레센트 공작가의 영애인 아리사. 레온하르트의 동생이기도 한 그녀는 대놓고 증오를 보였다. 그동안 황제가 해 온 일이 있어 이해 못 할 행동은 아니었다. 하지만 그렇다고 해서 그녀를 위해 죽어 줄 생각은 없었다. 적은 그뿐만이 아니었다.

'제국에 반기를 드는 자들, 황제를 증오하는 자들.'

소위 말하는 반란군. 지금 눈앞에 서 있는 자 같은 사람들 말이다.

"오랜만이군요."

일란이 검을 들고 앞으로 나서자 익숙한 목소리가 들려왔다.

"그러네요. 오랜만입니다."

"말투가 너무 딱딱하군요?"

"우리가 말을 편하게 할 사이는 아니지 않습니까?"

"서운하네요."

침입자가 피식 웃더니 복면을 벗고 얼굴을 드러냈다.

"알베르."

자신이 아이들과 함께 깊숙한 산속 마을에 숨어 살 때 만났던 금발의 미남자. 처음에야 알베르의 정체를 몰랐지만 이제는 알고 있었다. 알베르가 무엇을 하는 사람이었는지 말이다. 그렇게 대놓고 보여 줬는데 모르면 바보지.

황제를 증오하며, 제국을 무너트리기 위해 움직이는 반란군, 알베르.

"일란."

알베르는 일란의 이름을 불렀다. 그도 일란처럼 이제는 그녀에 대해 더 많은 것을 알게 되었다. 사연이 있어 산속 마을로 숨어든 여자는 황제가 관심을 보인 유일한 사람이었다. 그뿐이랴. 둘 사이에는 아이도 있었다. 아직은 추측이었지만, 아마도 전부 사실이리라.

"아쉽군요."

리안과 엔릴은 정체를 숨기고 살던 알베르를 제법 잘 따랐다. 알베르도 그런 아이들이 싫지 않았다.

"이런 상황에서 만나고 싶지는 않았는데 말이죠."

"그러면 지금이라도 돌아 나가시는 게 어떨까요?"

"미안하지만 그건 안 될 것 같군요."

"그렇다면 서로 긴말은 필요 없을 것 같군요."

"아쉽군요."

"저는 전혀 아쉽지 않습니다."

일란은 검을 세워 들었다. 싸워야 한다는 걸 알면서도 알베르는 아직 약간의 망설임이 남아 있었다.

'아직 나도 인간이란 증거인가.'

나라가 멸망하는 순간, 악마에게 영혼이라도 팔겠다고 맹세했는데. 알베르는 씁쓸하게 웃으며 일란에게 제의했다.

"순순히 따라오면 해치지 않겠습니다. 우리가 증오하는 이는 황제일 뿐. 그 목적만 이루면 됩니다."

"고양이에게 생선을 맡기죠. 그 말을 어떻게 믿습니까?"

너 같으면 믿겠냐? 일란이 불신에 가득 찬 표정으로 바라보자 알베르가 어깨를 으쓱했다.

"정말입니다만. 황제만 몰락하면 됩니다."

"그럼 더욱더 따라갈 수 없습니다."

"일란도 황제가 마냥 좋은 건 아니라고 생각했습니다만?"

알베르가 입꼬리를 끌어 올려 보였으나, 그 안에 담긴 것은 웃음이 아닌 분노였다.

"안전은 보장하겠습니다."

"사양하겠습니다. 전 바보가 아니거든요."

황제의 몰락을 돕는다? 말은 그럴싸하지만 황제가 몰락하면 그

뒤는? 엔릴과 리안은 황제의 피를 이었다. 그런데 데려가서 황제를 죽인 뒤에 그냥 풀어 주겠다고? 거짓말도 정도가 있지. 전혀 믿음이 가지 않는 소리였다. 자신이 반란군이라도 그러지 않을 것이다. 지금 당장 알베르의 약속만 믿고 움직이기에는 지나치게 위험했다.

'무엇보다.'

누군가의 짐이 되긴 싫었다. 설사 그게 황제라 하더라도.

문득 오늘도 꿈에 나타난 황제가 떠올랐다. 미운 사람. 평화로운 자신의 삶을 망친 사람. 한때는 그를 죽이고 싶었던 적도 있었다. 부른 배를 안고 도망칠 때면 복수심으로 이를 갈았다. 하지만 지금은 어떤가.

모르겠다.

그래도 딱 하나 확실한 것이 있다면.

'죽이는 것도, 때리는 것도 내 손으로 할 거야.'

알베르는 그런 일란을 보며 한숨지었다.

"결국 생각을 바꿀 생각이 없는 거로군요."

"그냥 검을 드십시오."

"알베르 님은 최대한의 호의를 보이고 있는 것입니다. 이럴 때는 따라오는 것이 좋습니다. 당신도 끌려가고 싶지는 않을 것 아닙니까?"

알베르의 옆에 선 베른이 그리 말했지만 일란은 콧방귀를 뀌었다.

'호의 같은 소리 하고 있네.'

"끌려갈지, 아닐지 해봅시다."

"아아, 싸우기 싫었는데."

머리를 벅벅 긁던 알베르가 늘어트리고 있던 검을 들어 올렸다. 방금 전까지만 해도 사람을 벤 검은 붉은 피로 젖어 있었다.

"미안하지만 시간이 없어서."

대화에 시간을 너무 잡아먹었다. 알베르가 검을 들자 이어 베른도 검을 들었다.

2 대 1.

"상관없습니다."

일란은 애초에 적인 그들이 자신의 상황을 배려해 주리라고 생각지 않았다.

'이기지 못해도 돼.'

누가 올 때까지만 버텨 내면 되었다.

잠시 침묵이 흐르고 먼저 공격에 나선 이는 베른이었다. 힘은 그가 자신보다 셌지만 굳이 정면으로 받아 줄 필요가 있나. 일란은 검을 뱀처럼 미끄러트리며 베른을 찔러 들어갔다. 여성으로서 힘이 부족하다 보니 받아치기보다는 흘려 내는 데 더 많은 시간을 들였다. 하나 다른 이들을 이겨 내고 황궁기사의 자리까지 올라갔다. 무시할 만한 실력은 아니었다. 곧바로 베른을 찔러 들어가는 검을 중간에 끼어든 알베르가 막아 냈다.

'차분하게.'

마음의 평온을 유지하기 위해 애썼다. 당황하여 손발이 어지러워지면 그 순간 끝이었다. 스스로의 실력에는 자신이 있었으나, 결국 일란도 사람이었다. 알베르는 일란과 비슷할 정도의 실력자였고, 베른도 그보다는 못해도 알베르와 합이 잘 맞았다. 일란은 이를 악물었다. 이들은 예전에 계곡에서 황제에게 달려들던 이들과는 차원이 달랐다.
"와, 이런 실력을 숨기고 있었나요?"
알베르가 감탄했으나 일란은 묵묵히 검만 휘둘렀다. 이런 상황만 아니면 욕을 한 무더기 얹어 주었을지도 모른다. 어차피 불리한 상황, 일단 일란은 그들을 아이들의 방에서 먼 곳으로 유인하기로 했다.

일란과 칼을 맞대던 알베르는 남모르게 혀를 찼다.
'힘드네.'
고작해야 단검 하나로 멧돼지를 처리할 때 어느 정도 알아채긴 했지만, 실력이 보통이 아니었다. 특히나 회피 솜씨가 일품이다. 자신도 어린 시절부터 천재 소리를 들어 온 검사였는데, 쉽게 잡을 수가 없었다.
'어느 정도 다치게 하는 건 감수했는데 말이야.'
이러면 생각처럼 멀쩡하게 데려가기는 힘들 것 같았다. 그나마 마지막 남은 정으로 최대한 덜 다치게 하려고 했건만.
'위선이었는지도 모르지.'
어차피 일란은 황제가 사랑할지도 모르는 사람, 그 아이들은 황가의 핏줄. 살려서 데려간다고 해도 나중에 어떻게 될지 모르는 일이었다. 원한을 가진 이들이 그리 많은데 그들을 이용하고 가만두려고 할까.
"베른!"
알베르가 베른의 이름을 부르자 그도 의도를 알아차렸다. 공격이 좀 더 거세졌다. 일란이 이를 악물고 검을 휘둘러 빠져나가도 다시 금방 따라잡혔다. 하다못해 공간이라도 좀 더 넓었으면 회피라도 쉬웠을 텐데. 복도에 버티고 서서 번갈아 공격하는 둘을 상대하자니 보통 어려운 일이 아니었다.

'힘들어!'

알베르와는 다른 의미로 일란도 힘들었다.

"잘 버티는군요."

고양이가 쥐를 걱정해 주는 격이었다. 순간 일란은 화가 났지만 입을 꾹 다물었다. 서서히 체력이 떨어져 가고 있었다. 손발이 어지러워지며 자잘한 상처가 늘어 가기 시작했다. 무엇보다 가장 큰 문제는 다친 손목이었다. 가볍게 욱신거리던 손목이 점점 무겁게만 느껴졌다. 검의 방향을 바꿀 때마다 손에서 미끄러트리지 않기 위해 애를 써야 했다.

'아, 진짜 야외이기만 했어도!'

어차피 둘을 상대하는 거라면 도망갈 공간이 많고, 다소 치사한 방법을 쓸 수도 있는 실외가 좋았다. 일란은 부들부들 떨리는 손목을 감추려 애쓰며 뒤로 풀쩍 물러났다.

"이제 그만 포기하고 가시죠."

"포기는 그쪽이 하시는 게 어떻습니까?"

"한 마디도 지지 않는군요."

"그쪽이야말로."

일란의 푸른빛 눈동자가 적의로 반들거렸다. 그러더니 더욱더 사납게 날뛰기 시작했다. 그 모습이 한 마리의 맹수 같아 보였다. 구석에 몰아넣었는가 싶으면 스르륵 빠져나가 그들을 위협했다. 알베르는 조금 안타까워졌다. 그게 설사 위선이라 할지라도.

이제 정말 시간이 없었다. 어느새 밖에서 들어오던 붉은빛이 줄어들고 있었다. 불길이 잡히기 시작했단 소리였다. 뿐만 아니라 다른 곳에서 시선을 끌고 있을 이들이 언제까지 버틸지도 몰랐다.

그러던 차에 일란이 검을 종종 두 손으로 받치는 모습이 눈에 들어왔다. 어딘가 상태가 좋지 않은 모양이었다. 일란에게는 불행, 알베르에게는 행운이었다.

"오른쪽!"

알베르는 베른에게 방향을 지시하고 자신은 반대 방향으로 공격했다. 강렬하게 퍼부어지는 공격에 덜덜 떨리는 손으로 공격을 막던 일란의 손에서 검이 날아갔다. 손에서 빠져나간 검은 일란의 뺨을 스치고 뒤로 튕겨 나갔다.

체력은 몰아치는 두 사람으로 인해 이미 다 떨어진 지 오래였다. 거칠게 몰아쉬는 숨소리가 귓가에서 맴돌았다. 당장이라도 주저앉고 싶었지만 그럴 수 없었다. 핏방울이 흘러내리는 뺨을 닦은 일란은 천천히 뒤로 물러섰다. 어떻게든 다시 검을 잡아야 했다.

'더 버텨야 해.'

이대로 끌려갈 수는 없었다. 끌려가더라도 최소한 아이들이 제대로 도망칠 시간을 벌어 주어야 했다. 잘못하다가 비밀 통로를 들키면 큰일이었다. 자신보다는 아이들이 살아날 확률이 더 적었기에 절대 물러날 수 없었다.

물러선 일란의 뒤꿈치에 떨어진 검이 걸렸다.

'이걸 차올리기만 하면.'

그리 생각하는데 뒤에서 다가오는 기척이 느껴졌다. 일란과 알베르는 동시에 긴장했다. 아군인가, 적인가! 누구인지에 따라 전황이 확 바뀔 것이다. 일란은 두근거리는 가슴을 부여잡고 뒤를 돌아보았다. 그러고는 미간을 찌푸릴 수밖에 없었다. 뒤에서 나타난 이는 익숙한 제복을 입고 있지 않았다. 적이었다.

그대로 뒤꿈치를 탕 내려친 일란은 튀어 오른 검을 다시 잡았다. 그리고 그와 동시에 다시 공격이 이어졌다. 앞과 뒤에서 몰아치는 공격, 손목의 통증에 무척이나 힘들었다. 이마에 땀이 송골송골 맺혔다.

"일란 님!"

멀리서 밀레카의 목소리가 들려왔다.

"밀레카!"

소리 높여 밀레카를 불러 보았지만, 미처 그녀의 모습이 보이기도 전에 알베르에게 검을 빼앗겨 버렸다. 알베르는 일란의 목가에 검을 대고 초조한 목소리로 말했다.

"당장 따라오십시오."

"죽여 보시든가."

일란이 으르렁거리며 버티는데 새로 합류한 이가 갑자기 그녀에게 칼을 내질렀다. 미처 상상도 못 했기에 일란은 피하지 못했다. 갑옷을 입지 않았기에 검은 너무나도 쉽게 피륙을 뚫고 상처를 입혔다.

"악!"

옆구리를 틀어쥔 일란은 거친 숨을 몰아쉬며 벽에 몸을 기댔다.

"미쳤습니까?"

알베르가 검을 내지른 이에게 말했지만, 그는 태연했다.

"어차피 생사는 중요하지 않다. 중요한 건 시체지. 시체만 남기지 않으면 된다."

그리 답하는 남자의 말에 알베르가 으득 이를 갈았다.

"우리가 알아서 생포하겠다고 하지 않았습니까?"

"너희 같은 미천한 놈들만 믿고 가만있으라고?"

그리 말하는 남자는 낮은 신분이 아닌 듯 보였다. 적어도 기사. 일란은 허탈한 웃음을 지었다.

'한 군데가 아니었어?'

알베르는 반란군 쪽일 테고, 지금 나타난 기사는 다른 쪽인 모양이었다. 아니면 이런 상황에서 저렇게 싸울 리가 없지.

"그 미천한 놈들에게 부탁한 주제에 콧대는 높군요."

"뭐라고?"

"하, 일단 자리나 피합시다."

알베르는 무너진 일란을 보며 한숨지었다.

"하읔."

옆구리의 상처를 손으로 틀어막아 보았지만 도무지 피가 멈추지 않았다. 투둑 떨어진 피가 바닥에 웅덩이를 만들었다.

"젠장, 가다가 죽으면 가만있지 않겠어."

"그러면 어쩔 건데?"

남자는 재차 알베르를 비웃었다. 그 말에 알베르의 눈동자에 살의가 스쳐 지나갔다. 그 정도까지 되니 뻔뻔하게 버티던 남자도 움찔한 모양이었다.

"빨리 움직이기나 하지. 더는 다른 이들도 막지 못하는 모양이니."

알베르는 으득 이를 갈았다. 크레센트 공작가의 도움을 받느라 기사 몇을 지원받았는데 그게 문제였다. 그들은 자신과 목적이 다르기에 너무나도 쉽게 일란에게 상처를 입혔다. 찌르지 않아도 지쳐 있었기에 데려가는 데는 문제가 없었을 터인데. 일단 알베르는 옷을 찢어 일란의 상처를 감쌌다. 금방 옷이 축축하게 젖어 들었다.

'정말 죽는 거 아냐?'

상처를 틀어막고 있던 손이 잠시 멈칫했다. 그러나 말 그대로 잠시였을 뿐이다. 알베르는 자신의 목적을 잊지 않고 있었다. 살건 죽건 일란을 데려가야 했다. 황제를 끌어내기 위해서는. 아이들도 데려가면 더 좋겠지만 보이지 않으니 지금은 이게 최선이었다. 응급조치는 취했지만 가는 도중 살지, 죽을지는 몰랐다. 그저 하늘에 맡길 수밖에.

"베른!"

알베르가 이름을 부르자 베른은 곧바로 일란을 안아 들었다. 잡히자마자 벗어나기 위해 주먹으로 그를 내려쳤지만 끄떡도 하지 않았다.

"그러다 죽습니다."

"차라리 죽는 게 낫지!"

그 황제를 죽이기 위한 인질이 되다니. 절대 그러고 싶지 않았다.

"아니, 죽는 것보단 사는 게 훨씬 좋습니다. 상처는 가서 치료해 주도록 하죠."

악을 쓰며 말하는 일란에게 알베르가 씁쓸한 표정으로 웃어 보였다. 소리라도 지르고 싶었지만 진즉에 입이 틀어막혔다. 목적한 바를 이룬 알베르는 베른과 함께 빠르게 장소를 이탈했다.

"일란 님!"

뒤늦게 저 멀리 밀레카의 모습이 보였지만, 다시 그 앞을 가로막는 이들에 의해 보이지 않게 되었다.
'대체 사람을 얼마나 동원한 거야?'
기가 막힐 지경이었다. 그들은 제국을 완벽하게 농락했다.
"일란 님!"
밀레카는 필사적으로 움직였다. 이런 상황이 오리라 상상이나 했을까. 모두 소탕하고, 몇몇은 살려서 잡았지만 정작 중요한 사람을 지키지 못했다. 입술을 악무는 밀레카의 입가로 핏줄기가 흘렀다.
끔찍한 밤이 지나가고 있었다.

자재 창고에 붙은 불은 전부 꺼졌다. 건물의 대부분이 전소되긴 했어도 제대로 꺼진 것만 해도 사람들은 가슴을 쓸어내렸다. 그만큼 불이 컸으니까.
"정말 큰불이었어."
"그러게. 게다가 세 군데서 동시에 불이 나다니."
그 말을 한 시종은 불안한 표정을 지어 보였다. 그들이 생각하기에도 이번에 난 불이 인위적이었기 때문이다. 황궁에 무슨 일이 일어났다. 아직 알 수는 없었지만 그게 좋은 일이 아닌 것만은 분명했다. 그렇기에 불이 꺼진 뒤에도 마음을 놓지 못하고 있었다.
그런 그들의 앞으로 어두운색의 제복을 입은 일단의 무리들이 지나갔다. 하나같이 어두운 분위기를 풍겼으며 뭐라 말할 수 없이 끔찍한 느낌이 들었다.
그림자 기사단.
그들을 발견한 이들은 하나같이 공포심에 젖어 숨을 멈췄다. 언제나 흩어져서 얼굴도 보기 힘든 그들이 한군데에 모여 있었다. 대부분은 복면을 쓰고 있었으며 일반적인 기사들과는 분위기가 달랐다. 게다가 그들이 맡는 일은 언제나 제국에 해를 끼치는 이들을 죽이는 일이었기에 다들 긴장을 풀지 못했다.

"무슨 일이 일어나고 있는 거지?"

"쉿!"

시종의 동료가 그의 입을 틀어막았다.

"함부로 입을 놀리지 마."

오래 살기 위해서는 그게 중요했다. 그들은 두려운 시선으로 그림자 기사의 가장 앞에 선 이를 바라보았다. 피의 황제라 불리며 서슴없이 학살을 저지른 황제가 가장 앞에 서서 발걸음을 옮기고 있었다. 그림자 기사들과는 달리 느슨하게 옷을 입고 있었으나, 분위기는 더 험악했다.

그들은 자연 고개를 숙였다. 두려움에 도저히 고개를 들 수가 없었다. 누군가가 황제의 진노를 샀다. 이제 황궁에는 다시 피바람이 몰아칠 터였다. 그사이에 휩쓸려 나가지 않으려면 몸을 사려야 할 때였다.

"그럼 시~작!"

엄마의 말이 떨어지자마자 리안은 방 안을 둘러보았다. 어디에 숨을까? 답은 오래지 않아 나왔다. 그녀는 최근 동생과 발견한 통로를 선택했다. 어둡고 무서워서 깊이 들어가 본 적은 없지만, 지금은 선택의 여지가 없었다. 리안이 책을 잡아당겨 드러난 통로에 뛰어들자 다시 입구가 닫혔다. 엄마가 닫아 준 모양이었다.

"누나."

엔릴이 리안을 작게 불렀다.

"괜찮아."

리안은 침을 삼키며 엔릴의 손을 꼭 잡았다. 통로는 어둡고 손대기도 싫을 만큼 먼지가 그득했지만 망설일 수 없었다. 작은 손이 어두운 통로를 더듬었다. 그리고 동생의 손을 꼭 잡고서 전진해 나갔다. 이 끝이 어디로 이어지는지는 아이들도 알지 못했다.

"엄마, 괜찮을까?"

"괜찮을 거야. 기사라고 했잖아."

"응."

"그러니 괜찮을 거야."

지금은 그렇게 믿을 수밖에 없었다.

"난 엄마를 믿어."

"나도 믿어."

"그러니까 잘 숨자."

이런 경우 자신들이 잡히면 엄마가 더 힘들어질 것이다. 그 정도는 어린아이라도 알 수 있었다.

캄캄하니까 시간이 어느 정도 흘렀는지도 알 수 없었다. 더 가야 하는지 멈춰야 하는지조차. 일단 리안과 엔릴은 그 자리에서 잠시 쉬기로 했다. 쫓아오는 사람은 아무도 없는 것 같았다. 평소 리안보다 어른스럽게 굴던 엔릴은 가늘게 떨고 있었다.

"괜찮아."

그는 리안도 마찬가지였다.

"괜찮을 거야."

리안은 몇 번이나 같은 말을 반복하며 엔릴과 스스로의 불안감을 달랬다. 지금 당장은 힘들어도 참아야 했다.

'그야 엄마는 더 힘든걸.'

리안은 좀 더 힘을 내기로 했다.

"이제 다시 움직이자."

"응."

다시 통로를 따라 더듬어 가자 저 멀리서 빛이 보이기 시작했다. 통로의 끝이 보이고 있었다.

황제는 무서운 사람이었다. 그런 사람이 최근에는 제법 웃을 줄 알게 되었다. 예전처럼 가식적이 아니라 진심으로 웃을 수 있게 된 것이다. 전부 바람의 궁에 든 일란과 아이들 덕분이었다. 그래서 그림자 기사들은 조금씩 희망을 가졌다. 어쩌면 자신들을 구원하고도 언제나 고통에 빠져 있던 황제가 드디어 행복해질 수 있지 않을까? 하는 생각을 했었다.

"보고해."

얼음장같이 차가운 목소리가 무릎을 꿇고 앉은 그림자 기사의 앞에 떨어져 내렸다.

"자재 창고에 붙은 불은 전부 꺼졌습니다. 조사한 결과, 누군가가 일부러 불을 질렀습니다. 기름을 쏟은 흔적이 남아 있었고, 범인으로 보이는 사람을 몇 잡아 둔 상태입니다. 일부는 평소 자재를 나르던 상인의 친척으로 위장하여 궁 안에 들어온 모양입니다."

"그건 관심 없다. 바람의 궁에 든 자들은?"

이번에는 밀레카가 대답했다.

"대부분 죽었으나, 일부는 사로잡았습니다. 현재 정보를 얻어 내기 위해 고문 중입니다."

"일란의 행방은?"

"아직입니다. 일부는 아예 그에 대해 모르고 있고, 일부는 입을 열지 않습니다. 현재까지 조사한 결과로는."

밀레카는 거기서 잠시 말을 머뭇거렸다.

"일란 님과 침입자의 전투가 있었던 장소에 피가 흥건한 것으로 보아 누군가가 다친 듯합니다."

"다쳤다고?"

"네."

꽉 움켜쥔 손에 힘이 들어갔다. 차마 그 상처의 주인이 일란인 것 같다는 소리를 할 수가 없었다. 하지만 하지 않을 수도 없었다. 밀레카는 깊게 숨을 들이켰다.

"정황상 일란 님의 피일 가능성이 높습니다."

"일란의?"

"침입자가 여럿이었고, 제법 실력자였던 것 같습니다."

황제의 금색 눈동자가 살의로 번들거렸다.

"가 보겠다."

"네."

황제는 앞장서서 일란의 방으로 향했다. 과거에는 어머니가 쓰던 방. 그곳 앞 복도는 피범벅이 되어 있었다. 몸을 웅크리고 그 흔적을 더듬어 나가며 황제는 싸늘하게 굳어 버린 가슴이 타오르는 것을 느꼈다. 그 불꽃은 얼음보다 차가우면서 그 무엇보다 뜨겁기도 했다.

5장

어긋남

 핏자국을 더듬는 황제의 손끝이 덜덜 떨렸다. 한 사람이 흘린 피라면 상당한 상처를 입었을 것이다. 만약에 그 한 사람이 일란이라면. 거기까지 생각이 닿자 참고 참았던 살의가 공간을 가득 메웠다. 손가락으로 바닥을 쓸자 아직 덜 마른 피가 묻어났다. 간발의 차이로 일란을 놓친 것이다.
 문득 꿈속에 찾아오지 않았냐고 추측하며 눈치를 보던 일란이 떠올랐다. 그 모습은 무척이나 사랑스러워서 가슴을 저리게 만들었다. 절로 웃음이 나왔었다. 진짜로 꿈속에 들어갈까, 하다가 역효과 같아 참았다. 그런데 참지 말았어야 했다. 이런 일이 생길 줄 알았더라면. 땅을 디디고 있으면서도 허공에 떠 있는 것처럼 어지러웠다.
 어째서?
 황제는 이를 악물었다.

어째서 행복할 수 없는가.

신에게 원망을 토해 내고 싶었다. 괴로움에 미쳐 버릴 것 같았지만 당장은 움직여야 했다. 일란을 되찾기 위해서는 가만있을 수 없었다.

"아이들은?"

"열심히 수색하고 있는 중입니다."

"제대로 하는 게 하나도 없군."

싸늘하게 말한 황제는 그 자리에서 일어났다. 아이들마저 생사가 불분명했다. 자신이 아는 일란이라면 분명 아이들부터 대피를 시키거나 숨겼을 터인데 아직 아무도 찾아내지 못하고 있었다. 황제의 말에 밀레카가 그 자리에서 무릎을 꿇었다.

"어떤 벌이든 달게 받겠습니다."

"그건 당연한 거고."

일란과 아이들을 지키라고 붙여 놨더니 시킨 일도 제대로 해내지 못했다. 어찌 용서할 수 있을까.

"맞습니다. 당연한 일입니다."

밀레카는 일란과 아이들을 잃어버리면서 목숨을 내놓을 생각까지 하고 있었다. 그만큼 황제가 그들을 아끼는 걸 알고 있었기 때문이다. 뿐만 아니라 자신 또한.

처음에 명을 받았을 때는 조금 못마땅한 마음이 있었다. 무려 황제의 사랑을 피해 도망만 다니던 일란이 야속했던 탓이었다. 그러나 같이 지내면서 마음이 바뀌어 갔다. 아이들은 사랑스러웠고, 일란 또한 심지가 굳은 여인이었다. 황제에게 충분히 어울렸다. 그런데 신분이 무슨 상관이란 말인가? 자신이 원하는 건 황제의 행복뿐이었다.

그렇기에 그 모든 걸 잃은 자신은 벌을 받아야 마땅했다. 어째서 그들은 평온하게 행복해질 수 없나. 마음이 아파 왔다.

"부디 벌을 주십시오."

그 말에 황제가 밀레카를 잠시 바라보았다.

"그 문제는 나중에 생각하도록 하지. 일단은 일란과 아이들을 찾고 나서."

황제는 밀레카에게 기회를 주고 있었다. 예전이라면 생각지도 못할 그런 기회를. 밀레카가 입술을 지그시 깨물었다.

"이 한 몸 바쳐서 반드시 찾아내겠습니다!"

이어 황제가 물었다.

"잡아 둔 이들은 전부 어디에 있지?"

"지하 감옥에 가둬 둔 상태입니다."

"그리로 가지."

"모시겠습니다."

지금으로서는 그저 일란과 아이들이 부디 무사하기만을 바랄 뿐이었다.

지하 감옥은 황궁 한편에 있는 곳으로, 보통 사람들은 소문으로만 그 존재를 알고 있었다. 그나마도 거짓이라 생각하는 이들도 많았다. 그야 신성한 황궁에 범죄자들을 둘 수는 없으니 말이다. 보통은 그런 자들을 잠시 구류하다가 외궁의 감옥으로 보낸다. 그렇기에 당연히 내궁에 그런 장소가 있으리라고는 생각지 않았다.

하지만 초라한 궁의 깊고 깊은 계단 아래로 내려가면 그곳에 지하 감옥이 존재하고 있었다. 황족들이 거슬리는 존재들을 가두기 위해 만들어 둔 그런 감옥이.

지상과 가장 가까운 층에 있는 감옥은 제법 괜찮게 생겼다. 때로는 사랑하는 사람을 가두기도 했던 곳이니만큼 손만 조금 보면 깔끔했다. 그렇지만 내려가고, 더 내려가면 지하 감옥에서도 가장 끔찍한 장소가 나온다. 도저히 용서할 수 없는 죄를 지은 자들을 가둬 두는 곳. 가장 가까이에 두고 고통을 주기 위해 만들어진 그런 장소가.

"으으으으."

낡은 돌이 깔린 복도를 지나다 보면 저 끝에서 유령의 울음 같은 소리가 들려왔다.

"으아아!"

그러나 그는 유령이 아니었다. 그저 고통에 신음하는 인간일 뿐.

황제의 뒤를 따르며 밀레카는 잡혀서 고문당하는 이들에 대해 말했다. 일단 고문을 당하면서 고통에 정보를 마구 뱉어 냈으나 도움이 없었던 자들은 제외했다. 그보다는 입을 꾹 다물고 버티는 이들이 더 중요했다.

"이쪽입니다."

"폐하!"

고문을 진행하던 고문관이 급히 몸을 숙이려 하였으나 황제가 제지했다.

"됐다."

"정보는 나온 게 있나?"

밀레카의 말에 고문관들은 난처한 표정을 지었다.

"말하지 않으려 하고 있습니다. 의지가 보통 굳건한 게 아닙니다."

붉은 핏줄이 선 눈동자가 황제를 노려보았다. 그 눈에 담긴 살기와 의지는 소름이 끼칠 정도였으나, 밀레카나 황제나 그다지 반응을 보이지 않았다. 더한 세계에서도 살아왔는데 이 정도쯤이야. 간지럽지도 않았다.

그를 가만히 바라보던 황제가 앞으로 발을 내디뎠다. 고문관은 고귀한 존재가 더러운 장소로 움직이는 걸 보고 당황하였다.

달그락.

황제의 손이 가지런히 정리된 고문 도구를 짚었다. 겉보기에는 단정한 손가락이 고문 도구를 톡톡 치며 훑었다. 마치 사용할 것을 고르려는 듯이. 고문관이 시녀복을 입은 밀레카를 바라보았지만, 그녀는 태연하게 서서 말했다.

"잠시 자리를 비워라."

갑작스러운 명령에 고문관이 황제의 눈치를 보았다.

"열심히 일했으니 쉬는 것도 좋겠지. 폐하께서는 잠시 이곳을 둘러보고 가실 것이다."

전혀 둘러보기만 할 기색이 아니었지만, 고문관도 눈치가 없는 이는 아니었다. 황제의 악명도 알고 있었으며, 자신의 주제 또한 잘 알고 있었다. 고문관은 허리를 깊숙이 숙여 보이고는 감옥 밖으로 나갔다.

"흐으으."

자진을 하지 못하도록 입이 막힌 남자가 기이하게 웃었다. 절대 말하지 않겠노라 다짐하면서.

"이야기가 하고 싶으면 언제라도 내색하도록."

어긋남 53

밀레카는 그리 말해 주고는 뒤로 살며시 물러났다. 여기서부터는 황제의 전문이었다. 굳이 자신이 도움을 줄 필요도, 끼어들 이유도 없었다. 그저 지켜보다가 죽을 것 같으면 응급 처치만 해 주면 될 것이다.

그리고 누군가에게는 지옥 같은 시간이 시작되었다. 황제는 어린 시절부터 배워 왔던 솜씨를 망설임 없이 발휘했다. 죽지는 않으나 고통을 느끼게끔. 섬세한 손놀림으로 포로를 농락했다. 가끔 그의 심장이 멈출 것 같으면 밀레카를 불러 치료하게 했다.

하얗던 손은 붉게 물들고, 손끝으로 핏방울이 뚝뚝 떨어져 내렸다. 신음은 끝없이 이어졌다.

"말하면 편해질 수 있어요."

황제가 잔혹하게 손을 대고 물러나면 밀레카가 치료를 해 주며 상냥하게 달랬다.

"어차피 구하러 오지도 않을 텐데. 이렇게 죽을 건가요?"

마치 악마의 속삭임과도 같았다. 그게 포로로 잡힌 남자를 더 괴롭게 만들었다.

"으으으."

감옥의 입구를 지키고 있자니 안쪽에서 끊임없이 소리가 들려왔다. 마치 지옥에서 기어 올라온 망자의 고통스러운 신음 같았다. 경비병은 오싹한 느낌에 몸을 움츠렸다. 지하 감옥을 오랫동안 지켜 왔기에 이런 것에는 익숙했는데, 오늘은 유독 심했다.

그는 힐끔 시선을 돌려 바로 앞에 서 있는 그림자 기사 둘을 보았다. 그들은 이런 소리도 아무렇지 않은지 미동도 없이 가만히 서 있기만 할 뿐이었다. 황제만을 따르는 기사. 무엇을 하다 나타난 이들인지는 몰라도 그들 또한 섬뜩하기만 할 뿐이었다.

그러던 중, 지하 감옥의 입구에 다른 이가 나타났다. 그 또한 그림자 기사단의 복장을 하고 있었다.

"무슨 일이지?"

지키고 서 있던 그림자 기사가 묻자 그가 답했다.

"흔적을 다시 더듬어 본 결과, 아무래도 아기님들은 일란 님과 따로 떨어진 것 같다. 지금 인원을 더 동원하여 찾는 중이다."

"그렇군."

그림자 기사는 아직도 소리가 흘러나오는 방향을 바라보다 성큼 걸음을 내디뎠다.

"보고하고 오겠다."

어느 한쪽이라도 무사하다면, 지금 황제의 분노를 조금이라도 가라앉힐 수 있을 것 같았다. 철창 밖으로 나타난 그림자 기사의 모습을 본 밀레카가 밖으로 나왔다.

"무슨 일인가?"

"일란 님과 아기님들이 같이 잡혀간 게 아닌 것 같다 합니다."

"그러면?"

"아무래도 아기님들은 무사할 가능성이 높지 않을까 합니다."

"부정확한 이야기를 입 밖으로 꺼내면 안 돼."

밀레카가 냉정하게 말했다. 지금의 황제에게 괜한 희망을 줄 수는 없었다. 희망이 깨진 뒤에 얼마나 괴로운지 자신들도 알고 있지 않던가.

"하지만 밀레카."

그림자 기사는 안타깝다는 듯이 밀레카의 이름을 불렀다. 지금 그는 황제에게 있어 조금이라도 기쁨이 될 소식을 전하고 싶은 것이었다.

황제는 알고 있는 정보를 토해 내던 남자를 잠시 바라보다 시선을 돌렸다. 크게 도움이 되는 이야기는 없었다. 굳이 꼽으라고 한다면 그들이 반란군이라는 것? 그리고 협조자가 있었다는 것 정도였다.

'아직도 어리석은 꿈을 꾸는 자가 있는가.'

그들을 모아서 처리하기 위해 한동안 조용히 있었더니, 우습게 보인 모양이었다. 차라리 진작에 무리해서라도 전부 죽여 버릴 걸. 뒤늦게 후회해 보았지만 이미 늦었다. 그리고 지금 당장은 그보다 밖에서 들려오는 소리가 더 신경 쓰였다. 아이들이 무사할지도 모른다는 이야기 말이다.

"저주, 저주받을 것이다!"

그런 황제를 보며 거의 죽어 가던 남자가 악을 쓰며 소리를 질렀다.

"이러고도 네가 무사할 것 같은가! 대가를 치를 것이다! 신께서 용서하지 않을 것이다!"

"그건 내가 할 말이군. 그리고 말이야."

고개를 숙인 황제가 남자의 눈을 똑바로 보며 말했다.

"신은 없어."

신이 있었다면 어린 시절, 자신이 그렇게 끔찍한 고통을 겪었을 리 없었다. 아무런 잘못도 하지 않았는데 하룻밤 만에 지옥으로 떨어져 내렸다. 몇 번이고 어머니와 신을 부르짖었지만 그 누구도 도와주지 않았다. 그곳을 벗어난 것은 순수하게 자신 혼자의 힘이었다.

황제는 이어 시선을 돌리며 한쪽에 걸려 있던 수건으로 손을 닦아 냈다. 손을 적시던 붉은 피가 수건을 빨갛게 물들였다.

"아이들이 무사할 가능성이 높다고?"

철창 밖에서 밀레카와 이야기하던 그림자 기사에게 묻자 금방 답이 돌아왔다.

"그렇다고 합니다."

잠시 생각에 잠겨 있던 황제가 말했다.

"다시 한번 바람의 궁에 가 보도록 하지."

"폐하, 씻을 물을 준비할까요?"

"아니, 됐다. 그보다 저자가 아직 버틸 수 있을 때 최대한 정보를 더 뽑아내도록. 맡겨도 되겠지?"

"물론입니다."

치료를 잘한단 소리는 그만큼 고통을 주는 곳도 잘 알고 있단 소리였다.

"맡겨 주십시오."

밀레카는 공손히 고개를 숙여 보이곤 황제가 나가는 길을 배웅했다. 그리고 그가 나갔음을 확인하자마자 고개를 들어 남자를 바라보았다.

"자, 그럼 이어서 해 볼까요?"

치료를 해 줄 때처럼 상냥한 목소리로 밀레카가 남자에게 말했다. 차라리 화를 내고 소리를 질렀으면 좋겠다고 생각했다. 그게 오히려 덜 무서울 것 같았다. 다시 닥쳐올 고통을 기다리며 남자는 벌벌 떨었다.

리안은 엔릴과 함께 통로의 끝에 다다랐지만, 밖으로 나갈 수 없었다. 만약에 밖에 나갔는데 나쁜 사람들이 있다면? 그렇게 생각하니 움직일 수 없었다. 둘을 지키기 위해 엄마가 검을 들고 나서야 했다. 여기서 잡히면 엄마의 그런 노력이 소용없어지는 셈이었다. 그래서 둘은 서로 머리를 기대고 가만히 앉아서 희미하게 들어오는 빛을 바라보았다.
"엄마가 늦네."
"폐하도 늦어."
"그래도 오겠지?"
"올 거야. 엄마는 거짓말 안 해."
"맞아."
리안은 엔릴과 속삭이다가 이어 들리는 소리에 입술을 삐죽 내밀었다.
꼬르르륵.
내내 굶고 도망친 탓에 배가 고팠다.
"배고파."
폭 한숨을 내쉬던 리안은 문득 떠오르는 것이 있었다.
"맞다! 엔릴! 자기 전에 내가 준 거 있어?"
초코 쿠키를 몰래 가져와서 먹으려다가 밀레카가 오는 바람에 들킬까 봐 엔릴에게 넘겼다. 리안과 다르게 엔릴은 사고를 거의 치지 않는 편이기에 의심받지 않았기 때문이었다.

"아, 있어!"

엔릴이 주머니를 더듬더니 손바닥만 한 초코 쿠키를 하나 꺼냈다.

"와와!"

기쁨에 가득 찬 소리를 내며 리안은 그걸 반으로 쪼갰다. 그런데 쪼개다 보니 한쪽이 더 커졌다. 망설이던 리안은 큰 쪽을 엔릴에게 내밀었다.

"자, 먹어."

그를 보던 엔릴이 작은 쪽을 가리켰다.

"난 이쪽이 더 좋아."

"누나가 먹으라면 먹어! 이게 더 크다고."

"하지만 리안은 먹보잖아."

엔릴은 자신보다 더 많이 먹는데 괜찮으냐는 시선을 보냈다. 그를 알아챈 리안이 화를 냈다.

"먹보 아니거든? 어쨌거나 이거 너 먹어!"

리안은 큰 조각은 엔릴에게 넘기고 자기 몫의 쿠키를 야금야금 갉아 먹었다. 원래 좋아하던 것이기도 했지만, 이런 상황에서 먹으니 그리 맛있을 수가 없었다. 꿀맛이었다. 엔릴도 한 입 먹더니 눈이 휘둥그레졌다.

"나 이렇게 맛있는 초코 쿠키 처음 먹어 봐."

"나도."

"평소랑 다르게 만든 걸까?"

"그런가? 그럼 다음에는 이렇게 만들어 달라고 하자."

둘은 마주 보며 웃었다. 녹아내린 초콜릿이 입가에 치덕치덕 묻어 지저분해졌다. 그를 본 엔릴이 소매로 리안의 입가를 닦아 주었다. 평소 엄마가 하던 행동을 흉내 낸 것이었다. 그러다 보니 너무나도 어설퍼서 초콜릿이 닦이긴커녕 옷만 더러워졌다. 리안도 그걸 보더니 엔릴의 행동을 흉내 냈다. 결과는 역시 엔릴과 딱히 다르지 않았다.

그렇게 쿠키를 다 먹어 치우고 벽에 기대서 꾸벅꾸벅 졸았다. 불안감 때문에 깊은 잠에 들지 않아 작은 소리에도 화들짝 눈을 뜨긴 했지만. 그 덕분에 둘은 알 수 있었다. 누군가가 자신들의 이름을 부르고 있다는 것을.

"리안 님! 엔릴 님!"

리안은 귀를 쫑긋 세웠지만, 이내 고개를 내저었다.

"폐하가 아냐."

"엄마도 아냐."

둘은 그 자리에서 가만히 숨죽이고 기다렸다. 그때, 어두운 통로 저편에서 무언가가 움직이는 게 보였다. 처음에는 착각인가 싶었는데 아니었다. 누군가가 자신들에게로 다가오고 있었다.

아이들은 당황했다. 빛이 있는 쪽으로 가면 자신들을 부르는 이들을 만날 수 있다. 하지만 안전한 사람인지는 몰랐다. 그렇다고 가만있자니 반대편에서 다가오는 사람에게 들킬 것 같았다.

'내가 엔릴을 지켜야 해.'

리안은 깊게 숨을 들이쉬고는 엔릴을 뒤에 두고 앞에 나섰다.

"리안. 엔릴?"

가까이 다가온 인영이 리안의 이름을 불렀다. 그 말을 듣자마자 리안의 눈동자에서 눈물이 투둑 흘러내렸다. 그는 엔릴도 마찬가지였다. 익숙한 목소리는 엄마가 말했던 그 사람의 목소리였다.

"폐하!"

둘은 울면서 달려가 황제를 꼭 끌어안았다.

"엄마, 엄마가!"

어떻게든 있었던 일을 이야기하려고 했으나 눈물 때문에 말이 제대로 이어지질 않았다.

"안다, 알고 있어."

황제는 어설픈 손놀림으로 아이들을 꽉 끌어안았다.

"엄마는 어딨어요?"

그 말에는 황제도 답을 해 줄 수 없었다. 일란은 지금 그의 곁에 없었으니까.

"엄마가 우릴 지켜 준다고 검을 들었어요."

일란이라면 충분히 그럴 것이라 생각했다.

"엄마는 어딨어요?"

재차 물어 오는 아이들의 질문에 황제는 어쩔 수 없이 사실을 말해 주었다.

"일란은 지금 여기에 없다."

"그럼요?"

"이제 찾아야지."

"우으."

아이들의 표정이 눈에 띄게 일그러졌다. 이대로라면 펑펑 울 기세였다. 이미 지금도 울어서 눈가가 짓무르기 시작했는데 더 울다가는 둘 다 쓰러질 것 같았다. 황제는 여전히 지끈거리는 가슴을 손으로 누르며, 일란이 아이들에게 어떻게 했는지 떠올리려 하였다.

어긋남

"울면 엄마가 슬퍼할 거다."

"하지만, 하지만!"

"내가 일란을 찾아올 테니 안심하거라."

"정말요?"

장담하듯 말하자 아이들의 눈물이 잦아들었다.

"정말이지."

리안과 엔릴이 다시 와락 안겨 들었다.

"엄마를 꼭 구해 주세요."

"물론이다."

수단과 방법을 가리지 않고, 황제는 일란을 되찾을 생각이었다. 그리고 그게 누구라도 가만두지 않을 생각이었다. 유일하게 자신의 마음에 들어온 일란을 상처 입히고 납치했으니, 그에 버금가는 대가를 안겨 줄 생각이었다.

딱딱딱.

아리사는 예쁘게 깎인 손톱을 이로 물어뜯었다. 이래서는 안 된다는 걸 알면서도 초조함에 멈출 수 없었다.

"아리사 님."

그런 그녀를 사라가 안타까운 표정으로 바라보았다. 하지만 이미 화살은 떠났고, 그들이 할 수 있는 일은 결과를 기다리는 것뿐이었다.

"손이 상해요."

결국 참지 못한 사라가 다가와 아리사의 손을 살며시 잡았다. 평소라면 하지 못할 주제넘은 행동이었으나 이번만은 아리사도 그에 대해 화를 내지 않았다.

"성공하겠지?"

"물론이죠."

"들키면 안 돼."

"들키지 않을 거예요. 그래서 일부러 공작가의 사람은 거의 쓰지 않았잖아요."

"그래, 그랬지."

사라의 말에 그제야 조금 진정되는 것 같았다. 모든 것은 계획대로 이루어질 것이다. 결과 또한 아리사가 원하는 대로 되어야 했다. 아니라면 이런 위험을 무릅쓴 보람이 없었다. 그러나 그런 아리사의 바람과 다르게 일은 이미 어긋나기 시작하고 있었다.

툭툭.

축 늘어진 손끝이 흔들렸다. 베른이 알베르의 명에 따라 최대한 조심스럽게 일란을 안고 갔지만, 점점 번져 가는 피를 막을 수는 없었다. 상처가 심해 응급조치도 제대로 먹히지 않는 것 같았다. 살리려면 당장이라도 의원에게 보여야 했다. 하지만 문제는 황궁을 벗어나자마자 생겼다.

"그럼 여기까지 하지요."

뒤돌아선 알베르가 일방적으로 다른 이에게 작별을 고했다. 이미 목적을 이뤘으니 더는 크레센트 공작가의 사람과 붙어 다닐 필요가 없었다. 아니, 이제 그들은 오히려 방해였다.

"가자, 베른."

그 말과 함께 알베르가 자리를 뜨려고 했으나 금방 가로막혔다.

"여자는 두고 가."

"계약 조건에 없는 사항입니다."

"애초에 그 여자를 처리하려고 납치한 건데, 뺏길 순 없지."

"처리는 저희 쪽에서 하겠습니다."

"뭘 믿고?"

남자는 히죽거리며 웃었다. 그가 이렇게 자신만만하게 나서는 데는 이유가 있었다. 뒤늦게 등장하여 일란과 알베르의 실력을 제대로 보지 못했음이 첫 번째이며, 주변에 미리 고용한 용병을 숨겨 둔 것이 두 번째였다.

"하아."

알베르는 깊은 한숨을 내쉬었다. 지금 일란은 생사의 갈림길에 서 있었다. 새하얀 얼굴이 마치 비스크 인형같이 보였다.

"말로 해선 듣지 않겠군."

"우리가 왜 네 말을 들어야 하지? 그 반대겠지."

혀를 찬 알베르는 검을 꺼내 들었다. 베른 또한 일란을 잠시 내려놓고 그 옆에 섰다.

"가끔 주제 파악을 못 하는 이런 녀석들이 있단 말이지."

알베르의 말을 베른이 받았다.

"그래도 차라리 잘됐습니다. 거슬리던 녀석들이니 처리하고 가지요."

"뭐라 하는지 모르겠군."

남자가 기가 막힌다는 표정을 지으며 다른 이들에게 손짓했다.

"처리해. 돈값을 하라고."

"진짜 귀찮네."

둘을 둘러싼 용병들이 무기를 휘두르며 달려들었다. 제법 등급이 높은 용병을 고용한 것 같긴 하지만, 이름이 있는 이는 없었다. 흔히 말하는 별명 같은 것 말이었다. 붉은 대검의 알렉스라든지. 그 말은 알베르와 베른 둘이서 감당할 만한 수준이라는 것이었다. 자신들의 수준을 낮게 봐 줘서 감사하다고 해야 하는 걸까? 알베르는 피식 웃으며 용병들과 검을 맞댔다.

용병들은 최대한 다른 사람들의 눈과 귀를 끌지 않기 위해 무기에 재까지 바르고 나왔으나, 소리를 완전히 막을 수는 없었다. 최대한 빨리 처리해야 했다. 일란의 상태가 심각하기도 했고. 알베르와 베른은 용병들을 차근차근 무력화시켜 갔다. 그중에는 죽는 자도 나타났다.

"슬슬 도망가는 게 낫지 않아?"

그리 말해도 용병들은 물러나지 않았다. 사실 이들은 정식으로 의뢰를 받고 나선 게 아니었다. 거액의 돈을 받고 용병단 몰래 나선 이들이었다. 그렇기에 여기서 일을 제대로 처리하지 못하고 도망쳐도 곤란하다. 뒤에 있는 의뢰인이 범상치 않음을 알고 있었기 때문이다.

"도망가지 않겠네."

한숨을 내쉰 알베르는 더욱 빠르게 움직였다. 밤새 움직이고 달렸던 터라 몸이 무거웠지만, 이런 이들을 상대하지 못할 정도는 아니었다. 문제가 있다면 다른 사람에게 들키면 어쩌나, 하는 정도였을 뿐이다. 여기서 들켰다가는 잘못하면 지금까지 이루어진 동료들의 희생이 쓸모없어질 수도 있었다.

용병들이 생각보다 힘을 발휘하지 못하자, 남자는 이를 갈다가 한쪽에 쓰러져 있는 일란을 바라보았다. 그녀와 알베르와의 거리를 가늠한 남자는 그리로 움직이기 시작했다.

조금만 더. 조금만 더 가까이 다가가면 여자를 죽일 수 있을 것 같았다. 그러나 그는 착각이었다. 남자의 움직임을 발견한 알베르가 기겁하며 막아섰다.

"치사하게 이러기냐?"

"너희야말로 이렇게 계약을 무시하고 무사할 것 같으냐?"

자신의 뒤에 누가 있는지 모르냐는 소리였다.

"이봐, 이제 조심해야 할 건 우리가 아니라고."

그 말에 알베르는 피식 웃었다. 반란군과 연루되면 더 곤란해지는 쪽은 크레센트 공작가였다. 자신들은 이제 이대로 다시 숨어들면 그만이었으나 공작가는 그럴 수가 없었다. 증거를 감춘다고 해도 내내 두려움에 시달려야 하겠지. 황제에게 들킬까 봐.

"무슨 소리냐!"

애써 친절하게 말해 주었는데 남자는 이해하지 못한 모양이었다. 하긴, 아직 자신들의 정체도 모를 테니까.

"알아서 알아내 보라고. 살아남으면 말이지."

그 말에 남자가 분노하여 검을 꺼내 들었다.

"죽는 건 그쪽이다!"

그러나 검을 맞대고 나서 남자는 뒤늦게 깨달았다. 알베르가 생각하고 있던 것보다 실력자라는 것을. 이런 작자가 어째서 그런 뒷골목에서 정보상이나 하고 있단 말인가! 그제야 무언가가 잘못되었음을 알게 되었으나 이미 때는 늦었다. 검과 검이 부딪치고, 남자는 점점 뒤로 물러서야 했다.

"그만, 그만해라! 여기서 물러나 줄 테니!"
만류해 보았지만, 이번에는 알베르가 듣지 않았다.
"여기까지 와서 네, 그렇습니까? 하고 놓아줄 바보가 어디 있나?"
알베르의 검은 잠시의 부딪침 끝에 남자의 목을 스쳤다.
"그르륵."
이상한 소리를 내며 목을 부여잡았으나 피는 멈추지 않았다.
"그럼 안녕. 그동안 비위 맞춰 주느라 힘들었다고. 앞으로는 그러지 말아. 앞이 있을지는 모르겠지만."
그렇게 남자를 죽음으로 몰아넣은 알베르는 검을 그의 옷에 닦고는 뒤돌아섰다. 그러다 얼굴이 새하얗게 질린 베른을 보았다.
"뭐야, 왜 얼굴이 그 모양이야. 다치기라도 했어?"
"아니, 아닙니다. 다치지 않았습니다. 다만 문제가 하나 생겼습니다."
"뭔데?"
그 말에 알베르는 베른의 시선이 가리키는 곳을 바라보았다. 그리고 그 또한 얼굴이 새하얗게 질렸다.
"일란은!"
"도망친 모양입니다."
"제길, 잡아야 해!"
"어차피 그 몸으로는 멀리 못 갔을 겁니다. 바닥에 핏자국도 남아 있습니다."
시체만 회수해도 그들로서는 이득이었다. 하지만 알베르는 일란을 죽게 내버려 두고 싶지 않았다. 최소한의 양심이라 해도 좋았다.

"빨리 쫓아!"

"네? 네!"

둘은 바닥에 간간이 떨어진 핏자국을 따라 빠르게 발걸음을 옮겼다.

간밤에 불이 나서 황궁에 있는 이들 대부분이 동원되어 불을 꺼야 했다. 마침내 불은 꺼졌지만, 손해가 컸고 황궁에는 이상한 분위기가 감돌고 있었다.

레온하르트도 그 분위기를 읽어 냈다. 황제의 임무를 받아서 나갔다 온 그 또한 밤중에 일어난 불에 대해 이상함을 느꼈다. 거기다가 황제가 그림자 기사들과 함께 이동하는 것을 보고 확신했다. 일란과 아이들에게 무슨 일이 일어난 것이라고. 레온하르트는 밤새도록 말을 내달린 탓에 지쳤음에도 바람의 궁으로 향했다.

"폐하께 보고하러 왔습니다."

바람의 궁 앞을 지키는 그림자 기사에게 말을 걸자, 그가 단호하게 말했다.

"나중에 하셔도 됩니다."

"급한 임무라고 하셨습니다."

"그래도 나중에 하셔도 됩니다."

그 모습을 바라보던 레온하르트는 잠시 망설이다 그에게 물었다.

"밤사이 무슨 일이 있었습니까?"

"알 필요 없습니다."

그림자 기사는 레온하르트를 철저하게 배제하려 하고 있었다.

"알겠습니다."

마음 같아서는 강제로라도 밀고 들어갔으면 싶었다. 하지만 아직은 참아야 할 때였다. 레온하르트는 조금 떨어진 거리에서 바람의 궁을 바라보았다. 거리를 두었음에도 그 안을 들락날락하는 그림자 기사의 모습은 충분히 볼 수 있었다. 평소보다 가라앉은 분위기의 그들은 분주하게 움직였다.

'일란.'

일란에게 무슨 일이 생긴 게 맞는 것 같았다. 하지만 지금 레온하르트가 할 수 있는 건 그저 지켜보는 것뿐이었다. 그러던 차에 황제가 바람의 궁에 드는 것이 보였다. 입구에서부터 가로막힌 자신과 달리 너무 쉽게 안에 들어가는 모습에 주먹에 힘이 들어갔다.

분했다. 일란에게 언제든 도움을 청하라고 해 놓고서 도와줄 수 없는 현재의 처지가 너무나도 분했다. 그리고 그와는 다르게 태연하게 일란과 접하는 황제의 모습에서 증오를 느꼈다.

"일란."

적어도 무사한지만이라도 확인을 하고 싶었다.

'괜찮은 거지요?'

만나서 묻고 싶었다.

'이대로 가만있을 수만은 없어.'

어떻게든 안의 상황을 알아내야 했다. 하지만 최근 심어 둔 정보원을 활용할 수도 없었다. 바람의 궁에 있는 자들은 전부 감시를 받는 모양이었다. 평소와는 다르게 드나드는 시녀나 시종이 보이지 않았다.

그래도 분주히 움직인 결과, 지하 감옥에 사람이 들었다는 것은 알아내었다. 이른 새벽에 그쪽 방향으로 그림자 기사가 누군가를 끌고 가는 걸 본 사람이 있었다.

크레센트 공작가는 황제와 엮이면서 지하 감옥의 존재를 알고 있었다.

'황궁에는 황족이 못마땅해하는 이들을 처리하는 지하 감옥이 있다.'

지금은 돌아가신 아버지가 무심결에 남긴 말이었다. 그렇게 얻은 정보를 가지고 레온하르트는 상황을 추리해야 했다. 그래도 짐작하는 건 어렵지 않았다.

'불길은 미끼, 실제 목적은 일란과 아이들이었겠지.'

밤사이 침입이 있었고, 그들은 성공 또는 실패를 했다. 자신이 이곳에 없는 사이에.

발밑이 무너지는 것만 같았다. 크레센트 공작 부부가 죽었을 때도 레온하르트는 아무것도 하지 못했다. 심지어 여동생까지 포기했었다. 그런데 지금 또 그러한 상황에 처해 있었다. 지금까지 황제 몰래 쌓아 온 능력과 힘이 아무런 소용도 없는 것처럼 느껴졌다.

'나는 왜 이리 무력한가.'

그게 레온하르트를 괴롭게 만들었다.

'아냐, 나도 할 수 있는 게 있을 거다.'

제일 먼저 할 일은 궁중에 침입한 이들의 정체를 추측해 내는 것이었다.

"너무 많군."

공작가로 돌아와 서류를 뒤적거리던 레온하르트는 깊은 한숨을 내쉬었다. 황제를 증오하는 이는 한 손으로 꼽기 어려울 정도로 많았다. 그런 이들이 일란이나 아이들의 존재를 알게 된다면, 어떤 생각을 품게 되었을지는 뻔했다.

황제의 생각을 알 수 없었다. 이리도 증오하는 이들을 많이 만들어 두다니. 마치 앞이 없는 이 같지 않은가. 황제의 과거에 대해 모르는 레온하르트는 그렇게 생각할 수밖에 없었다.

이 중에서 이제 일란과 아이들을 납치했을 만한 이들을 찾아야 했다. 이 중의 반은 자신과 연관이 있었지만, 묻는다고 제대로 답해 줄지는 장담할 수 없었다. 그동안 그림자에 숨어 후원자 역할만 해 온 탓에 그들에게 깊은 신뢰를 주지 못했다. 지금까지는 그걸로도 충분하다 생각했는데.

레온하르트는 의자에 몸을 기대고 잠시 피로한 눈을 감았다. 그러다 문득 여동생인 아리사가 생각났다. 현재 일란을 가장 못마땅해하는 사람이 바로 곁에 있지 않은가. 사람은 등불 아래를 보지 못한다더니. 일단은 아리사부터 확인해 봐야겠다는 생각이 들었다.

그동안 공작가의 권력을 움켜쥐려는 아리사의 움직임을 알면서도 무시해 왔다. 어차피 아리사가 원하는 것은 자신이 존재하는 한 손에 넣을 수 없는 것이었으니까. 아리사가 그토록 원하는 황후의 자리처럼 말이다. 저번 일 이후로 아리사를 보지 못했다. 당시 경고만 하고 그대로 헤어진 것이 조금 마음에 걸렸다.

'좀 더 감시를 했어야 했나.'

레온하르트는 의자에서 일어났다. 지금쯤이면 아리사도 공작가에 머물고 있을 시간이었다. 원래 귀족 영애들의 티파티나 무도회는 좀 더 늦은 시간에 시작하니까. 무도회가 열릴 때마다 새벽같이 움직여야 하는 그녀들은 일찍 일어나는 것을 싫어했다. 아리사도 마찬가지였다.

레온하르트는 자신의 서재에서 떨어진 곳에 있는 아리사의 방을 찾았다. 오랜만에 여동생을 찾는다고 생각하니 좀 어색하기도 했지만, 발길을 되돌릴 생각은 없었다. 지금 당장 급한 것은 일란의 안위였으니까. 적어도 의심 가는 범위를 좁혀야 했다.

손을 들어 문에 가져다 댔다. 노크를 할 셈이었다. 그러나 그 전에 안에서 아리사의 목소리가 흘러나왔다. 너무 작아서 보통 사람이라면 못 들었을지도 모르지만, 지금 한창 일란을 찾고 있는지라 신경이 곤두서 있던 레온하르트는 들었다.

"그녀를 놓쳤다고?"

날카로운 목소리가 들려왔다.

콰당탕!

이어 무언가가 쓰러지는 소리가 났다. 레온하르트는 아리사에게 양해도 구하지 않고 망설임 없이 문을 열고 들어섰다. 흥분한 아리사는 자신이 들어온 것을 눈치채지 못한 모양이었다. 안은 의자가 쓰러져 있고, 화장대 위에 있던 물건이 엉망이 되어 바닥에 떨어져 있었다. 평소 우아하고 기품 있는 행동만을 하던 아리사답지 않은 일이었다.

"어떻게 그럴 수 있어?"

딱 맞은편에 있던 사라가 레온하르트를 보고 당황한 듯 눈을 크게 떴지만, 레온하르트는 조용히 하라는 신호를 보냈다.

"아, 아리사 님."

그래, 큰 기대는 하지 않았다. 사라는 원래부터 아리사만을 위해 살아오던 아이였으니까. 하지만 흥분한 아리사는 그 소리를 듣지 못했다.

"그게 말이 돼? 그 돈을 들여서 의뢰했는데, 뭐?"

"아리사 님."

사라가 달래듯 아리사를 재차 불렀으나 소용없었다.

"감히 미천한 것들이 내 명을 따르지 않았단 말이지!"

"아리사 님!"

마침내 사라가 비명을 지르듯이 아리사의 말을 가로막았다.

'도움 안 되는 것.'

레온하르트는 사라에게 못마땅한 시선을 보냈으나, 그녀는 필사적으로 아리사에게 매달려 말을 막았다.

"사라, 왜 그래?"

그리고 그제야 이상함을 눈치챈 아리사가 뒤돌아보곤 금방 안색이 창백해졌다. 레온하르트를 발견한 것이다.

"오랜만이군, 아리사."

"오라버니."

당황했던 것도 잠시, 아리사의 표정이 표독스럽게 바뀌었다.

"여긴 어쩐 일이세요? 저에겐 관심 없는 거 아니셨나요?"

"그랬지. 그랬는데 오늘은 네가 보고 싶더군."

"평소엔 외면하다가요?"

"그러게 말이야. 그런데 말이지, 아리사. 내가 재밌는 소리를 들었는데……."

말은 그리하면서도 레온하르트의 얼굴에는 한 점의 웃음도 보이지 않았다. 그저 싸늘하게 가라앉은 눈동자만이 아리사를 노려보고 있을 뿐이었다. 아리사는 저도 모르게 움찔했으나 이내 등을 폈다. 흥분했지만 정확한 명칭이나 상황은 이야기하지 않았다. 레온하르트가 눈치챌 만한 일은 없었다.

"무슨 소린지 궁금하네요."

"그러게. 나도 무척 궁금해."

성큼. 레온하르트가 아리사에게로 가까이 다가왔다. 하마터면 뒤로 물러날 뻔했으나 아리사는 버텨 냈다.

'여기서 오라버니에게 물러설 순 없어!'

그동안 자신에게 관심도 없는 오라버니 밑에서 어떻게 버텨 왔는데, 이제 와서 물러날 순 없었다.

"의뢰를 했다고 들었는데."

"별거 아니랍니다."

"난 그 별거 아닌 게 궁금해."

"제가 말씀드려야 할 이유가 있나요?"

아리사가 눈을 크게 뜨며 웃음 지었다. 이제 흥분을 가라앉히고 평소의 그녀로 돌아온 듯했다. 그녀는 이걸로 됐다고 생각했지만, 미처 추측하지 못한 게 있었다. 일란에 대한 레온하르트의 마음. 그 마음에서 비롯된 초조함, 불안함. 그 모든 것이 어우러져 레온하르트를 움직였다.

레온하르트에게서 스멀스멀 살기가 새어 나왔다. 아무리 곱게 자라 온 영애라고 하나 독한 아리사가 버티기 힘들 정도로. 처음에는 주먹을 꽉 쥐고 눈을 치켜뜬 채 버티던 아리사의 시선이 점점 아래로 내려갔다.

"어떻게……."

아리사가 숨을 몰아쉬며 말을 이었다.

"어떻게 이럴 수 있어요!"

두려움에 심장이 쿵쿵 뛰었다. 식은땀이 흐르고, 몸이 움츠러들었다. 어떻게 오라버니가! 그동안 자신을 제대로 봐 주지도 않았던 그가! 이제 와서 이런 일로 협박을 한단 말인가! 아리사로서는 억울하고 분하기만 할 뿐이었다.

"말해, 아리사."

"시, 싫어요! 싫어!"

필사적으로 맞서려 하였지만, 몸이 더 떨려 왔다.

"그, 그만하세요, 레온하르트 님!"

사라가 떨리는 몸에도 불구하고 레온하르트에게 말했지만 그 이상은 무리였다. 그녀도 어느새 바닥에 주저앉아 있었다.

"말해, 아리사. 오라버니잖아."

"하, 한 번도 오라버니 같은 행동은 하지 않으셨잖아요!"

공작 부부가 죽은 뒤로 아리사는 언제나 혼자였다. 죽기 전에도 후계자로서의 공부 때문에 오라버니인 레온하르트는 먼 존재였다. 그렇지만 그때는 조금이라도 아리사에게 관심을 주었다. 그녀가 웃으며 달려가면 이야기라도 들어 주었다.

하지만 공작 부부의 죽음 이후는 어땠는가. 부모님의 죽음에 망연자실한 아리사에게 위로를 건네준 사람은 사라뿐이었다. 거기에 레온하르트는 없었다.

아리사는 이를 악물었다. 그런 그였기에 더욱더 이야기할 수 없었다. 말한다고 하여도 황제에게 충성을 맹세한 오라버니가 자신을 위해 뭘 얼마나 해 주겠는가. 위험해지기만 할 뿐이겠지.

"그래도 아리사, 우리는 남매야."

그 말이 서러웠다. 차라리 남이었다면 이렇게 슬프지도 않았을 텐데.

아리사가 여전히 입을 꾹 다물고 있자 레온하르트의 시선이 사라에게로 향했다. 덜덜 떨고 있던 사라는 싸늘한 느낌에 고개를 들었다가 기겁했다. 그 모습을 아리사도 보았다.

"사라는 내버려 둬요!"

"내가 무얼 했다고 그러는 거지?"

"그야……!"

사라에게 해코지할 셈이 틀림없었다. 머리가 어지러웠다. 눈앞에 있는 사람이 정말 자신의 오라버니가 맞는 것일까? 아리사는 멍하니 레온하르트를 바라보았다.

"그래, 이제 말할 생각이 들었니?"

결국 체념해야 하는 이는 아리사였다.

"그냥 의뢰 하나를 넣은 것뿐이에요."

"누구에게?"

"뒷골목의 무뢰배들이요."

그런 이들이 대체 무얼 할 줄 안다고 의뢰를 넣는단 말인가? 레온하르트가 의아하단 표정을 지었다.

"무슨 의뢰를 넣었지, 아리사?"

아리사는 깊게 숨을 들이쉬었다. 말하기 싫었다. 이대로 사라와 함께 도망치고 싶었.

'하지만 그래도 오라버니에게 금방 잡히겠지.'

기사인 자와 아닌 자. 당연히 가진 바 체력에서 차이가 날 수밖에 없었다. 게다가 아리사는 아직 공작가의 세력을 전부 휘어잡지 못했다. 잡혀서 무슨 일을 당한다고 해도 감싸 줄 이가 적었다.

"화, 황궁에 있는 일란이라는 여자를······."

살기가 더욱 짙어졌다. 아리사는 숨을 헐떡이면서 간신히 말을 이었다.

"납치해 달라고요."

말했다. 말해 버렸다.

"그래, 그랬구나. 그래서 성공했니?"

"잘 몰라요. 그리고 설사 안다고 해도 말할 생각이 없어요!"

그리 말한 아리사는 눈을 질끈 감고 닥쳐올 일을 기다렸다. 그러나 생각했던 그 어떤 일도 일어나지 않았다. 오라버니는 자신에게 손도 대지 않았다. 그저 바라만 보고 있었는데, 그 눈에는 어떠한 감정도 보이지 않았다.

"오, 오라버니?"

"아리사, 너에게는 언제나 실망만 하는구나."

심장이 덜컥 내려앉았다. 황제가 자신에게 했던 말이 문득 떠올랐다.

"어째서 제대로 해내는 게 하나도 없니."

아무런 답도 할 수가 없었다. 자신을 무심하게 바라보는 시선이 너무나도 무서워서 입을 열 수가 없었다.

"그래도 난 그동안 네게 미안했단다."

미안했다고? 아리사는 놀란 표정을 지었으나 이내 고개를 내저었다. 미안했으면 그동안 그리 굴 리가 없었다. 부모님이 죽은 뒤로 의지할 곳이 전혀 없었다. 같은 핏줄인 오라버니마저 자신을 제대로 돌아보지 않았다. 처음에는 머뭇거리며 접근해 보려 했으나 마침내는 그 모든 걸 포기하게 되었다. 독한 마음을 품게 되었다.

'그러니 다 거짓말이야.'

지금 당장 자신을 현혹하기 위해 하는 말일 뿐이었다. 그리 생각했으나 레온하르트는 거기서 더 추궁하지 않았다. 그저 이렇게 말했을 뿐이었다.

"그렇지만 이제 끝이구나."

끝. 레온하르트는 그렇게 말했다.

"실망이다."

그 말과 함께 레온하르트는 방을 떠났다. 남은 아리사는 뒤늦게 그 자리에 털썩 주저앉았다.

아리사가 일란을 납치했다. 게다가 그 이후의 상황은 본인도 모르는 듯했다. 레온하르트는 헛웃음을 지었다. 그동안 공작가에 신경을 좀 덜 쓴 사이에 모든 게 엉망이 되어 있었다. 원하는 것을 손에 얻고자 한다면, 좀 더 주위를 돌아보았어야 했는데.

후회는 언제 해도 늦었다. 그러나 늦었다고 해서 이대로 손을 놓고만 있을 수는 없었다. 아리사는 더 추궁한다고 해도 아무런 말도 하지 않을 것이다. 그렇게 자라 온 아이니까. 그렇다면 스스로 알아내는 수밖에 없었다.

간만에 레온하르트는 당주로서 움직이기 시작했다. 그가 가장 먼저 찾은 이들은 공작가의 어두운 부분을 담당하는 이들이었다.

겉으로는 기사를 가장하고 있었으나 실상은 더러운 처리꾼에 불과했다. 아리사는 아직 모르고 있는 이들이었다.

"최근 아리사의 명을 따른 이를 전부 잡아 와."

난데없는 명령에도 그들은 레온하르트의 말을 충실히 따랐다. 현재 당주는 레온하르트였으니까.

"이자들입니다."

오랜 시간이 지나지 않아 몇이 잡혀 들어왔다. 대부분은 용병이었으나, 일부 기사도 끼어 있었다. 어디나 그렇겠지만 기사단을 하나만 운영하지는 않는다. 제일 능력이 강한 기사단을 하나 두고, 그를 보조하기 위해 작은 기사단을 한두 개쯤은 더 가지고 있다. 공작가도 그러했다. 3기사단에 소속된 이들 중에서도 실력이나 평판이 형편없는 자들이 아리사의 유혹에 따라 움직였다.

'어떻게 써도 이런 작자들을……'

나중에 처리하기 쉬우니 그랬던 모양이지만, 잘못된 선택이었다.

"그래, 그러면 일단 아는 걸 이야기해 볼까?"

레온하르트는 부드럽게 웃으며 말했다. 공작가 소속의 기사는 망설임 없이 입을 열었다. 지금 당장 더 커다란 권력을 지닌 이가 누군지 알고 있기 때문이었다. 용병들도 처음에는 머뭇거렸지만, 하나둘씩 입을 열기 시작했다.

이야기를 전부 들은 레온하르트의 표정이 싸늘해졌다. 아리사는 위험한 다리를 건넜다. 누군지 제대로 모르는 이들과 손을 잡고 황제의 뜻에 반하는 짓을 저질렀다.

'이런 아이가 아니었는데……'

레온하르트는 깊게 한숨을 내쉬며 잡아 온 이들을 둘러싼 기사들에게 명했다.

"전부 처리해."

사고를 친 건 아리사였으나 그렇다고 손을 놓고 있을 순 없었다. 아직은 황제와 맞부딪치기에 좀 일렀다. 그러니 어쩌겠는가. 자신의 선에서 처리하는 수밖에.

"네?"

순순히 이야기를 한 기사가 놀라 눈을 크게 떴으나 이미 늦었다. 순식간에 휘둘러지는 검에 학살극이 벌어졌다. 기사 몇과 용병이 별다른 반항도 하지 못하고 목숨을 잃었다. 그나마 이 정도까지는 공작가에서 수습 가능한 정도였다. 예전에는 더한 권력을 자랑했었는데. 레온하르트는 안타까워하며 그 자리를 떴다.

도움이 되는 이야기가 있었다. 납치에 참여한 이들 중에서 한 곳의 인원은 아무도 돌아오지 못했다고 했다. 그 말은 누군가가 그들을 처리했단 소리였고, 일란이 제대로 납치됐다면 그쪽에 있을 확률이 높았다.

"전부 처리했습니다."

"잘했다. 그리고 아리사가 의뢰를 넣었다는 뒷골목의 그 단체도 찾아보도록."

"네!"

당장 급한 일은 처리했다. 이제 자신이 해야 할 일은 황제보다 더 빨리 일란을 찾아내는 것이었다. 그리고 그녀를 보호하며, 황제를 끌어내릴 방법을 찾아야 했다. 그 과정에서 일란도 상처 입을지 모르지만, 나중에는 이해해 주리라고 믿었다. 황제로 인해 그렇게 고생하고 도망 다녔던 일란이었으니까.

최근 보아 온 것이 있었으나 레온하르트는 그를 잊기로 했다. 일란은 그저 한순간 착각을 하는 것뿐이라고, 그래서 그런 행동을 한 것이라 말이다.

일란은 괴로움에 입가를 막았다.
"웩."
속이 뒤집히는 것만 같았다. 상처가 불에 덴 듯 뜨거웠고, 그 열기가 몸을 태울 듯이 번져 나가고 있었다.
"추워."
그런데도 이상하리만치 추웠다. 상태가 범상치 않다는 걸 스스로도 알 수 있었다. 하지만 그렇다고 여기서 멈춰 설 수도 없었다. 일란은 옆구리를 꽉 누르고 통증에 이를 악물었다. 어떻게든 더 멀리 도망가야 했다.
'그런 다음 어떻게 해야 하지?'
황궁으로 돌아가야 하나? 아니, 일단은 상처를 치료할 필요가 있었다. 이대로는 황궁까지 도망갈 수 없었다. 그렇지만 의원을 잘못 찾아갔다가는 추격자들에게 발견될 수도 있었다.
'위험해.'
머리가 제대로 돌아가지 않았다. 비틀거리다 몇 번 넘어지고 나서야 손에 닿는 것을 움켜쥐고 간신히 버텼다.
바스락.
어디선가 들려오는 소리에 흠칫 놀라 돌아보았으나 아무것도 나타나지 않았다. 다행히 추격자는 아닌 모양이었다. 안도의 한숨을 내쉬며 다시 힘겹게 발을 내디뎠다.

수풀이 우거진 부분을 벗어나 건물 쪽으로 다가가 그늘에 몸을 숨겼다. 혹시 황궁 밖인가 싶었는데, 분위기상 아직은 아닌 것 같았다. 내궁의 수로를 통해 외궁 쪽으로 나온 모양이었다. 일란으로서는 다행스러운 일이었다. 외궁이라면 제대로 된 이에게 도움을 청하면 원래 있던 곳으로 돌아갈 수 있을 터였다. 그 과정에서 정체를 밝혀야겠지만 죽는 것보단 나았다.

'일어나자.'

아이들은 무사하겠지? 마지막으로 봤을 때 아이들은 애써 씩씩한 표정을 짓고 있었다. 그게 아직 마음에 걸렸다. 자신과는 다르게 평온한 삶을 살게 해 주고 싶었는데, 그러지 못했다.

그늘에서 숨을 죽이고 있자니, 황궁기사의 제복을 입은 사람 하나가 지나가는 게 보였다. 그는 누군가를 찾는 것처럼 보였다. 혹시나 위장한 추격자가 아닐까, 싶어 유심히 바라보다 누군지 알아차렸다. 과거 황궁기사단에 있을 때 선배였던 기사였다. 자신이 아는 그라면 외부의 사람과 손을 잡고 황제의 명을 어길 사람이 아니었다. 다행이었다.

허우적거리다 벽을 잡고 간신히 몸을 세운 일란은 건물의 그림자 밖으로 발을 내디뎠다. 그러면서 그의 이름을 부르고자 했으나, 그러지 못했다. 뒤에서 다가온 누군가가 입을 막은 탓이었다.

"읍!"

희미한 소리에 기사가 뒤돌아보았지만 착각이었다는 듯이 아무도 보이지 않았다.

"잘못 들었나?"

그가 머리를 긁적이는 걸 보며 일란은 힘없이 발버둥 쳤다.

"쉿쉿. 일란, 조용히 해야지요."

귓가에 들려오는 알베르의 목소리가 징그럽게만 느껴졌다. 손톱을 세워 그의 손등을 마구 긁었다. 어떻게든 떼어 내기 위해 한 행동이었으나 알베르는 그 정도는 아무것도 아니라는 듯이 참아 냈다.

"이 정도 고통은 아무것도 아닙니다. 그러니 포기해요, 일란."

너라면 포기하겠냐? 일란은 이를 악물고 알베르를 공격하려 했으나, 이내 베른에게 가로막혔다.

"그만두십시오."

베른이 날카로운 시선으로 일란을 노려보았다.

'너라면 그만두겠냐?'

일란은 더욱 사납게 움직였다. 하지만 그도 잠시, 코까지 틀어막은 손 때문에 숨이 모자람을 느꼈다. 몸에서 힘이 빠지며, 정신이 몽롱해지기 시작했다. 그러다 어느 순간, 눈앞이 까맣게 물들었다.

"기절했네."

알베르는 일란이 기절하고 나서야 손을 뗐다. 그리고 상처가 있는 부분을 살며시 들춰 보았다. 일란에게 응급 처치를 해 주었지만 전혀 소용이 없어졌다. 안 그래도 상처가 깊게 났는데 무리해서 움직인 탓인지 지혈이 제대로 되지 않고 있었다.

"하아. 일단 데려가자."

알베르는 옷을 찢어 상처를 다시 틀어막고는 더 깊은 그림자 속으로 숨어들었다. 베른 또한 일란을 안고서 알베르의 뒤를 따랐다.

외궁을 빠져나가는 것은 내궁을 빠져나가는 것보다 어렵지 않았다. 아슬아슬하게 밖으로 나오니 외궁의 문이 예고도 없이 닫혔다. 황제가 일란의 실종을 알아차리고 이동자들을 막은 것이었다. 뿐만 아니라 이미 나간 자들에게는 추적자가 붙었다.
"아주 작정을 했군."
알베르는 혀를 차며 뒷골목으로 모습을 감췄다. 잡히면 목숨을 내놓는 것으로 끝나지 않을 것이다. 집요하게 뒤를 쫓는 이들을 보던 베른이 일란을 알베르에게 넘겼다.
"제가 처리하겠습니다."
"베른."
"할 수 있습니다. 맡겨 주십시오. 알베르 님은 중한 몸입니다. 여기서 들켜서는 안 됩니다. 아시지 않으니까?"
알고 있었다. 지금 알베르는 반란군의 중심이나 마찬가지였다. 잡히면 그저 알베르가 목숨을 잃는 정도로 끝나는 것이 아니었다. 그 피해가 무척 커질 것이다.
"꼭 돌아와야 한다."
"염려 마십시오."
그 말과 동시에 베른이 기척을 내며 반대편으로 이동하기 시작했다. 알베르는 일란을 업어 들었다. 정신을 잃은 상태라 그런 걸까? 이상하리만치 무겁고 차가웠다.
"조금만 더 버티라고."

은신처에 가면 의원이 대기하고 있었다. 그곳까지만 가면 일란도 살 수 있을 것이라 믿었다.

"저쪽이다!"

베른을 쫓는 발걸음 소리가 들려왔다. 알베르는 잠시 조용히 숨을 죽이고 있다가 그들이 멀어지는 즉시 움직였다.

뒷골목은 복잡했지만, 여러 번 다녀 봤기에 길을 찾는 건 어렵지 않았다. 알베르는 빙글 돌아서 은신처로 향했다. 예전에 아리사가 자신의 시녀인 사라를 보냈던, 그 낡은 술집은 아니었다. 그 술집에 있던 이들은 이미 흩어진 지 오래였다. 그 전이야 목적이 있으니 그곳에 머물렀지만, 이제는 제일 위험한 장소가 되었으니 당연한 일이었다.

그렇게 얼마나 뛰었을까. 새로운 은신처가 알베르를 반겼다.

"3일 후에 황녀, 황자의 임명식이 있을 것이다."

원래부터 황족으로 태어난 아이라면 이렇게까지 할 필요가 없다. 한 살이 됐을 때 이름만 정해 주면 그만이었다. 그러나 리안과 엔릴은 바깥에서 데려온 아이였고, 아직 둘의 얼굴을 아는 이들이 적었다. 황족으로 인정하는 이들은 더 적었고.

그 때문에 황제는 황가의 아이들에게 이름을 내리는 행사를 임명식으로 바꾸어 버린 것이다. 규모를 훨씬 키워서. 다소 문제가 있긴 했지만, 그 정도는 황제가 밟아 누르고 진행할 수 있는 정도였다.

문제가 하나 있다면, 정작 당사자들에게는 허락을 받지 않았다는 것. 황제는 급한 마음에 일단 일을 진행하긴 했으나 아이들에게도 말해야 한다는 걸 깨닫자 곤란해졌다. 그 때문에 일란을 찾느라 열심이던 밀레카까지 다시 황궁으로 불려 왔다.

"아이들을 황가의 계보에 넣기로 했는데 문제가 하나 생겼다."

"무엇입니까?"

긴장된 표정을 지으며 밀레카가 황제를 바라보았다.

"아직 아이들에게 말하지 않았어."

"이번에는 최대한 빨리 말씀하시는 게 낫지 않겠습니까?"

밀레카는 놀란 표정을 감추며 황제에게 되물었다. 그 와중에 목소리까지 높아질 뻔했다. 평소의 그녀라면 상상도 하지 못할 모습이었다.

벌써 황궁은 3일 뒤로 정해진 임명식 때문에 바쁘게 돌아가고 있었다. 많은 물자가 들어가고, 모든 귀족들에게 초대장이 돌아갔다. 멀리 사는 지방 귀족은 오지도 못하겠지만, 최소한 수도에 사는 귀족은 전부 오게끔 되어 있다. 그런 상황에서 아직 아이들에게 말하지 않았다고 하니 밀레카로서도 당황할 수밖에 없었다.

자신이 아는 황제라면 모든 것을 무시하고 마음대로 진행하는 게 당연한 일이란 걸 알고 있었다. 하지만 그에게 있어 일란과 아이들은 여러 의미로 소중한 이가 아니던가. 그런 이들의 의견을 무시하고 일을 진행하다니. 답답했지만, 이 이상은 자신에게 참견할 수 있는 권한이 없었다.

"일단 최대한 빠르게 준비하겠습니다."

가만히 있던 황제가 문득 생각났다는 듯이 밀레카에게 물었다.

"일란이 화내겠지?"

"화낼 겁니다."

밀레카는 담담하게 대답했다. 그러나 속내는 달랐다. 오죽하면 황제가 이런 이야기를 자신에게까지 늘어놓을까. 그리 생각하면 마음이 답답해져 왔다.

보지 않아도 알 수 있었다. 일란이 엄청나게 화를 내고, 왜 말도 없이 그런 짓을 저질렀냐고 따질 것 같았다. 슬쩍 상상해 보기만 해도 어마어마한 상황이 벌어지리란 걸 쉽게 알 수 있었다. 이렇게 되면 다른 방법이 없었다.

"일란 님을 아시지 않습니까?"

그 말에 황제가 씁쓸한 표정을 지으며 대답했다.

"그렇겠지. 그런데 차라리 일란이 나타나서 화라도 내 줬으면 좋겠군."

"폐하……."

밀레카는 황제가 이러는 게 안타까웠다. 그렇지만 지금은 자신이 할 수 있는 일을 하는 게 최선이었다. 무슨 권리로 황제를 위로한단 말인가. 주제넘은 생각이었다.

"일란이 설사 날 때린다고 해도 기쁘게 맞아 줄 수 있을 것 같군."

저렇게까지 애타게 일란을 찾는데 지금 그분은 어디에 계실까. 최대한 사람들을 동원해서 찾고 있었으나 아직 이렇다 할 소식이 없었다. 매번 반란군을 철저하게 찾아서 소탕하다 보니 그들도 숨는 요령을 익힌 것만 같았다. 마치 바퀴벌레처럼 끝없이 나타나는 그들의 모습에 질릴 정도였다.

'하지만 그 정도로 우리를 넘어설 순 없어!'

밀레카는 허리를 꼿꼿하게 펴며 말했다.

"일란 님은 반드시 무사히 돌아오실 겁니다."

밀레카는 일란을 믿었다. 그런 밀레카의 생각을 읽기라도 한 듯 황제가 오랜만에 입꼬리를 끌어 올리며 미소 지었다.

"그래, 일단 아이들을 만나 봐야겠군."

그리 말하며 일어서는 황제에게 밀레카는 허리를 숙여 보였다.

'부디 잘 풀렸으면.'

그저 그렇게 바랄 뿐이었다.

보통 황자나 황녀가 된다면 좋아하겠지만, 아이들은 아직 어렸다. 게다가 꿈이 있다고 하지 않았던가. 상황이 어떻게 돌아갈지는 황제도 추측할 수 없었다. 과연 아이들이 황족의 계보에 들어가는 걸 기뻐할지. 아니면 싫어할지. 일란이야 분명 싫어하겠지만.

황제는 자리에서 일어나 자신의 방에서 기다릴 아이들에게로 향했다.

"안녕하십니까? 황자 전하, 황녀 전하."

아침에 일어난 아이들을 반긴 이는 익숙한 시녀도 황제도 아닌, 처음 보는 중년의 남자였다.

"저는 수도에서 제일가는 의상실을 운영하는 콰드라고 합니다. 오늘은 제가 고귀한 분들의 옷을 짓게 되었습니다."

남자의 목소리는 부드럽고, 태도는 상냥했지만 아이들로서는 당황할 수밖에 없었다. 서로 시선을 마주치던 리안과 엔릴은 남자의 뒤쪽에 서 있던 시녀에게로 시선을 돌렸다.

"폐하께서 새 옷을 맞추라 이르셨습니다."

곧바로 시녀가 답을 주었다.

"새 옷이요?"

"이미 옷은 많은데……."

바람의 궁에서부터 옷은 빠른 속도로 늘어나 옷장 속을 가득 채우고 있었다. 엄마인 일란도 이렇게 많은 옷을 대체 어떻게 하라는 것이냐며 불평하곤 했다.

'하루에 하나 입어도 남아돌겠네!'

그렇게 말했던 걸 기억하고 있었기에 아이들은 얼떨떨할 뿐이었다.

"전하, 예전의 옷들은 잊으십시오. 이 콰드가 전하께 어울릴 더욱더 멋지고 값진 옷을 만들겠습니다!"

심지어 예전의 옷은 잊으란다. 그 옷들도 아이들에게는 지나치게 좋았는데 말이다. 흙장난하거나 먼지가 덮인 방을 뛰어다니며 놀다 버리기엔 아까운 옷이 많았다. 그래서 일란은 아이들이 놀 때는 그중에서도 제일 가볍고 단순한 옷을 고르느라 애썼더랬다.

남자는 연신 싱글거리며 아이들에게 화려하고 맛있는 과자를 내밀었다. 황궁의 요리사가 미리 준비해 둔 간식이었다. 또한 어린아이를 잘 다루는 조수도 붙어 있었다.

"그럼 전하, 치수를 재도 되겠습니까?"

콰드가 조심스러운 태도로 물었다.

"옷은 더 필요 없는데……."

"엄마가 싫어할 거예요."

엔릴은 의젓하게 콰드에게 말했다.

"어머님이시라면 그분 말씀이시군요! 하지만 폐하께서 명하셨습니다. 멋지고 예쁜 옷을 지어 드리라고요. 보십시오!"

콰드가 손뼉을 치자 조수가 옷걸이 하나를 밀며 들어왔다. 그러더니 옷을 하나하나 보여 주기 시작했다. 고위 귀족가의 아이들이 입을 법한, 비싼 원단으로 만든 옷들이었다.

'아이들 눈을 홀리기엔 이만한 것도 없지.'

값비싼 실크로 만들어진 드레스가 지나갈 때마다 아이들의 눈이 홀린 듯 반짝였다. 옷들이 스쳐 지나가는 모습이 마치 무지개가 지나가는 것만 같았다.

"멋지지 않습니까? 전하의 옷은 이보다 더 멋진 옷이 나올 겁니다! 최고의 재료로! 최고의 장인이 만들 테니까요. 저, 콰드 말입니다!"

"그래도 옷은 많은데……."

"그 옷은 잊으시라니까요. 훨씬 더 좋은 옷이 많답니다."

콰드는 아이들을 달래 가며 치수를 재기 위해 애썼다. 무려 피에 미친 황제의 명이었다. 소문으로는 황자와 황녀 임명식도 황제의 의사대로 밀고 나갔다고 했다. 다른 이들의 반대는 무시하고서. 그 정도 권력이 있는 황제가 명을 내렸는데, 그걸 이행하지 못한다? 그 뒤에 어떤 결과가 올지는 콰드도 짐작할 수 없었다. 그렇기에 최선을 다해서 아이들을 설득할 뿐이었다.

"으음. 하나쯤은 괜찮지 않을까?"

그리고 마침내 설득해 내었다! 치수만 잰다면야 그다음은 수월하게 진행할 수 있었다.

"하나?"

"응, 폐하가 만들라고 했다잖아."

"그야 그렇지만……."

엔릴은 여전히 망설이는 표정이었다. 엄마도 없는데, 그녀가 실망할 일은 하고 싶지 않았다.

"정말 최선을 다해 만들겠습니다!"

콰드는 살살 아이들을 달랬다. 그리고 그때, 뒤쪽에서 기사의 목소리가 들려왔다.

"폐하께서 드십니다!"

당황한 콰드가 즉시 옆으로 물러서 고개를 숙였다. 시녀들 또한 마찬가지였다.

"엔릴, 리안."

황제는 방으로 들어와서야 상황을 파악하고, 일단은 콰드에게 손짓했다.

"잠시 나가 있거라."

"명을 따르겠습니다."

콰드는 빠르게 움직여 조수와 함께 물러섰다.

"너희도 나가 있거라."

"물러나겠습니다."

시녀마저 나가고 나니 방에 남은 이는 황제와 아이들, 밀레카 뿐이었다.

"밀레카!"

며칠 만에 보는 밀레카의 모습에 리안이 빠르게 달려들어 그녀를 끌어안았다. 이어 엔릴마저 달려들어 누나와 똑같이 밀레카를 끌어안았다. 그 모습에 황제의 표정이 떨떠름해졌고, 밀레카는 당황했다. 하지만 아이들은 그를 미처 보지 못했다. 그저 며칠간의 불안함에 참고 참아 왔던 심정을 토해 낼 뿐이었다.

"밀레카, 어디 갔었어요!"

황제에게도 불안한 심정을 토해 내고, 위로받긴 했으나 아이들에게는 밀레카가 더 가까운 사람이었다. 가끔 찾아오는 황제와 달리 언제나 곁에 있어 주었으니까. 그걸 깨달은 밀레카가 부드러운 표정으로 아이들의 등을 쓸어내렸다.

"일란 님을 찾으러 갔었답니다."

"찾았어요?"

"아직이요. 하지만 폐하와 함께 열심히 찾고 있으니 금방 찾을 거예요. 폐하께서는 일란 님을 찾기 위해 최선을 다하고 계시답니다."

그 말에 엔릴이 머뭇거리다가 답했다.

"알고 있어요."

힘들었던 밤, 황제는 곁에서 아이들을 위로해 주었다. 밀레카가 더 가깝게 느껴진다고 해서 그런 황제의 마음을 모르는 건 아니었다.

"응, 알고 있어요."

리안 또한 엔릴과 같이 대답했다.

"알고 계시는군요."

아이들은 이번에는 나란히 고개를 들어 황제를 바라보았다. 그 시선에 황제는 저도 모르게 뒤로 물러날 뻔하였다. 아이들은 이번에는 밀레카에게 떨어져서 나란히 황제를 끌어안았다. 그 밤에도 그랬듯이 뭐라 말할 수 없는 감정이 황제를 휘감았다. 이제 아이들에게 너희는 황자와 황녀가 될 거라고 말을 해 주어야 했는데. 이런 상황에서는 입을 열기가 쉽지 않았다. 그런 황제를 밀레카가 도왔다.

"폐하께서 할 말이 있으시대요."

실질적으로 크게 도움이 되지는 않았지만. 겉으로는 남이 하는 행동을 보고 배워 따라 하고 있었으나 기본적으로 밀레카도 황제와 같은 출신이었다.

"무슨 말이요?"

아이들은 또랑또랑한 눈빛으로 황제를 바라보았다. 황제는 평소와는 다르게 입을 열 수 없었다. 아이들이 어떠한 반응을 보일지 생각하니 두려움이 느껴졌기 때문이다. 마치 일란을 잃었을 때처럼.

'두렵다고?'

그런 감정은 잃은 지 오래되었다고 생각했는데, 언제부터인가 휘둘리고 있었다. 지금 이래서는 안 된다. 일란의 위치를 공고히 하고, 그녀를 찾기 위해서라면 더한 일도 해내야 했다. 황제는 최대한 태연하려 애쓰며 아이들에게 말을 걸었다.

"이번에 너희들을 황가의 계보에 넣기로 했다."

"그게 뭔데요?"

"너희들이 내 아이가 된다는 소리지."

그 말에 아이들은 혼란스러운 표정을 지었다. 사실 아이들이라고 해서 모르는 건 아니었다. 황제가 자신의 아빠라는 건 이미 예전부터 의심하고 있었다. 다만 엄마인 일란이 아니라고 하니까, 그 사실을 묻어 두었을 뿐이다. 그런데 대놓고 황제에게서 그런 이야기를 들으니 당황하지 않을 수 없었다.

"그동안 말해 오지 않았나. 너희는 내 아이다."

"그럼 폐하가 아빠예요?"

"그래."

리안의 눈동자가 동그랗게 커졌다. 엔릴은 그런 누나를 잡아당겨 둘이서 속삭이기 시작했다. 비록 그런다고 해도 목소리는 전부 들렸지만.

"어떻게 해?"

"모르겠어."

"엄마는 안 된다고 할 거야."

"그렇지만……."

"누나."

엔릴이 단호한 표정으로 리안을 바라보았다. 그리고 황제에게 물었다.

"황가의 계보에 들어가면 뭐가 달라져요?"

"너희들이 내 아이임이 증명됨과 동시에 황자와 황녀가 되지."

"동화책 속에 나오는 공주와 왕자를 생각하시면 됩니다."

밀레카가 옆에서 설명을 거들었다.

"공주요?"

"왕자요?"

아이들은 여전히 모든 게 잘 이해되지 않는 모양이었다.

"그래, 그리고 일란은 황후가 되겠지."

"폐하의 부인이 되시는 겁니다."

그 말에 엔릴은 어느 정도 이해한 듯했다.

"그러면 안 할래요."

"왜?"

"엄마가 부인이 되는 건데, 엄마 허락을 받아야 하잖아요."

"일란은 지금 여기에 없는데?"

"그럼 올 때까지 기다려야죠."

참으로 훌륭한 답이었다. 문제가 하나 있다면 이미 임명식은 하기로 했고, 날짜가 3일밖에 남지 않았다는 것이다.

"먼저 하고 일란을 기다리는 건 안 되나?"

"안 돼요."

엔릴은 단호하게 답했다.

"하지만 엔릴 님, 두 분이 황가의 계보에 들어가셔야 보호하기 더 쉬워져요."

황족을 해치는 건 반란죄에 해당하는 일이니 적어도 아이들은 좀 더 안전해질 것이라 생각했다. 그리고 또 일란의 가치가 올라갈 테니 쉽사리 죽이지 않을 것이라 보았다. 물론 반대의 위험도 있었지만, 납치한 이들이 그 정도로 멍청하진 않으리라 믿고 싶었다.

"저번에 본 것 같은 사람들에게서요?"

"그렇습니다."

리안이 그 말을 듣더니 생각에 잠겼다. 엔릴 또한 마음이 흔들리는 모양이었다.

"황녀님과 황자님이 되시면 이제 다른 사람들이 두 분을 건드리기 더 어려워져요."

"엄마는요?"

"일란 님도 그렇지요."

"하자."

리안이 말했다.

"누나!"

엔릴이 리안의 이름을 크게 불렀다.

"난 아직 황녀가 뭔지 잘 몰라요. 공주가 뭘 해야 하는지도 모르거든요. 하지만 더는……."

리안은 말을 고르기 위해 깊게 숨을 내쉬었다.

"더는 무서워지고 싶지 않아."

아직 어린 리안이었지만, 누군가에게 위협받기보단 그 모든 걸 이겨 내는 사람이 되고 싶었다. 엄마처럼 자신을 지킬 수 있었으면 싶었다.

"그러니까 엔릴, 우리, 하자."

그래서 동생인 엔릴을 설득했다. 엔릴은 여전히 망설이는 표정을 짓고 있었으나 이내 리안의 손을 꽉 잡아 주었다. 긍정의 표시였다.

"황녀가 될게요."

"황자가 될게요."

"황녀가 되면 다른 사람들이 못 건드리는 거지요?"

그 말에 황제가 답했다.

"내가 반드시 그렇게 만들어 주마."

"그럼 할게요."

리안은 다짐하듯이 다시 한번 대답했다.

"그럼 이제 바쁘게 움직여야겠군요."

밀레카가 희미한 미소를 지으며, 물러섰던 시녀와 콰드를 다시 불러왔다.

"폐하께서는 어떻게 하시겠습니까?"

"지켜보다 가지. 잠시라면 괜찮으니까."

그 말에 황제의 앞에서 치수를 재야 하는 콰드의 안색이 새하얘졌지만, 그 누구도 신경 쓰지 않았다. 아이들은 치수를 재고 많은 옷을 골랐다. 처음에는 이 중에 하나만 가지게 되는 줄 알고 신중하게 골랐으나 밀레카가 고르는 것은 전부 맞출 것이라 말해 주었다.

"비싼데 그래도 돼요?"

리안의 질문에 밀레카가 웃어 보였다.

"황녀님이 되시는 거잖아요. 황녀님은 이보다 훨씬 많은 옷과 보석을 가지고 계시답니다."

"다른 황녀가 있어요?"

"아니요, 두 분만이 제국의 정통 후계자입니다."

"그런데 어떻게 알아요?"

"대대로 황녀님께서는 많은 것을 가지고 계셨으니까요. 리안 님, 이제 리안 님도 그렇게 되실 겁니다. 더는 다른 이에게 고개를 숙이지 않고, 내려다보는 위치에 오르실 겁니다. 엔릴 님도 마찬가지고요."

높은 자리에는 책임이 뒤따른다. 하지만 밀레카는 리안과 엔릴이라면 충분히 그를 감당해 낼 수 있을 거라 믿었다. 순진하지만 영리하고, 용감한 아이들이었으니까. 마치 자신들이 모시는 황제의 어린 시절처럼.

밀레카의 말에 황제는 이렇다 할 반응을 보이진 않았다. 그저 아이들을 가만히 바라볼 뿐이었다.

몸이 너무나도 아파 왔다. 속이 메스껍고, 머리가 어지러웠다. 눈꺼풀은 풀이라도 바른 듯 무거워 쉽게 눈을 뜰 수가 없었다. 그런 일란의 귓가에 사람의 목소리가 들려왔다.

"아직 깨어나지 못하는군."

"이대로 깨어나지 못하는 게 아닐까요?"

"그러면 좀 곤란한데. 알베르 님은 살아 있는 쪽이 좋을 거라 하셨는데."

"그래도 토마스 님이 이렇게 애쓰셨는데도 아직 눈을 못 뜨잖아요."

"그러게 말이다."

두런두런 이야기를 나누는 두 사람은 의원과 그의 조수로 보였다. 둘은 얼마간 더 그렇게 이야기를 나누다 방을 나갔다.

끼익, 탕.

방문이 닫히는 소리가 들리자마자 일란은 손끝에 힘을 주었다. 덜덜 떨리긴 했지만 다행히 손은 잘 움직여 주었다. 일란은 힘겹게 손으로 이불을 밀며 자리에서 일어나려다 다시 그 자리에 쓰러졌다. 어지러워서 쉽게 일어날 수가 없었다.

'하긴, 피를 그렇게 흘렸으니까.'

이를 악물고 몸을 세운 뒤 간신히 눈을 떠 보니 낯선 방 안이 눈에 들어왔다. 낡고 좁은 방에 놓여 있는 것은 자신이 누워 있는 침대와 탁자가 전부였다. 탁자 위에는 피가 묻은 붕대와 물이 담긴 대야가 놓여 있었다. 일란은 일단 침대 헤드에 등을 기대앉았다.

"아윽."

통증이 밀려왔지만, 그래도 버틸 만했다.

'다행히 죽진 않았네.'

치료를 해 준 걸 보니 살아 있는 자신에게 더 가치를 둔 모양이었다. 아까 들은 이야기도 그랬고.

'그보다 여기는 어디지?'

위치를 알아내서 다시 탈출해야 했다. 이런 곳에서 잡혀 다른 이들의 방해물이 될 수는 없었다.

'보나마나 알베르가 노리는 건 하나일 테니.'

황제의 목숨.

일란은 깊게 한숨을 내쉬었다. 예전에는 그토록 원망스럽던 사람이었는데, 지금은 어떤가. 지금도 그가 그렇게 밉고 죽었으면 좋겠나?

답을 하자면 '아니다'.

과거가 불행했다고 전부 악해지는 것은 아니란 걸 알고 있다. 그게 면죄부가 될 수 없단 걸 알면서도 황제를 마냥 외면할 수는 없었다. 최소한 자신 때문에 죽게 되는 걸 원하지는 않았다. 문득 아이들과 잠들어 있던 황제의 모습이 떠올랐다. 잘 때만은 천사 같은 얼굴이었지.

일란은 상처가 제대로 치료되어 있는지를 살피고, 자리에서 일어났다.

'할 수 있어!'

어떻게든 일어나야 했다. 하지만 이 상태로 당장 탈출할 생각은 아니었다. 지금 상태로 나가 봤자 금방 다시 잡히기만 할 테니까. 그러니 일단 몸을 조금이라도 더 회복해야 했다. 그러자면 열받고 짜증 나더라도 누군가의 도움을 받아야겠지.

삐걱.

문이 열리며 익숙한 얼굴이 안으로 들어섰다. 금발의 청년은 어두운 표정으로 안으로 들어오다가 깨어 있는 일란을 보며 놀랐다.

"일란! 일어나서 다행입니다!"

"닥치고 밥이나 가져오시죠."

오랫동안 말을 하지 않아서 그런지 메마른 목은 제대로 목소리를 내지 못했다. 그래서 쉰 소리로 쌕쌕거리듯 말하는 게 전부였다.

"그래도 일어났는데 반가움의 인사도 못 합니까?"

"당신 같으면 인사를 하게 생겼습니까?"

너 같으면 옆구리 쑤신 작자랑 같은 편인 사람한테 인사를 하겠냐? 일란은 벌레라도 보는 듯한 표정으로 알베르를 바라보았다.

"각오는 했지만, 시선이 좀 많이 아프군요."

일란은 더는 대답해 주지 않았다.

"알겠습니다. 간단히 먹을 수 있는 수프라도 들이도록 하겠습니다. 기다리십시오."

알베르는 다시 방문을 나섰다. 그리고 직접 주방으로 가서 주문을 했다.

"환자가 먹을 만한 묽은 수프를 부탁해."

"묽은 수프 말입니까?"

"그래, 인질이 깨어났다."

이미 인질을 잡았고, 그 인질이 죽어 간다는 사실은 모두 알고 있었다.

"다행이군요. 곧바로 수프를 만들어 드리겠습니다."

"그래, 부탁해."

수프를 부탁한 알베르는 주방 문턱에 기대서 요리하는 과정을 지켜보며 손으로 입가를 문질렀다. 일란이 기적적으로 깨어났다. 이제 본격적으로 역사에 한 획을 그을 이야기가 시작되는 셈이었다. 물론 그 결과가 어찌 될지는 아무도 몰랐다. 허무하게 실패하고 역사에 반란군으로 이름을 남길지, 아니면 황제를 끌어내리고 새로운 역사를 써 나갈 수 있을지.

하지만 하나는 확실했다.

'이대로 물러날 생각은 없어.'

알베르는 반드시 황제를 끌어내리고 왕국 멸망의 책임을 물을 생각이었다. 그러기 위해 모든 것을 버리고 여기까지 왔으니.

"완성했습니다!"

"고마워."

"고맙긴요! 제가 할 수 있는 게 요리뿐이긴 하지만, 언제나 간절히 바라고 있습니다."

요리사의 대답에 알베르는 웃어 보였다.

"나도 간절히 바라고 있어."

우리의 성공을.

"수프입니다."

알베르는 일란의 무릎에 쟁반에 받친 수프 접시를 올려 주었다. 여전히 손은 덜덜 떨리며 힘이 없었지만, 먹지 않고서는 기운이 나질 않는다. 일란이 힘겹게 스푼을 들어 먹고 있자니, 빤히 바라보던 알베르가 물었다.

"도와드릴까요?"

그 말에 온몸에 우수수 소름이 돋았다.

"미쳤습니까?"

"그건 아닙니다만, 힘들어 보여 그럽니다."

병 주고 약 주는 것도 아니고. 일란은 알베르가 하는 말을 무시하기로 했다.

그렇게 힘들게 수프 접시를 거의 다 비워 갈 무렵, 알베르가 다시 입을 열었다.

"바깥소식이 궁금하지는 않습니까?"

궁금했다. 아이들은 무사한지, 황제는 어떻게 되었는지. 하지만 여기서 약한 모습을 보이며 정보를 달라고 할 수는 없었다. 무엇보다 정말 맞는 정보를 줄지도 의심스러웠고.

"현재 바깥 상황은 말입니다."

알베르는 일란의 의사와는 다르게 제멋대로 말을 이어 나갔다.

"일란을 찾느라 난리가 났습니다."

그 말에 일란은 스푼을 움직이던 손을 멈췄다.

"그림자 기사단에 황궁기사단, 수도 경비대 모두 동원되었습니다. 당신 한 명을 찾기 위해서요."

그렇게 많은 사람이 동원되었는데 아직 자신을 찾은 사람이 없다는 건 단단히 숨었단 소리였다. 아니면 이미 수도 밖으로 도망친 상태든가.

'그도 아니면 누군가가 협력하고 있다든가.'

지금 제국의 권력은 황제가 전부 쥐고 있었지만, 마냥 불가능한 소리는 아니었다. 권력이 몰리는 만큼, 불만을 가진 자들도 많을 테니까.

"대단하지 않습니까? 그 황제가 이렇게 나올 줄은 꿈에도 몰랐습니다. 사실 조금 긴가민가한 부분도 있었거든요."

재수 없어. 맘 같아서는 들고 있는 스푼을 알베르의 얼굴에 던져 주고 싶었다. 만약에 여기가 적지만 아니었다면 서슴없이 그랬을 것이다.

"일란, 황제가 당신을 사랑합니까?"

일란은 입을 꾹 다물었다.

"제가 보기에 그는 당신을 사랑하고 있습니다. 저로서는 다행인 이야기지요."

답도 해 주지 않고 있는데 뭐가 좋다고 저리 떠드는지 모르겠다.

"잃을 것이 없는 자를 상대하는 것만큼 무섭고 허무한 일은 없거든요. 생각해 보십시오."

알베르의 목소리가 더 낮아졌다.

"그는 다른 이들을 수십, 수백. 어쩌면 수천 명을 죽였을지도 모르는데 저희가 가져갈 수 있는 건 그의 목숨 하나뿐입니다. 얼마나 허무한 일입니까?"

오싹. 일란의 등줄기에 소름이 돋았다. 고개를 돌려 알베르를 바라보니 평소 발랄하던 분위기는 조금도 보이지 않았다.

"하지만 황제에게 소중한 이가 생긴다면 그를 이용해 괴로움을 줄 수 있겠지요. 저희가 겪은 고통의 백분의 일이라도 줄 수 있을 겁니다."

알베르가 숙이고 있던 고개를 천천히 들었다.

"그래도 일란, 전 인간의 마음을 완전히 버리겠다고 했으나 아직 그러지 못한 듯합니다."

"무슨 소리입니까?"

"저희에게 협력하십시오. 그러면 당신의 안전을 보장해 드리겠습니다."

"아이들도요?"

"솔직히 말하지요. 황가의 핏줄마저 가만 놔둘 수 있을지는 알 수 없습니다. 워낙 원망이 깊은 자들이 많아서요."

"알베르."

"네?"

"당신이 보는 저는 아이들을 버릴 수 있는 사람이던가요?"

일란의 말에 알베르가 입꼬리를 끌어 올렸다.

"아니지요. 그럼 협상은 결렬된 거군요."

"애초에 성립 불가능한 이야기였습니다."

"두렵지 않습니까?"

"무엇이 말입니까?"

태연한 척하며 되묻자 알베르가 대답했다.

"다가올 일들이 말입니다. 온건하게 설득이 불가능하다면 본인이 어떻게 이용될지는 가장 잘 알고 계실 텐데요."

알고 있다. 일란은 천천히 눈을 감았다. 반란군에게 잡힌 인질. 심지어 황제가 사랑할지도 모르는 사람. 어떤 취급을 받을지, 어떻게 이용될지. 모를 리가 없었다. 한때는 자신도 황궁기사였으며, 그 자리에 오르기 위해 여러 가지 훈련을 받아 왔다. 그중에서는 본인이 인질로 잡힐 경우의 대처도 포함되어 있었다.

모든 것은 황제를 위해서. 자신을 희생해서라도 충성을 증명하는 게 옳은 대처였다.

 하지만 지금은 상황이 좀 달랐다. 황제는 자신에게 많은 의미를 부여하고 있었고, 자신이 사라지면 아이들은 세상에 둘만 남는다. 아이들을 대하던 황제의 태도로 봐서 거두어 줄 것 같긴 했지만, 자신이 사라진다면 많은 것이 달라질 것이다. 그 커다란 황궁에서 엄마 없이 단둘이서 자라야 했다.

 일란은 그게 싫었다. 혼자가 싫어서 가족을 원했다. 자신의 아이들을 예전의 자신처럼 외롭게 만들기 싫었다. 그녀는 지그시 입술을 깨물었다.

 "만약에 황제가 저를 구하러 오지 않는다면요?"
 "그러면 정말 쓸모가 없어지니 처분되겠죠."
 "구하러 와도 딱히 다를 것 같지는 않습니다만."
 딱딱한 일란의 말에 알베르가 고개를 끄덕였다.
 "그야 그렇지요. 크게 달라지는 건 없을 겁니다. 일란이 마음을 바꾸지 않는 한은요."

 알베르로서는 황제를 부추겨 화에 눈이 멀게 해야 했다. 분노에 휩싸여 뻔히 보이는 함정으로 걸어 들어오게끔.

 일란이 정신을 차리지 못하고 있던 며칠 사이. 알베르는 어떻게든 일란의 신변을 지켜 보고자 했지만, 다른 이들의 반대가 거셌다.

 '고작 정에 치우쳐 이 좋은 기회를 놓치실 셈입니까?'
 '그날을 기억하십시오, 전하! 왕국이 불타오르던 그날을!'
 '잊지 마십시오! 지금까지 죽어 간 이들을!'
 '우리들의 원한을 부디 잊지 말아 주십시오!'

그 말을 듣고 나서야 알베르는 자신의 나태함을 깨달았다. 그래, 그동안 자신의 마음이 너무 나약했다. 입으로는 복수를 부르짖으면서 사소한 정에 매여 있었다. 자신은 복수를 위해 악마가 되어야만 했다. 입으로만 말하는 게 아닌, 진정한 악마가.

아는 이의 피도 서슴지 않고 머금을 수 있는 그런 악마가 되어야 했다. 그걸 위해서는 뭐든 해야 했다. 그래도 일란에게 마지막 기회를 주고 싶었는데 그마저도 거절당했다. 그렇다면 이제 해야 할 일은 하나뿐이었다. 뒤를 돌아보지 않고 황제에게 복수를 하는 것.

"일단 건강부터 회복하십시오. 지금은 잘못 건드리면 큰일 난다 하였으니 모든 일은 그 이후에."

알베르는 그리 말하며 자리에서 일어났다. 그리고 방을 나서기 전, 문득 생각났다는 듯이 일란에게 말했다.

"참, 이틀 뒤에 황제가 황녀와 황자의 임명식을 거행한다고 하더군요."

"뭐라고요?"

"황가의 계보에 새로운 황녀와 황자가 들어가는 겁니다. 누군지는 아마도 아시리라 믿습니다."

쨍그랑.

일란의 움직임에 무릎에 있던 쟁반이 미끄러지며 그릇이 바닥에 떨어졌다. 그러나 그녀는 지금 거기에 신경을 쓸 여유가 없었다.

"그게 사실인가요?"

"이런 걸 굳이 거짓말할 필요가 있습니까?"

알베르는 떨어진 쟁반과 그릇을 수습한 뒤 방을 나섰다.

쾅.

문이 닫히고 난 뒤, 일란은 한동안 멍하니 침대에 기대 있었다.

'대체 내가 없는 사이에 무슨 일을!'

황녀와 황자의 임명식이라니! 황제에게 다른 아이들이 있다고는 못 들었으니 분명 리안과 엔릴의 이야기일 터였다. 분명 아이들을 황족으로 만들기 싫다고 그렇게 이야기했는데! 황제가 바로 옆에 있다면 한 대 때려 주고 싶었다.

"으으."

갑작스러운 움직임에 옆구리가 아려 왔지만, 도통 흥분을 가라앉힐 수가 없었다.

"무슨 생각으로 이러는 거야!"

일란은 이불을 꽉 움켜쥐고 이 자리에 없는 황제를 원망했다.

'아이들을 뭐라고 꼬셨길래!'

자신이 며칠 없었다고 그사이 잽싸게 꼬셔서 황족으로 만든단 말인가!

아이들이 황족이 되고 나면 모두 돌이킬 수 없게 된다. 나이가 열 살이 넘지 않은 황족의 아이는 황궁을 벗어나기가 쉽지 않다. 여러 위험이 도사리고 있기에 쉽게 내보내지 않기 때문이다. 설사 가능하다고 하더라도, 호위 인력이 엄청나게 붙었다.

게다가 배워야 할 것은 좀 많은가? 그런 상황에서 아이들을 두고 혼자 떠날 수는 없었다. 한마디로 황제에게 덥석 묶여 버렸다는 소리였다.

'아니, 일단은 구해 주고 나서 뭘 저지르든가.'

일란은 깊게 한숨을 내쉬다가 손에 힘을 뺐다. 이미 황제가 저지른 일, 여기서는 어떻게 할 수 있는 방법이 없었다. 그러니 일단 가장 먼저 급한 일에 집중하기로 했다. 회복하는 것 그리고 도망치는 것.

보통 상대를 도발하는 방법 중 하나가 그 사람의 신체 일부를 보내는 것이었으니. 지금 당장이야 피가 모자라 내버려 뒀다지만, 좀 회복되면 무슨 일을 당할지 모른다. 그래서 일란은 일단 자려고 했다. 푹 쉬고, 많이 먹어 조금이라도 체력을 회복해야 했으니까.

방 안에 갇힌 아리사에게는 아무런 소식도 전해지지 않았다. 레온하르트는 여전히 그녀를 풀어 줄 생각이 없어 보였다. 그러나 그녀는 절망하지 않았다. 협조하는 이가 아예 없는 것은 아니었으니까. 여러모로 수상쩍은 이들이라 하여도 지금 당장은 제법 도움이 되었다. 그리고 그 와중에 황가의 계보에 아이 둘이 들어간다는 걸 알게 되었다.

"황가의 핏줄이라고? 누구의?"

전서구가 전해 준 작은 종이를 쥔 아리사의 손이 부들부들 떨렸다.

"아리사 님."

사라가 안타까운 표정으로 아리사의 이름을 불렀으나 그마저도 들리지 않았다.

"말도 안 돼! 아직 황후도 없으시잖아! 그런데 황자와 황녀를 들이시겠다고?"

믿을 수 없는 이야기였다. 아리사는 머리를 헝클어트리며 방 안을 빙글빙글 돌았다.

"말도 안 돼. 말도 안 돼."

그런 모습을 보고 있던 사라는 이를 악물었다.

"제가! 제가 알아보고 오겠습니다! 그러니 아리사 님."

"아냐, 사라."

사라의 애절한 외침은 이내 아리사에게 가로막혔다.

"내가 가 봐야겠어."

소식을 전해 준 종이 옆에는 작은 글씨로 직접 찾아오면 더 많은 정보를 줄 수 있다고 적혀 있었다. 나가는 방법에 대해 도움도 줄 수 있다 하였다.

"직접 알아봐야겠어."

그렇게 아리사는 다시 위험한 길로 발을 내디뎠다. 아리사의 말에 사라의 얼굴이 새하얗게 질렸다.

"안 됩니다! 안 돼요! 이번에 당주님께 들키면 쉽게 넘어가지 않으실 거예요! 제가 다녀오겠습니다. 저라면 얼마든지 벌을 받아도 괜찮으니!"

"아냐, 사라. 그래도 내 마음은 변하지 않아. 답을 적어 줘. 가겠다고."

"위험합니다! 정확히 누군지도 모르지 않습니까!"

"상관없어."

누구든지. 지금 당장 필요한 것을 알아낼 수 있다면 상대방의 정체는 상관없었다.

"아리사 님, 이런 분이 아니셨잖아요."

사라는 여전히 아리사를 설득하려고 하였다.

"이런 분? 그게 어떤 사람을 말하는 건데? 그동안 나는 최대한 노력해 왔어! 황후가 되기 위해서! 공작가에서 자리를 잡기 위해서! 그런데 이게 뭐야? 돌아온 결과는 이것뿐이야."

혹여라도 밖에 있는 누군가가 들을까 싶어 소리도 높이지 않은 채, 아리사는 마음의 고통을 토로했다.

"오라버니에게 감금당했어. 폐하는 다른 여자의 자식을 황가의 계보에 들이려고 하셔. 이대로 있어서는 아무것도 변하지 않아."

"아리사 님."

"그러니 나를 설득하려고 하지 마, 사라."

"하지만 어떻게 저택을 빠져나가시려고요? 당주님이 감시인을 붙였잖아요."

"그건 그들이 알아서 하겠지."

그리고 돌아온 전서구에 적힌 단어는 '이른 새벽'. 아리사는 길게만 느껴지는 밤을 새우고 이른 새벽에 방문할 누군가를 기다렸다.

푹.

문을 하나 사이에 두고 들릴 듯 말 듯 한 작은 소리가 들려왔다. 이어 닫혀 있던 아리사의 방문이 스르륵 열렸다.

"모시러 왔습니다, 크레센트 영애."

이윽고 모습을 드러낸 이는 복면을 쓴 남자였다. 수상하기 이를 데 없는 복장을 하고 있었으나 예법만은 완벽했다. 그랬기에 아리사는 저도 모르게 그의 손 위에 자신의 손을 얹었다. 뜨거운 체온이 손을 통해 느껴졌다.

'손이 따뜻하네.'

그리 생각하다가 뒤늦게 자신의 행동을 깨닫고 놀라서 화들짝 손을 뗐다.

"밖으로 모시겠습니다."

아리사는 미리 준비해 두었던 후드를 뒤집어쓰고 남자의 뒤를 따랐다. 방을 나서니 호위기사 하나가 쓰러져 있었다.

"죽였나?"

아리사의 말에 남자가 고개를 내저었다.

"잠시 약으로 기절시킨 겁니다. 약간의 기억을 지워 주는 약이니 곧 아무렇지도 않게 깨어날 겁니다."

몰래 나서는 아리사에게는 안심이 되는 이야기였다. 그녀는 조금 더 가벼운 발걸음으로 남자의 뒤를 따랐다. 그 뒤로는 사라가 따르고 있었다. 사라는 싸우는 법은 전혀 몰랐지만 미리 구해 둔 단검을 품속에 품고 있었다.

'어떻게든 아리사 님을 지키겠어!'

그런 마음가짐으로. 아리사는 자신에게 남은 것은 아무것도 없다 한탄했지만, 끝까지 남아 있는 이가 있었다.

공작저의 외곽에 세워진 까만 마차에 올라타자 바퀴가 굴러가기 시작했다. 창문마저 까맣게 칠해져 아무것도 보이지 않았지만, 어디론가 이동하는 건 충분히 알 수 있었다.

그렇게 얼마나 이동했을까. 마침내 마차가 멈춰 섰다. 사방이 막혀 있는 데다 긴장하고 있다 보니 얼마큼 이동했는지, 시간이 지났는지도 알 수 없었다.

"여기입니다."

남자는 재차 도움의 손길을 내밀었으나 이번엔 매몰차게 거절하고 스스로 마차에서 내려섰다. 그 때문에 잠시 비틀거리긴 했지만, 마차에서 내려가는 게 생각보다 어렵진 않았다.

도착한 곳은 외진 곳에 있는 작은 오두막이었다. 너무 낡은 그 모습에 못마땅한 듯 미간을 찌푸리자 남자가 슬며시 웃어 보였다.

"이제 복면은 벗지?"

그런 남자에게 아리사가 말했다.

"궁금하십니까?"

"얼굴을 가린 자를 어떻게 믿지? 그뿐이야."

그 말에 남자는 복면을 벗었다. 복면을 벗자 금발에 제법 잘생긴 미남자가 얼굴을 드러냈다. 사라도 그 모습에 조금 놀랐는지 눈이 동그래졌다. 전혀 뒷골목의 무뢰배로 보이지 않는 모습이었다.

"들어오십시오."

겉과는 다르게 오두막 안은 제법 깔끔하게 정돈되어 있었다. 그곳의 의자에 앉자 남자 또한 맞은편에 앉았다.

"무례하다!"

사라가 그런 남자를 따끔하게 혼내려 했지만, 아리사가 가로막았다.

"그만둬, 사라."

"하지만 아리사 님!"

"그만둬. 이제 알 것 같군. 왜 나한테 그런 소식을 전해 주고 이렇게 만남을 유도했는지."

그 말에 금발 미남자, 알베르가 조금 놀란 표정을 지었다.

"아십니까?"

"어떻게 모르겠어. 어렸을 적에 봐서 조금 긴가민가하긴 했지만, 당신."

아리사가 천천히 눈을 감았다 떴다.

"이미 멸망해 버린 왕국의 왕자잖아."

"이야, 그걸 기억하고 계실 줄은 몰랐습니다."

"그렇게 자라 왔으니까."

자국 내의 귀족뿐만 아니라 타국의 왕족, 중요한 위치에 있는 귀족은 전부 외웠다. 부모님이 그렇게 가르쳤으니까. 넌 반드시 높은 자리에 앉을 것이니 모든 것을 외워 두라고. 외워서 손해 볼 것은 없다고 말이다.

"그래, 그렇다면 그대는 반란군이겠군."

"제국의 입장에서는 그렇겠지요."

"왕자였던 건 알지만 말은 높이지 않겠어. 이제 왕국은 없잖아?"

속을 긁어내리는 아리사의 말에 알베르의 웃는 표정에 처음으로 금이 갔다.

"왕국은 없어졌지만, 그 정신은 아직 살아 있습니다."

"아, 정신? 그 손에 잡히지도 않는 쓸모없는 것?"

"그만해 주십시오. 그렇게 긁어내리셔도 제가 흥분할 일은 없습니다."

"미안하네. 조금 화가 났을 뿐이야. 그동안 일방적으로 날 속여 왔잖아?"

"일방적으로 속으신 거겠죠."

"내가 명청했단 소리네."

"편한 대로 알아들으십시오."

금방 분위기가 싸늘해졌다.

아리사는 알베르의 정체를 알아차리자마자 불안해졌다. 범상치 않은 자들인 건 추측하고 있었지만, 반란군일 줄이야. 하지만 그도 잠시, 아리사는 마음을 굳게 먹었다. 애초에 일란과 그 아이들을 해코지하려고 했을 때부터 이미 반란을 저지르려 한 것과 다를 바 없었다.

'뭘 이제 와서 새삼.'

아리사는 픽 웃으며 말을 이었다.

"그래, 그럼 나에게 원하는 건 무엇이지?"

"저희와 손을 잡는 건 어떻습니까?"

"지금 내 처지를 알 텐데? 나와 손을 잡는다고 그대들에게 무슨 이득이지?"

"적어도 명분을 세울 수 있지요. 멀지만 아리사 님, 황가의 핏줄을 잇지 않으셨습니까?"

"그건 오라버니도 그래."

"그렇지만 오라버니 되시는 분은 황제에게 충성을 맹세했지요."

맞아, 그랬다. 오라버니는 황제에게 충성을 맹세했다. 부모님의 원수인 황제에게.

"그럼 나에게는 무슨 이득이 있지?"

"황가의 핏줄을 모조리 처리해 드리겠습니다. 아리사 님의 도움은 그다음부터입니다. 황위에 오르십시오. 그리고 저희를 도와주시면 됩니다."

"제국을 무너트리는 게 목적 아닌가?"

"이 커다란 짐승이 무너진다고 전부 무너지겠습니까. 갈라지겠지요. 그러느니 차라리 그대로 유지하고 이용해 먹는 게 낫다고 생각합니다."

"재밌는 소리네. 하지만 그걸 원한다면 조건이 하나 있어."

아리사는 이를 악물고는 알베르에게 말했다.

"폐하를 나에게 줘."

"그건 곤란합니다."

알베르는 곤란한 표정을 지었다.

"망가져도 돼."

"네?"

"엉망이 되고 미쳐도 좋으니 폐하를 내게 줘. 그렇다면 나도 적극적으로 협조하겠어."

그리 말하는 아리사의 눈동자가 독기로 가득 차 있었다. 오싹할 정도로 소름 끼치는 독기에 알베르는 저도 모르게 입가를 찢었다. 웃음이 절로 새어 나왔다. 아리사, 그녀는 심각하게 망가져 가고 있었다. 과거 자신이 그랬듯이.

"심하게 망가져도 됩니까?"

"물론이야. 당신들도 하고 싶은 게 있을 것 아니야?"

"그렇게라도 그가 가지고 싶습니까?"

"그래, 가지고 싶어."

"설사 그가 부모님의 원수라도 말입니까?"

"원수라고 해도."

아리사는 가만히 눈을 내리떴다. 이제 와서 황제를 포기할 수는 없었다. 설사 원수더라도 곁에 두어야 했다.

"좋습니다! 얼마든지 드리지요."

알베르는 흔쾌히 대답했다. 여러모로 곤란한 조건이었지만 상관없었다. 지킬 생각이 없었으니까. 지금만 진심을 엿보이면 되었다. 나중에 필요가 없어지면 처분할 여자의 진심 따위, 아무런 가치도 없었다. 그런 내심을 감추며 알베르는 아리사에게 손을 내밀었다. 아리사는 아직은 조금 의심스러운 듯, 금방 손을 내밀지 않았다.

"그런데 증거는 있는 거겠지?"

"물론이죠. 증거가 없었으면 영애를 부르지도 않았습니다."

그러면서 알베르는 당시 상황이 상세히 담긴 자료를 아리사에게 건네주었다. 서류를 천천히 넘겨 보는 아리사의 손이 벌벌 떨렸다. 황제와 레온하르트가 감추었던 여러 사실이 아리사에게 넘어갔다. 서류에 적혀 있는 것은 공작 부부의 죽음만이 아니었다. 레온하르트가 황제의 개로서 움직이며 저지른 일도 포함되어 있었다.

'오라버니가 이랬다고?'

아리사는 비명을 지르고 싶은 걸 참았다. 여기서 추태를 부릴 수는 없었다.

'진정하자.'

처음 알베르에게 쪽지를 받았을 때부터 어느 정도 이런 상황을 짐작하고 있지 않았던가. 이런 식이면 오라버니도 부모님의 죽음과 연관되어 있을지도 몰랐다. 그 사실에 가슴이 아팠다. 그동안 알고 있던 세계가 부서져 내렸다. 크레센트 공작 영애로서 가졌던 그 모든 것이 환상처럼 흩어졌다.

"괜찮습니까?"

"괜찮아."

아리사는 최대한 침착하게 대답하며 서류를 덮었다. 알베르도 믿을 수 없었다. 하지만 황제나 오라버니에 비해서는 위험도가 낮았다. 만약에 알베르가 허튼짓을 하면 처리하면 그만이었다. 지금 당장 우위를 점한 것은 자신이었으니까.

"좋아, 손을 잡지."

아리사도 알베르에게 손을 내밀었다. 그런 생각 사이로 둘의 동맹이 체결되었다. 서로 다른 속내를 지닌 이들의 동맹이 말이다.

모든 이야기가 끝난 뒤에 아리사는 다시 알베르의 도움을 받아 공작저로 돌아왔다. 이번에도 끝까지 데려다주려 했지만, 그 계획은 이루어지지 않았다. 레온하르트가 아리사가 지나가야 하는 정원에 있었기 때문이었다.

'오라버니가 물러나고 나서.'

방으로 들어갈 셈이었으나 레온하르트는 조금도 움직이지 않고 있었다. 마치 누군가를 기다리는 것처럼 가만히 서 있었다. 초조한 마음 때문이었을까. 아리사는 저도 모르게 땅에 떨어진 나뭇가지를 밟았다.

"아리사."

가만히 서 있던 레온하르트가 아리사의 이름을 불렀다. 잠시 망설이던 아리사는 천천히 그에게로 다가갔다.

"당분간 근신하라고 하지 않았던가?"

너무나도 당연한 질문에 아리사는 망설임 없이 대답했다.

"방 안에만 있기에는 너무 답답했어요."

"그래서 기사가 한눈판 사이에 정원으로 산책을 나왔다?"

"네."

"아리사, 거짓말은 나빠."

"거짓말이 아니에요."

아리사는 최대한 차분하게 답하려 하였다. 그러나 레온하르트는 쉽게 넘어가 주지 않았다.

"방에서의 근신으로도 부족하다면 장소를 바꾸는 수밖에."

"네?"

"동쪽 탑으로 근신 장소를 바꾼다."

"오라버니!"

대대로 공작가에서 잘못을 저지른 이를 가두던 탑. 레온하르트는 한동안 사용하지 않았던 그 탑에 아리사를 가둔다 하였다.

"데려가."

그 말이 떨어지기가 무섭게 어디선가 나타난 시녀들이 아리사의 양팔을 잡았다.

"이 무슨 무례한 짓이냐!"

아리사가 화를 냈지만, 그녀들은 필사적으로 붙잡은 팔을 놓지 않았다.

"얌전히 가려무나. 내가 더 독하게 나가기 전에."

"오라버니!"

아리사는 필사적으로 몸부림쳤지만, 여럿의 힘을 이길 수는 없었다.

"아리사 님!"

당황한 사라가 나섰지만, 그녀도 다른 이들에게 가로막혔다.

"그래, 사라. 너는 따로 할 일이 있단다."

"다, 당주님?"

"따라오너라."

사라는 문득 엄습해 오는 불길한 예감에 몸을 떨었다. 하지만 그렇다고 해서 레온하르트의 명을 어길 수도 없었다. 그녀는 레온하르트의 뒤를 따라가며 두근두근 뛰는 심장을 내리눌렀다. 그러면서 어떻게든 아리사를 변호할 기회를 노렸으나 분위기가 범상치 않았다. 결국 사라는 목적하던 장소에 도착할 때까지 아무런 말도 할 수 없었다.

'여긴 어디지?'

도착한 장소는 낮게 지어진 창고 같은 곳이었다. 레온하르트는 여전히 아무런 말도 없이 그 안으로 들어갔다. 망설이긴 했지만, 사라는 돌아갈 수 없음을 깨달았다. 그래서 떨면서도 레온하르트의 뒤를 따를 수밖에 없었다.

안으로 들어선 레온하르트는 곧바로 벽을 더듬어 벽돌 하나를 눌렀다. 그러자 창고 한편에 문이 생겼다. 레온하르트는 그 문의 어둠 너머로 발걸음을 옮겼다.

"당주님?"

이제 사라는 무서워졌다. 혹시나 해서 레온하르트를 불러 봤으나 그는 돌아보지 않았다. 레온하르트의 뒤를 따라 발걸음을 옮겼다. 어두운 속에서 아무것도 보이지 않아 차가운 돌벽을 더듬자, 제대로 관리가 되지 않았는지 미끌미끌한 이끼가 만져졌다. 평소라면 기겁을 했을 일이나, 지금은 그마저도 신경 쓰이지 않았다. 길게만 느껴지는 계단을 내려서자 갑자기 레온하르트의 목소리가 들려왔다.

"사라, 황궁에 지하 감옥이 있다는 소문은 들어 보았나?"

레온하르트가 사라의 귓가에 속삭였다. 그 나직한 목소리의 울림에 사라는 무서워 몸을 떨었다. 평소 보던 그가 아닌 것만 같았다. 지금은 그저 자신에게 해를 끼치려는 사람으로만 보였다.

"어디나 그렇지만 높은 사람들이 있는 곳엔 비밀스러운 장소가 존재하지."

레온하르트의 시선이 저 멀리 이어진 복도 끝의 어둠을 바라보았다. 그 양옆으로는 철창이 있는 감옥이 있었는데, 하나같이 제대로 되어 있는 곳이 없었다. 바닥에 거뭇하게 말라붙은 무언가의 자국. 구석을 누비는 살찐 쥐와 벌레 들. 그를 보며 사라는 직감했다. 이곳이 최근에도 사용되었다는 걸.

"나는 네가 이곳에서 나쁜 일을 당하는 걸 원치 않아."

어려서부터 사라는 아리사를 모셨다. 그 덕분에 레온하르트와도 알게 된 지는 오래되었다.

"하지만 필요하다면 해야겠지."

그리 말한 레온하르트는 다시 어둠으로 시선을 돌렸다. 그를 보며 사라는 눈을 질끈 감았다.

'죄송해요, 아리사 님!'

아무리 오랫동안 알아 왔고, 충성심이 강하다 하나 그녀도 귀족의 여식이었다. 이런 상황에 처해 협박을 받은 적이 없었단 소리였다.

"그래, 사라. 결정은 했나?"

"마, 만약에 말씀드리지 못한다고 하면 어떻게 되는 건가요?"

그 말에 레온하르트는 아무런 대답도 하지 않았으나 외려 그게 더 무서웠다.

"마, 말할게요."
"전부."
"전부 말할게요."
사라는 울먹이며 대답했다. 아리사에 대한 죄책감에 가슴이 아파 왔지만, 더 무서운 공포 앞에 무릎을 꿇었다.
'아리사 님을 위해서는 뭐든 할 수 있을 거라 생각했는데!'
그러지 못했다. 그게 더 괴로워 사라는 눈물을 떨어뜨렸다.

늦은 밤, 아이들은 머리를 맞대고 속삭이고 있었다.
"잘할 수 있을까?"
"잘할 거야. 열심히 연습했잖아."
리안이 복잡한 절차에 대한 걱정을 말하자 엔릴이 냉큼 대답했다.
"그래도 모르면?"
"내가 가르쳐 줄게."
"응, 고마워."
작은 손이 엔릴의 손을 꼭 잡았다.
"그보다 일찍 일어나야 한다고 했으니 이제 자자."
"응."
리안은 꼼지락거리며 편한 자세를 잡았다. 그리고 얼마 지나지 않아 곯아떨어졌다. 그런 누나를 보던 엔릴도 얼마 지나지 않아 하품을 하며 천천히 눈을 감았다.

"아침입니다."

이른 새벽, 시녀가 리안과 엔릴을 깨웠다. 커튼을 걷자 밝은 햇빛이 한 번에 확 하고 안으로 들어왔다. 그에 눈을 비비며 일어나자 곧바로 세숫물이 준비되었다.

처음에는 이것도 많이 어색했다. 엄마인 일란과 살던 바람의 궁에서는 이렇게까지 시중을 들지 않았던 탓이었다. 일란은 아이들이 뭐든 직접 할 줄 알길 원했기에 과도한 시중은 거부했다. 그러나 지금 여기에 일란은 없었고, 황제는 아이들이 황족의 생활에 익숙해지기를 바랐다. 어색한 태도로 세수를 한 아이들은 시녀들에게 감사 인사를 했다.

"감사합니다."

"감사 인사를 하시지 않으셔도 됩니다. 리안 님과 엔릴 님은 이제 황족이 되실 몸, 저희들에게는 하대를 하셔야 합니다."

시녀장이 부드러운 태도로 아이들에게 말했다. 이럴 때면 아이들은 난감했다. 엄마에게 배워 온 것과 상반되기 때문이었다.

이어 세숫물이 치워지고 간단한 차와 아침 식사가 준비되었다. 그를 먹으며 아이들은 이어지는 절차에 대한 설명을 다시 한번 들었다. 복잡한 절차에 조금 질리기는 했으나, 아이들은 서로의 손을 맞잡고 그 모든 걸 기억하기 위해 애썼다.

'실수는 하면 안 돼.'

그런 느낌이 들었다. 요 며칠간 있었던 일은 아이들을 힘들게 했지만, 버틸 수 있었다. 그보다는 아직 연락이 없는 엄마가 더 걱정될 뿐이었다.

이어 몸을 깨끗하게 씻고 옷을 갈아입었다.

"이 옷 불편해."

리안이 옷을 만지며 투덜거렸다.

"참아."

"참을 거야. 하지만 불편하다니까."

겉보기에도 많은 정성이 들어간 옷은 어마어마한 돈이 들어가기도 하였다. 눈썰미가 있는 사람이라면 기겁할 정도로. 황제는 작정하고 아이들에게 많은 돈을 쏟아부었다.

얼굴에 분도 바르고, 머리카락도 단정하게 정리하였다. 리안은 생전 처음 머리를 곱슬하게 말기도 했다. 동글하게 말린 머리카락이 신기해서 만지다 보니 익숙한 사람이 방 안으로 들어섰다.

"준비는 끝마치셨습니까?"

예전에 시녀 역할을 했던 밀레카였다. 그녀가 들어오자 시녀들이 물러났다. 밀레카는 평소와는 다르게 까만색 제복을 입고 있었다. 하지만 평소 입던 시녀복보다는 그게 훨씬 본인의 것인 듯 잘 어울렸다.

"전 본래 기사입니다."

그 의문을 풀어 주기라도 하려는 듯 밀레카가 아이들에게 말해 주었다.

"밀레카도 기사였어요?"

"네, 그림자 기사단의 일원입니다."

엄마인 일란이 기사라고 했을 때는 그걸 인식하고 있으면서도 크게 놀라지 않았다. 엄마는 강한 사람이었으니까. 그런데 지금 바로 앞에 있는 밀레카 또한 기사라고 한다. 겉보기에는 그렇게 보이지 않았기에 놀랄 수밖에 없었다. 그 사실에 아이들은 입을 벌렸다.

"사실 다른 사람도 기사예요?"

밀레카 외의 시녀도 기사냐는 질문이었다.

"아닙니다."

그 말에 아이들은 재차 놀란 표정을 지었다.

"황녀님과 황자님을 지키기 위해 저만 따로 투입된 것입니다."

부연 설명을 듣긴 했지만, 놀람은 쉽게 가라앉지 않았다.

"엄마도 기사랬는데……."

"맞습니다. 일란 님도 기사입니다."

비록 사직서를 내고 도망쳤으나, 그건 아직 수리되지 않았다. 그러니 지금도 기사인 건 틀린 말이 아니었다.

그렇게 두런두런 이야기를 나누고 있자니 문이 열리며 긴장한 표정의 기사 여럿이 나타났다. 행사가 진행될 홀까지 안전을 책임질 황궁기사들이었다. 그중 일란을 알고 있던 몇의 시선이 엔릴의 분홍빛 머리카락을 보고는 난감한 표정을 지었다. 대충 소문을 들어 알고는 있었으나 실제로 황가의 아이들을 보게 되니 그제야 실감이 되었다. 일란의 아이들이구나. 그리고 그 상대는…….

"모든 준비는 끝났나?"

황제였다.

"끝났습니다."

설마 진짜 황제가 직접 데리러 올 것이라 생각은 못 했는지 시녀들이 잠시 놀란 표정을 지었다. 그러나 그도 잠시였다. 안전을 위해 아이들을 황제의 방에서 머무르게 했을 때부터 어느 정도 짐작해 오던 일이었기 때문이다.

"가자."

황제가 말하자 리안과 엔릴은 달려가 그의 손을 냉큼 잡았다. 그 모습에 사람들은 다시 한번 놀랐고, 그중에는 황제도 포함되어 있었다. 아이들이 먼저 손을 잡을 것이라 생각지도 못했다.

"가요!"

아이들은 의지로 가득 찬 얼굴로 황제의 손을 잡아당겼다. 상상도 하지 못한 모습에 다른 사람들이 말려야 하나 고민했으나, 그도 길지 않았다. 밀레카가 조용히 손짓을 했기 때문이었다.

"그래, 가자."

황제는 양손에 아이의 손을 잡고 어색하게 앞으로 걸어 나갔다. 황제와 아이들의 모습은 지나는 길에 있던 대부분의 사람이 보았으며, 하나같이 무척 놀랐다.

"황가의 계보에 올리신다고 하더니. 정말 사랑스러우신가 보네요."

"저도 제가 이런 모습을 본 게 믿기지 않습니다."

"세상에, 그 폐하께서 아이들이라니……."

귀족들은 수군거리면서 리안과 엔릴의 얼굴을 살폈다. 아이들은 이런 시선 앞에 놓인 것이 처음일 텐데도 기죽은 모습을 보이지 않았다. 둘은 두근거리는 가슴을 억누르며 가슴을 펴고 당당해지기 위해 애썼다. 그 모습이 황제에게는 참으로 대견하게 느껴졌다. 이 나이대의 자신은 어땠던가. 그리 생각하며 아이들의 손을 더욱 더 힘주어 잡았다.

"저 어리지만 멋진 모습을 보세요."

"역시 황가의 피가 어디로 가지는 않는 모양이네요."

사람들은 그런 아이들을 보며 감탄사를 내뱉었다.

그렇게 이동하여 홀을 얼마 남겨 두지 않았을 때, 황제가 말했다.

"여기서부터는 따로 가야 한다."

"네!"

"그럴게요."

리안은 힘차게, 엔릴은 차분하게 대답했다. 그 모습을 물끄러미 보던 황제는 몸을 숙이고 아이들과 눈을 마주쳤다. 황제와 일란을 닮은 눈동자가 또랑또랑하게 마주 보고 있었다.

"잘할 수 있을 거다. 너희들은 내 아이니까."

그 말에 아이들은 밝게 웃었다. 그동안은 황제가 아빠임을 알아도 그걸 드러내지 않았다. 하지만 지금은 달랐다. 둘은 황제를 아빠로 인식하고 있었다.

"잘할게요!"

아이들은 황제에게 곧바로 씩씩하게 대답했다. 그 모습 또한 사랑스럽고 귀여운지라 두고 가기에 발걸음이 무거웠다. 그러나 가지 않을 수가 없었다.

"기대하겠다."

그리 말한 황제는 곧바로 몸을 세워 홀로 들어섰다. 거대한 문이 열리며 붉은 벨벳이 깔린 길을 지나 황좌를 향해 걸었다.

처음 귀족을 모조리 모아 두고 이 길을 걸었을 때는 손이 피투성이였다. 수많은 목숨을 거둔 뒤였기 때문이다. 그런데 지금은 그 길을 아이들을 위해 걷고 있다. 그 차이가 너무나도 커서 황제는 저도 모르게 희미하게 웃음 지었다.

마침내 황좌에 도달하여 자리에 앉자 양옆에 나열하여 서 있는 귀족들이 눈에 들어왔다. 그들 중에는 죽이려고 마음먹고 있는 이들도 있었다. 제국의 앞길에 방해만 되는 자들, 존재해 봤자 도움이 되지 않는 자들 말이다. 그들을 바라보는 황제의 눈길이 싸늘해졌다. 그러나 그도 잠시, 홀의 문이 다시 열리자 그리로 시선을 옮겼다.

커다란 문이 열리며 아이 둘이 손을 잡고 들어섰다. 모든 것이 크고 화려한 속에서도 아이들은 작게만 느껴지지 않았다. 당당한 태도가 그들의 존재감을 더 뚜렷이 만들어 주고 있었다. 황제는 그 모습 또한 대견하게 느껴졌다. 아이들을 칭찬하자면 하루가 짧을 것 같았다.

리안도 엔릴도 고개를 숙이지 않고 넓고 긴 빨간 벨벳 위를 걸었다.

"저분들이……."

아직 아이들을 보지 못한 귀족들이 작게 감탄사를 내뱉었다.

"정말 폐하를 닮았어요. 저 당당한 모습. 마치 폐하를 연상시키네요."

몇몇은 임명식을 못마땅해했지만, 황제가 두려워 그를 드러내지 않았다.

'어미가 천한 신분이라지.'

'세상에. 평민의 아이가 황가의 계보에 들다니.'

'예전이라면 있을 수 없는 일이지.'

그렇기에 속으로만 생각을 하며, 악의 서린 눈으로 아이들을 바라볼 뿐이었다. 그를 아이들이라고 모르는 것은 아니었다. 그런데도 리안과 엔릴은 꿋꿋하게 앞으로 나아갔다. 사라진 엄마는 더 고생을 하고 있을지도 모르는데, 여기서 무너질 수는 없었.

어긋남 127

'힘내자, 리안.'

'응, 엔릴.'

아이들은 서로 잡은 손에 더욱더 힘을 주었다. 그리고 마침내 황좌 앞에 도달했다. 그동안 편하게 대해 왔던 황제가 너무나도 높게만 느껴졌다.

그래도.

리안과 엔릴은 미리 공부해 뒀던 것을 떠올리며 예의를 갖춰 황제에게 인사를 했다.

"폐하를 뵙습니다."

"폐하를 뵙습니다."

둘은 배운 대로 훌륭하게 인사를 해냈다. 문제가 있다면 황제에게 있었다. 그는 아이들이 자신을 폐하라 부르는 것이 못마땅했다. 이제야 간신히 아빠라고 부르기 시작하려는 마당에 다시 딱딱한 예전의 호칭을 듣기 싫었다. 그리하여 다들 놀랄 만한 선언을 하고 말았다.

"아버지라 불러도 된다."

그 말에 다른 귀족들의 눈이 휘둥그레졌다. 저 황제가 아이들에게 아버지라 불러도 된다 하였다.

"아니면 아빠도 좋고."

심지어 아빠라 하여도 좋다고 했다. 그 말에 실린 무게는 결코 가볍지 않았다. 저 정도의 총애라면 다음 후계자는 보지 않아도 뻔했다. 저 아이들 중 하나가 그다음 황제가 될 것이다. 악의 서린 시선이 수그러들고, 몇몇이 몸을 똑바로 폈다. 그를 아는지 모르는지 리안은 냉큼 말을 바꾸었다.

"아빠."

다시 한번 커다란 술렁임이 홀을 스치고 지나갔다. 다들 말은 하지 않고 있었지만, 충분히 놀란 모습을 보여 주고 있었다. 엔릴도 그를 눈치챘으나, 굳이 누나인 리안을 말리지 않았다.

"아버지를 뵙습니다."

그저 누나가 그러했듯이 황제를 부를 뿐이었다.

"아빠라고 불러도 된다 하지 않았나."

그 말에 엔릴은 태연하게 대답했다.

"더 익숙해지면요."

그 말에 황제가 못마땅한 표정을 지었지만, 더는 뭐라 하지 않았다. 그 모습에 라온 후작은 속을 끓였다. 이것은 대놓고 하는 선전 포고가 아니던가! 이렇게 아이들을 아끼니 해코지를 할 생각 하지 말라고 말이다. 어디서 굴러먹다 온 건지 모를 아이들을 황가의 핏줄로 삼는다고 할 때부터 찝찝하더니만.

그러나 라온 후작은 훌륭하게 자신의 내심을 감추었다. 이 바닥에서 살아남은 지 오래된 능구렁이가 그리 쉽게 본색을 드러낼 리 없었다.

'여기서 본심을 드러내는 건 바보들이지.'

그리 생각하며 무심결에 옆을 바라본 라온 후작은 레온하르트의 모습에 의문을 가졌다. 언제나 나이답지 않게 감정을 잘 숨기던 그가 주먹을 꽉 쥐고 있었다. 명색이 기사단장인 그가 여기에 참여한 것이야 공작이니 그렇다 치더라도, 이 반응은 이상했다.

'뭔가 더 있다.'

라온 후작이 그리 생각하는 것도 이상하지 않았다. 그리고 그의 생각은 틀리지 않았다. 레온하르트는 황궁 경호를 핑계로 이 자리를 피하려고 했지만, 그럴 수 없었다. 황제가 참여를 명했기 때문이다. 그러고서는 대놓고 이런 모습을 보여 주었다. 그게 레온하르트의 분노를 이끌어 냈다. 속이 뒤틀리는 것 같았다. 폭력적일 정도의 충동을 주먹을 꽉 쥠으로써 감춘 그는 황제를 보았다.

저 자리에 황제가 있어서는 안 됐다. 자신의 부모님을 죽이고, 자신마저 이렇게 만든 그가!

그러는 사이, 절차는 차근차근 진행되고 있었다. 모든 것이 끝나고 아이들이 황가의 핏줄이 되면, 그때는 일란도 더욱 쉽게 황후가 될 수 있을 것이다. 레온하르트는 그게 너무나도 싫었다. 하지만 지금 그가 할 수 있는 일은 없었다. 아직 준비되지 않은 상태에서 황제에게 반기를 들 수는 없었다.

그러니 지금은 지켜보기만 할 뿐이었다. 일란을 닮은 아이들은 너무나도 훌륭하게 맡은 바 역할을 해내고 있었다. 레온하르트는 이를 아득 물었다. 이제 아이들에게 접근하기도 더 어렵게 되었다.

그리고 마침내,

아이들은 이름을 내려 받았다.

"리안 디 엘 사자드, 너를 황녀로 인정한다."

"네!"

"엔릴 디 엘 사자드, 너를 황자로 인정한다."

"네."

이름은 원래 가진 이름에서 변화가 없었다. 황제는 일란이 지어 준 이름을 굳이 마음대로 바꾸고 싶지 않았다. 그저 성이 자신과 같아졌다는 데 만족을 느꼈다.

마지막 절차로 황가의 계보에 둘의 이름이 새겨졌다. 이제 아이들은 빼도 박도 못하게 황가의 일원이 되었다. 모든 절차가 끝나자 아이들은 서로 바라보며 안도의 웃음을 지었다.

"이제 공식적으로 이들을 황가의 일원으로 인정한다."

그 말은, 이제 아이들을 해치면 그게 곧바로 반란이란 소리였다. 황족을 해치는 자들에게 내려질 것은 무서운 철퇴일 것이다. 그래도 손을 쓰려는 자는 분명 있겠지만, 최소한 목숨을 노리는 떨거지들은 줄어들 것이 분명했다. 그리고 황제는 이제 아이들의 공식적인 아버지가 된 셈이었다. 다른 무엇보다 그것이 무척 마음에 들었다.

이로써 황족의 임명식이 끝났다. 황제는 그대로 황좌에서 내려가 아이들에게 손을 내밀었다.

"같이 돌아가자."

얌전히 고개를 숙이고 있던 아이들은 그런 황제에게 다시 손을 내밀었다.

"네!"

그리고 그의 손을 잡고서 붉은 길을 되돌아갔다. 여러모로 놀랄 일들의 연속이었다.

일란은 악착스럽게 회복에 집중했다. 그러나 아직 도망칠 만한 방법은 보이지 않고 있었다. 창문에는 창살이 있었으며, 언제나 문은 다른 사람이 지켰다.

'이길 수 있을까?'

가늠해 보긴 했지만, 잘 모르겠다. 상처가 커서 노력과는 별개로 회복이 더딘 탓이었다. 게다가 회복해서 나선다고 하여도 이곳의 규모가 어떤지, 몇이 머무르는지 아직은 모르고 있었다. 알베르는 철저하게 정보를 통제하였고, 그런 상황에서 자신이 이곳에 대해 알아내는 것은 불가능에 가까웠다. 잘못하다가는 얼마 도망치지 못하고 도로 잡혀 올 것이다.

"하아."

저도 모르게 깊은 한숨이 새어 나왔다. 이 와중에 알베르는 또 매일 찾아오며 안부를 물었다. 차라리 가만있으면 덜 밉기나 하지. 마음 같아서는 한 대 후려치기라도 했으면 좋겠다. 얌전히 맞아 주려 하지는 않겠지만 말이다.

오늘도 슬슬 알베르가 올 때인가, 싶어 문을 바라보는데 오지 않았다. 심지어 외부가 소란스러운 느낌도 들었다. 일란은 몸을 일으켜 문가에 몸을 가까이 했다. 두터운 문을 뚫고 목소리가 새어 들어왔다.

"자리를 지켜!"

알베르의 목소리였다. 그 소리가 들리자마자 문 앞에서 우왕좌왕하던 발소리가 멈췄다. 고작 알베르의 말 한마디에 소란이 멈췄다. 역시 알베르는 이곳에서 상당히 높은 지위인 듯했다. 그리고 지금까지의 상황을 봐서는 이곳에 무슨 일이 생긴 모양이었다.

'누군가의 침입을 받은 건가?'

추측해 보았지만 정확한 것은 없었다. 직접 보지 못했으니까. 일란은 다시 침대로 향한 뒤 끄트머리에 걸터앉았다. 아직 회복이 덜 된 상처가 시큰하게 아파 왔다.

'무슨 방법이든 내야 해.'

아니면 차라리 알베르를 인질로 잡을까? 생각한 적도 있었다. 그가 지위가 높다는 가정하에 말이다.

'아냐, 위험해.'

만약에 그들이나 알베르가 자신의 목숨을 포기하면 소용없는 이야기였다.

'어쩐담.'

알베르가 전해 준 이야기에서 아이들은 이미 황족이 되었다. 심지어 황제가 아이들에게 아빠라고 부르라 말했다고 한다.

'이걸 믿어야 하나?'

그리 생각하긴 했으나 자신이 아는 황제라면 불가능한 이야기는 아니었다. 그렇게 힘들게 도망 다닌 세월이 전혀 소용없게 된 것 같았다. 아이들은 자신의 의사와 상관없이 황족이 되었고, 자신은 아직 여기에 갇혀 있었다. 모든 상황이 최악으로 돌아가고 있었다.

'일단 도망칠 수만 있다면.'

그러다 문득 떠오른 생각이 있었다. 무척 짜증 나고 열받는 생각이긴 했지만 가능성은 있다 생각되었다.

황제는 꿈속으로 들어올 수 있다.

일정 범위 내라는 조건이 붙긴 했지만, 자신이 아는 그라면 찾아내기 위해서 악착같이 애쓸 사람이었다. 그 범위가 얼마이든 시도해 볼 사람이란 소리였다.

일란은 그대로 뒤로 누웠다. 낡은 천장을 바라보다가 이어 눈을 감자 어둠이 내려왔다. 황제 하나만을 믿고 이러기엔 위험한 일이라는 걸 알고 있었다. 그렇지만 어쩐지 그러면 자신을 찾아내어 꿈속에 들어올 것 같았다.

'나를 찾아 줘요.'

일단 모든 것은 이곳을 벗어나고 난 뒤 해결할 생각이었다. 아이들이 황족이 된 것도, 다른 것도 문제였지만, 그보다 가장 시급한 일은 탈출이었다.

푸드득.

정보를 전하러 아리사의 방을 찾은 전서구는 창가에 서 있던 사람의 팔 위에 착지했다. 날카로운 발톱이 팔뚝을 휘감았으나 살을 뚫지는 못했다.

턱.

이어 뻗어 나온 손이 전서구를 잡아채더니 발목에 달린 작은 통을 열어 보았다. 그리고 그곳에 적힌 내용을 본 남자, 레온하르트는 미간을 찌푸렸다.

"정말 사라의 말이 맞았군."

간이 커도 보통 큰 게 아니었다. 크레센트 공작가의 보안을 뚫고 아리사에게 전서구를 보내다니. 들키면 양쪽 다 무사하기 힘들 텐데. 아니면 그만큼 크레센트 공작가를 우습게 봤다는 소리인가. 레온하르트의 입꼬리가 삐딱하게 올라갔다.

전서구의 발목에서 떼어 낸 작은 통에는 아리사의 안부를 묻는 쪽지가 들어 있었다. 물론 이 쪽지가 아리사에게 갈 일은 없을 것이다.

현재 아리사는 동쪽 탑에 감금되어 있었다. 공작가의 저택 내에서 가장 높은 장소이며, 창문에도, 문에도 몸이 통과할 만한 부분에는 전부 창살이 쳐져 있다. 거기서 홀로 생활하고 있다. 붙여 놓은 시녀도 사라와는 다르게 아리사에게 충성스러운 여자가 아니었다. 레온하르트 쪽의 사람으로, 명만 떨어지면 아리사에게 무기도 들이댈 수 있는 여자였다.

그렇게 여러모로 어려운 생활을 하고 있었지만, 레온하르트는 크게 신경 쓰지 않았다. 미안함이 지속되기에는 아리사가 저지른 일이 너무 컸다.

'지금까지 어떻게 여기까지 버텼는데.'

기회를 잡기 위해서 황제에게 무릎을 꿇고 치욕을 참아 왔다. 그런 게 아리사 하나 때문에 모두 수포로 돌아갈 뻔했다. 예전이라면 모를까, 지금이라면 황제도 쓸모없어진 자신을 반란군과 엮는 데 망설임이 없으리라.

"만나자고 적어라."

레온하르트가 뒤쪽으로 종이를 던지자 미리 대기하고 있던 필체 위조가가 종이 위에 단어를 적기 시작했다. 수신인이 달라진 걸 알 수 없는 전서구는 레온하르트가 목을 쓰다듬어 주자 기쁘게 울었다.

"다 적었습니다."

필체 위조가가 적은 글씨는 놀랍도록 아리사의 것과 닮아 있었다.

"나도 구분하지 못하겠군."

"헤헤, 이게 제 밥벌이입니다요."

정해진 대가를 받은 필체 위조가는 굽실거리며 웃어 댔다. 앞으로 벌어질 일을 상상하지도 못한 채 말이다.

이윽고 전서구는 다시 소식을 안고 원래 주인에게로 날아갔다.

"추적해."

혹시 모르니 가는 길을 따라 추적까지 명했다. 이제 얼마 남지 않았다. 일란을 찾을 수 있는 단서를 손에 넣는 날이. 그를 위해서는 변수가 더 생겨서는 곤란했다. 그렇기에 레온하르트는 아리사에게 붙여 둔 시녀에게 물었다.

"아리사는 잘 지내고 있던가?"

"네, 잘 지내고 계십니다."

그럴 리가 있나. 레온하르트는 아리사의 성격을 알고 있었다. 아마 이를 바득바득 갈며 자신을 기다리고 있을 것이다. 또는 전서구의 주인을 기다리든가.

"외부와 연락하는 기미는 없고?"

"없습니다."

사실상 탑에 갇힌 데다가 감시까지 당하고 있으니 연락하기도 쉽지 않다. 게다가 아리사가 갇힌 사실을 아는 이는 레온하르트를 포함하여 몇 명 되지 않았다. 대부분의 사람은 아리사가 근신 이후에 수도에서 떨어진 휴양지로 요양을 간 것으로 알고 있었다. 레온하르트는 차가운 얼굴로 내뱉었다.

"그래도 한 번쯤은 만나 봐야겠군."

사라에게 이미 이야기를 거의 다 들었지만, 확인할 겸 만나야겠다는 생각이 들었다. 비록 버리다시피 한 동생이었으나 여러모로 완전히 관심을 두지 않는 것은 불가능했다. 동생이라서가 아니라, 그녀가 저지른 일 때문에.

"동쪽 탑으로 간다."

"모시겠습니다."

"아니, 됐다. 혼자 다녀오지."

레온하르트는 따르려는 이들을 마다하고 아리사가 감금되어 있는 탑으로 향했다.

터벅터벅 높은 탑을 올라가 가장 위층에 다다르자, 문이 단단히 잠긴 작은 방이 눈에 들어왔다. 두터운 문에 난 작은 창에는 창살이 쳐져 있어, 방의 용도를 짐작하는 것은 어렵지 않았다.

탑이라고 하나 감옥과 다름없는 장소였다. 예로부터 갇혀 왔던 이들도 하나같이 공작가에 돌이킬 수 없는 잘못을 저지른 이들뿐이었다. 고귀한 핏줄을 죽일 수는 없어 가둬 두기 위해 만든 방. 레온하르트는 낡은 열쇠를 꺼내 문을 열었다.

끼익.

문이 열리기가 무섭게 신경질적인 목소리가 들려왔다.

"내가 들어오지 말라고 했잖아!"

그리 외치며 뒤돌아보던 아리사의 시선이 레온하르트와 마주 닿았다.

"오라버니?"

높아졌던 아리사의 목소리가 낮아졌다.

"아리사."

이름을 부르자 입술을 질끈 깨무는 모습이 보였다.

"여긴 무슨 일이신가요?"

"동생을 보러 오지도 못하나."

"동생? 제가 동생으로 보이긴 하나요? 대체 제가 왜 여기에 갇혀야 하나요?"

침대와 탁자 하나가 전부인 이런 차가운 방에서. 아리사는 지금까지 이런 대접을 받아 본 적이 단 한 번도 없었다.

"네가 손을 잡지 말아야 할 이들과 손을 잡았으니까."

"무슨 소리를 하는지 모르겠네요."

아리사는 모르는 척하려는 모양이었지만, 소용없는 이야기였다.

"이미 사라가 전부 이야기했다."

레온하르트가 사실을 밝히자 아리사의 눈동자에 절망이 스치고 지나갔다. 그녀의 목소리가 떨려 왔다.

"사라가요?"

"그래."

"그럴 리 없어요!"

아리사의 발악과도 같은 말에 레온하르트는 대답하지 않았다.

"사라가 그럴 리 없어요! 아니죠? 그렇죠?"

"마음대로 생각하렴."

그 말에 아리사가 그대로 바닥에 주저앉았다. 사라가 자신을 배신했다는 정신적인 고통이 그녀를 괴롭히는 듯했다. 아리사는 양손으로 얼굴을 가렸다. 우는 듯한 모양새였다. 한참을 그러다 목멘 목소리로 레온하르트를 불렀다.

"오라버니."

레온하르트는 아무런 대답도 하지 않았다.

"오라버니."

아리사가 대답 없는 레온하르트를 재차 불렀다. 얼굴을 가린 양손이 가늘게 떨리고 있었다.

"왜 그러느냐."

레온하르트는 그제야 아리사의 부름에 답을 하였다.

"어째서 부모님이 죽도록 내버려 두셨나요?"

그 말에는 레온하르트도 동요할 수밖에 없었다.

"어째서 부모님의 원수에게 충성을 맹세하셨나요."

이제 아리사도 모든 걸 알게 된 모양이었다. 다만 깊은 사정까지는 모르고 있는 듯했다. 그렇다면 굳이 전부 말해 줄 생각은 없었다. 앞으로 하려는 일에 조금의 변수도 있어서는 안 되니까.

"너는 알 것 없다."

그 말에 아리사가 얼굴에서 손을 뗐다. 물기가 그렁그렁한 눈동자가 표독스럽게 레온하르트를 쏘아보았다.

"언제나 저에게는 감춰 오셨죠! 저도 알 권리가 있어요!"

"아니, 그건 너에게 허락되지 않은 것이다."

"제 부모님이기도 해요!"

"하지만 아리사, 넌 할 수 있는 게 없잖니."

그 말에 아리사는 가슴이 턱 막혀 옴을 느꼈다.

"저, 저도 할 수 있는 게 있어요."

어떻게든 반박해 보려 하였으나, 이내 레온하르트에게 가로막혔다.

"아니, 이제 없을 거다."

저택에서 아리사를 따르는 이들은 이미 대부분 처리했다. 남은 이들은 이미 자신에게로 마음을 돌린 이뿐이었다. 게다가 사라

또한 감옥에 갇혀 있었다. 아리사의 편은 존재하지 않았다.
"대체 무슨 짓을 하신 건가요?"
"네가 생각하는 것과 같은 짓이겠지."
"어떻게 나에게 이럴 수 있어요!"

아리사가 발악하듯 외치며 레온하르트에게 다가왔다. 반쯤 미친 듯한 모습이었으나 레온하르트는 미동도 하지 않았다. 그저 담담한 태도로 사과를 할 뿐이었다.

"미안하다."

아무리 필요에 의한 일이라고 하나 어릴 때까지만 해도 사이가 나쁘지 않던 남매였는데. 지금은 이렇게 되어 버렸다. 자신이 아리사에게 해 줄 수 있는 것이라고는 사과의 말이 전부였다.

"제가 원하는 건 그런 형식적인 사과의 말이 아니에요!"
"내가 해 줄 수 있는 건 이게 전부다."

단호하게 끊는 말에 아리사가 레온하르트의 가슴에 무너지듯 쓰러지며, 그의 옷자락을 잡았다.

"왜 이리 잔혹하신가요?"

그 말에 레온하르트는 그녀에게 작게 속삭였다.

"아리사, 그건 너도 그렇지 않니."

이미 사라에게 모든 걸 들은 뒤였다. 사이가 이렇게 되었다고 하나 둘은 거울을 마주 보듯 닮아 있었다. 원하는 것을 위해서라면 무엇이든 할 수 있다. 그게 레온하르트와 아리사였다. 그 말의 의미를 깨달은 아리사는 레온하르트에게서 몸을 떼어 냈다.

"우리는 똑같단다."

이어지는 레온하르트의 말을 들으며 아리사는 그저 가만히 몸을 뗄 뿐이었다. 그 말을 끝으로 레온하르트는 아리사를 두고 등을 돌렸다. 두터운 문은 다시 닫히고, 열쇠가 돌아갔다. 아리사는 다시 탑 안에 갇힌 처지가 되었다.

그런 그녀를 두고 레온하르트는 발걸음을 옮겼다. 당장 급하게 해야 할 일이 한둘이 아녔다. 이제 다시 머릿속에서 아리사를 지워야만 했다.

그리고 그날 새벽이 지나기도 전에 전서구가 답을 가지고 돌아왔다.

"생각보다 먼 곳에 있지 않은 모양이군."

좀 더 멀었다면 전서구가 당일에 도착하는 일은 없었을 것이다. 소요된 시간을 추정한다면 반란군은 수도 내에 있다는 소리가 되었다.

'대담하군.'

하긴, 그러니까 황제의 사람에게 손을 댈 수 있었을 것이다.

'일란.'

레온하르트는 잠시 눈을 감았다 떴다. 전서구의 쪽지에는 만날 장소가 적혀 있었다. 이리로 향해서 그들을 잡아내면 일란을 찾을 수 있을지도 모른다. 하지만 레온하르트의 목표는 거기서 그치지 않았다.

'일란도 찾고, 반란군도 이용한다.'

이런 좋은 기회를 허무하게 날려 버릴 수는 없었다. 황제에게 적대적인 세력과 손을 잡기 위해 물밑에서 얼마나 애써 왔던가. 그런데 이렇게 굴러 들어오게 되다니. 놓칠 수 없었다.

알베르는 돌아온 전서구의 쪽지를 보고 고개를 갸우뚱거렸다.
"왜 그러십니까?"
"아니, 크레센트 공작 영애가 우리를 다시 만나고 싶다는군."
"그렇게 힘들게 빠져나왔으면서 말입니까?"
"그래, 어쩐지 좀 찝찝한걸."
저번에 알베르는 아리사를 방까지 안내해 주지 못했다. 저택의 경계가 갑자기 강화되었기 때문이다. 아마도 아리사가 사라진 것을 누군가가 알아챘으리라. 그 누군가는 크레센트 공작일 가능성이 높았고. 만약에 이 쪽지를 보낸 자가 아리사가 아니라 크레센트 공작이라면 여러모로 이야기가 복잡해진다.
"이 사람은 믿어야 할지 말아야 할지 모르겠단 말이지."
그래서 크레센트 공작을 피해 아리사와 접촉한 것이기도 하고 말이다.
"어쩌면 함정일지도 모릅니다."
"그럴 가능성도 있지."
일단 상대는 황제에게 충성을 맹세한 사람이니 불가능한 이야기는 아니었다. 그러나 선뜻 피해 가자는 이야기도 나오지 않았다. 어딘가 석연찮은 부분이 있었기 때문이다.
"한번 만나 봤으면 좋겠는데."
알베르의 말에 베른이 단호하게 말했다.
"위험합니다."
"알아, 알지만 만나야 할 것 같아."
"또 그놈의 감입니까?"
"감도 있고, 우리를 소탕하려 하기보다는 은밀히 만나려는 것 같은 느낌이 더 커서 말이지.”

“그러면 다른 사람을 내보내 상황을 살펴보기로 하죠.”

“아니, 내가 나간다.”

“알베르 님!”

“윽, 소리가 너무 크잖아.”

“제정신이십니까?”

베른이 눈썹을 치켜세우며 알베르에게 소리쳤다.

“지금 여기서 가장 중요하신 분은 알베르 님이십니다. 그런데 직접 만나시겠다니요! 차라리 제가 나가겠습니다!”

“넌 안 돼.”

“왜 안 됩니까!”

“안 된다니까. 넌 너무 요령이 없어.”

“그렇다고 도박을 하실 생각이십니까?”

“때로는 도박도 필요하지.”

그 말과 함께 알베르는 작은 쪽지를 들어 재차 확인했다. 저번에 보았던 아리사의 필체와 똑같긴 했으나 역시 도무지 그녀일 거라고는 생각되지 않았다.

“그럼 크레센트 공작이 무슨 생각인지 한번 알아보자고.”

“알베르 님!”

베른은 어떻게든 알베르를 설득하려고 했으나 그는 끄덕도 하지 않았다. 한번 하고자 하면 어떻게든 해내려는 성격이 발동한 모양이었다.

‘어째서 이분은 자신의 위치를 잊으시는가!’

지금에 와서 알베르가 사라지면 반란군의 구심점이 사라지게 된다. 지금까지 세워 온 계획이 엉망이 될 수도 있었다. 또한 베른은 자신이 오랫동안 모셔 온 알베르가 고통을 겪길 원하지 않았다. 하지만 말릴 수가 없었다. 언제나 그러하듯이 베른은 알베르에게 넘어갔다.

"대신 안전에 만반을 기하셔야 합니다."

"물론이지. 나도 죽으러 가는 건 아니라고. 이런 데서 죽을 수야 없지."

알베르는 그리 말하며 손에 든 쪽지를 살랑살랑 흔들었다.

상대가 만나고자 하는 위치는 작은 산에 있는 산지기의 오두막. 이런 장소에 아리사를 불러낼 리 없다. 아리사가 혼자서 거기까지 오리라 생각하고 있을 리도 없고.

'보나 마나 함정이겠지.'

상황을 추측하는 것은 어렵지 않았다.

'대담한 인물이군.'

상대가 누군지는 레온하르트도 알고 있었다. 아니라면 반란군의 후원자라고 하기도 민망할 터.

망국의 왕자 알베르.

제법 영리한 이인 건 알고 있었으나, 이리 대담한 면도 있었을 줄이야. 하긴, 그렇지 않았으면 아리사에게까지 손댔을 리가 없었다.

「가겠다.」

이번에는 속이지 않고 자신의 필체로 답을 썼다. 속고 속이는 상황에서 먼저 자신을 내보인 것이다. 이에 상대가 어떻게 반응할지는 모르겠지만, 허를 찌를 수도 있다. 지금은 그 정도면 되었다. 전서구는 답을 안고서 왔던 곳으로 다시 돌아갔다.

반란군이 지정한 장소는 수도에서 멀지 않은 장소였다. 이는 그 주변에 미리 크레센트 공작가의 사람이나, 용병을 깔아 두는 게 가능하단 소리였다. 날짜가 다소 촉박하긴 했지만 어렵지 않은 일이었다. 그는 크레센트 공작가의 당주였으니까.

황제가 다른 귀족들을 누르고 있는 상황에서 그가 속한 크레센트 공작가만은 그 영향을 덜 받고 있었다. 황제의 미끼였으니까. 그러나 레온하르트는 그러지 않기로 했다.

'최소한의 병력으로 만나러 간다.'

레온하르트에게도 대담함이 필요한 때였다. 지금은 그럴 필요성이 있었다. 그렇지 않고서야 일란을 만나기 쉽지 않을 것이다.

'이 모든 것은 일란을 위해서.'

반란군이 일란을 고문하거나 죽일 생각을 하게 되면 곤란했다. 아니, 곤란한 정도가 아니었다. 생애 처음으로 눈이 가고, 반한 사람이었다. 그런 일란을 이렇게 쉽게 잃을 수는 없었다. 그렇기에 레온하르트는 모험을 하고자 했다.

일란을 만나기 위한 모험을.

당일, 레온하르트는 심복 하나와 길을 안내할 산지기 하나만을 데리고 산을 올랐다. 오두막 근처에서 산지기는 돌려보냈다. 물론 그가 산 아래까지 무사히 내려갈지는 알 수 없었다. 설사 자신이 손을 대지 않더라도 반란군이 가만있을 리가 없었다. 당장 손에 들어온 금화를 들고 기뻐하던 산지기에게는 안된 이야기였지만, 필요한 일이었다.

오두막 주변에 몇몇이 숨어 있음을 느낄 수 있었지만, 레온하르트는 상관하지 않았다. 하나같이 레온하르트보다는 하수였다.

그런 레온하르트를 보는 반란군들의 표정은 미묘해졌다.

"너무 태연하군."

"포위되었음을 알 텐데도. 아니, 애초에 기사 하나만을 대동한 것도 이상해."

"이상한 일이지만, 우리가 참견할 일은 아니지."

그들은 그들의 장인 알베르를 믿고 있었다. 지금까지 그의 말을 따라서 크게 실패한 적이 없었다. 그러니 지금은 증오를 억누르고 가만히 숨어서 지켜볼 뿐이었다.

"숨어 있는 자들이 있습니다."

레온하르트보다 약간 뒤늦게 인기척을 느낀 기사가 말했다.

"내버려 둬."

"알겠습니다."

반란군이 알베르를 믿는 것처럼, 기사 또한 레온하르트를 믿었기에 우직하게 뒤를 지켰다. 레온하르트는 그대로 느긋하게 걸어 산지기의 오두막에 도착하였다. 도착한 뒤 기사가 앞장서 문을 두드렸다.

똑똑.

낡은 문이 흔들리며 작은 소리가 울렸다.

삐걱.

문이 열리며 커다란 덩치의 남자가 기사를 맞이했다. 베른이었다. 그는 입을 꾹 다물고 주변을 둘러보더니 그들을 들여보내 주었다.

알베르가 크레센트 공작이라면 소수로 올 거라 하였는데 그 말이 맞아떨어졌다. 역시 자신의 주군은 언제나 기대에 어긋나지 않았다. 그 말은 사라나 아리사에게서 정보를 전부 쥐어 짜냈을 거라는 추측도 맞아떨어질지 모른단 소리였다.

겉은 저리도 정의로운 기사처럼 보이건만. 결국은 그도 제국의 귀족이었다. 베른은 그게 소름 끼쳤다. 동시에 알베르가 안타까워졌다. 만약에 왕국이 그렇게 되지 않았더라면 더 크게 되셨을 분인데.

"초대받지 않은 손님이시군요."

"그렇게 생각하나? 그런 것치고는 너무 쉽게 들여보낸 것 같은데?"

알베르의 말에 레온하르트가 피식 웃으며 맞받아쳤다.

"공작님은 못 속이겠군요."

어깨를 으쓱한 알베르가 웃으며 의자를 가리켰다.

"앉아서 이야기하지 않으시겠습니까? 베른, 차를 부탁해."

그 말에 베른은 망설임 없이 차를 준비하기 시작했다. 황제의 개라 불리는 크레센트 공작을 마주친 것치고는 지나치게 태연한 태도였다. 그는 레온하르트도 마찬가지였다. 레온하르트는 의자에 앉아 알베르를 마주 보았다. 이어 베른이 끓인 차가 둘 앞에 놓였다.

"드십시오. 베른이 차는 제법 잘 끓입니다."

"아니, 됐다. 차를 그다지 좋아하지 않아."

"그러면 술이라도?"

"날 만족시킬 만한 술이 있을지 모르겠군."

그리 말하며 레온하르트는 눈을 휘어 웃었다. 표정은 웃고 있었으나 내심은 달랐다. 당장이라도 알베르의 멱살을 잡고 일란이 있는 곳을 토해 내라 이르고 싶었다. 미리 각오를 하고 왔으나 막상 일란이 있는 곳을 알 만한 이를 마주하니 마음이 풍랑을 만난 듯 흔들렸다.

"안타깝게도 없겠군요."

알베르는 쉽게 이야기를 시작하지 않고 시간을 질질 끌었다. 둘은 서로 우위를 차지하기 위해 상황을 엿보았다. 먼저 말을 꺼낸 이는 레온하르트였다.

"그래, 그런데 나는 그대를 뭐라 부르면 되나? 왕자 전하? 아니면 반란군의 수장?"

모든 것을 알고 있다는 듯한 레온하르트의 말에 알베르의 몸이 잠시 경직되었다. 그러나 그도 잠시, 곧 긴장을 풀었다. 아리사가 알아본 얼굴을 그의 오라버니인 레온하르트라고 모를 리 없었다. 알베르는 잠시 침묵을 지키다 천천히 말했다.

"반란군의 수장이면 됩니다. 그냥 알베르라고 불러 주십시오."

"뿌리를 부정할 셈인가?"

이어지는 말에 알베르의 미간이 찌푸려졌다. 그는 베른이 욱해서 앞으로 나서려는 걸 손으로 가로막았다.

"아닙니다. 다만 지금의 상황을 잘 알고 있을 뿐이죠."

"주제를 잘 아는 이는 싫어하지 않아."

"제가 주제 파악 하나는 잘하죠."

알베르가 씨익 웃어 보였다.

"그런데 여기까지는 어인 일로 찾으셨습니까?"

"왜 찾았을 것 같나?"

레온하르트가 되묻자 알베르는 가만히 그의 얼굴을 바라보았다. 무심한 얼굴에서 읽어 낼 수 있는 것은 많지 않았다. 그중에서 잡아낸 유일한 감정은 약간의 초조함뿐이었다.

"크레센트 영애 때문입니까?"

아예 틀린 말은 아니지만 헛짚었다.

"글쎄. 맞혀 보는 건 어떻겠나?"

"맞히면 상이라도 줍니까?"

"어쩌면 그럴지도 모르지."

"반드시 맞혀야겠군요."

알베르는 느긋한 표정과는 다르게 최대한 빠르게 머리를 굴렸다. 반란군을 잡기 위해서 왔다고 하기엔 여러모로 정황이 맞지 않았다. 이건 기각.

크레센트 영애의 일을 덮기 위해 왔다고 하기에도 마찬가지로 이상한 점이 많다. 그랬으면 영애를 이용해서라도 끝까지 속이고 토벌했겠지.

그럼 사실 황제의 개라는 소문과 정반대라면? 이건 좀 이야기가 맞아떨어졌다. 그동안 크레센트 공작가의 행보를 본다면 황제에게 불만이 생겨도 이상치 않았다. 지금이야 황제의 밑에 있었으나 예전만 해도 크레센트 공작가는 귀족파의 거두였다.

'이건 가능성이 있다.'

알베르는 슬쩍 레온하르트를 살폈다. 그런 알베르를 보며 레온하르트가 말했다.

"언제까지 생각만 할 셈이지?"

"그리 오랜 시간이 지난 것 같진 않습니다만. 성미가 급하시군요."

"그럼 성미가 급한 걸로 하지. 그래서 결론은 나왔나?"

레온하르트가 비웃듯이 입꼬리를 끌어 올리며 물었다.

"여러 가지 추측을 해 봤지만, 가능성이 가장 높은 건 한 가지로군요."

"뭐지?"

알베르는 깊게 숨을 내쉬며 말을 이었다.

"귀족파의 득세. 그걸 회복하고 싶으신 것 아닙니까?"

"왜 그리 생각한 거지?"

"아니라면 황제의 개라 불리시는 분이 왜 여기까지 오셨겠습니까?"

그 말에 레온하르트의 뒤에 선 기사가 검을 반쯤 뽑아 들었다.

"내버려 둬. 짖는 것밖에 못 하니까."

개가 짖는다고 화를 낼 필요가 있는가? 레온하르트는 그리 말하고 있었다. 그 말에 베른이 다시 욱했으나 나서지는 않았다. 지금은 자신이 끼어들어선 안 된다고 깨달았기 때문이었다.

"좋아. 맞힌 걸로 해 주지."

"감사합니다. 그래서 상은 무엇입니까?"

"무엇을 원하나?"

"귀족파들의 지원이 필요합니다. 여기까지 오신 분이 아예 아무런 조치도 취하지 않았으리라 믿진 않습니다."

그건 맞는 말이었다. 실제로 레온하르트는 반란군의 후원자를 자처하며 그들에게 많은 것을 후원했다. 물론 그것을 지금 밝힐 생각은 없었다. 밝히는 것은 좀 더 도움이 될 만한 기회에. 지금은 그저 귀족파로서 손을 잡는 정도로 되었다.

"좀 더 구체적으로 말해 줬으면 좋겠군."

그 말에 알베르는 머릿속을 정리했다.

"아시고 계시리라 생각하지만, 이번에 황제의 사람을 납치한 사람은 저희들입니다."

역시 레온하르트의 생각은 틀리지 않았다. 그는 동요를 감추려 애쓰며 알베르를 마주 보았다.

"일란 말이군."

"아십니까?"

"내 휘하의 기사였으니 모른다는 게 더 이상하지."

"그렇다면 아는 게 당연하겠군요. 이번에 그녀를 이용해 황제를 이끌어 내고자 합니다."

"황제가 쉽사리 나설까?"

그 잔인한 황제가. 그가 일란을 아끼는 걸 부정할 생각은 없었다. 하지만 과연 황제가 본인의 모든 걸 버려 가며 일란을 구하려 할지는 자신도 알 수 없었다.

'그리고 설사 황제가 일란을 구한다 하여도.'

반가운 상황은 아니었다. 한 번 납치를 당했으니 다음 경비는 더 철저해질 것이다. 더는 미끼를 써서 이끌어 내는 것이 불가능해진다는 소리였다. 지금 일란의 아이들만 하여도 경비가 철저하여 만나기가 하늘의 별 따기가 된 실정이었다. 그림자 기사단과 황궁기사단의 절반이 거기에 붙었다 해도 좋았다.

레온하르트는 알베르의 앞임을 잊고 잠시 씁쓸한 웃음을 지었다.

'사랑하는 사람을 이용해 먹을 수밖에 없다니.'

이런 나약한 자신에게 진절머리가 쳐졌다. 그러나 다른 방법이 없었다.

"나서리라 생각합니다. 나서지 않는다 하더라도 손해는 아닙니다. 그 황제를 조금이라도 동요시킬 수 있다면요."

"그래, 그래서 지금 그녀는 어떻게 하고 있나?"

당장이라도 멱살을 잡으며 묻고 싶었다. 일란이 어디 있으며, 무사한지, 다친 곳은 괜찮은지. 그 모든 걸 참아 내며 레온하르트는 차분히 일란의 안부를 물었다.

"큰 상처를 입었으나 지금은 회복되어 가는 중입니다."

그 말을 하면서 알베르 또한 잠시 표정이 무너졌다. 상처를 치료해 주긴 했지만, 그는 위선이었다. 어차피 황제를 유인하기 위해 이용하기 시작하면 일란은 만신창이가 되리라.

"한 번쯤 만나 보고 싶군."

그리 생각하던 알베르는 이어지는 레온하르트의 말에 놀랐다.

"네?"

"그래도 한때 부하였던 자다. 당시 그녀는 아이를 가진 채 황궁에서 도망쳤어. 자신의 뜻대로 아이를 가진 것이라 생각되지 않아."

"설득해 보고 싶으신 겁니까?"

그 말에 레온하르트는 아무런 대답도 하지 않았다. 하지만 그 의지는 충분히 전해졌다.

"힘들 겁니다. 제가 설득했을 때도 통하지 않았습니다."

그야 당연하겠지. 레온하르트는 어처구니가 없었다. 반란군의 수장이 설득한다고 한때 황궁기사였던 일란이 그를 들을 리 없었다. 무엇보다 아이들이 황제에게 있는데 쉽사리 넘어가겠는가. 그런 기색을 느꼈음인지 알베르가 부연 설명을 하였다.

"예전에 알던 사람이었습니다. 그래서 설득해 본 것이기도 하고요."

"알던 사이였다고?"

레온하르트가 알기론 일란이 알베르와 가까워질 일은 없었다. 그렇다면 수도를 벗어나 있을 때 알게 되었다는 소리다. 자신이 모르는 곳에서 다른 남자와 알게 되었었다니. 불쾌해졌다. 설득까지 해 봤다는 건 어느 정도 친분이 있단 소리 아니겠는가.

잠시 일어난 동요를 알베르는 읽어 냈다.

'이거, 생각보다 일이 재미있게 돌아가는데?'

황제의 개라 불리면서도 뒤로 반란군에게 손을 내미는 레온하르트. 그런 그였지만 가진 이미지는 여전히 완전하게 지울 수 없었다.

황제에게 충성을 맹세한 고결한 기사.

황제를 싫어하는 이들에게는 황제의 개라 불렸지만, 그건 지울 수 없는 사실이었다. 그런 그가 일란의 이야기에 동요를 보였다. 단순히 부하였다는 이유만으로 저런 반응을 보일 수 있는가? 대외적인 이미지의 레온하르트라면 가능할 수도 있었다. 그렇지만 감이 왔다. 가끔 다른 사람들이 신기하다 할 정도로 명중률이 높은 감이 말하고 있었다.

크레센트 공작인 레온하르트는 일란에게 어떠한 감정을 품고 있다. 그건 단순히 부하에 대한 감정이 아니다.

'정말 재미있어.'

크레센트 영애는 일란을 증오하는데, 그 오라버니인 크레센트 공작은 그녀에게 호의를 가지고 있었다. 그리고 그 호의는 아마도,

'사랑.'

많은 사람의 인생을 망치는 사랑이라는 감정. 알베르는 속으로 웃었다. 이를 알게 된 이상 우위는 자신이 점한 것이나 마찬가지였다.

"같은 마을에 살면서 교류했었습니다. 일란 같은 여성은 보기 드무니까요. 나름 호의를 가지고 있었습니다."

알베르가 살짝 떠보기 위해 애절한 듯 말하자 레온하르트의 어깨가 딱딱하게 굳었다. 그러나 그도 바보는 아니었기에 감정을 대놓고 드러내진 않았다.

"확실히 보기 드물 만큼 대단한 사람이긴 하지. 무척이나."

성실하고, 악착스러웠으며, 독기도 있었다. 레온하르트는 처음에 그런 모습을 보고 별다른 생각을 하지 않았다. 그저 평민이 위로 올라서기 위해 독기를 가진 것이라 생각했다. 하지만 같이 지내는 시간이 늘어나면서 생각이 바뀌었다.

일란은 누구보다 기사다운 사람이었으며, 그런 와중에도 인간다운 면을 지니고 있었다. 자신이 원하는 것을 위해 몸을 던질 줄 알았으며, 다른 사람을 위할 줄도 알았다. 그 모습이 너무나도 찬란해 보여 눈을 떼지 못하게 되었다.

그렇게 감정은 변화해 갔고, 그 끝은 사랑이었다. 당장 고백하지는 못했으나 언젠가 모든 일이 끝난 뒤에는 말하고 싶었다. 사

랑한다고. 그러니 나와 함께 가정을 이루자고. 일란을 자신의 옆에 세우고 싶었다. 그런데 그 모든 것을 황제가 망쳤다.

"아이들도 귀여웠지요. 절 잘 따랐습니다."

아이들. 레온하르트로서는 아직 어색한 존재들이었다. 일란이 자신의 아이를 가지길 원했건만. 그렇다고 해서 아이들을 마냥 미워할 수도 없었다. 일란의 아이였으니까. 다치게 하고 싶지 않았다.

"그런데 그리 쉽게 해치려 들다니. 반란군은 무섭군그래."

레온하르트가 담담하게 내뱉는 말에 알베르가 능글맞게 웃었다.

"무섭긴요. 황제에게 당한 일을 생각한다면 이는 무서운 것도 아닙니다."

황제에게 품고 있는 깊고 깊은 증오가 잠시 알베르의 얼굴에 떠올랐다.

"아무것도 아니지요."

재차 말하며 알베르는 감정을 내리눌렀다. 레온하르트를 긁어 보려고 했으나 자신의 속마저 긁어내렸다.

'손해 보는 느낌이군.'

"그래서 일란을 만나 볼 수 있겠나?"

"보통은 안 되지만, 이제 저희는 한편 아닙니까? 당연히 만나게 해 드려야지요."

알베르는 레온하르트를 반란군과 한데 묶으며 웃었다. 진심으로. 황제에게 대항할 수 있는 패는 늘어날수록 환영이었다. 설사 나중에 다시 적으로 돌아서게 될 이라도.

왕국을 무너트릴 때 과연 황제 혼자의 힘만으로 했을까? 아니다. 그 휘하의 여러 귀족들도 힘을 모았고, 많은 이들이 그에 관여했다. 크레센트 공작가도 예외는 아니었다. 지금이야 웃으며 손을 잡을지 몰라도 결국엔 적이 될 것이 분명했다. 모든 일이 끝나면 반란군은 공작을, 공작은 반란군을 적으로 규정하고 서로의 목을 자르기 위해 애쓸 터였다. 서로 속에는 날카로운 검을 숨긴 채 웃고 있는 것이다.

"그래서 일란은 언제쯤 만날 수 있지?"

"당장이라도 가능합니다. 만나시겠습니까?"

"생각난 김에 만나는 게 낫겠지."

"그럼 빠르게 이동하지요."

알베르는 베른을 불러 말을 준비해 두라 일렀다. 그리고 레온하르트와 오두막을 나섰다.

"참고로 한 분 이상은 모실 수 없습니다."

"공작님을 혼자 보낼 순 없습니다!"

기사가 반대했지만, 레온하르트가 고개를 내저었다.

"괜찮다. 저들도 머리가 있을 테니."

제정신이라면 앞으로 큰 도움이 될 자신에게 손대지 않을 터였다.

"하지만!"

공작가의 기사는 걱정스러운 표정을 지었다. 레온하르트도 그 걱정을 이해 못 하는 것은 아니었다. 그렇다 해도 당장은 일란을 보아야 했다. 그녀가 무사한지, 잘 지내고 있는지 견딜 수 없이 궁금했다.

"괜찮으니까 먼저 공작가로 돌아가 있어라."

"그러도록 하겠습니다."

기사는 이를 악물고서 물러났다. 그러면서도 번뜩이는 날카로운 시선으로 알베르와 베른을 노려보는 걸 잊지 않았다. 그를 태연하게 넘기며 알베르는 말을 끌고 와 레온하르트에게 말했다.

"그럼 늦었지만, 다시 말씀드리겠습니다. 크레센트 공작님, 환영합니다. 저희 반란군의 소굴에 방문하시는 것을. 그럼 가실까요?"

레온하르트는 말없이 말고삐를 넘겨받았다. 말을 타고 산으로 난 길을 통과하던 레온하르트가 생각해 오던 의문을 알베르에게 물었다. 보통 이런 경우 사방이 가려진 마차를 사용해도 불안할 것인데 알베르는 너무나도 당당하게 말을 내밀었다. 궁금하지 않을 리 없었다.

"중요한 곳에 데리고 가는 것인데 내 눈을 가리지 않아도 괜찮겠나?"

그 말에 알베르가 두 눈을 둥그렇게 휘며 답했다.

"어차피 저희는 이미 한배를 타지 않았습니까? 굳이 눈을 가릴 필요가 없지요."

지금은 모든 걸 감추기보다는 레온하르트를 더 얽어매는 것이 중요했다. 그래서 알베르는 과감하게 레온하르트의 눈을 가리지 않았다. 모험적인 일이었으나, 위험하지 않을 거란 확신은 있었다.

'자고로 사랑은 변하지 않는 진리지.'

레온하르트가 일란에게 마음을 두는 한, 황제에게로 돌아설 일은 없을 것이라 확신했다. 그 모든 것을 넘고서도 황제에게 충성을 바치기엔 크레센트 공작가에 얽힌 일들도 있었으니. 아리사야 자신들이 알려 주어 알게 되었다 하더라도 크레센트 공작인 레온하르트까지 그를 모를 리 없었다. 알면서 지금까지 황제에게 충성을 바치는 척하며 몸을 낮추고 있었다니. 진정 무서운 자였다. 심지어 여동생에게도 모든 것을 감추지 않았던가. 알베르는 그런 속내를 감추며 레온하르트를 바라보았다.

"자고로 같은 편끼리는 모든 것을 터놓아야 하지 않겠습니까?"

사실은 전부 터놓을 생각도 없으면서 알베르는 능청을 떨었다.

"그렇군."

레온하르트는 그런 알베르의 말에 납득한 듯 조용히 뒤를 따랐다. 하지만 그도 자신처럼 감추는 게 더 있을 것이다. 앞으로 더 효율적으로 황제를 끌어내리려면 그걸 알아내야 했다. 그렇게 알베르가 고민에 잠겨 있는 사이에도 말은 계속 앞으로 나갔다.

좁은 산길을 지나자마자 내달리기 시작한 말이 반란군의 안가에 도착하는 데는 오래 걸리지 않았다. 생각보다 더 수도에서 가까워 레온하르트조차 놀랄 정도였다. 비록 수도의 규모가 크다고 하나 그렇다고 해서 놀랍지 않은 일은 아니었다.

'이리도 대담하다니.'

알베르는 아직 왕국이 존재하였을 적에 영리하다 칭송받던 왕자였다. 그 능력이 반란군이 되었다 하여 모두 사라진 것은 아닌 듯했다.

"오늘은."

"닭 두 마리."

"굽도록 하지."

우스울 정도로 기괴한 암호를 내뱉고 동굴 안쪽으로 들어가자 제법 넓은 공간이 보였다. 그리고 그곳을 통과하자 숨겨진 또 다른 공간이 나타났다. 사방이 가파른 절벽으로 가로막혀 있었으며, 입구는 동굴뿐이었다. 천혜의 요새나 다름없는 곳이었다. 반란군의 거주지는 그곳에 있었다.

'이곳에 일란이 있다.'

아직 일란을 만나기도 전인데 레온하르트의 가슴이 두근거리기 시작했다. 통증이 느껴질 정도의 두근거림에 숨마저 가빠 왔다. 최대한 평온을 가장하고자 했으나, 모든 것을 감출 수는 없었다. 평소 황제의 앞에서는 감정을 잘 갈무리해 왔다 여겼는데, 그 경험이 사랑하는 사람 앞에서는 소용없는 모양이었다.

알베르도 그런 레온하르트의 상태를 눈치챘다.

'정말 일란의 일생도 기구하군.'

어려서부터 고생하여 황궁기사가 되었으나, 황제로 인해 아이를 가지면서 그 자리를 내려놓았다. 그리고 평온한 삶을 유지하는가 싶었는데 다시 황제에게 잡혔고, 지금은 반란군의 소굴에 감금되어 있지 않은가.

'뭐, 사실 지금 당장은 내 앞가림이 더 급하지만.'

알베르는 일단 일란을 담당한 여인을 불러 그녀의 상태에 대해 물어보았다.

"그녀는 잘 지내고 있나?"

그 말에 여인은 잠시 생각하는 듯하다 고개를 끄덕였다.

"회복은 느리지만 순조롭게 이루어지고 있습니다. 다만 최근 잠이 많이 늘었습니다. 거의 하루를 모두 잠으로 보내더군요."

"아직 상태가 나쁜 게 아닌가?"

"의원께서 상태는 그렇게까지 나쁘진 않다 하셨습니다."

그 말을 옆에서 듣고 있던 레온하르트는 저도 모르게 안도의 한숨을 내쉬었다. 알베르가 한 말이 있었지만, 그를 완전히 믿을 수도 없었다. 그렇기에 레온하르트는 이곳으로 향하는 내내 일란에 대한 걱정을 멈출 수가 없었던 것이다.

"다행이군요. 자, 그럼."

여인을 도로 내보낸 알베르는 레온하르트를 돌아보았다.

"일란을 만나 보시겠다는 생각엔 변함이 없으신 거지요?"

"물론이다."

레온하르트의 대답은 조금의 망설임도 없이 나왔다.

"그런데 정말 괜찮겠습니까?"

"뭐가 말이지?"

레온하르트의 되물음에 알베르는 기묘한 표정으로 웃어 보이며 말했다.

"곤란한 상황이 오지 않겠습니까?"

일란은 아이들을 위해서라지만 황제를 해하는 계획에 참여하지 않는다 하였다. 그런데 여기서 레온하르트가 나타난다? 심지어 일란을 설득하려 든다면 어떻게 생각하겠는가? 일란이 바보가 아닌 이상 그에 대해 추측하는 것은 어렵지 않을 것이다. 크레센트 공작인 레온하르트가 자신의 구출을 외면하고 반란군의 소굴에 있다는 게 무슨 소리겠는가.

'반란에 가담한다.'

일란이 황제에게 가진 마음이 어떤지는 몰라도 호의적인 반응을 끌어내지는 못할 거란 소리였다. 최악의 경우에는 일란이 레온하르트를 공격하려 들 수도 있었다. 아직까지 황제에 대한 충성심이 남아 있다면 말이다.

"곤란한 상황."

그는 레온하르트도 각오하였다. 그렇지만 걱정을 완전히 지울 수 없는 것도 사실이었다. 레온하르트는 일란에게 미움받고 싶지 않았다.

"그래도 어쩔 수 없지."

담담하게 현실을 인정했다. 최대한 일란에게 조심스럽게 말할 생각이었지만, 상황에 따라서는 화를 살 수도 있다는 걸 인지하고 있었다. 알면서도 레온하르트는 물러날 수 없었다. 그런 그를 보며 알베르가 고개를 끄덕였다.

"그러시다면야. 지금 일란을 만나러 가시겠습니까?"

"그러도록 하지."

"안내하겠습니다."

알베르는 앞장서서 발걸음을 옮겼다.

일란이 갇혀 있는 곳은 반란군의 거주지에서도 안쪽 깊숙한 곳으로, 쉽게 빠져나올 수 없는 곳이었다. 다른 방보다 유달리 두꺼운 방문 앞에는 의자가 놓여 있고, 그 앞에는 제법 덩치가 큰 장정이 앉아 있었다. 혹시라도 일란이 문을 따고 도망칠 것을 대비해 세워 둔 이였다. 어차피 문을 열고 장정을 물리친다고 해도 반란군 소굴인지라 쉽게 도망칠 수도 없겠지만.

앞장선 알베르가 문의 잠금쇠에 손을 댔다. 그리고 살며시 안을 들여다보더니 곤란한 표정을 지었다.

"지금 자고 있는 것 같습니다. 어찌시겠습니까? 깨울까요?"

"아니, 됐다. 안에서 기다리지."

그 말과 함께 레온하르트는 안으로 성큼 발걸음을 내디뎠다.

알베르는 그런 모습을 보며 어깨를 으쓱하고는 조심스럽게 문을 닫았다.

　레온하르트가 문을 통해 안으로 들어서자 깔끔하게 꾸며진 작은 방이 드러났다. 놓여 있는 것은 침대에 작은 탁자 하나가 전부였으며, 창에는 쇠창살이 쳐져 있었다. 애초에 감금을 위해 만들어진 방이었다.
　탁자를 내려다보니 차가운 물이 담긴 대야와 반쯤 젖은 천이 눈에 들어왔다. 잠시 그를 보던 레온하르트는 이내 시선을 침대로 옮겼다. 하얀색의 베개 위로 분홍빛 머리카락이 흩어져 있었다. 창백한 얼굴은 예전보다 마른 듯했고, 입술은 색을 잃은 옅은 분홍빛이었다. 이불 위로 드러난 가느다란 손목에 시선이 다다르자 레온하르트는 더 버티지 못하고 그 자리에 무너져 내렸다.
　"일란."
　속삭이듯 불렀으나 일란은 어떠한 반응도 보이지 않았다. 그러나 천천히 오르내리는 가슴이 그녀가 살아 있음을 알려 주고 있었다.
　"일란."
　레온하르트는 재차 일란의 이름을 불렀다. 고작 두 글자. 그 이름 안에 애끓는 레온하르트의 마음이 담겨 있었다. 가늘게 떨리는 손이 일란의 손등에 닿았다. 살며시 손을 들어 올려도 깰 기색이 없었다.
　다른 귀족 영애들의 고운 손과는 다르게 오랫동안 검을 쥐어 온 손은 투박했다. 굳은살이 박여 있어 딱딱했다. 그런데도 레온하르트는 그 손이 여느 손보다 좋았다. 일란이 해 온 필사적인 노력이 담긴 손이다. 언제나 보아 온 그 손이 싫을 리가 없었다. 지금까지는 단 한 번도 제대로 잡아 보지 못한 손을, 이제야 잡아 보았다.

기사이기에, 일란의 긍지를 해치기 싫어서 무도회에서 춤 한번 권유하지 못했다. 축제에서도 마찬가지였다. 일란이 먼저 자리를 뜨는 걸 알면서도 따라나서지 못했다. 차라리 그때 용기를 냈어야 했을까. 그랬다면 지금 상황이 조금은 달라졌을까. 레온하르트는 뒤늦은 후회를 하며 자책했다.

"왜 이리 말랐습니까?"

잠들어 있는 일란에게 물었다. 사실 묻고 싶은 건 훨씬 더 많았다.

'상처는 정말 괜찮아진 겁니까? 황제가 밉지는 않습니까? 저를 생각해 본 적이 있습니까? 단 한 순간이라도.'

뱉어 내지 못한 말들이 가슴속에서 부풀어 올랐다. 그러나 목구멍까지 치솟아 오른 그 말을 결국은 다시 내리눌러야 했다. 조용히 자고 있는 일란을 깨우고 싶지 않았다. 레온하르트는 일란의 침대 옆에 무릎을 꿇고 앉아 그녀가 잠에서 깨기를 기다렸다. 일란이 잠에서 깨어 눈을 뜨고 자신을 바라봐 주기만을 바라면서.

눈앞이 흐렸다. 주변을 지독하게 덮은 안개 때문이었다. 그 때문이었을까? 일란은 지금 자신이 있는 곳이 꿈속이라는 것을 알았다.

'그나저나 여긴 어디지?'

일란은 천천히 주변을 둘러보았지만 도통 여기가 어딘지 알 수 없었다. 황제의 꿈은 주변 환경을 반영해 왔다. 그렇다면 지금은 그냥 평범한 꿈인 걸까?

깊은 한숨을 내쉬는데 저 앞에 익숙한 뒤통수가 보였다. 황제였다. 빠르게 달려가 황제의 등을 잡으려 하였지만, 그도 이내 안개처럼 허무하게 흩어졌다. 황제가 아닌 자신의 착각이 빚어낸 그림자였을 뿐이었다.

'대체 언제 날 찾아 줄 건데?'

갑자기 드는 생각에 울컥 화가 치밀어 올랐다. 아이들도 걱정되는데 도망칠 길은 보이지 않았다. 그러다 보니 하루하루 초조함만 쌓여 갔다. 그 초조함은 독이 되어 회복까지 더욱더 더디게 만들었다. 초조함에 입술을 깨무는 일란의 앞에 다시 익숙한 인영이 아른거렸다.

'이번에야말로.'

또 가짜면 인정사정없이 패 줄 테다. 그렇게 생각하며 내뻗은 손에 옷자락이 잡혔다. 그를 힘껏 잡아당기며 일란은 그의 이름을 불렀다.

"카일!"

묵직한 무언가가 일란의 손아귀 힘에 끌려왔다. 그와 동시에 일란은 눈을 번쩍 떴다. 꿈에서 깬 것이었다. 그리고 그런 그녀의 눈앞에 보인 것은 깊어 보이는 암녹색의 눈동자였다. 놀란 듯 동그래진 눈동자가 무척이나 익숙했다.

"단장님?"

소스라치게 놀라 손을 놓으니 레온하르트가 조금 더 몸을 세웠다. 무의식중에 옷을 잡아당겨 일란 쪽으로 넘어지던 그는 일란의 양옆에 손을 뻗어 몸을 지탱하고 있었다.

'이건 현실인가?'

여기는 반란군의 소굴이었다. 레온하르트가 여기에 있을 이유가 없다는 소리였다. 그러니 조금 전까지 꿈을 꾸고 있던 일란으로서는 꿈인지 현실인지 헷갈릴 수밖에 없었다. 그런 일란의 귓가에 레온하르트의 목소리가 들려왔다.

"이름, 이제는 부르시지 않을 겁니까?"

"이름 말입니까?"

난데없는 소리에 눈만 가만히 깜박이던 일란은 이내 예전에 레온하르트가 했던 말을 떠올렸다. 하지만 그 이야기는 이미 끝냈다고 생각했는데. 레온하르트의 이름을 불러 봤자 위험한 이는 그뿐이었다. 그래서 조금이라도 멀어지고자 했던 건데.

거기까지 생각하다 뒤늦게야 지금의 상황을 깨달은 일란이 그대로 레온하르트를 가만히 바라보았다. 황제처럼 레온하르트도 꿈인 걸까? 그녀는 손을 들어 레온하르트의 뺨을 만졌다. 꿈속의 황제와는 다르게 손끝에 전해져 오는 감각이 현실적이었다.

"꿈, 아닌 거죠?"

"꿈인 것 같습니까?"

"아니, 그렇지 않습니다."

아직 옆구리가 은은하게 아픈 걸 보면 말이다. 적어도 꿈속에서는 아프지 않았다.

'그러니 꿈이 아니란 소리지. 게다가.'

반란군의 소굴에 황궁기사단장인 레온하르트가 있다.

일란이 그 사실을 가지고 결론을 내리는 데는 오래 걸리지 않앉다.

"그렇다면 저는 구출된 거로군요."

반란군은 토벌되고, 자신은 구출되었다. 그리 생각했다. 레온하르트의 뺨에 닿아 있던 일란의 손이 가늘게 떨렸다. 그동안 언제 목숨이 사라져도 이상하지 않다는 걸 인식하고 있었다. 그는 마음을 단단히 먹는다고 해서 전부 극복되는 것이 아니었다. 그러던 차에 구출되었다 생각하니 기쁠 수밖에 없었다. 일란은 천천히 입꼬리를 끌어 올렸다.

그러나 그도 잠시, 마주한 레온하르트의 표정을 보고는 올라가던 입꼬리를 도로 내렸다. 암녹색의 눈동자가 미세하게 흔들리고 있었다. 표정 또한 딱딱하게 굳어 있는 상태였다. 갑자기 불길한 느낌이 들었다. 몇 번인가 입술을 달싹이던 일란은 간신히 목소리를 끌어냈다.

"폐하는 어디에 계십니까?"

그 말이 끝나기가 무섭게 싸늘한 목소리가 귓가에 울렸다.

"그는 왜 찾습니까?"

일란은 놀라 눈을 동그랗게 떴다. 자신이 아는 레온하르트는 황가에 절대적인 충성을 바치며, 그 누구보다 기사의 표본 같은 사람이었다. 그런 레온하르트가 황제에게 존칭을 쓰지 않았다. 지금 눈앞에 황제가 없다 하여도 이상한 일이었다. 레온하르트의 뺨에 닿아 있던 손을 천천히 떼어 낸 일란이 그에게 말했다.

"일단 비켜 주시지 않겠습니까?"

"알겠습니다."

다소 부담스러운 자세로 버티고 있던 레온하르트가 순순히 몸을 세웠다. 그를 보며 일란은 깊게 숨을 내쉬었다. 그리고 입술을 꾹 깨물었다 다시 입을 열었다.

"폐하는 어디에 계십니까?"

그 말에 레온하르트가 자신을 빤히 바라보았다. 묵직이 가라앉은 분위기가 몸을 오싹하게 했다. 그래도 묻지 않을 수 없었다.

"폐하를 만나 뵙고 싶습니다."

"왜 자꾸 그를 찾습니까?"

"그야……."

당신이 의심스러우니까.

차마 대놓고 말하지도 못하고 애꿎은 입술만 깨물고 있자니 레온하르트가 자신에게 손을 내밀었다. 흠칫 놀라 몸을 뒤로 물렸지만 따라온 손이 입술에 닿아 왔다.

"물지 마십시오. 몸이 상합니다."

"이 정도는 괜찮습니다."

일란은 레온하르트의 손을 뿌리쳤다. 그런데도 그는 그다지 기분 나빠 보이지 않았다. 그저 차분하게 말할 뿐이었다.

"제가 괜찮지 않습니다."

대화가 겉돌고 있었다. 이대로라면 시간만 보낼 뿐, 정보가 나오기까지 오래 걸릴지도 몰랐다. 그렇기에 일란은 레온하르트에게 직접 물어보기로 했다.

"저는 구출된 겁니까?"

처음과 비슷하면서도 미묘하게 다른 질문이 레온하르트에게 던져졌다.

"아닙니다."

돌아온 대답은 예측과 다르지 않았으나 그 때문에 더 충격을 받았다. 반란군의 소굴에 황궁기사단장이 있는데 구출된 게 아니라고 했다. 그다음을 상상하는 건 어렵지 않았다. 일란은 목소리를 쥐어 짜냈다.

"설마 반란군과 손을 잡으신 겁니까?"

아니라고 대답해 주길 원했다. 그 무슨 말도 안 되는 이야기냐며 화를 냈으면 했다. 하지만 레온하르트는 그러지 않았다.

"맞습니다."

그저 담담하게 긍정할 뿐이었다.

"반란군과 손을 잡았다고요?"

"그렇습니다."

"농담이시죠?"

단 한 번도 그런 걸 해 본 적이 없는 레온하르트였으나 지금은 제발 그게 농담이었으면 했다.

"아닙니다. 저는 재미없는 사람이라 농담을 하지 못합니다. 알지 않습니까?"

일란은 두 손에 얼굴을 파묻었다. 반란이라니! 구출된 줄 알고 잠시나마 들떴던 마음이 차갑게 식어 버렸다.

"원래부터 반란군이셨습니까?"

"그건 아닙니다."

"그러면?"

"손을 잡은 건 최근입니다."

실제 반란군을 후원한 세월까지 계산하면 더 길었으나, 모든 걸 곧이곧대로 말할 수는 없었다. 문밖에서 엿듣는 쥐새끼가 있을 수 있었으니까. 레온하르트는 신중하게 말을 골랐다.

일란에게 반란에 가담한 걸 말한다면 좀 더 괴로울 줄 알았는데, 생각보다 마음이 평온했다. 어쩌면 밝혔어야 할 일이었기에 그런지도 몰랐다. 아니면 일란이 알아줬으면 하는 일이었든가.

"어째서입니까? 단장님은!"

"황제의 개였지요."

그 말에 일란의 표정이 창백해졌다. 안 그래도 안색이 나쁜데 저리 되니 당장이라도 쓰러질 것처럼 보였다.

"누우시겠습니까? 안색이 좋지 않습니다."

"걱정은 필요 없습니다!"

"어째서요. 저는 일란이 걱정됩니다."

"읏."

일란은 말을 더 잇지 못했다. 레온하르트의 말은 진심이었다. 그는 진심으로 자신을 걱정하고 있었다.

"말하지 않았습니까? 저는 일란을 좋아하고 있습니다. 아니, 사랑하고 있습니다."

"……알고 있습니다."

아니라면 남의 아이를 임신한 여자에게 결혼하잔 소리를 하지 않았을 것이다.

"그러니 걱정하게 해 주십시오."

레온하르트는 베개를 들어 침대의 헤드에 놓고 자신을 그곳에 기대게 해 주었다. 몸은 한결 편안해졌으나 마음이 그렇지 못했다. 이불을 정돈해 주고 다시 바닥에 무릎을 꿇고 앉은 채 시선을 맞춘 레온하르트가 말을 꺼냈다.

"일란, 일란은 지금의 상황에 만족합니까?"

"강제로 감금되어 있는데 만족할 리가 없지요."

"아니, 그보다 더 큰 것을 말하는 겁니다. 황제에게 잡혀 있지 않습니까?"

그 말에 일란은 표정을 굳혔다. 사실 레온하르트의 말이 아예 틀린 것도 아니었다. 황제에게 잡혀 있는 것은 자신의 의사가 아니었으니까. 하지만 문제는 그게 아니었다. 지금 상황에서 이 이야기를 꺼낸다는 건 무슨 소리겠는가.

"절 설득하시려는 겁니까?"

알베르처럼 황제를 배신하고 자유를 되찾으라 말할 셈인지. 배신이라 말해도 될지는 모르겠지만, 이미 싫다고 말해 둔 상태였다. 자연 목소리가 싸늘해질 수밖에 없었다.

"압니다. 일란은 상냥한 사람이니까 그런 황제라도 쉽게 버리지 못하겠지요."

자신이 상냥했던가? 일란은 기억을 더듬어 보았다. 황궁에 있을 때는 언제나 기사로서의 몸가짐을 유지하기 위해 애썼다. 신분이 비천하다고, 타고난 성별이 다르다고 얕보이지 않기 위해 최선을 다해 왔다. 그런 상태였으니 상냥하다는 것과는 거리가 멀었을 텐데. 대체 무얼 보고 상냥하다고 하는 걸까?

"저는 알 수 있습니다."

그런 자신의 마음을 알아차리기라도 한 듯, 레온하르트는 부드럽게 말을 이어 나갔다.

"그래서 일란도 이해합니다. 하지만 일란, 지금의 황제가 그 자리를 차지하기까지 했던 행동들을 떠올려 보십시오."

죽이고, 죽이고, 또 죽였지. 그는 자신도 잘 알고 있었다.

'단순히 그것만 아는 건 아니지.'

다른 이는 모르는 더 깊은 속사정마저도 알고 있었다. 바람의 궁에 머무는 동안 황제와 가까워지면서 그걸 모를 수가 없었다. 비록 레온하르트는 그런 걸 하나도 모르는 모양이었지만 말이다.

"그는 폭군입니다."

"하지만 지금은 함부로 피를 보지 않습니다."

"그게 언제까지 갈 것 같습니까?"

모른다. 자신으로서는 알 수 없었다.

"일란은 모르지만 그는 보이지 않는 곳에서 더 많은 피를 보았습니다."

"단장님이 반란군과 손을 잡은 게 그 이유 때문입니까?"

그 말에 레온하르트가 천천히 눈을 내리깔았다.

"거짓말은 하고 싶지 않습니다. 그러니 솔직히 말하겠습니다. 저는 황제가 증오스럽습니다."

"단장님?"

"죽이고 싶습니다."

침대 위에 올라와 있던 레온하르트의 맞잡은 두 손에 힘이 들어갔다. 어찌나 강하게 힘을 주었던지 핏줄이 불룩하게 솟아올랐다. 레온하르트는 절절히 끓는 감정을 토해 냈다.

"그는 제 부모님의 원수입니다."

그의 부모라면 사고로 죽은 크레센트 공작 부부일 터였다.

"사고 아니었습니까?"

"사고라고요?"

작은 웃음소리가 들려왔다. 레온하르트는 기막히다는 듯이 웃었다.

"사고로 위장된 타살이었습니다. 버려진 황자를 데려와 돌보던 저희 부모님은 그에 의해 살해당했습니다!"

레온하르트의 목소리가 높아지고, 암녹색의 눈이 번들거리며 빛났다. 그 안에 가득 찬 감정은 틀림없는 증오였다.

"단장님."

일란은 그런 레온하르트를 안타까운 시선으로 바라보았다. 레온하르트의 심정이 이해가 되지 않는 건 아니었다. 하지만 황제의 삶도 순탄했던 건 아니었다. 크레센트 공작 부부가 버림받은 황자를 거둔 것이 순수한 호의는 아니었을 터. 황제의 입장에서는 방해되는 공작 부부를 처리하는 게 나았을 것이다.

반면 레온하르트는 그에 의해 부모를 잃었으니 증오를 품게 되었을 것이고. 그 증오를 풀기 위해 모든 것을 감추고 황제에게 충성을 맹세했을 터였다.

'어째서 일이 이렇게 되었을까.'

황제나 레온하르트나 인생이 순탄치 않았다. 일란으로서는 누군가의 손을 들어 주기가 쉽지 않았다.

"일란, 그런 자의 곁에 계속 있을 겁니까?"

문득 황제의 얼굴이 떠올랐다. 자신을 향해 웃어 보이던 그의 모습. 과거를 알고 있기에 그런 모습이 더욱 가슴에 닿아 왔다. 그리고 바로 앞에 있는 레온하르트. 그는 기사단장으로서 자신에게 잘해 주었다. 마음 편히 무시할 수 있는 상대가 아니었다.

뭐라 대답할 수가 없었다. 그런 일란의 침묵을 어떻게 오해했는지 레온하르트가 새로운 제안을 꺼내 들었다.

"아이들을 무사히 데려오겠습니다. 설사 황제가 죽더라도 아이들만은 어떻게든 살리겠습니다."

알베르가 말하던 제안과는 달랐다.

"어떻게요?"

일란으로서는 되물을 수밖에 없었다.

"어떻게든."

"반란군들은 황가의 피를 이은 리안과 엔릴을 가만두지 않을 겁니다."

실제 알베르도 그리 말했고 말이다.

"그렇다 해도 제가 지키겠습니다."

"단장님이요?"

왜? 그런 표정으로 레온하르트를 바라보자 그가 씁쓸한 웃음을 지으며 말했다.

"방금 전에 말했는데 잊으신 겁니까? 전 일란을 사랑합니다. 그러니 일란이 원하는 것은 이뤄 주고 싶습니다. 그게 무엇이든."

잠시 일란의 표정이 무너졌다. 금방 수습하긴 했으나 레온하르트는 그를 놓치지 않았다.

"가문과 이름을 걸고 아이들을 지키겠습니다. 어떻습니까?"

레온하르트는 재촉하듯이 일란에게 물었다. 일란은 이불을 손으로 구겨 잡으며 너덜너덜해진 입술을 핥았다. 비릿한 쇠 맛이 느껴지는 입술은 평소보다 뜨거웠다.

"황제는 잔혹한 사람입니다. 황실 또한 다르리라 생각지 않습니다. 그런 곳에 아이들을 둘 겁니까?"

알고 있었다. 아이들이 황족이 되는 걸 반대한 것도 그 이유 때문이었으니까. 아이들의 의사를 핑계로 대긴 했지만 내심으로는 불안해하고 있었다. 능구렁이 같은 많은 귀족들을 상대해야 하는 황족의 자리에 아이들을 두는 것이 걱정스러웠다. 레온하르트는 자신의 약점을 찌르고 있었다.

"자유와 안전을 찾아 드리겠습니다."

그 대가는 황제의 목숨일 테고.

한참 만에야 일란의 입술이 열렸다.

"잠시 생각할 시간을 주십시오."

자신은 황제를 죽여서라도 자유와 안전을 가지고 싶은가? 일란은 그에 선뜻 답을 할 수 없었다. 아니, 외려 거부감을 느끼고 있었다.

'나의 토끼.'

다정하게 속삭이던 황제의 목소리가 떠올랐다. 그를 생각할수록 흔들리던 마음이 굳어져 갔다. 자신은 황제를 해칠 수 없었다. 아무리 과거에 화가 날 짓을 했다고 하나, 죽이고 싶지 않았다. 죽일 수 없었다.

아이들이 황가의 계보에 올랐으나 되돌릴 기회가 있다 믿고 싶었다. 황제가 아무런 생각 없이 자신이 반대하던 일을 진행했으리라 생각지 않았다.

거기까지 생각하고 나서야 일란은 자신이 예전과 달라졌음을 깨달았다. 마음이 달라졌다. 자신은 황제를 예전과는 다르게 생각하고 있었다. 그 마음이 무엇인지는 아직 정의 내릴 수 없으나 적어도 미움은 아니었다. 황제가 피를 흘리며 쓰러지는 모습을 상상하면 가슴이 찡하니 아파 왔다.

'하지만 그걸 곧이곧대로 단장님한테 말할 수도 없어.'

레온하르트는 반란군과 손을 잡고 자신을 회유하고 있었다. 언제나 사랑한다고 말하며 상냥하게 대해 왔던 그였다. 그 진심이 반란군과 손을 잡음으로써 무너져 내렸다. 다른 사람을 속이는 자를 어찌 완전히 믿을 수 있을까. 그러니 이대로 자신의 마음을 이야기했다가는 좋지 않은 일을 당할 수도 있었다.

'최소한 무기라도 있으면 좋을 텐데. 아니면 상처가 빠르게 회복되었더라면.'

안타깝지만 당장은 어떻게 할 수 있는 일이 아니었다. 그렇다면 지금 할 수 있는 최선을 위해 노력해야 했다.

'거짓말을 해야 해.'

내키지는 않았지만 적어도 황제를 죽이는 데 반대하는 모습은 보이지 말아야 했다. 알베르야 아이들의 목숨마저 없애 버리려고 했기에 긍정할 수 없었으나, 레온하르트의 제안은 달랐다. 황제에 대한 것만 빼면 굉장히 매혹적인 제안이었다.

"결론을 내렸습니까?"

초조한 표정으로 일란을 바라보던 레온하르트가 먼저 말을 꺼냈다.

"일란에게 직접적으로 황제를 해치라고는 하지 않겠습니다. 저도 일란이 위험한 일을 하는 건 싫으니까요. 그저 가만히 협력만 해 주면 됩니다. 그러면 모든 것이 끝납니다."

대답을 해야 하는데. 거짓말이라도 해야 하는데. 쉽사리 대답할 수 없었다.

"모르겠습니다."

그렇기에 그리 대답했다. 그 대답에도 레온하르트는 흥분하지 않았다.

"어차피 한 번 만에 설득이 가능하리라 생각지 않았습니다."

그동안 일란은 황제와 내내 붙어 있었다. 황제가 그녀의 목숨을 구해 준 적도 있다 들었다. 과거 기사였던 일란으로서는 황제를 죽이자는 말에 쉽게 찬성할 수 없으리라. 레온하르트는 그렇게 생각했다.

"그래도 다시 생각해 보십시오. 다른 이가 아니라 일란과 아이들의 행복만 생각하는 겁니다."

그 말과 함께 레온하르트는 자리에서 일어났다.

"다음에 또 찾아오겠습니다."

"단장님⋯⋯."

"그때까지 일란이 생각을 정리했으면 좋겠습니다."

자신보고 상냥하다 하였으나 아니었다. 자신이 보기엔 레온하르트가 다정한 사람이었다. 그런 그가 이렇게 결론을 내리기까지 얼마나 힘들었을까. 그런데도 그에 동조할 수 없었다. 괴로웠던 사람은 그뿐만이 아니니까.

"그럼 푹 쉬십시오. 상처가 빨리 낫기를 바라겠습니다."

그 말과 함께 레온하르트는 방 밖으로 나갔다. 긴장으로 몸을 굳히고 있던 일란은 힘을 빼고 그대로 무너져 내렸다. 다행히 레온하르트가 받쳐 둔 베개 때문에 아무런 일도 일어나지는 않았지만, 피곤했다. 다음에 또 온다니. 그다음은 언제가 될까. 여러모로 걱정이 사라지질 않았다.

한편, 문밖에서 기다리고 있던 알베르는 레온하르트를 반겼다.

"나오셨습니까?"

"그래."

싸늘하게 식어 내린 얼굴은 딱딱하게 굳어 있었다. 뭔가 뜻대로 풀리지 않은 모양이었다. 그걸 알면서도 알베르는 모르는 척 레온하르트에게 물었다.

"일란과는 이야기를 나눠 봤습니까? 뭐라던가요?"

그 말에 레온하르트가 알베르를 쏘아보았으나 그는 여전히 태연한 모습을 보였다.

"저도 알고 있어야 계획을 진행할 것 아닙니까? 그녀가 도와주고 아니고는 차이가 큽니다."

"아직."

"아직?"

"아직은 마음을 정하지 못한 모양이다."

"그럼 반대로 알고 있으면 되는 겁니까?"

"이제 처음일 뿐이다."

"크레센트 공작님, 저희는 시간이 없습니다."

알베르가 이죽거리며 말했다.

"일란이 저희와 손을 잡을지 말지 고민하는 사이에도 시간은 흘러갑니다. 현재, 시간은 저희 편이 아닙니다. 아시지 않습니까?"

"알고 있다."

"이대로라면 일란이 뭐라 하든 계획을 진행해야 합니다."

"그도 알고 있다."

"그런데 설득하지 못하셨습니까?"

우득. 레온하르트가 주먹을 강하게 쥐었다. 이대로 더 말했다간 한 대 후려치기라도 할 기세였으나 알베르는 말을 멈추지 않았다. 이번에는 좀 더 진지한 어투였다.

"이대로 일을 진행하는 수밖에 없습니다."

"한 번."

"네?"

"단 한 번만 더 이야기해 보겠다. 그래도 일란의 마음이 바뀌지 않는다면 그쪽의 의견을 따르도록 하지."

알베르는 난처한 표정을 지었으나 반대하지는 않았다. 딱 한 번 정도야 어떻게든 시간을 조정하면 될 테니까.

"그럼 한 번만입니다? 안 되면 저희는 원래의 계획을 진행하겠습니다."

"원래의 계획?"

"크레센트 공작님도 대충 추측하실 만한 그런 작전입니다."

"역시 일란을 이용할 셈이군."

"제일 효과적인 미끼이지 않습니까."

그 말에 레온하르트가 알베르에게 성큼 가까이 다가갔다. 그리고 시선을 마주하며 으르렁거리듯 말했다.

"일란을 미끼라고 부르지 마라."

알베르는 눈을 멀뚱하게 뜨고 있다가 천천히 고개를 끄덕였다. 그러나 내심은 이 상황이 재밌었다. 감정을 감추려는 것 아니었나? 그걸 이렇게 드러내다니. 안에서 있었던 일로 어지간히 화가 났던 모양이다. 하긴, 자신이라도 화가 났을 것이다. 사랑하는 여자가 자신이 증오하는 남자와 엮인 상황이니까. 게다가 그 여자는 자신의 원수를 죽이는 데 도와줄 생각이 없었다.

"그러겠습니다."

자신이 태연하게 대답하고 나서야 레온하르트는 정신이 돌아온 모양이었다. 레온하르트는 언제 그랬냐는 듯이 처음 만났을 때의 모습으로 돌아갔다.

"조만간 한 번 더 들르지."

"네, 네. 그동안 저도 손을 써 보겠습니다. 혹시 압니까? 일란이 제 설득에 마음을 바꿀지."

"그러리라 생각지는 않지만, 나쁘지 않은 생각이군."

"그렇죠? 그럼 이제 도로 모셔다 드리겠습니다."

알베르는 일란이 있던 방을 등지고 앞장서서 밖으로 나섰다.

'아, 역시 아리사와도 손잡아 두는 게 낫겠는걸.'

이쪽보다는 아리사 쪽이 상대하기 훨씬 쉬웠다. 그녀는 황제를 살려서 손에 넣기를 원했지만, 그거야 들어주는 척만 하면 넘어갈 일이었고, 적어도 일란을 미끼로 사용하는 일에 이렇게 반응하지는 않았을 테니까.

'언제나 만약의 경우는 대비해야 하는 법이지.'

그리 생각하며 알베르는 왔던 길의 중간까지 레온하르트를 안내해 주었다.

"여기서부터는 혼자 가실 수 있으시겠지요?"

"당연한 소릴 하는군."

"그럼 이만 여기서 헤어지지요."

알베르는 그리 말하며 뒤돌아섰다. 그러다 문득 생각났다는 듯이 다시 몸을 돌리며 레온하르트에게 말했다.

"참, 조만간 놀랄 만한 일이 생길 텐데 걱정하실 만한 건 아니니 안심하십시오."

"놀랄 만할 일?"

레온하르트가 미간을 찌푸리며 되물었으나 알베르는 그에 대해 자세히 설명해 주지 않았다. 외려 얄미울 정도로 웃으며 속내를 감추려고 했다.

"별거 아닙니다. 그래도 이제 손을 잡았으니 이 정도라도 말씀드리는 겁니다."

"이왕이면 좀 더 자세히 말해 주면 좋을 텐데."

"그러다가 들키면 일이 엉망이 되니까요. 지금의 공작님은 믿지만, 나중에 어찌 될지 알 수 없지 않습니까?"

참으로 얄미운 답이었다. 레온하르트는 알베르를 노려보다 그대로 몸을 돌렸다.

"조심해서 들어가십시오!"

말하지 않아도 그럴 생각이었다. 처음에는 천천히 말을 달리던 레온하르트는 점점 속도를 높였다. 그렇게 둘은 그대로 헤어졌다.

리안과 엔릴이 황족이 되면서 많은 것이 바뀌었다. 시골 마을에서 바람의 궁으로 갔을 때와는 비교도 할 수 없을 정도로.

"앞으로 배우셔야 할 과목들입니다."

엄마와 함께 소소하게 하던 공부의 규모가 커졌다. 예법과 예절, 제국 법률, 역사, 춤 등등 여러 가지를 배워야 했다. 그나마도 지금 당장은 일란을 찾는 데 총력을 기울여야 하므로 본격적으로 수업에 들어간 것이 아니라 했다.

"이게 전부가 아니라고요?"

리안이 질린 듯 말하자 밀레카가 담담한 표정으로 지적하였다.

"황녀님, 지위가 낮은 자들에게 존댓말을 쓰시면 안 됩니다."

그 말에 리안은 입술을 삐죽 내밀었다. 그래도 그 외의 반항 없이 얌전히 대답했다.

"응."

엄마가 어떻게 되었는지 걱정되는 와중에 수업마저 많으니 하루가 어떻게 돌아가는지도 모르겠다. 게다가 수업은 하나같이 지루해서 온몸이 뒤틀렸다. 엄마를 위해서! 그 말만 아니었다면 진즉 도망쳤을 것이다. 그나마 마음에 드는 건 검술 정도였을 뿐이다.

리안은 모르고 있었지만, 수업 계획을 짤 때 원래 그녀에게는 검술 수업이 없었다. 황녀의 존재 의의는 검술을 배울 때 드러나는 게 아니었으므로. 그녀들은 그저 꽃같이 우아하고 기품 있게 지내며 정치적으로 황가에 도움이 되면 족했다.

그러던 것을 황제가 엔릴과 리안의 수업을 전부 똑같이 하라 일렀다. 처음에는 약간의 반발도 있었으나, 그도 금방 사라졌다. 그 황제의 명이었으므로. 걱정과는 다르게 리안은 너무나도 훌륭하게 검술 수업에 적응해 나가고 있었다.

"황녀님은 대단하십니다. 어떤 상황에서도 의지를 꺾지 아니하고 스스로 나서서 훈련하기를 청하십니다."

아직은 어려서 체력 키우기부터 시작하고 있었는데 남자인 엔릴에게 지지 않았다. 반면 엔릴은 검술 계열이 아닌 문학 쪽으로 두각을 보이고 있었다.

"황자님은 대단히 뛰어나신 분입니다. 그 어떤 책을 드려도 금방 이해하고, 응용하십니다."

그 모든 말을 전해 들은 밀레카는 표정으로 드러내진 않았으나 무척 뿌듯해하였다. 같이 지낸 나날은 길지 않았지만, 그사이 아이들에게 정이 들었기 때문이었다. 다른 아이들이라면 이쯤에서 정을 뗐겠지만 다행히 리안과 엔릴은 황제의 아이. 앞으로도 계속 곁에 있을 수 있었다. 그러니 굳이 일어나는 마음을 억누르지 않았다.

'다만 조금 걱정되는 건.'

이 상황에서 아이들에게 최대한 많은 것을 가르쳐 주려는 황제의 모습이었다.

'일란 님을 찾고 나서 공부를 시작해도 될 터인데.'

황제는 조급해하고 있었다. 일란을 걱정하는 걸 넘어서 아이들 또한 안전하길 원했다. 몸뿐만 아니라 마음도 다치지 않기를. 그 마음 하나로 다른 귀족들에게 얕보이지 않도록 속성으로 교육을 시키라 이른 것이었다.

덤으로 일란을 잃어 우울한 아이들이 슬퍼할 틈도 없이 만들기 위함이기도 했고. 아이들은 하루 종일 열심히 여러 가지를 배우고 나면 저녁에 금방 곯아떨어졌다. 아이들은 적응을 잘해 가는 듯 보였지만, 혹시라도 이 때문에 황제를 멀게 느끼지 않을까 걱정되기도 하였다.

'주제넘은 걱정이겠지.'

밀레카는 잠들어 있는 아이들을 보고는 발걸음을 돌렸다. 슬슬 황제가 올 시간이 되었다.

 아직 일란을 찾지 못한 황제는 수시로 밤을 새워 가며 수색에 나서고 있었다. 그런 상황인 만큼 매일 궁으로 들어오는 것은 아니었지만, 올 때마다 꼭 하는 일이 있었다. 황제는 아이들이 머무는 방으로 향했다. 당연히 방을 따로 주었으나, 잘 때는 보통 한쪽에서 자곤 하였다. 그건 주로 엔릴의 방이 되곤 했다.

 기름칠한 문이 부드럽게 열리자, 황제가 방 안으로 들어섰다. 방을 밝히는 것은 창가로 새어 들어온 달빛뿐인지라 어두웠지만, 황제는 망설임 없이 발걸음을 옮겼다.

 어두운 방에 몸을 숨긴 그림자 기사가 있는 방향을 바라보자 그들이 가벼운 신호를 보내왔다. 아무런 일도 없었단 소리였다. 더 자세한 건 밀레카가 보고하겠지만, 그것만으로도 무척이나 안심이 되었다. 황제는 서로 손을 꼭 잡고 누워 잠든 아이들을 바라보다 침대가에 앉았다.

 "으음."

 리안이 이불을 걷어차며 다리를 꺼냈다. 그 모습에 황제는 이불을 들어 다시 곱게 덮어 주었다. 그런 리안의 몸부림에 엔릴이 잠에서 깨어났다. 눈을 비비던 그는 곧 황제를 발견하곤 안심하는 표정을 지었다.

 아무리 잘 해내 가고 있다 하여도 어린아이들이었다. 여러모로 불안할 수밖에 없었다. 처음에는 불안감이 부피를 점점 부풀려 가기만 했다. 그러던 것이 이제는 황제를 보면 안심이 되는 수준에 다다랐다. 아직 아버지와 자식이라 하기에는 부족한 면이 많았으나 서서히 서로에게 익숙해지고 있었다.

"엄마는요?"

엔릴이 졸린 목소리로 황제에게 물었다.

"아직 찾지 못했다. 하지만 금방 찾아올 테니 걱정하지 말아라."

"네."

작게 고개를 끄덕인 작은 아이는 조심스럽게 토닥여 오는 손길에 다시 눈을 감았다.

"일란."

황제는 깊이 잠든 아이들을 보며 그리운 사람의 이름을 불러 보았다.

수색은 쉽지 않았다. 어느 정도 꼬리를 잡았다 싶으면 끊어 내는 일이 반복되었다. 그러다 보니 아직도 일란을 찾아내지 못했다. 황제는 주먹을 꽉 쥐다 펴 보았다. 굳은살이 박인 손은 특별난 곳이 없어 보였으나 그는 알고 있었다. 자신이 이 손으로 얼마나 많은 생명을 해쳤는지.

'지금까지 그걸 후회한 적은 없었는데.'

일란이 이렇게 되니 조금은 후회가 되었다. 그때 쥐새끼 하나 남겨 두지 말고 모조리 죽여 버릴걸. 어째서 일부를 놓치고 살려 두었나. 그러지 않았더라면 일란이 위험해지는 일도 없었을 터.

조금 전까지는 다정해 보였던 금색의 눈동자가 위험하게 빛났다. 이번에 반란군을 모조리 축출해 내고 나면 가만히 내버려 두었던 제국의 귀족파들도 전부 처리할 생각이었다. 더는 느긋하게 여유를 부리지 않을 것이다. 거슬리는 것은 모조리 처리해 버리고 일란과 같이 평온하게 살아가고 싶었다.

'일란이 그걸 원할지는 모르겠지만.'

반드시 원하게 할 생각이었다. 반쯤 죽어 있던 자신에게 감정을 주었으니, 일란도 그에 책임이 있었다.

황제는 또다시 몸부림을 친 리안에게 이불을 덮어 주고 자리에서 일어났다. 휴식은 이걸로 되었다. 다시 움직일 시간이었다.

그림자 기사들은 쉬지 않는 황제가 불안했으나 그를 직접적으로 말하지는 않았다. 현재 황제의 심정을 이해하고 있었기 때문이었다. 지금 그는 날카롭게 벼려진 칼날이었다. 잘못 건드렸다가는 누구라도 해칠 수 있는 그런 칼날.

'부디 무사하시길.'

그랬기에 일란의 무사를 빌며 황제의 뒤를 따를 뿐이었다.

레온하르트는 알베르와 헤어지고 공작가로 돌아왔다. 어떻게 시간을 내어 알베르와 만나긴 했으나 본래 할 일이 많았기에 쉬지도 못하고 다시 저택을 나서야 했다. 여기서 쉬면서 시간을 끌었다가는 비웠던 시간을 의심받기만 할 터였다.

"쉬지 않으셔도 괜찮겠습니까?"

"괜찮다."

피로가 어깨를 내리눌렀으나 정신만은 맑았다. 일란을 보고 왔기 때문이었다. 그녀가 무사하다는 사실만으로도 레온하르트는 기뻤다.

그리고 그런 와중에도 레온하르트는 정보를 수집하는 걸 게을리하지 않았다. 그러니 자연 황자와 황녀가 된 아이들에 대해서도 알 수밖에 없었다.

'대놓고 후계자 수업을 진행하고 있군.'

황족의 계보에 올린 데다가 후계자 수업을 진행하고 있었다. 이제 반란이라도 일으킬 생각이 아닌 한 둘에게 함부로 손댈 조무래기는 없을 터였다. 최소한 황궁 내에서는 안전하게 지낼 수 있을 것이다. 외부에서 침입하는 적에게는 다른 소리겠지만.

'그것도 호위 인력을 늘리는 걸로 해결했겠지.'

황제의 사생아와 정식 황족에게 붙일 수 있는 호위 인력은 그 수가 다르니까 말이다. 그 탓에 아이들에게 접근하는 것은 더욱 어려워졌다.

황궁기사단장인 자신이라면 접근이 어렵지는 않아야 정상이었다. 하지만 최근 황제가 하는 행동을 보자면 그렇게 내버려 두지 않을 것이다. 슬슬 귀족파도 몰아내려는 듯했으니까.

그 때문에 라온 후작도 겉으로 드러내지는 않고 있었지만 초조한 모양이었다. 자신이 잠시 자리를 비운 사이, 라온 후작의 심복이 찾아왔다고 했다. 심지어 그는 자신을 당장 만날 수 없다고 했음에도 기다리고 있다 하였다.

'능구렁이도 발등에 불이 떨어진 거지.'

라온 후작도 바보는 아니니까 대충 짐작하고 있었다. 사라진 황제의 연인을 찾는 일이 끝나면, 반란군의 토벌이 이어질 것이란 걸. 그렇게 반대되는 세력이 없어지면 이번에는 내정으로 눈을 돌릴 게 뻔했다. 자신이 바람 넣듯이 전해 준 이야기도 있고, 본인이 조사도 했을 테니 잘 알고 있겠지. 원래 반란군이 일란을 납치하지 않았으면, 먼저 자신들부터 잘라 낼 생각이었다는 것을 말이다.

이제 자신이 할 일은 일란을 이용하여 황제를 죽이고, 라온 후작과 손을 잡고 반란 세력을 없애는 것이었다. 그다음에는 라온 후작도 소용없어지게 된다. 그러면 비로소 할 일이 끝난다. 그러자면 당장 해야 할 일이 무척 많았다. 일란의 아이들과 접해 보기도 해야 했고.

'그나저나 그가 말한 놀랄 만한 일은 무엇이지?'

아직은 짐작 가는 부분이 없었다.

"황제를 만나고 싶다!"

어느 중년인이 작은 상자를 든 채 외성의 문에서 외쳤다. 처음에는 미친 사람으로 취급하며 그를 외면하려던 경비병들도, 결국에는 그를 잡아들일 수밖에 없었다.

"어찌하여 황궁 가까이에서 황제 폐하를 찾고 있던 건가?"

"황제를 만나게 해 주면 답해 주겠다."

"미친 소리!"

그는 경비병들이 이끄는 대로 순순히 움직였으나 입을 열지는 않았다. 그리고 손에 들고 있던 작은 상자도 태연하게 내놓았다. 하지만 그 상자를 열어 본 외궁 소속 기사로서는 태연하게 있을 수 없었다.

그 속에는 가느다란 여성의 손가락이 하나 들어 있었기 때문이었다.

"누구의 손가락이냐!"

중년인을 추궁하자 그가 웃으며 답했다.

"황제를 만나게 해 주면 말해 주겠다니까."

"이런 미친 인간을 봤나!"

외궁은 난리가 났다. 이대로 중년인을 미쳤다고 치부하고 돌려보내기엔 외궁을 지키는 기사도 알고 있었다. 현재 황제가 모든 인력을 동원하여 한 여성을 찾고 있다는 것을. 마침 상자 속의 손가락도 여성의 것이었다. 기사로서는 그냥 넘어갈 수 없는 일이었다.

"내궁에 소식을 전해라."

"네!"

그 소식은 곧바로 내궁으로 전해졌고, 황제의 귀에도 들어갔다.

"어떤 남자가 외궁 밖에서 황제 폐하를 만나고 싶다고 외쳤다 합니다. 그리고 그가 든 상자 속에는 여성의 손가락이 들어 있었습니다."

"여성의 손가락이?"

보고를 들은 그림자 기사들이 빠르게 움직여 중년인을 데리고 갔으며, 경비병들 또한 증인으로서 끌려갔다.

그리고 얼마 지나지 않아 중년인은 목표했던 황제를 만날 수 있었다. 평소라면 황좌에서 죄인을 기다렸을 황제가 직접 나서서 그를 보러 왔기 때문이었다.

"하하하."

중년인은 뭐가 그렇게 신나는지 기괴하게 웃어 댔다. 연신 킥킥대는 그에게 곧바로 제재가 가해졌다. 그림자 기사단이 그의 무릎을 쳐서 그 자리에 무릎을 꿇리고 목소리를 낼 수 없게 만들었다. 그랬음에도 중년인은 여전히 나오지 않는 목소리로 웃으려 하였다. 소름 끼치는 행동이었다.

그림자 기사 중 하나가 중년인에게서 빼앗은 상자를 황제에게로 가져갔다. 갈색의 상자는 얼핏 평범해 보였다. 그러나 그를 손에 든 황제에게는 절대 평범할 수 없었다. 황제는 깊은 숨을 내쉬었다.

'그럴 리 없어.'

어떻게든 회피하고 싶었으나, 불가능한 일이 아님을 깨달았다. 인질의 신체 일부를 보내는 것은 흔한 일이었다. 어쩌면 이 안에 들어 있는 손가락이 정말 일란의 것일지도 몰랐다. 그리 생각하니 분노가 파도처럼 밀려왔다. 단단하고 굳센 손이 상자를 덮은 채 떨려 왔다.

어린 시절, 지옥을 맛보던 그때 이후로 두려움을 느낄 일은 없다고 생각했는데. 일란을 만난 뒤부터 황제는 겁쟁이가 되었다. 지킬 것이 있는 자는 겁이 많아질 수밖에 없었다.

"키키, 키키킥."

중년인의 웃는 소리는 멈추지 않았다. 그대로 목을 자르면 멈출 소리였으나, 이자 또한 단서가 됨을 알기에 그림자 기사는 그를 죽일 수 없었다. 중년인도 그걸 알고 있는 것 같았다.

황제는 눈을 감았다 떴다. 그래도 보이는 것은 변하지 않았다. 여전히 손 위에는 상자의 무게가 느껴졌으며, 중년인은 미친 사람처럼 웃고 있었다. 이를 악문 황제는 상자의 뚜껑을 열었다. 안은 하얀색의 공단으로 채워져 있었는데, 절반 이상이 붉은 피로 물들어 있었다. 그리고 그 중심에 잘린 손가락 하나가 있었다. 투박하게 썰어 냈는지 단면이 거칠다. 손가락의 주인은 고통을 느꼈으리라.

거기까지 생각이 닿자 살의가 돋아났다. 머릿속이 새하얗게 물들며 정신이 아득해졌다. 황제에게서 솟아난 살기가 주변을 안개처럼 감싸 다른 이들은 숨이 막혀 옴을 느꼈다.

그나마 그림자 기사들은 그에 익숙해서 나았지만, 중년인은 그렇지 않았다. 실제 중년인은 더 이상 웃고 있지 않았다. 그저 공포에 질린 눈동자만을 굴리고 있을 뿐이었다.

떨리는 손이 천천히 붉은 공단 위에 놓인 손가락을 들어 올렸다. 가느다란 손가락은 확실히 여성의 것이었다. 황제는 손가락을 손바닥 위에 올리고 물끄러미 바라보았다. 숨 막히는 살기 사이로 금색의 눈동자가 살벌하게 번뜩였다. 그리고 이내 살기가 잦아들었다.

"놓아주어라."

황제의 말에 그림자 기사들이 누르고 있던 중년인의 목을 놓아주었다.

"캑캑!"

중년인은 한 차례 기침을 하고 외쳤다.

"그래, 사랑하는 사람의 손가락을 보는 기분은 어떤가! 슬픈가! 분노했나? 원통했나?"

중년인이 절규하듯 황제에게 물었다. 황제는 천천히 시선을 돌려 중년인을 바라보았다. 저것은 같은 사람을 바라보는 시선이 아니었다. 버러지를 바라보는 눈이다. 온몸에 소름이 돋고 벌벌 떨렸다. 중년인은 죽음을 각오하고 여기에 오기를 자처했다. 그랬음에도 두려움을 완전히 감출 수는 없었다.

'저건 괴물이다!'

언제 분노했냐는 듯이 감정을 감춘 황제는 중년인이 보기에는 괴물 같았다. 그래도 여기서 물러설 수는 없었다. 황제에게 자신이 겪었던 것과 똑같은 아픔을 주고 싶었다.

"고통에 몸부림쳐라! 슬픔에 소리 질러라! 괴로워하란 말이다!"

중년인이 다시 버럭 소리를 내질렀으나 황제는 미간을 찌푸리기만 할 뿐이었다. 그는 상자를 덮으면서 그림자 기사에게 말했다.

"여기서 일어난 일은 함구하고, 저자를 끌고 가서 정보를 뽑아내라."

"네!"

"그리고 수색 작업은 계속하도록."

"명령을 따르겠습니다."

그 모습을 본 중년인이 다시 소리를 내려고 했으나 금방 입이 틀어막혔다. 까만 제복에 마스크를 쓴 그림자 기사들이 중년인을 내려다보았다. 기사라고 보기엔 지나치게 살기로 물든 눈동자가 빛을 받아 번들거렸다.

"자, 그럼 가자고."

잠시 그들 사이에서 시선이 오가더니 두 명이 따로 빠져서 중년인을 끌고 갔다.

'안 돼! 아직 하고 싶은 말이 더 있는데!'

필사적으로 몸부림쳤으나 조금도 통하지 않았다. 그저 질질 끌려가기만 할 뿐이었다. 이렇게 되면 차라리 자진이라도 해야 했으나 그마저도 쉽지 않아 보였다. 이들은 자신이 쉽게 죽도록 내버려 두지 않을 것이다. 그런 예감이 들었다.

황제는 상자를 물끄러미 내려다보았다. 잠시지만 무척이나 동요했다. 혹시라도 일란이 고통을 받았을까 봐, 정말 신체의 일부를 잃었을까 봐. 그렇지만 그 안에 든 손가락은 일란의 것이 아니었다.

'경고인가.'

일란은 내내 검을 쥐어 왔다. 평민 여성과 같이 굳은살이 박여 있어도 부위가 다르다. 그런데 저 손은 검을 쥔 손가락이 아니었다. 황제는 알 수 있었다. 일란에 대해서라면 머리끝부터 발끝까지. 손톱 하나도 알아볼 수 있을 것이다. 그건 둘째 치고라도 굳은살에 대한 걸 반란군의 수뇌부가 아예 몰랐을 리는 없었다.

'기본적인 거니까.'

속이려면 실제 검을 잡은 여성의 손가락을 보냈어야지. 그런데 그러지 않았다는 건 경고의 의미였다. 앞으로 실제 일란을 해칠지도 모른다는 경고. 중년인도 아마 버리는 패일 것이다. 가라앉았던 살기가 다시 불길처럼 일어났다. 황제는 절대 그들이 일란을 해치도록 둘 생각이 없었다.

'그나저나 우습군.'

먼저 전쟁을 일으키려 했던 건 왕국 쪽이었다. 모두들 제국이 나서서 왕국을 멸망시킨 걸로 알고 있지만, 실제는 조금 달랐다.

황제는 황족의 대부분을 죽였다. 그러나 그 와중에도 살아난 이가 소수 있었다. 황가의 계보에서도 멀리 떨어져 있어 황위 계승권과 거리가 먼 자들이었다. 그들이 왕국과 손을 잡았다. 바뀐 황제가 적응하기 전에 연합하여 제국을 나눠 먹을 생각이었겠지.

그러나 황제는 그리 호락호락한 사람이 아니었다. 당연히 그 끝은 왕국의 멸망과 그들과 협력한 자들의 죽음이었다.

'그때 왕국의 왕족은 전부 죽였어야 했는데.'

딱 하나를 놓쳤을 뿐인데 반란군의 구심점이 되어 여기까지 왔다. 원래라면 진작에 없애려고 했는데, 일란을 찾느라 바빠서 방치한 결과가 이것이었다.

'이번에는 살려 두지 않는다.'

더는 외부로부터 위협받고 싶지 않았다. 특히나 사랑하는 사람이 인질로 붙잡히는 경험은 끔찍하기만 할 뿐이었다.

황제는 상자를 옆에 서 있던 시종에게 건네고 다시 발걸음을 옮겼다. 정보라면 그림자 기사단원이 빼내고 있을 테니, 다시 일란을 찾으러 나갈 생각이었다. 그런 황제의 앞을 한 남자가 가로막았다. 레온하르트였다.

"황제 폐하를 뵙습니다."

곧바로 고개를 숙인 그는 황제에게 인사를 올렸다. 황제는 레온하르트가 어째서 자신을 찾아왔는지 깨달았다. 몸은 자신을 향하고 있었으나 시선이 향하는 곳은 자신이 아니었다. 시종이 들고 있는 상자로 향하고 있었다. 레온하르트 또한 일란을 좋아하는 자. 그 생각을 읽어 내는 건 어렵지 않았다.

"그래, 무슨 볼일이지?"

하지만 손쉽게 가르쳐 줄 생각은 없었다. 황제의 말에 레온하르트가 이를 악물었다. 그리고 평소 그답지 않게 성급하게 말을 꺼냈다.

"외궁에서 기이한 이야기를 듣고 찾아뵈었습니다."

"외궁에서?"

"어떤 정신 나간 자가 폐하를 찾았다는 이야기를 들었습니다."

"그래, 그런 자가 있었지. 아마도 지금쯤은 고문실에 있겠군."

그 말에 레온하르트의 몸이 긴장으로 단단하게 굳었다.

"그자가 무슨 죄를 지었습니까?"

"알고 싶나?"

황제는 눈을 내리깔며 레온하르트와 마주 보았다.

"……알고 싶습니다."

레온하르트로서는 이 자리에서 엎드려 비는 한이 있어도 알고 싶었다. 최근 알베르와 헤어지면서 그가 한 말이 마음에 걸렸다. 놀랄 만한 일이 있을 거라더니. 그 때문에 황궁 내에 들여보낸 첩자들에게 정보를 받아 보는 것을 게을리하지 않았다. 그러다 수상한 자가 경비병들에게 잡혀 황제에게까지 간 것을 알게 되었다. 그리고 그 수상한 자가 상자를 들고 있었다는 것도. 온갖 불길한 생각이 머릿속을 맴도는 것도 당연했다.

레온하르트는 절박한 심정이었으나 황제는 그를 헤아려 줄 사람이 아니었다.

"그렇다면 성의를 보이지 그러나."

그 말에 레온하르트는 곧바로 무릎을 꿇었다. 그러고는 몸을 낮추며 빌었다. 조금도 망설이지 않고 자존심을 전부 버리는 모습에 황제는 외려 기분이 상했다.

"부디 알려 주십시오."

마치 자신이 이 정도로 일란을 생각하고 있다고 말하는 것 같았기 때문이었다.

"상자를 보여 줘라."

그렇기에 불쾌한 목소리로 시종에게 명령을 내렸다. 시종은 조심스럽게 상자를 들고 다가가 레온하르트의 앞에서 그것을 열었다. 그 안에 든 손가락을 보게 된 레온하르트의 눈이 커졌다.
"그걸 들고 와서 보여 주더군."
황제가 말하였으나 레온하르트에게는 이미 그 목소리가 들리지 않는 듯했다. 레온하르트는 덜덜 떨며 상자 안에 든 손가락을 바라보았다. 그 또한 황제처럼 최악의 상상을 한 모양이었다. 쥐어짜낸 듯한 목소리가 황제에게 물었다.
"이것이 그 남자의 죄입니까?"
"그래."
달싹이던 입술이 재차 질문을 던졌다.
"일란 경과 관계된 것입니까?"
이미 레온하르트 본인은 전부 추측한 상태에서 확인 차 물어본 것이었다. 황제는 이번에도 순순히 답해 주었다.
"그래."
그 말이 떨어지기가 무섭게 시종에게서 상자를 뺏어 든 레온하르트가 그 안에 든 손가락을 빤히 바라보았다. 떨리는 눈동자에 담긴 것은 분노였다.
그러나 그러길 한참, 레온하르트는 뒤늦게야 깨달았다. 분노에 눈이 멀어 보이지 않던 것이 보이기 시작했다. 레온하르트도 황제와 같은 것을 깨달았다. 이 손가락은 일란의 것이 아니었다. 힘이 들어간 어깨가 탁 풀리며 아래로 내려앉았다. 쿵쾅거리던 가슴의 울림도 가라앉았다. 그런 레온하르트에게서 시종은 도로 상자를 가져갔다.

"일란 경의 손가락이 아니군요."

그 말에 황제는 아무런 답도 하지 않았으나, 그로도 충분히 답이 되었다.

"갑작스러운 무례를 용서하십시오."

황제에게 사죄를 한 레온하르트는 확실하게 진정이 된 모양이었다.

일란의 죽음을 상상도 하지 못하고 있듯이, 그녀가 손가락을 잃는 것도 상상하지 못했다. 비록 황궁을 떠나 한동안 손에서 검을 놓았다고 하나, 일란은 천생 검사였다. 황제가 습격을 당할 때 도와주겠다고 나서서 휘두른 검의 궤적은 무척이나 아름다웠다고 했다. 그토록 오래 도망 다녔으면서도 일란의 검은 여전히 강인했다. 그런 그녀에게서 검을 뺏고 싶진 않았다. 손가락 하나가 둘이 되고, 셋이 될 수도 있으니. 어찌 두렵지 않으랴.

'검을 빼앗는다면 일란을 볼 낯이 없다.'

레온하르트는 그리 생각했다. 그러므로 이 위협은 황제뿐만 아니라 자신에게까지 영향을 미치는 것이었다. 이걸 알베르라고 몰랐을 리는 없을 것 같았다. 레온하르트는 이를 으득 갈며 알베르의 능글맞은 낯짝을 떠올렸다.

"수색은 어떻게 되어 가지?"

"수도는 샅샅이 뒤졌습니다. 수색 범위를 좀 더 넓혀 보려고 생각 중이었습니다."

황제는 레온하르트를 내려다보았다. 조금 전에 일란의 신체일지도 모르는 손가락을 보고 동요했다고 하나 전부 믿을 수는 없었다. 지금까지는 레온하르트가 일란에게 가진 마음만은 진실된 것이라 믿어 수색의 일부를 맡겼다. 하지만 이제는 좀 더 확실하게 나가야 할 것 같았다.

"그림자 기사의 일부를 붙여 주지."

레온하르트의 행동을 제한하지는 않되 감시한다. 그게 황제가 내린 결론이었다.

"기대에 어긋나지 않게 더욱 노력하겠습니다."

그 누구보다 충성스러운 기사처럼 말하고 있으나 이 모든 게 연극임을 황제는 알고 있었다. 애초에 레온하르트가 충성을 맹세할 때부터 그를 믿고 있지 않았다. 만약에 귀족파를 한 번에 소탕하려고 생각하지 않았다면 진작에 처리했으리라. 아마 레온하르트도 그런 자신의 생각을 알고 있을 것이다.

황제는 그런 레온하르트를 잠시 바라보다 그 자리를 떠났다. 발길이 향하는 곳은 고문실이 있는 곳이었다.

황제가 떠난 지 한참이 지나고 나서야 레온하르트는 몸을 일으켜 세울 수 있었다. 뒤늦게 황제가 보내온 그림자 기사가 이제 일어나도 된다 하였기 때문이다.

천천히 일어선 레온하르트는 생각을 정리했다. 알베르가 말한 놀랄 만한 일이라는 게 이 일이라는 것은 분명했다. 기가 막히는 한편, 치솟는 분노로 이가 갈렸다. 아무리 거짓이었다고 하나, 일란의 신체 일부를 보낸 것처럼 꾸미다니. 게다가 자신에게 제대로 언급해 준 것도 아니었다. 일란을 미끼 취급하지 말라고 했건만.

스스로도 모순적인 생각임을 알고 있었으나, 알베르의 행동이 쉽사리 납득되지 않았다. 자신 또한 황제처럼 농락하려고 했다는 생각을 지울 수 없었다. 게다가 이 일로 인해 급히 황제에게 달려와 물은 탓에 꼬리가 붙고 말았다. 그림자 기사라는 꼬리가.

치우기에는 여러 가지 문제점이 있으니 계속 달고 다녀야 한다는 소리인데. 이런 식이면 다음 일란을 만나러 가는 시기가 언제가 될지 알 수 없었다.

'우연인가, 계산인가.'

알베르의 영악한 성정을 생각해 보면 단순한 우연은 아닐 거라는 생각이 들었다. 제대로 언급만 해 줬어도 자신이 이렇게 황제를 찾아올 일은 없었을 테니까.

'무엇을 생각하고 있는 거냐.'

서로 손을 잡기로 하였으나 둘 다 상대에 대한 믿음이 부족했다. 아니, 믿음이 부족하다기보단 믿을 생각이 없었다. 그럴 수밖에. 황제를 없앤다는 목적은 같았다. 그러나 그 외의 목적마저 같으리란 법은 없었다.

일단 알베르에게 경고를 해야겠단 생각이 들었다. 만약에 이런 일이 또 일어난다면 자신으로서도 곤란했다. 아직 황제의 눈 밖에 나서는 안 됐다. 이미 늦었다는 걸 알고 있었지만, 지금부터라도 조심해야 했다.

"그럼 가실까요, 레온하르트 경?"

눈이 초승달처럼 휜 그림자 기사가 레온하르트에게 말을 걸어왔다.

"혼자인가?"

"몇이 더 합류할 겁니다."

그림자 기사단의 인원은 레온하르트도 정확히 모르고 있었다.

하지만 이번에 동원된 이들을 보면 제법 수가 많아 보였다. 평소에는 다른 일을 하던 이들까지 양지로 끌어 올린 모양이었다. 지금 마주친 이 남자만 해도 레온하르트에게는 낯설었다.

"그럼 가도록 하지."

"네! 기대되는군요. 그 유명한 레온하르트 경과 함께 일하게 되다니. 일생의 영광입니다!"

내뱉는 소리는 듣기 좋은 듯했으나, 어찌 보면 이죽거리는 것처럼도 들렸다.

"도울 일이 있다면 얼마든지 명령을 내려 주십시오. 폐하께서도 레온하르트 경의 명에 따르라고 하셨습니다!"

감시인이라 봐도 좋으니 실제로 그럴지도 몰랐다. 레온하르트는 초조한 마음을 애써 숨기며 원래 있던 수색 현장으로 향했다. 도중에 그림자 기사들이 세 명 정도 더 합류했다. 그중에 조금이라도 익숙한 이는 한 명뿐이었다.

갑자기 합류한 그림자 기사의 모습에 황궁기사들은 조금 당황한 듯했으나 그도 잠시였다. 초승달 모양의 눈을 가진 남자는 기이하게도 붙임성이 좋았다. 얼마 지나지 않아 대부분의 황궁기사들이 긴장을 풀게끔 만들어 버렸다. 아무렇지 않게 이야기를 하면서 정보를 이끌어 내는 솜씨가 수준급이었다.

'이러니 옆에 붙인 거로군.'

아무래도 황제는 자신도 의심하고 있는 모양이었다.

'실제로도 반란군과 손을 잡은 건 맞지만.'

들키지 않게 더 주의할 필요가 있었다.

"슬슬 황제가 선물을 받았으려나?"

알베르가 창문 밖을 내다보다 중얼거렸다.

"받았겠지요."

수도에서 그리 멀지 않은 곳에서 출발했으니 지금쯤은 도착하고도 남았을 시간이었다.

"어떤 반응을 보일까?"

분노할까? 슬퍼할까? 괴로워할까? 어느 쪽이든 쉽게 상상은 되지 않았다. 자신들에게 있어 황제는 피도 눈물도 없는 학살자였으니. 그런 이가 누군가로 인해 격렬한 감정을 표출한다는 것이 상상되지 않았다.

"글쎄요. 모르겠습니다."

그렇기에 베른도 모르겠다고 답하였다.

"그보다 크레센트 공작에게도 언급했어야 하지 않았을까요?"

"왜?"

"그래도 손잡은 아군이 아닙니까?"

"이 판에 절대적인 아군은 없어. 이용해 먹을 수 있으면 이용해 먹는 게 최선이지."

"그래도 당장은 도움이 되는 사람이지 않습니까?"

그 말에 알베르가 어깨를 으쓱해 보였다.

"그건 맞지."

"그럼 화나게 만드는 상황은 피하는 게 좋지 않을까요?"

"이 정도야 뭘. 너그러운 크레센트 공작님께서는 이해해 주실

거야. 화가 좀 많이 나긴 하겠지만."

그 말에 베른이 한숨과 함께 소리를 높였다.

"역시 화낼 거란 걸 알고 계셨군요!"

"모를 리가 있나. 베른, 너 같아도 아끼는 사람의 신체 부위로 협박하면 기분이 좋을 것 같아?"

"최악이겠죠."

"그거야."

"하, 알베르 님의 생각은 가끔 잘 모르겠습니다. 그럼 큰일 아닙니까! 크레센트 공작은 본거지도 알고 있습니다."

"그렇다 해도 손쓰지는 못해. 안심해. 지금 우리를 치워 봤자 불리한 건 그쪽이거든."

"그래도 그렇지. 너무 위험한 행동은 자제해 주십시오."

"자자, 중요한 건 그게 아냐. 크레센트 공작이 아니라 황제라고. 과연 그가 어떻게 반응할지."

"첩자들에게 최대한 빠르게 알아본 뒤 보고하라 이르겠습니다."

"그래, 궁금하단 말이지."

장난스럽던 알베르의 목소리가 점차 낮아지며 서늘해졌다. 많은 사람을 태연하게 죽이던 황제가 소중한 사람이 위험해진 상황을 두고 어떤 반응을 보일지. 납치 정도로는 생각만큼 원하는 반응이 나오지 않았으니 이번에는 한술 더 떠 신체의 일부로 협박을 해 보았다. 비록 진짜 일란의 신체는 아니었어도 협박은 유효할 것이다.

"그 황제도 울 수 있는 사람인지, 슬퍼할 수 있는 사람인지 궁금해."

그 말에 베른은 가만히 입을 다물었다. 그 또한 황제가 보일 반응이 궁금했다.

"자, 그럼 우리도 슬슬 다시 움직이자고. 일단 크레센트 공작과 손을 잡았으니, 그의 욕구도 채워 줘야겠지."

그래야 다음 만남 때 멱살 잡히는 걸 피할 수 있으리라.

"다시 한번 일란을 설득해 보자고."

황제가 일란을 바라보며 웃고 있었다. 시원한 바람이 부는 싱그러운 숲 한가운데서 웃는 그 모습은 마치 햇살과도 같았다. 그 모습이 어울리지 않는 듯하면서도 자연스러웠다. 일란은 저도 모르게 마주 웃어 주었다. 아직은 마주 웃을 만한 관계가 아님에도 기이하게도 어떠한 의구심도 들지 않았다.

그러던 그가 웃는 모습 그대로 무너져 내렸다. 놀라 살펴보니 그의 가슴을 관통하는 검이 보였다. 바닥으로 툭툭 흘러내리던 붉은 피가 모이더니 이내 웅덩이를 이루었다. 인간의 몸에서 나왔다고는 믿을 수 없는 피의 양에 일란은 입을 틀어막았다. 무너진 황제의 얼굴은 싸늘하게 식어 있었고, 어떠한 표정도 떠올라 있지 않았다.

"카일!"

오래전부터 부르지 않았던 이름이 입 밖으로 튀어 나갔다. 황제와 거리가 떨어져 있음에도 죽어 버린 시체의 냉기가 느껴지는 듯했다. 추웠다. 일란은 양팔로 몸을 감싸 안았지만, 추위는 사라지지 않았다. 그리고 천천히 황제에게 다가가려는 순간,

눈이 떠졌다.

"하아……."

깊게 숨을 몰아쉰 일란은 뜨겁게 느껴지는 눈가를 손으로 비볐다. 그러자 손에 물기가 묻어났다. 아무래도 운 모양이었다. 레온하르트가 왔다 간 이후로 잠들 때마다 반쯤은 이런 꿈을 꾸곤 했다. 반란군에게 잡힌 후로 잠들 때마다 기분 나쁜 꿈을 꾸곤 했으나 최근엔 그게 더 심해졌다. 그리고 그 꿈은 대부분 황제의 죽음으로 끝났다.

'그런데 난 왜 운 거지?'

황제의 죽음이 슬픈 것인가. 일란은 아직도 눈물이 고여 있는 눈가를 닦아 내며 몸을 일으켰다. 어쩐지 스스로가 한심스럽게 느껴졌다. 그렇게 황제가 원망스럽다고 해 놓고서 지금은 그가 죽는 게 두려웠다.

"카일라트. 카일."

일란은 작게 황제의 이름을 말해 보았다. 꿈에서는 자주 부르던 이름이었으나, 현실에서는 몇 번 부른 적 없었다. 그렇기에 익숙하지 않은 울림이었다.

그래, 이제는 인정할 때도 되었다. 자신은 황제가 죽기를 바라지 않았다. 레온하르트가 반란군과 손을 잡았다는 걸 안 이후로 황제가 죽게 될까 봐 걱정하였다. 처음에는 아이들의 안위를 걱정해서라고 생각했지만, 이내 깨달았다. 아직 완전히 용서하지 않았음에도 황제가 살아 있기를 바랐다.

'이런 마음은 대체 뭐라고 불러야 할까?'

자신의 마음인데도 모르겠다. 아니, 어쩌면 진실을 외면하려고만 드는지도 모르겠다.

거기까지 생각하던 일란은 손으로 머리를 헝클었다. 갇혀서 무료하게 지내니 자꾸 이런 생각이 드는 것 같았다. 더는 수동적으로 황제가 구출하러 오기만을 기다릴 수 없었다. 아니, 적어도 구출되지 못하더라도 레온하르트가 반란군과 한편임을 알려야 했다.

'단장님에게는 미안하지만.'

둘 다 무사할 수 있는 상황이 아니었다. 자신은 어느 한쪽을 택해야 했고, 택하게 된다면 그 사람은 황제였다. 당장 아이들의 문제도 있었고, 지금 마음의 문제도 있었다. 그리 생각을 하던 중, 밖에서 노크 소리가 들려왔다.

'고작 인질에 불과할 뿐인데 잘 대해 준단 말이지.'

그냥 문을 열고 들어와도 자신은 아무 소리도 못 할 텐데 꼬박꼬박 노크한다. 처음에는 알베르와 아는 사이라 이리 대하나 생각했는데 아닐지도 모르겠다. 레온하르트가 반란군과 손을 잡았다면 이런 대우도 이해가 갔다. 적어도 그가 자신을 사랑한다고 한 것은 진심이었으니까.

끼익.

문이 열리고 들어선 이는 뜻밖에도 평소 자신을 돌봐 주던 여자가 아니었다.

"알베르."

처음 가둬 두고 몇 번인가 얼굴을 본 뒤로 모습을 드러내지 않던 알베르였다.

"오랜만입니다, 일란. 잘 지내고 있습니까?"

잘 지내고 있을 것 같습니까? 욱하는 마음이 들었으나 일란은 입을 열지 않았다.

"흐음."

그런 일란을 보며 알베르는 난처하단 표정으로 어깨를 으쓱였다. 겉보기에는 무척이나 좋은 사람처럼 보였다.

"이제 몸은 괜찮습니까?"

재차 묻는 말에 결국 일란은 입을 열었다. 걱정스럽다는 듯이 건네는 말에 비위가 상했다.

"내 몸 상태가 중요한 건 아닐 텐데요?"

"정말 그랬다면 일란은 살아 있지도 못했을 겁니다."

알베르는 여전히 사람 좋은 듯이 웃으며 끔찍한 이야기를 늘어놓았다. 그런 알베르를 보며 일란은 눈썹을 치켜세웠다.

"농담입니다. 그보다 이제 일어설 수 있을 거란 말을 들었습니다. 그렇다면 잠시 저랑 산책을 가지 않으시겠습니까?"

어처구니없는 말이었지만, 거절하기 힘든 말이기도 했다. 일란은 알베르를 노려보다 천천히 고개를 끄덕였다.

"그럼 일어나십시오."

일란은 침대에서 내려와 바닥에 섰다. 일어설 수 있게 된 순간부터 종종 방 안을 걸어 다녔기에 서는 건 어렵지 않았다. 알베르도 그 모습을 보더니 여전히 웃는 낯으로 일란에게 말했다.

"손을 앞으로 뻗어 주시지 않겠습니까?"

"왜 그래야 합니까?"

"일단 일란은 이곳의 구성원이 아니라서요. 여차해서 인질이라도 잡으려 들면 곤란해집니다."

그러면서 손에 든, 무거워 보이는 금속 수갑을 달랑달랑 흔들어 보였다. 또 수갑인가. 황제가 채운 수갑 이후로 두 번째였다. 기분은 나빴으나 지금 당장은 그보다 산책이 중요했기에 참았다.

두 손을 앞으로 내밀자마자 무거운 수갑이 철컥 손목에 채워졌다. 무게 때문에 손목을 처지지 않게 하는 데도 힘이 들어갔다.

"그럼 준비는 끝난 듯하군요. 나가 볼까요?"

알베르는 문을 열고 신사처럼 일란에게 손을 내밀었다. 물론 일란은 그런 알베르를 깔끔하게 무시했다. 문을 나서니 기다란 복도가 보였다. 양옆에는 문이 몇 개 있었는데 자신의 방처럼 감금 용도의 방은 아닌 듯했다.

"여기, 사람을 가두기 위해 만든 곳이 아니군요."

"원래라면 그렇습니다. 보통 인질은 다른 곳에 가둬 둡니다만, 그곳의 위생이 영 엉망이라서요. 일란을 살리려면 거기에 둘 수 없었습니다."

그러면서 칭찬을 바라는 얼굴로 바라보니 절로 주먹에 힘이 들어갔다. 수갑의 무게까지 합해서 휘두르면 사람 하나 골로 보낼 수 있을 것 같긴 했다. 하지만 일단은 참았다. 산책을 하면서 이 주변을 둘러볼 필요가 있었으니까.

"그렇게 긴장할 필요는 없습니다. 반란군이 머무는 곳이라고 해서 무시무시하기만 한 건 아니니까요. 보십시오."

건물을 나서자마자 햇빛이 눈가를 찔렀다. 그리고 이어 눈앞에 작은 마을이 펼쳐졌다. 일반적인 마을과는 좀 많이 달랐지만. 대부분 무기를 들고 다녔으며, 하나같이 얼굴에 긴장감이 흘렀다.

하지만 그런 사이사이, 적은 수의 여인과 아이 들이 보였다. 그들은 비전투원이었다.

"반란군의 가족입니다."

작은 아이가 일란을 보고는 엄마의 치맛자락에 매달렸다. 낯을 가리는 모양이었다.

"여어. 메어리, 식사 준비는 잘되어 가나?"

"물론이죠."

메어리란 여인은 활발하게 대답하며 일란을 힐끔 훔쳐보았다. 그녀가 누구인지 알고 있는 모양이었다.

"일란, 이쪽은 메어리. 이곳의 식사를 책임지고 있습니다. 훌륭한 요리사죠."

갑작스러운 소개에 일란은 당황한 표정을 지었다. 그에 반해 메어리는 상대적으로 침착했다. 그녀는 살짝 고개를 숙여 보이고는 겸양의 말을 내뱉었다.

"그런 칭찬은 부끄럽습니다."

"사실인데 왜 부끄러워하고 그래? 평소와 다르게."

히죽거린 알베르는 이어 메어리이 치맛자락을 잡고 있는 어린아이를 소개했다.

"메어리의 아들, 룬. 수줍음은 많지만 용감한 아이죠."

그 말에 숨어 있던 아이가 빼꼼 고개를 내밀어 생긋 웃었다. 사랑스럽게 웃는 모습에 지금은 옆에 없는 아이들이 생각났다.

"룬, 인사해야지."

"안녕하세요."

"아, 안녕?"

이번에는 일란도 인사를 할 수밖에 없었다. 무슨 속셈인지 모르겠다. 아니, 사실은 알고 있었다. 알베르는 자신의 마음을 흔들 속셈이었다. 반란군의 전투원이 아닌 비전투원을 친근감 있게 소개함으로써 생각을 바꾸고자 하고 있었다.

으득.

절로 이가 갈렸으나 아이 앞에서 티를 낼 수는 없었다.

"그럼 안녕! 맛있는 점심 부탁해."

"네!"

소개를 끝마친 알베르가 메어리에게 손을 흔들었다. 메어리와 그의 아들이 멀어지자마자 일란은 곧바로 다리를 들어 알베르의 정강이를 걷어찼다. 알베르는 잽싸게 피했으나 맞았으면 제법 아팠을 것이다.

"무슨 짓입니까!"

"무슨 짓이긴요. 산책입니다, 산책. 일란도 동의했기에 나온 것 아닙니까?"

"그게 반란군을 소개받고 싶단 이야기는 아니었습니다!"

그리 말하니 지금껏 싱글벙글거리던 알베르의 표정이 싹 달라졌다.

"새삼 뭘 그러십니까? 반란군이라고 해서 전투원만 있는 게 아니란 건 알지 않습니까?"

안다. 알고 있었다. 일란은 황궁기사. 비록 황제가 자리 잡은 뒤에 황궁기사로 올라왔으나 그 전에도 전투 경험은 있었다. 사람을 직접 죽인 적도 있었다. 어쩌다 보니 반란군 토벌에 참여한 적은 없지만, 그들을 발견했을 때 어떻게 해야 하는지는 숙지하고 있었다.

반란군은 뿌리째 뽑는다. 가문이 반란을 일으켰다면 그 가문의 전부를, 왕국이 반란을 일으켰다면 왕가의 모두를 죽인다. 그렇게 뿌리를 뽑아야 차후 또다시 반란을 일으키겠다는 사람이 생기지 않는 것이다.

"그렇다고 해서 구성원을 소개합니까?"

"자자, 흥분을 가라앉히십시오. 전 다만 말하고 싶었을 뿐입니다."

"무엇을요!"

"반란군을 모조리 죽인다는 게 어떤 의미인지를요."

"이미 알고 있습니다."

"그럼 예전에 황제가 직접 반란군을 토벌하고자 왕국을 멸망시킨 건 알고 있습니까? 많은 사람들이 죽었지요. 어린 아기부터 나이 든 노인까지. 무력이 있는 기사부터 연약한 사람까지."

"그게 뭐가 어떻단 말입니까!"

"일란, 당신이 보호하고자 한 황제가 그렇게 지독한 인간이란 겁니다."

알베르도 일란이 반란군의 편을 들리라고는 생각지 않았다. 다만 이건 차후 부딪칠 일이 생길 때 망설임의 여지를 주려는 행동이었다.

"지독한 건 알고 있습니다. 그래서요?"

황제가 반란군의 뿌리를 뽑았다. 그래서 원한을 가진 건 이해했다. 하지만 그걸 이유로 마음을 돌리라 한다면 당연히 거부할 것이다. 반대의 상황이라면 반란군도 황가의 핏줄을 뿌리째 뽑으려 들 것임을 알기 때문이었다.

"반대의 상황이라면 달라집니까?"

그 말에 알베르가 씁쓸한 표정을 지으며 답했다.

"달라지지 않지요. 그렇지만 말입니다. 일란, 저희가 황제의 목만으로도 만족한다면 어쩌실 겁니까? 일란의 아이들은 살려 드리겠습니다."

뭐라는 것인가. 일란은 기가 막혔다.

"크레센트 공작이 한 이야기를 들었습니다."

"엿들었군요."

"어쩌다 보니."

"손을 잡았다더니 서로 의심하는 겁니까?"

"일란, 세상에 절대적인 아군은 없습니다. 그러니까 어디까지 이야기했지요? 아, 황제의 목. 황제의 목숨만을 바란다면 마음을 바꾸실 겁니까?"

그 말에 일란은 잠시 멈칫했다.

'카일.'

그러나 그도 잠시, 일란은 단호한 표정으로 말했다.

"손을 잡은 이도 서로 의심하는데, 제가 어떻게 당신을 믿습니까?"

"아하하. 그렇게 말하면 할 말이 없군요."

"산책은 이만 마치겠습니다."

"더 보지 않고요?"

알베르가 재차 권유했지만 일란은 고개를 내저었다. 이곳은 생각보다 규모가 크지 않았다. 반란군은 한곳에 머무르기보다 점조직처럼 흩어져 있다가 필요하면 뭉친다고 하였다. 이야기하는 도중 이미 주변은 다 둘러보았다. 더는 산책이란 핑계로 주변을 살펴볼 이유가 없었다. 무엇보다 알베르가 원하는 바가 그리 불쾌한 것이어서야. 자신이 넘어가길 원한 듯했으나 어림도 없었다.

'나는 기사.'

기사의 자리에서 벗어나 몇 년을 쉬었다 해도 그 사실은 변하지 않았다. 신념 없는 자는 기사가 되지 못한다. 고작해야 정에 넘어가 반란군을 내버려 둘 자라면 기사가 될 수 없다. 스쳐 지나갔던 여인과 아이가 걸리긴 했으나 어쩔 수 없었다. 반란군은 어떠한 이라도 용서해서는 안 됐다. 남은 씨앗은 나중에 반드시 복수로 돌아오게 마련이었다.

알베르처럼.

'주군에게 충성을 맹세하며 그를 지키기 위해 최선을 다한다.'

그 최선에는 그런 이들의 목숨도 들어 있는 것이다. 비록 지금은 기사의 작위를 버렸다고 하나 그 마음가짐이 어디로 가는 건 아니었다. 일란은 여전히 기사였다. 그러니 그녀는 흔들리지 않았다.

먼저 뒤돌아서는 일란의 모습을 보며 알베르는 혀를 찼다.

"생각보다 강경한데?"

그래도 아이를 가진 여성이라 조금은 넘어올까 생각했는데 아니었다. 애써 불러온 이들이었는데 소용이 없었다.

"하긴, 황궁기사였다고 했으니."

기사 중에서도 가장 독한 기사를 고르라 한다면 황궁 소속 기사였다. 그들은 황제의 명을 따라 움직이기에 정에 휩쓸리지 않았다. 가장 오르기 힘들고 영광된 자리이니만큼 따라야 하는 규칙도 많았다.

'그래도 기사 작위를 버리고 도망쳤다고 해서 기대했더니.'

마음을 흔들기는 그른 모양이었다. 아이들도 이제 황족이 되었으니 더욱더 마음을 굳힌 듯했다. 더는 입바른 소리로 일란을 설득할 수 없을 것이다.

'그럼 역시 원래 생각했던 대로 이용해야겠네. 어차피 이번 일은 크레센트 공작에게 변명하기 위해 해 본 거기도 하니까.'

알베르는 앞서가는 일란의 뒤를 따르며 그녀를 불렀다.

"같이 갑시다!"

"가는 길은 압니다!"

"그렇다고 인질이 혼자 갑니까?"

그제야 일란이 발길을 멈추고 알베르를 기다렸다. 불쾌하게 찡그려진 미간이 지금 그녀의 기분을 나타내고 있었다. 바로 옆에 섰다가는 당장이라도 후려칠 것 같은 느낌이라, 조금 떨어져서 걸었다.

'역시 기분이 좋진 않았겠지. 정말 아쉽네. 만약에 이런 상황에서 만난 게 아니라면 더 좋았을 텐데.'

알베르는 그리 생각하며 일란과 함께 왔던 길을 되돌아갔다.

섬세하게 조각된 향로에서 보랏빛 연기가 스멀스멀 피어올랐다. 그는 이끌리듯 바로 옆에 잠든 황제에게로 스며들었다. 그러자 황제가 미간을 찌푸렸다.

꿈속으로 스며드는 데는 오래 걸리지 않았다. 그러나 그 안은 텅 비어 있었다. 목표로 지정한 사람 외에는 읽어 내지 못하기 때문이었다. 그 말은 일란이 마법이 닿는 범위 내에 없단 소리였다.

황제가 깊은 한숨을 내쉬며 잠에서 깨어나려 하였다. 시간은 금이니 위치를 옮겨서 다시 시도할 생각이었다. 그런데 갑자기 방 한구석에서 애처로운 목소리가 들려왔다.

"카일."

일란이었다. 그녀에게 이름을 들어 본 게 얼마 만인가.

"일란?"

설마 일란이 탈출했나 싶어 황급히 달려가려던 황제는 이내 그 자리에 멈춰 섰다. 그가 일란이라 생각했던 인영은 이상할 정도로 그림자가 흐렸다. 뿐만 아니라 눈에서 무언가를 떨어트리고 있었는데 그는 눈물이 아니었다. 눈을 붉게 물들이며 떨어지는 것은 피눈물이었다.

"내 손가락이 없어."

흐릿하게 떨리던 인영이 손을 들어 보였다. 최근 반란군이 보내왔던 상자 속에 든 손가락과 똑같은 위치가 비어 있었다.

"아니다."

그 손가락은 일란의 것이 아니었다. 그걸 알고 있음에도 가슴이 찢어질 것처럼 아파 왔다.

"일란."

황제는 천천히 흐느적거리는 인영에게로 다가갔다.

"내 손가락이 없어."

"네 손가락이 아니야."

그리고 막 황제가 인영을 잡으려는 순간, 그는 연기처럼 흩어졌고 정신이 번쩍 들었다.

무거운 눈꺼풀을 힘겹게 들어 올리니 낡은 천장이 보였다. 자리를 계속 이동하며 수색을 시도하느라 이런 낡은 여관에서도 머물게 되곤 했다.

황제는 아파 오는 머리를 짚으며 자리에서 일어났다. 아무리 피곤하여도 걱정이 그를 내리누르는 한 쉽사리 잠들 수 없었다. 하지만 자지 않으면 일란을 찾을 수 없다.

여기서 황제는 약물의 도움을 받았다. 먹는 것도 한두 번이지, 횟수가 늘어 가니 두통만 생겨났다. 뿐만 아니라 일란을 찾아 헤매는 시간이 길어질수록 악몽이 그를 찾아왔다. 할 수 있는 최악의 상상이 꿈속으로 찾아들어 황제를 괴롭혔다. 마법의 부작용이었다.

하지만 그가 할 수 있는 일은 많지 않았다. 분명 악몽에 속아 넘어가면 안 된다는 걸 알면서 저도 모르게 자꾸 속아 넘어가곤 했다. 일란에 대한 걱정이 쌓이고 쌓여 그리된 것이었다.

"일란."

부디 무사하기를. 일란이 무사할 수만 있다면 무엇이든 할 수 있을 것 같았다. 그 때문에 마법에 능통한 자를 불러 마법의 범위를 늘릴 수 있는지 물었지만, 그도 불가능하다 하였다. 할 수 있는 것은 황제인 그가 최대한 움직이는 것뿐이었다.

"폐하."

그런 황제에게 그림자 기사가 가까이 다가왔다.

"수색 결과는?"

"이 근방에서는 수상한 자들을 찾아볼 수 없었습니다."

"그런가. 이동한다."

그림자 기사는 무언가 말하고 싶은 눈을 했지만, 곧 황제의 말에 복종했다.

"명을 따르겠습니다."

전쟁의 신같이 당당한 아름다움을 지니던 황제의 눈가가 어둡게 물들어 갔다. 아무리 그래도 결국은 인간인지라 피로가 쌓일 수밖에 없었다. 조금이라도 쉬었으면 좋으련만 황제는 조급해하고 있었다. 그런 그에게 쉬라는 말은 오히려 독이었다. 그러니 그림자 기사들이 할 수 있는 일은 그저 황제를 잘 보좌하는 것뿐이었다.

그러던 와중에 황궁에서 또다시 소식이 도착했다. 이번에는 다른 부위의 손가락이 도착했다는 소식이었다. 저번에는 일란의 신체 부위가 아니란 걸 알았으나 이번도 그럴지는 몰랐다. 황제는 다시 바쁘게 움직여 황궁에 들를 수밖에 없었다.

반란군은 자신을 농락하고 있었다. 이가 갈릴 일이었으나 그렇다고 움직이지 않을 수도 없었다. 첫 번째가 아니었다고 해서 두 번째도 아니라고는 장담할 수 없었다. 자신에게 있어서 가장 중요한 사람은 일란이었으니까 움직였다. 다행히 이번 손가락도 일란의 것이 아니었다.

"이번에도 아니군."

황제는 안도의 숨을 내쉬었다. 그런 한편, 마음 한구석에는 여전히 불안함이 자리 잡고 있었다.

다음에는 진짜를 보내오면 어쩌지?

그런 생각 때문이었다. 그 생각이 황제를 혹사하게 만들었다. 제대로 잠도 자지 못하고, 먹지도 못한 채 몸만 축나고 있었다. 그런데도 멈출 수 없었다. 거기에 걸린 것이 일란의 안위였으니까.

그리고 그렇게 생각하는 것은 황제뿐만이 아니었다. 레온하르트 또한 같은 생각을 품고 있었다.

쾅!

잠시 옷을 갈아입기 위해 공작저로 돌아온 레온하르트는 분노한 표정으로 책상을 내리쳤다. 황궁에 심어 둔 사람을 통해 이번에도 손가락이 왔다는 소리를 들었다. 황제가 가만있는 걸 보니 이번에도 가짜일 가능성이 높았지만, 불안했다.

반란군과 손을 잡으며 어느 정도 일란에게 해를 끼치게 될 것은 고려하고 있었다. 그래도 그 피해를 줄이고 싶어서 그들이 엿들을 걸 알면서도 일란에 대한 마음을 반란군의 소굴에서 털어놓았다. 적어도 손을 잡은 이가 자신이 소중하게 여기는 이를 함부로 해할 리는 없다고 여겼다. 그런데도 일란이 무사한지 장담할 수 없었다.

'믿지 못하겠다.'

문제는 자신이 반란군을 믿지 못하는 데서 시작했다. 알베르가 영리한 건 알고 있었으나, 그것과 신뢰는 별개였다.

어떻게든 다시 찾아가 일란의 안위를 확인하고, 소식을 전해 듣고 싶었다. 그러자면 달라붙은 그림자 기사들을 따돌려야 했으나, 그는 쉬운 일이 아니었다. 당장 그들 때문에 전서구조차 쉽게 보내지 못하고 있었다. 후원은 예전부터 비밀스럽게 해 왔던 것이기에 이어 나가고 있었으나, 그 외의 행동에 제재가 걸렸다. 들켰다가는 어떻게 될지 알기 때문에.

'황제에게 들킨다면 죽게 되겠지.'

사고사로 위장되어 죽은 자신의 부모님처럼.

여기까지 와서 그렇게 허무하게 죽을 수는 없었다. 만약 지금 자신이 사라진다면 남는 공작가의 정통 혈육은 아리사뿐이었다.

그녀 혼자서 공작가를 지탱할 수 있으리라곤 생각지 않았다. 무엇보다 그녀는 황제에게 깊이 빠져 있었으니까. 사랑에 빠진 자는 이성적이지 못했다. 적어도 상황이라도 제대로 가릴 수 있다면 이야기가 달라지겠지만. 아리사에게는 무리였다. 그러니 모든 것은 자신이 해내야 했다.

'설사 일란의 안위가 걸려 있다고 하더라도.'

모순이었다. 일란을 사랑하여 무사하길 바라면서도, 황제가 죽기 바라기에 구하지 않았다. 레온하르트는 이런 생각을 하는 자신이 혐오스러웠다.

'사랑한다고 했으면서.'

일란을 이용하려 하고 있었다. 어쩌면 아리사가 하는 사랑이야말로 진실된 것일지도 몰랐다. 그렇다 하더라도 자신은 그녀를 놓아줄 수 없었다.

'이기적이라고 하더라도.'

일란을 이용해서 황제를 죽이고, 그녀도 손에 넣는다. 이번 기회가 아니면 또 언제 황제를 노릴 수 있을지 몰랐다.

'일단 반란군과의 연락 방법을 생각해 봐야겠군.'

레온하르트는 깊게 한숨지었다. 그리고 그런 생각을 읽기라도 한 듯이 반란군 측에서 먼저 연락을 해 왔다. 연락을 전해 온 이는 예전에 아리사의 방을 청소하던 하녀 중 하나였다. 그녀는 난로를 청소하며 실수인 듯 종이를 떨어트리고 나갔는데, 그게 레온하르트의 손에 들어왔다.

펼쳐 본 쪽지에는 간결한 내용이 적혀 있었다. 하지만 그 내용을 읽은 레온하르트는 여러모로 깊은 생각에 잠길 수밖에 없었다. 일란의 소식을 알게 되어 마음은 가라앉았지만, 이대로 하면 반드시 일란에게 미움받을 터였다.

'그래도 하는 수밖에 없다.'

원수를 갚기 위해서. 일란을 자신의 것으로 만들기 위해서.

레온하르트는 씁쓸한 표정을 지었다. 만약에 자신의 부모가 그렇게 죽지 않았더라면. 버림받은 황자를 돕지 않았더라면. 정해진 절차대로 정상적으로 공작 위에 올랐더라면. 그랬다면 일란과의 관계가 지금과는 좀 달라졌을까? 평민을 아내로 맞이하는 건 쉽지 않은 일이었겠지만, 어쩌면 평범하게 사랑했을지도 몰랐다.

'망상에 불과할지라도.'

있을 수 없는 만약의 일일지라도 좋았다. 둘은 아마 행복했을 것이다.

'리안과 엔릴이 내 아이였으면 좋았을 텐데.'

황궁으로 온 이후론 멀리서밖에 볼 수 없었으나, 아이들은 귀여웠다. 도저히 그 황제의 아이라고는 생각할 수 없을 정도로. 아마도 지금까지 키워 준 엄마를 더 많이 닮은 듯했다. 그렇기에 황제가 더 증오스러웠다. 더없이 소중한 존재를 품어 놓고 그를 손에서 놓쳐 버리고서는 끝끝내 포기하지 않는 모습이 싫었다.

고개를 내저은 레온하르트는 쪽지를 찢어 등불에 태우고는 옷매무새를 가다듬었다. 다시 황궁기사단장으로 돌아갈 시간이었다.

반란군은 황제의 정신과 몸을 벌레처럼 갉아먹어 들어갔다. 뻔히 일란의 신체가 아니라는 걸 알면서도 상자가 도착할 때마다 황제는 신경질적이 되어 갔다. 마치 황제가 된 초반의 그를 보는 것 같았다. 황가의 피를 전부 없애 버리고, 마음에 들지 않는 자들을 베어 냈던 그때의 그를 말이다.

그 때문에 불규칙적으로 열리게 된 회의 때마다 신하들은 그의 눈치를 보며 몸을 사렸다. 여기서 죽으면 그야말로 개죽음이었다.

"빨리 그분을 찾았으면 좋겠네."

"정말이야. 어디 살벌해서 살겠나."

지위가 낮은 귀족들은 두려움에 떨며 소곤거렸으며, 높은 이들은 트집을 잡힐까 봐 입을 다물었다. 그는 라온 후작도 마찬가지였다. 다만 라온 후작이 다른 이들과 다른 부분이 있었는데, 그는 뒤로 크레센트 공작과 연락을 하고 있다는 것이었다.

귀족파가 모여 지금의 황제를 끌어내리는 것. 아니면 하다못해 황제의 세력을 줄여서 나중을 도모하는 것이 그의 목표였다.

물론 가장 앞에 설 생각은 없었다. 나이가 들면서 목숨이 더 소중해져 위험한 자리의 선두에 서고 싶지 않았다. 그렇기에 크레센트 공작과 손을 잡았다. 아직 애송이인 그를 설득해서 앞세울 생각이었던 것이다. 그랬는데 아무래도 그동안 크레센트 공작에 대해 잘못 파악하고 있었던 것 같다.

팔락.

라온 후작은 바로 앞에 떨어지는 서류를 보며 눈썹을 치켜세웠다. 테이블 위로 흩어진 서류를 보며 크레센트 공작이 말했다.

"한번 읽어 보십시오."

"갑자기 찾아와 이 무슨 짓인지 모르겠군요."

그는 떨떠름한 목소리를 내며 서류를 내려다보았다. 그러자 크레센트 공작이 피곤한 목소리로 말을 받았다.

"읽어 보시면 알 겁니다."

기분이 무척 나빴으나 감이 말하고 있었다. 이건 봐야 한다. 보지 않았다가 봉변을 당하는 건 자신일 거라고 속삭였다.

'일단 읽어 보자.'

그런 다음 애송이 공작을 요리할 생각이었다. 그러나 서류를 넘기는 손이 점점 느려져 갔다. 뒤로 갈수록 라온 후작의 처진 볼이 부들부들 떨렸다.

"이, 이걸 왜 공작이 가지고 계시오!"

서류를 테이블 위에 내려놓은 라온 후작은 분기를 참지 못했다. 서류 안에는 그동안 그가 뒤에서 저질러 온 온갖 악행이 적혀 있었다. 오랫동안 남모르게 뒤를 밟혀 왔단 생각에 소름이 오싹 돋았다. 흘러내리는 식은땀을 손수건으로 닦아 낸 라온 후작은 크레센트 공작을 바라보았다.

"만약을 대비해 준비해 두었던 것뿐입니다."

"대체 무얼 이야기하는 겁니까! 만약이라니요!"

"아시지 않습니까? 저희가 손을 잡긴 했지만, 강한 듯 보여도 약한 게 동맹 아닙니까?"

"크레센트 공작님은 날 믿지 못하시는 겁니까?"

"글쎄요. 어떨까요."

크레센트 공작, 레온하르트는 의미 모를 시선으로 라온 후작을 바라보았다. 마치 먹이를 노리는 매의 시선 같았다.

'침착하자. 아직 이걸 밖에 뿌리진 않았을 거야.'

그랬다면 가장 먼저 황제가 가만있을 리 없었다. 이를 빌미 삼아 자신을 잡아들이고 재산과 땅을 몰수할 게 틀림없었다. 그런 걸 본인에게 가장 먼저 보여 준다는 건 협상의 여지가 있단 소리였다.

"공작님, 전 단 한 번도 저희의 동맹이 깨지리라고 생각한 적이 없습니다. 저희의 적은 단 하나뿐이 아닙니까!"

황제. 그만이 귀족파에게 거슬리는 이였다.

"알고 있습니다."

"알고 계신 분께서 동맹을 이리 협박하십니까?"

"협박이라기보단 보험이라고 해 두죠."

레온하르트가 테이블을 손가락으로 톡톡 쳤다.

"원본은 다른 데 보관되어 있습니다. 저에게 무슨 일이 생기거나, 라온 후작이 다른 마음을 품으면 즉각 풀리게 되겠지요."

"제가 그럴 리 없단 건 아시지 않습니까."

"알고 있으니 보험이라 하지 않았습니까?"

라온 후작은 메마른 입술에 침을 발랐다. 어떻게든 레온하르트를 설득해 낼 생각이었으나 그는 쉽게 넘어가지 않았다. 외려 어째서 그리 흥분하는지 모르겠다는 듯한 표정으로 바라볼 뿐이었다. 애송이인 줄로만 알았는데, 아니었다. 그는 전대 크레센트 공작처럼 독사에 가까웠다. 다른 이를 물고 늘어지며 독기를 품는 지독한 생물.

"무엇을 원하는 겁니까?"

그 질문에 레온하르트가 희미하게 미소 지었다.

"이제야 말이 통하는군요. 그동안 귀족파는 잘 모으셨습니까?"

"합류할 만한 이들은 전부 설득해 놓은 상태입니다."

"그렇다면 무력적인 부분은 어떻습니까?"

그 말에 라온 후작은 움찔하며 레온하르트를 바라보았다. 무력적인 부분이라니. 그 말에 담긴 의도를 읽어 내니 몸이 굳을 수밖에 없었다.

"아직은 이르지 않습니까?"

"이르지 않습니다. 지금이 적기입니다."

황제는 하루가 다르게 변해 가고 있었으나, 되레 그 모습이 다른 이들에게는 두려움으로 다가왔다. 단순히 약해진다고는 생각할 수 없는 모습에 몸을 움츠려야 한다고 생각했다. 그런데 레온하르트는 그게 아니라고 말하고 있었다.

"황제가 사랑하는 여자가 반란군에게 넘어간 건 알고 있습니까?"

"대충은 알고 있습니다."

정보를 통제한다고 해도, 대부분의 기사와 병사 들이 그 일에 투입되어 있었다. 아예 그 일에 대해 모르는 게 더 이상한 일이었다.

"그럼 반란군의 의도는요?"

그 말에 라온 후작은 침을 꿀꺽 삼켰다.

"반란군의 의도 말입니까?"

그야 황제를 끌어내리는 거겠지. 거기까지 생각한 라온 후작의 머리에 떠오르는 생각이 있었다.

"혹시 크레센트 공작님."

반란군과 손을 잡은 겁니까? 그 질문 하나가 쉽게 나오지 않았다.

"생각하는 바가 맞을 겁니다."

"미쳤군!"

처음으로 라온 후작의 입에서 반말이 나갔다.

"미쳤어! 아무리 그래도 반란군과 손을 잡다니!"
 지나치게 위험한 일이었다.
 쾅.
 레온하르트의 주먹이 테이블을 내려쳤다. 단단한 원목으로 만들어진 테이블에서 우직 소리가 났다. 사람의 손이 부딪쳐서 나는 거라고는 상상할 수 없는 소리였다. 그제야 라온 후작은 자신의 입을 틀어막았다.
 "잠시 위아래를 잊으신 듯합니다?"
 "제, 제 실수입니다. 무례를 용서하십시오."
 "괜찮습니다. 동맹 아닙니까? 한 번의 무례는 용서해 드릴 수 있습니다."
 하지만 두 번은 용서하지 않겠다는 듯 눈초리가 사나웠다.
 "감사합니다."
 잠시 둘 사이에 침묵이 흘렀다. 먼저 말을 꺼낸 이는 라온 후작이었다.
 "정말 반란군과 손을 잡으신 겁니까? 그들은 저희와 다릅니다. 반 이상이 미천한 자들이며, 미친놈들도 많습니다."
 지금까지 반란군의 행보를 생각하면 라온 후작의 말도 틀리지 않았다. 하지만 레온하르트가 생각하기에 귀족파만으로는 황제를 끌어내리기에 불완전했다. 그만큼 황제는 현재 황실을 장악하고 있었다. 불확실한 것에 전부를 거느니, 다른 것도 이용하는 게 훨씬 나았다.
 "손을 잡다니요. 이용하는 거라고 생각하십시오."
 "그, 그래도! 그들은 저희도 원망할 겁니다."

왕국을 멸망시킬 때 황제 혼자 나섰겠는가? 아니었다. 당시 귀족파의 일부도 전쟁에 나섰다. 일부는 황제에게 잘 보이기 위해서, 일부는 억지로 떠밀려서.

"그를 처리하고."

황제를 처리하고.

"차후에 그들도 처리하면 됩니다."

쉽지 않은 일이었다. 그러나 그게 레온하르트의 입에서 흘러나오자 가능한 이야기인 것처럼 느껴졌다. 고작해야 아직 20대에 머무는 청년의 이야기에 혹하고 있었다. 라온 후작은 재차 침을 삼켰다.

"가능하겠습니까?"

"불가능한 이야기는 하지 않습니다."

레온하르트는 느긋하게 웃으며 의자에 등을 기댔다.

"먼저 그부터 움직여서 처리할 겁니다. 중심이 되는 그만 없다면 그 이후의 이야기는 어렵지 않습니다."

"그가 움직일까요? 게다가 움직일 때마다 그 지독한 놈들이 따르지 않습니까?"

차마 대놓고 황제라 이르지 못해, 그라고 칭하며 대화를 이어나갔다. 지독한 놈들이란 그림자 기사들을 이르는 말이었다.

"그 수가 얼마나 되는지도 정확히 모르지 않습니까."

대부분 복면을 쓰고 다니며, 매번 인원이 달라졌다. 당연히 총인원을 알 수 없었다.

"인원에 한계야 있겠습니다만."

그림자 기사들도 인간인 이상, 인원이 정해져 있을 것이다. 그만큼 실력이 뛰어난 자들을 모으는 것도 쉽지 않았을 테니까. 그래도 두려워하는 이유는 간단했다. 일반 기사와 다르게 그들은 독했으니까.

실력을 말하는 게 아니었다. 물론 실력도 좋은 편이었으나, 그보다 더한 건 그들이 수단과 방법을 가리지 않는다는 데 있었다. 황제의 명을 지키기 위해서라면 무엇이든 했다. 기사답지 않은 행위도 서슴지 않았다.

"게다가 황궁기사들도 있지 않습니까?"

"그들은 흩어 놓으면 됩니다."

"어떻게요?"

"그건 이쪽이 알아서 합니다."

황궁기사단장이기도 한 레온하르트가 대답했다.

"그러니 후작이 할 일은 단 하나입니다."

"단 하나."

"네, 그런 것조차 실수하지는 않으리라 믿습니다."

레온하르트는 나직한 목소리로 라온 후작에게 계획을 말했다. 그가 하는 말을 듣는 라온 후작의 표정이 때로는 어둡게, 때로는 놀라운 표정으로 변했다.

"반드시 해내야 합니다."

주름진 손가락이 희미하게 떨려 왔다.

"맡겨 주십시오."

라온 후작은 홀린 듯 대답했다. 독사가 몸을 칭칭 휘어 감은 것 같은 기분이 들었다. 전대 크레센트 공작을 마주하고 있었을 때처럼. 세월이 흘러 이제는 그를 극복하고 위에 설 수 있다 여겼는데, 모든 것이 망상이었다. 늙은 독사는 죽었으나 새로 태어난 독사는 그 모든 것을 물려받은 듯했다. 변하는 것은 없었다.

"빠르게 움직여야 합니다."

"빠르게."

레온하르트의 말을 똑같이 되뇌며 라온 후작은 눈을 아래로 내리깔았다. 예전에도 그랬듯이 앞으로도 자신은 절대로 크레센트 공작가 위에 설 수 없을 것 같았다.

그로부터 며칠 뒤, 황궁에 여러 개의 상자가 도착했다.

6장

결과

철컥.

손을 움직일 때마다 들려오는 사슬 소리에 일란은 인상을 찌푸렸다. 그날, 허울 좋은 산책이 끝난 뒤에도 알베르는 수갑을 풀어주지 않았다.

'하긴, 나 같아도 그러겠지.'

이제 슬슬 상처도 많이 나아졌고, 마음만 먹으면 누군가를 해칠 수도 있을 테니까. 그나마 다행인 건 다리는 아직 구속하지 않았단 건데. 상처는 욱신거리지만 움직이지 못할 정도는 아니었다. 그동안 얌전히 쉰 보람이 있었다.

혹시 그사이에 황제가 자신을 찾을까, 싶었는데 아직 아무런 신호가 없었다. 아마도 아직 자신을 찾지 못한 모양이었다. 그렇다면 답은 하나였다.

'탈출해야지.'

그동안이야 상처 때문에 소극적으로 구조를 기다렸다. 하지만 아직 아무도 자신을 찾지 못했으니 스스로 나서야 할 때였다.

'무능한 남자 같으니.'

일란은 황제를 떠올리며 한숨지었다. 어디든 따라올 것처럼 집착해 놓고 찾는 것도 제대로 못 한단 말인가.

물론 기다리고 있으면 언젠가는 찾을지도 몰랐다. 하지만 요즘 반란군 소굴의 분위기가 이상했다. 갇혀 있는 자신도 눈치챌 정도로 술렁이고 있었다. 은근슬쩍 식사를 나르는 이에게 물어보아도 답은 돌아오지 않았다.

'당연한 이야기겠지만.'

불길한 예감에 이대로 가만있을 수 없었다. 이들이 언제까지 자신을 고이 모셔 놓고 황제를 기다릴지는 알 수 없는 노릇이었으니까.

레온하르트는 자신을 해칠 생각이 없어 보였으나 알베르까지 그럴지는 몰랐다. 그에게 있어 자신은 효율적인 미끼였을 뿐이니까. 예전에 같은 마을에 살았던 사람이라고 해서 봐줄 성격이 아니었다. 그러니 그의 손에 자신의 목숨을 쥐여 준 채 계속 버틸 수는 없었다.

일란은 차분히 산책 때 보았던 것들을 떠올렸다. 흩어져 있는 건물 몇 채, 이곳저곳을 지키던 남자들의 위치, 입구라 추측되는 방향까지. 길을 더듬어 보았다.

그리고 현재 상태에 대해 생각해 보았다. 문 앞을 지키는 사람은 언제나 두 명. 지금 상태로는 한 번에 두 명을 처리하는 건 무리였다.

'방법이 아예 없는 건 아니지만.'

식사 시간이 되면 둘 중 하나는 식사를 받아서 자신에게 주기 위해 안으로 들어온다. 둘이 잠시 떨어지는 시간이었다. 그렇다면 이제 중요한 것은 두 명을 각기 얼마나 빠르게 소리 없이 처리하느냐 하는 것이었다. 둘 중 하나라도 놓쳤다가는 사람이 몰려들 것이고, 도망은 어림도 없는 소리가 될 것이다. 어쩌면 더는 편안하게 갇혀 있을 수 없게 될지도 몰랐다.

'기회는 한 번뿐이야.'

일란은 차분하게 마음을 가라앉히며 식사 시간을 기다렸다. 처음 아파서 누워 있을 때는 여자가 시중을 들어 주었다. 그러나 혼자서 움직일 수 있게 된 뒤로는 식사도 남자가 날라 주기 시작했다. 남자의 태도는 이전 사람보다 훨씬 거칠었다. 황제에 대한 증오가 고스란히 일란에게도 쏟아졌다. 대놓고 폭력을 휘두르지는 않았으나 불쾌한 기분은 어쩔 수 없었다. 가만히 그러고 있자니 밖에서 대화 소리가 들려왔다.

"벌써 식사 시간이로군."

크게 숨을 들이쉬며 손가락을 움직여 보았다. 잠시 발자국 소리가 들리더니 덜그럭거리는 소리가 났다. 이어 발자국 소리가 다시 멀어졌다. 식사 담당이 경비를 서는 이들에게 식사를 전해 준 것이었다.

"그래, 어째서 저런 여자에게까지 이렇게 꼬박꼬박 식사를 챙겨 줘야 하는지는 모르겠지만."

남성이 불만을 토해 냈다.

"소중한 인질이잖냐."

다른 한 명이 도닥이는 모양이었으나 별 소용은 없어 보였다.

"어차피 목숨만 붙여 놓으면 되는 일 아냐?"

"그것도 그렇지."

"왜 이렇게까지 대하는지 이해가 안 된단 말이야."

그들의 대화로 추측하자면, 아직 저들은 레온하르트에 대해 모르고 있는 것 같았다. 비록 황제에게 거짓 충성을 맹세했다고 하나 자신에 대한 그의 마음마저 거짓인 건 아니었다. 그러면 자신을 해치고 싶어 할 리 없었다. 그런데도 하나같이 자신을 가만두는 데 의문을 가지고 있었다.

'둘이 비밀리에 손잡았다는 이야기겠지.'

알고 있다면 다른 방식으로 불평을 했겠지. 일란은 움직이던 손가락을 가만히 두고 침대에 걸터앉았다. 이제 그가 들어올 시간이었다.

끼익.

문이 열리며 건장한 남자 하나가 식판을 들고 안으로 들어왔다.

"식사다."

남자는 평소처럼 테이블 위에 식사를 내려놓기 위해 안으로 들어와 문을 닫았다. 식사만 들이면 될 것을 화풀이를 위해 문을 닫는 셈이었다. 일란으로서는 환영할 일이었다.

그가 식판을 손에서 내려놓는 순간, 일란은 그에게 달려들었다. 그대로 남자의 등 쪽으로 뛰어오르며 수갑의 사슬로 남자의 목을 휘감아 졸랐다. 그리고 그와 동시에 몸을 틀어 침대로 유도했다. 넘어지는 소리가 나지 않게 하려는 생각이었다.

"끄, 끄으윽!"

남자는 목을 잡으며 괴롭게 버둥거렸다. 그 와중에 흐트러진 시트 때문에 베개가 아래로 떨어져 내리며 테이블을 쳤다.

달그락.

테이블이 흔들리며 식판이 달그락거렸다. 그와 동시에 심장이 덜컹거렸다. 혹시나 누군가가 들어올지 모른다는 생각에 초조해졌다. 남자는 곧 정신을 잃었다.

'성공했나?'

의식을 잃은 걸 확인하자마자 일란은 벌떡 일어나 귀를 기울였다. 아직 밖에서는 남자가 쓰러진 걸 모르는 모양이었다. 하지만 침묵이 지속된다면 자연 의심할 수밖에 없을 것이다. 그 전에 먼저 쳐야 했다.

심호흡을 한 뒤 문을 열자 앞에서 멍하니 앉아 있던 남자가 곧바로 자리에서 벌떡 일어났다. 막 소리치려고 입을 여는 순간, 수갑으로 그의 입가를 후려쳤다. 그리고 이어 복부를 올려 차며 사슬로 목을 감쌌다. 이번에는 더 신중하게 소리 지를 틈도 주지 않았.

남자는 필사적이었으나 숨이 모자란 상태에서는 오래 버틸 수 없었다. 두 번째 남자마저 기절시킨 일란은 안도의 한숨을 쉬며 자리에서 일어났다. 이제 복도를 지나 밖으로 나가야 했다. 그런데 난데없이 뒤쪽에서 박수 소리가 들려왔다.

"대단하군요! 그동안 얌전히 있던 건 이걸 위한 포석이었던 겁니까?"

익숙한 목소리에 일란은 혀를 차며 뒤돌아보았다. 알베르였다. 잽싸게 그의 뒤를 보니 평소 붙어 다니던 베른은 보이지 않았다. 혼자라는 판단이 서자마자 일란은 곧바로 그에게 달려들었다. 좁

결과 233

은 복도라 마음껏 몸을 움직일 수는 없었지만, 그는 알베르도 마찬가지였다. 검을 휘두르기에는 쉽지 않은 공간이었다.

"캉!"

알베르가 품속에서 꺼낸 단검이 수갑의 사슬에 가로막혔다. 그대로 휘감아 던져 버리려고 했으나, 손아귀 힘이 강해서 되레 끌려갔다.

자신감 때문인가. 알베르는 딱히 소리를 지르지 않았다. 크게 소리를 지르면 사람들이 몰려올 텐데도. 이건 자신에겐 기회였다.

문제가 하나 있다면, 상처 때문에 오래 쉬면서 근육이 줄어들어 생각만큼 몸에 힘이 들어가지 않는 데 있었다. 그런 상태에서 남자 둘을 기절시켰다. 상처 부위에서 열이 나며 욱신거렸다. 움직일 정도로 나았다고 해서 이렇게 해도 된단 소린 아니었다. 아직 자신은 쉬어야 할 몸이었다.

"이런, 무리하지 마십시오. 이러면 크레센트 공작님을 볼 면목이 없습니다."

능글맞게 그리 말하자 속이 부글거렸다. 자신은 자신의 것이었다. 레온하르트 덕분에 목숨에 위협을 덜 느끼게 된 것은 고마운 일이나, 이런 취급은 원치 않았다. 그렇기에 눈썹을 치켜세우자, 그를 눈치챈 알베르가 어깨를 으쓱했다. 자신이 유리한 걸 아는 사람의 행동이었다.

"진짜 얄밉군요."

일란은 싸우던 중 처음으로 입을 열었다.

"많은 사람이 그리 말하곤 했죠. 그나저나 슬슬 포기하는 게 어떠십니까?"

알베르가 손에 들린 단검을 빙그르르 돌렸다.

"당신 같으면 포기하겠습니까?"

"안 할 것 같습니다."

"그럼 묻지 마십시오."

일란은 단검을 수갑으로 되받아치며 신경질적인 어투로 말했다.

캉!

몇 차례나 금속이 부딪치는 소리가 났다. 이러다가는 알베르가 소란을 일으키지 않아도 사람이 몰려올 것 같았다.

'알베르는 나를 못 죽여.'

계속 단검을 막아 가던 일란은 그 날카로운 칼날 앞에 몸을 들이밀었다. 막 가슴께를 찔러 오던 알베르가 당황한 표정으로 단검을 회수했다.

"미쳤습니까?"

일란은 그 질문에 대답하지 않았다. 다만 단검 앞에 몸을 던질 뿐이었다. 처음에는 단검을 조심스럽게 휘두르던 알베르도 마침내 짜증 난다는 표정을 지었다. 단검은 도로 검집으로 들어갔다.

"목숨이 두 개입니까?"

"어차피 절 못 죽이지 않습니까?"

"죽이지 못할 것 같습니까?"

당장 죽일 거라면 애초에 살려 두질 않았겠지. 이번에는 일란이 알베르를 보며 어깨를 으쓱했다.

"거참 얄밉군요."

알베르는 그리 말하며 단검을 던지고 자세를 잡았다. 힘으로는 그가 우위였다. 그러나 격투 솜씨는 일란이 더 뛰어났다. 애초에 기사 수업에서 격투란 체력을 키우기 위해 배우는 기초일 뿐이었다. 일란처럼 뒷골목에서 용병들에게 배웠듯이 제대로 익히지는 않는단 소리였다. 모자란 힘은 수갑을 휘둘러서 채웠다. 처음에는 곧잘 막아 내던 알베르도 중간부턴 손발이 어지러워졌다.

퍽.

한 대.

퍽.

두 대.

알베르가 일란에게 얻어터지는 횟수가 늘어 갔다. 그래도 아직은 그쪽이 더 여유로웠다. 시간을 끌수록 유리하기 때문이었다.

"우리 이러지 말고. 이크!"

휘익 지나가는 수갑에 알베르가 고개를 숙였다.

"말로 하는 건 어떻습니까?"

물론 일란은 들어주지 않았다.

"어차피 여길 나가도 밖으로 빠져나가는 건 어렵습니다."

싸우는 도중에 주절주절 말도 많다. 일란은 작정하고 몸을 움직였다. 저번에 상처를 입던 날, 알베르와 베른에게 강제로 끌려오던 기억이 아직 남아 있었다. 이번에는 그럴 수 없었다. 어떻게든 알베르를 물리치고 밖으로 나가야 했다. 다른 이에게 짐이 되기 싫었다. 그러니 움직일 수 있는 한은 힘껏 노력할 생각이었다.

일란은 수갑으로 알베르를 후려치는 척하며 그대로 다리를 올려 찼다. 누군가에게는 소중한 부분일 수 있으나, 자신에게는 전혀 그렇지 않았기에 인정을 두지 않았다.

"악!"

제대로 얻어맞은 알베르가 비명을 지르는 사이, 이번에는 수갑으로 제대로 머리를 후려쳤다.

'질기네.'

알베르는 재차 후려 맞고도 끙끙대며 정신을 잃지 않았다. 기절시킬 수 없다면 죽이는 쪽이 빠를지도 모른다. 그동안 알아 온 정이 있긴 했지만, 자신의 목숨보다는 소중하지 않았던지라 일란은 단호해지기로 했다.

떨어진 단검을 주워 든 순간, 밖에서 노골적인 인기척이 느껴졌다. 베른일지도 몰랐다. 생각해 보면 그는 언제나 알베르의 뒤를 따르곤 했다. 만약 그렇다면 알베르만 해치운다고 해서 금방 해결될 문제가 아니었다. 베른은 문밖에 있었고, 끌어들여 해치운다고 해도 건물 밖 외부를 지키는 이들이 있었다.

"으윽."

일란은 단검을 들고 아직 바닥을 기고 있는 알베르에게 다가가 위에서 다리를 내리찍었다. 숨이 턱 막힌 알베르가 캑캑대긴 했지만, 사정을 봐주지 않았다. 그대로 사슬을 목에 걸어 억지로 일으켜 세우자, 그가 버둥거렸다. 하지만 얌전하게 할 방법은 얼마든지 있었다. 이를테면, 목에 단검을 들이댄다거나.

"……이럴 필요까지 있습니까?"

어느새 정신을 차린 알베르가 볼멘소리로 말했으나 깔끔하게 무시했다. 부상을 입히고 여기까지 끌고 온 게 누군데 무슨 헛소리람.

문밖의 인기척을 알아챈 건 알베르도 마찬가지였다. 애초에 베른이 뒤따르는 걸 알고 있었으니까. 괜히 여유를 부린 것이 아니었다.

"나를 인질로 잡아서는 별 소용없을 텐데요."

"조용히 하지 않겠습니까?"

일란은 상냥하게 말해 주며 단검을 더 가까이 들이댔다. 날카로운 칼날이 알베르의 살갗을 파고들었다. 그 따끔한 아픔에 등줄기가 서늘해지는 건 금방이었다.

'너무 방심했나.'

설마 격투에 이리 소질이 있을지 몰랐지. 아니, 뭐라고 해도 변명이 안 된다. 알베르는 자신의 한심함에 저도 모르게 한숨을 내쉬었다.

"조용히 하겠습니다. 하지만 진짜."

거기까지 말하던 알베르는 다시 입을 다물었다. 톱질하듯 단검이 슬쩍 움직였기 때문이다. 지금이야 거죽에만 상처를 입히고 있었지만, 일란이 마음만 먹으면 이 자리에서 죽을 수도 있었다.

"앞장서시죠."

뒤에서 차가운 목소리가 들려왔다.

"단검을 좀 떼어 주셔야."

그리 말하자 살며시 검을 떼긴 했으나, 상황을 반전할 만큼은 아니었다. 알베르는 이 모습을 본 베른이 어떤 반응을 보일지 무척 걱정되었다. 틀림없이 잔소리를 한 무더기 하겠지. 적을 쉽게 보면 어쩌느냐고.

그리 생각하는 순간, 닫혀 있던 문이 열리며 익숙한 인형이 모습을 드러냈다. 생각하던 대로 베른이었다.

"알베르 님, 시키신 일은 전부 하고 왔습니다."

평소처럼 말하며 고개를 든 베른은 이내 분위기가 심상치 않음을 깨달았다.

"여어, 안녕."

그가 모시는 하늘 같은 왕자님이 일란에게 잡혀 있는 것이 아닌가! 순식간에 그의 인상이 험악해졌다. 그리고 막 소리를 지르려는데 일란이 조용히 손가락을 세웠다. 소리 지르면 베겠다. 그런 의지가 담긴 행동이었다. 베른도 눈치가 없는 건 아닌지라 도로 입을 다물었다.

"지금 안녕할 때입니까?"

그리고 낮은 목소리로 사로잡힌 알베르를 탓했다.

"대체 뭘 하다 잡히신 겁니까?"

"지금 중요한 건 그게 아니잖아?"

알베르가 애써 말을 돌리자 그제야 베른은 일란을 노려보았다.

"당장 풀어 주십시오. 그리고 다시 방으로 돌아가면 아무런 일도 없을 겁니다."

그의 입에서 나온 협박에 일란이 픽 웃었다.

"지금 협박해야 하는 건 제 쪽 같은데요?"

"어차피 나가도 도망칠 순 없습니다."

베른의 입에서 알베르의 것과 같은 말이 나왔다.

"해 봐야 알지 않을까요? 보아하니 알베르는 여기서 주요한 역할 같은데."

그동안 눈여겨본 결과로는 그랬다. 처음 자신을 잡으러 직접 나섰을 때만 해도 구성원 중 하나인 줄 알았으나, 아니었다. 어느 높은 자리에 있는 사람이 위험한 자리에 나서겠냐마는, 알베르는 아무래도 그런 종류의 사람인 듯했다. 수하로서는 모시기 힘든 남자였지만, 이럴 땐 도움이 된다.

"중요한 역할이라 해도 내 목숨에 가치는 없다니까."

"그리 말하지 마십시오!"

"쉿."

떠들지 말라니까. 일란은 다시 알베르의 목에 단검을 좀 더 가까이 들이댔다.

"그만두라 했습니다."

베른이 분노를 담아 말했으나 이 정도쯤이야 황제를 곁에서 모셨을 때 느꼈던 공포에 비하면 아무것도 아니었다. 아무런 반응도 없는 일란을 보며 베른은 깊게 한숨을 내쉬더니 물었다.

"원하는 게 무엇입니까?"

"뻔하지 않습니까?"

탈출. 그 외에 자신이 원하는 게 뭐가 있단 말인가. 설마 대우를 더 좋게 해 달라고 이 짓을 벌일 리가 없지 않은가.

"안 된다니까 그러네."

안절부절못하는 베른과는 상관없이 정작 인질이 된 당사자는 평온해 보였다.

"베른, 내가 저번에 뭐라고 그랬지?"

외려 태연하게 베른에게 말을 걸었다. 입을 몇 번 벙긋거리던 베른이 낮은 목소리로 말했다.

"어떤 상황이 와도 중요한 것은 수단이 아닌 목적이라 하셨습니다."

"그래, 그리고?"

"……알베르 님도 수단의 하나이니 필요하다면 버리라 하셨습니다."

정말 그랬다고? 일란은 사슬과 단검에 목숨을 구속당한 남자를 바라보았다.

"들었지요? 전 반란만 성공할 수 있다면 이 목숨, 아깝지 않습니다. 이런 식으로 협박해 봤자 소용없습니다."

"베른은 아까워하는 것 같은데요?"

"그래도 결국은 제 말을 따라 줄 겁니다. 그렇지?"

베른은 망설이고 있었다. 그러나 굳은 결심이 선 자신의 주군을 보며 결국엔 그가 원하는 답을 하고 말았다.

"명을 따르겠습니다."

정말 어처구니없게 목숨을 저당잡혔으나 살기 위해 일란을 놓아줄 생각은 없었다. 황제를 죽이기 위해서 그 무엇보다 훌륭한 미끼인 그녀는 반드시 있어야 했다.

그러는 사이, 베른은 둘 사이의 틈을 노리고 있었다. 일란이 살아 있어야 도움이 되는 건 맞으나 죽는다고 해서 그 쓸모가 사라지는 것은 아니었다. 어떻게든 알베르를 구출해 낼 생각이었다.

그러나 일란은 그를 짐작한 듯 그에게 몸을 딱 붙이고 있었다. 만약에 잘못 공격했다가는 방패가 되어 검을 맞는 건 알베르가 될 터였다.

"베른."

알베르가 느긋한 목소리로 그의 이름을 불렀다. 베른은 혼란스러워졌다. 주군의 명을 따라야 했다. 하지만 그가 죽길 원하지 않았다. 지금까지 복수를 위해 힘겹게 살아온 알베르를 알기에 더 그랬다. 복수의 끝이 파멸이 아닌 행복이 될 수 있기를 진정으로 바라고 기다려 왔는데, 이렇게 허무하게 그를 잃을 수는 없었다.
 일란은 자신의 말이 거짓이 아니라는 걸 증명하기라도 하려는 듯 단검을 알베르의 목에 더 바짝 붙였다. 그렇게 베른의 결정을 재촉했다. 날카로운 검날을 타고 핏방울이 흘렀다.
"베른."
이번에는 일란이 베른을 불렀다. 재촉하는 목소리였다.
'길을 열어라.'
그녀가 말하고자 하는 건 확실했다.
"베른."
'길을 열지 마.'
주군이 말하고자 하는 바도 확실했다. 베른은 그 사이에서 갈팡질팡하였다.

'나보다 복수를 우선으로 해 줬으면 해.'

예전에 들었던 주군의 목소리가 생각났다.

'복수를 위해 죽을 수 있다면 나는 행복할 거야.'

그리 말했었다. 베른은 결심했다.
"당신을 놓아줄 수 없습니다."
무기를 꺼내 일란을 겨누자 알베르의 얼굴에 미소가 떠올랐다. 이런 상황에서 웃을 수 있다니. 자신의 주군은 보통 대범한 사람이 아니었다. 보통은 억울함에 몸부림칠 텐데.

그극.

알베르의 목을 휘감은 사슬에 점점 힘이 들어갔다. 숨이 막힐 텐데도 그는 여전히 웃었다. 점점 분위기가 더 험악해졌다. 그 안에는 누군가의 슬픔도 담겨 있었다. 그렇게 서로 틈을 엿보고 있었다.

만약에 다른 누군가가 등장하지 않았더라면, 한참 더 그러고 있었을 것이다. 베른이 들어온 문이 뒤늦게 열리며 한 남자가 들어섰다. 그는 그들의 모습을 보고 곧바로 상황을 파악하며 소리를 질렀다.

"탈출이다!"

일란의 표정이 일그러졌다.

"이런, 상황이 이렇게 되었군요. 그래, 더 하겠습니까?"

알베르가 웃으며 물었다.

"못 할 건 뭡니까?"

알베르의 무릎 뒤쪽을 걷어찬 일란은 그가 몸을 굽히자마자 있는 힘껏 사슬을 졸랐다. 그리고 알베르가 정신이 혼미해질 무렵 사슬을 풀고, 단검으로 옆구리를 찔렀다. 지금은 죽이는 것보다 상처를 입히는 게 더 효과적이란 생각에서였다.

이어 당황하여 알베르에게 다가가는 베른을 스쳐 지나가 여전히 소리를 지르고 있는 남자를 날아 찼다. 그다음에는 착지. 곧바로 미리 봐 두었던 장소로 뛰어갔으나 이미 사람들이 몰리고 있었다.

'사슬만 없었어도!'

수갑만 없었어도, 무기만 있었어도. 아쉬움에 혀를 차 보았으나 달라지는 것은 없었다. 지금 가진 것만으로 최선을 다해야 했다. 아무것도 가진 게 없는 일란과 다르게 반란군은 죄다 무기를 들고 있었다. 그들은 사납게 일란을 쫓아와 공격하기 시작했다. 아무리 몸이 날래도 달려드는 이를 전부 피하는 것은 힘들었다. 잠깐만 잡혀 있어도 그사이에 더 몰려들었다.

걷어차고, 후려치고. 필사적으로 몸을 빼내려 했으나 이 많은 인원수를 극복하기는 쉽지 않았다. 그래도 어떻게든 이곳만 벗어나 숲으로 들어가면 숨을 장소가 있을 것이다. 그렇게 믿고 움직일 수밖에 없었다.

조금만 더, 조금만 더.

일란은 사람들을 물리치며 나아갔다. 그리고 마침내 반란군의 소굴 입구에 다다랐을 때, 몸이 휘청거렸다.

'입구가 바로 코앞인데!'

무리한 몸이 비명을 지르고 있었다. 몸이 삐걱거리며 점점 동작이 느려졌다. 잠시 통증 때문에 멈칫한 사이, 자신을 향해 내려쳐지는 검을 피하지 못했다.

"죽이지 마!"

뒤에서 들려온 목소리에 검이 뒤늦게 방향을 틀었다.

스걱.

예리한 검날이 얼굴 옆을 스쳐 지나가며 분홍빛 머리카락을 갈랐다. 꽃잎처럼 나풀나풀 떨어진 머리카락이 바닥에 떨어져 내렸다. 힘없이 주저앉은 일란에게 무자비한 폭력이 다가왔다.

"감히 도망을 가?"

죽이지 말라고 했지, 다치게 하지 말란 소리는 없었으니까.
"그만, 그만."
뒤에서 재차 목소리가 들려왔다. 알베르였다. 베른에게 의지하여 걸어 나온 그는 옆구리를 천으로 꾹 누르고 있었다. 제법 피를 흘렸는지 얼굴이 창백하다.
"우와, 죽겠다."
"죽지 그랬습니까?"
일란이 매정하게 말하자 알베르가 피식 웃었다.
"아직 죽기엔 일렀나 봅니다."
"다치셨습니까?"
알베르가 다친 모습을 보자 사람들이 술렁거렸다. 아무래도 지휘하는 역할인 그가 다친 게 그들에게 영향을 미친 모양이었다. 그 모습을 본 알베르는 베른의 어깨 위에 걸쳐진 손을 휘휘 내저었다.
"얼마 안 다쳤어."
"이게 얼마 안 다친 겁니까?"
베른이 그런 알베르를 질책했다. 평소의 주종 관계가 뒤바뀐 느낌이었다.
"이 정도야, 뭘."
"충분히 많이 다치셨습니다. 의원을 불러와!"
베른의 말에 남자 하나가 얼른 뛰어갔다. 그리고 남은 사람 중 하나가 일란의 머리채를 휘어 감아 잡아당겼다. 물론 가만히 있을 그녀가 아니었다. 주저앉은 상태로도 다리를 내밀어 남자의 정강이를 거세게 후려 찼다.

"악! 이 계집이!"

그가 펄펄 뛰며 일란에게 덤벼들려고 하였으나 알베르가 재차 말렸다.

"그만. 그러다 죽게 되면 곤란해."

한 대라도 때리고 싶은 모양이었지만, 알베르가 단호하게 말하자 남자는 물러섰다. 일란은 머리를 흔들어 흐트러진 머리카락을 정리했다. 당장이라도 기절할 것 같았으나 태연한 척하려 애를 썼다.

"그것 보십시오. 내가 실패할 거라고 하지 않았습니까?"

그 말에 알베르를 노려보았으나 별 효과는 없었다.

"일단 나는 치료받으러 가고, 일란은 다시 원래 방으로 보내 줘. 감시는 2배로 붙이고."

"알겠습니다."

몇몇은 관대한 처사가 불만인 듯했으나 다친 당사자가 그렇게 말하니 드러내 놓고 말하진 않았다. 남자가 반쯤 쓰러진 일란을 강제로 일으켜 원래 있던 방으로 향했다. 그런 그의 뒤를 따르는 사람을 보던 알베르가 남은 이에게 말했다.

"아, 그리고 머리카락 챙겨."

"머리카락을요?"

"그래, 써먹을 데가 생각났어."

"말이나 그만하십시오."

다쳤음에도 종알종알 계속 말하는 알베르를 보며 베른이 타박을 주었다.

"괜찮다니까."

"전혀 괜찮지 않습니다."

그리고 알베르에게는 무척 다행히도 때를 맞춰 의원이 도착했다.

"의원이다! 의원!"

알베르는 의원을 격하게 반기며 얼른 방으로 가자며 베른을 재촉했다. 베른은 아직 하고 싶은 말이 많았으나 당장은 치료가 급했기에 입을 다물었다.

"처치가 빨라서 다행입니다. 피를 많이 흘리지 않았으니 잘 먹고 잘 쉬면 금방 나을 겁니다."

"시간이 없는데."

"알베르 님."

"왜?"

"닥치십시오."

"과격해졌어, 베른!"

그 말에 옆에서 의원을 돕던 베른의 인상이 사나워졌다. 그제야 알베르는 계속 놀리던 입을 다물었다.

"하마터면 죽을 뻔했습니다!"

"죽지 않았으니 됐지, 뭐."

"앞으로는 절대 혼자 다니지 마십시오."

"알았어."

"약속입니다?"

"약속할게."

투덜거리면서도 알베르는 베른의 말에 동의했다. 설마 시간만 끌려다가 이렇게 될 줄 알았나. 거기까진 상상도 하지 못했었다. 하필 다친 곳도 일란이 다친 곳과 같았다. 상처는 더 옅은 것 같앉지만, 시간만 넉넉했다면 진짜 죽었을지도 몰랐다.

"복수는 직접 이뤄야 하지 않습니까. 허무하게 죽지 마십시오."

"……그래, 너도."

"물론 저도 그럴 겁니다. 저보단 알베르 님이 걱정입니다."

왕국이 멸망한 이후, 복수 하나만을 생각하면서 알베르는 무모해졌다. 목숨을 바쳐서 복수를 하는 것도 나쁘진 않았다. 하지만 복수 후 살아남는다면, 그때는 다른 길도 모색해야 하지 않겠는가. 복수만을 바라보며 걷다가 모든 것이 끝났을 때, 삶의 의미가 사라진다면 어쩐단 말인가. 베른은 알베르를 걱정스러운 표정으로 바라보았다.

침대에 내팽개쳐진 일란은 이를 악물고 신음을 참았다.

"운 좋은 줄 알아!"

남자는 그리 말하고는 도로 방을 나섰다. 밖에서 방문이 잠기는 소리와 감시인이 움직이는 소리가 들려왔다.

'이제 탈출은 더 어렵겠는데?'

일란은 이를 악물었다. 나아 가던 상처는 도졌고, 감시인은 늘어났다. 상황은 더 최악으로 치달아 가고 있었다. 그렇다고 해서 여기서 포기할 수도 없었다. 기회는 또 올 것이다. 그렇게 믿었다. 애써 몸의 자세를 바로잡은 일란은 천천히 눈을 감았다. 몸에서 일어난 열기에 머리까지 뜨거워지기 시작했다. 당장은 좀 쉬어야 할 것 같았다.

그게 황궁에 상자가 도착하기 며칠 전의 이야기였다.

리안과 엔릴은 서로를 꼭 끌어안고 커다란 침대 중앙에 누워 있었다. 아이 둘이 자는 모습은 천사같이 귀여웠다. 황족은 아기일 때부터 방을 따로 쓰는 게 규칙이었으나, 황제에게는 그게 중요치 않았다. 아이들이 조금이라도 더 안전하고 편안히 있을 수 있다면 그로 족했다.

"음냐."

리안이 다리를 휙 내뻗으며 이불을 걷어찼다. 그걸 다시 덮어 준 황제는 오랜만에 작게 웃었다. 다시 살아난 감정은 일란이 사라지면서 사그라들기 시작했다. 처음 황제가 되었을 때의 모습이 되어 가고 있었다. 그나마 잠시라도 감정을 되찾을 수 있는 때는 아이들을 볼 때뿐이었다.

"리안 님과 엔릴 님은 요즘 열심히 배우고 계십니다."

다시 아이들을 맡은 밀레카가 말했다. 엄마인 일란이 사라져서 불안할 텐데도 자리를 공고히 하기 위해 노력하고 있었다. 비록 평민으로 자라났으나 영리한 아이들이었다. 지금 당장 해야 할 일을 본능적으로 알고 있었다.

밀레카가 말하는 몇 가지 이야기를 들은 황제는 마지막으로 아이들이 자는 모습을 다시 확인하고 방을 나섰다. 그리고 멍하니 복도를 걷다가 잠시 비틀거렸다. 아무리 강철 체력이라고 하나 요 근래 너무 무리한 탓이었다.

그러나 황제는 이내 아무런 일도 없었다는 듯이 다시 걸어가기 시작했다. 아무리 지쳤어도 절대 일란을 구하는 걸 포기할 수는

결과

없었다. 정신이, 몸이 깎여 나가더라도 해야 할 일은 해야 했다. 그는 걸어가면서 그림자 기사들이 알아 온 정보를 전해 들었다.

'아무런 정보를 찾을 수 없었다.'

'찾지 못했다.'

'다른 지역을 찾고 있다.'

하나같이 부정적인 소식이었으나 아직 포기하기는 일렀다. 황제는 아파 오는 머리를 손으로 짚으며, 자신의 집무실로 향했다. 최소한의 일은 해 놔야 하기 때문에 아이들을 보러 올 때 잠시 들르곤 했다. 잠도 제대로 잘 수 없는 빡빡한 스케줄이었다.

그때, 복도 저편에서 그림자 기사 하나가 다급히 달려왔다.

"또다시 상자가 도착했습니다."

그 말이 떨어지기가 무섭게 황제의 표정이 변했다. 겉보기에는 무표정한 듯 보였으나 그 안에 담긴 사나운 감정에 곁에 있던 이들은 저도 모르게 몸을 떨었다.

"가도록 하지."

상자는 이미 집무실로 옮겨져 있었다.

평소에는 한 개뿐이던 상자가 이번에는 여럿이었다. 그게 되레 불안감을 불러일으켰다. 반란군은 황제를 흔들기 위해서는 무엇이든 하려 했다. 설사 먹히지 않을 수작질이라도 끊임없이 해 댔다. 게다가 짜증 나게도 그 수작질은 훌륭하게 먹혀들고 있었다.

물끄러미 상자를 바라보던 황제는 천천히 상자로 손을 가져갔다. 잠시라도 긴장을 늦출 수 없기에 갈수록 신경이 곤두서 갔다. 지금 당장은 상자 안에 든 게 다른 이의 신체더라도, 언제 일란의 것이 될지도 모른다는 생각이 황제를 괴롭혔다.

달칵.

첫 번째 상자가 열렸다.

그동안 상자 안에 들어 있던 것은 피에 전 신체의 일부였다. 일란의 것이 아니더라도 충분히 소름 끼치는 것들이었다. 그러나 이번에는 그런 게 들어 있지 않았다.

상자 안에는 분홍빛의 머리카락이 조금 들어 있을 뿐이었다.

지금까지 보내왔던 것과는 달랐다. 머리카락이야 어느 정도 자른다고 해도 신체에 해가 되는 건 아니었다. 그러니 마음이 놓여야 할 터인데 외려 황제의 얼굴은 창백해졌다.

가늘게 떨리는 손이 분홍빛 머리카락에 닿았다. 사실 머리카락만이라면 누구의 것인지 알아보기 쉽지 않았다. 그러나 황제는 확신하고 있었다. 이건 일란의 머리카락이었다. 분홍빛의 머리카락이 흔한 색이 아니라 하는 소리가 아니었다. 확신할 수 있었다. 엄습하는 불안감에 황제는 이를 악물었다.

"일란."

일란의 이름을 부르는 황제의 목소리가 떨려 왔다. 그는 평소보다 성급한 손길로 다른 상자의 뚜껑도 열어 보았다. 그 안에도 역시 같은 것이 들어 있었다.

대충 잘린 분홍빛의 머리카락 일부.

어둠이 황제의 마음과 몸을 야금야금 먹어 들어갔다. 발밑이 무너지는 것만 같았다.

휘청이던 황제는 상자가 놓여 있던 책상을 손으로 짚으며 버텼다. 잠시 감았다 뜬 금색의 눈에서 분노가 뚝뚝 떨어져 내렸다. 지독한 살기에 곁에 있던 그림자 기사도 잠시 놀라 몸을 움찔거렸다.

"상자를 가져온 이들은?"

"전부 지하에 있습니다."

고문실에 있다는 소리였다. 그 말에 황제는 곧바로 등을 돌려 고문실이 있는 지하 감옥으로 향했다.

언제부터인가 비명이 끊이지 않는 지하 감옥. 황제는 그 안으로 발을 내디뎠다. 안에서는 그를 증오하는 소리가 울려 퍼지고 있었다. 듣기만 해도 소름 끼치는 비명이었으나, 그에 동요하는 이는 아무도 없었다.

그림자 기사는 즉각 고문관을 불렀다. 피에 젖은 가죽 앞치마를 걸친 남자는 황제를 보자마자 곧바로 고개를 조아렸다. 험한 일을 오랫동안 해 왔지만, 그런 그라도 황제는 무서웠다. 특히 예전에 그가 잡혀 온 이를 고문하는 걸 본 뒤로는 더 그러했다.

단순히 고문하는 솜씨 때문에 그러는 것이 아니었다. 고문하면서 보이는 감정에 조금의 변화도 없다는 것이 오히려 두려움으로 다가왔다.

황제는 고문에 능숙하기도 했다. 어쩌면 고문관인 자신보다 더. 마치 어딘가에서 제대로 배운 사람처럼 말이다. 그가 직접 고문하겠다 나설 땐 자신조차 몸이 떨려 왔다. 하지만 오늘은 그럴 생각이 없는 모양이었다.

"그들이 한 말을 전부 말해 보아라."

그저 조급하게 잡힌 이들이 뱉어 낸 정보를 원할 뿐이었다.

'정말 급하긴 한 모양이시군.'

고문관은 그리 생각하며 고문하던 이들이 뱉어 낸 정보를 다시 되뇌었다. 아, 안 되겠다. 이걸 실제로 말하면 목이 달아나는 것은 죄인들이 아닌 자신이 될지도 몰랐다. 그렇다고 말하지 않을 수도 없었다. 그는 땀을 뻘뻘 흘리며 말하기를 망설였다.

"나는 오래 기다리는 걸 좋아하지 않아."

황제의 말에 뒤에 있던 그림자 기사가 소리 없이 검을 빼 들었다. 어떻게 해도 죽을 거라면 차라리 말하는 게 나을지 몰랐다.

"폐, 폐하께 직접 말씀드려야 한다고 합니다."

그 말을 내뱉자마자 고문관은 눈을 질끈 감았다. 어느 권력자가 무능한 수하를 좋아할까. 자신은 주어진 역할을 제대로 이행하지 못했다. 살짝 뜬 눈으로 그림자 기사가 다가오는 것이 보였다.

어쩌면 다른 이들보다 그들에 대해 더 잘 파악하고 있는 이는 고문관일지도 몰랐다. 기사라고 불리긴 했으나 그들에겐 고문관과 같은 음습한 느낌이 났다. 저들은 절대 흔히들 말하는 정의롭고 용감한 기사가 아니었다. 오히려 가끔 고문하곤 했던 암살자에 훨씬 가까운 느낌이었다. 그랬기에 세상 두려울 것 없을 것 같은 고문관도 그들은 두려웠다. 그는 가만히 눈을 내리깔았다. 식은땀이 나며 몸이 오들오들 떨렸다.

"됐다."

그를 말린 이는 황제였다.

"직접 보도록 하지."

"네."

그림자 기사는 길게 대답하지 않았다. 그저 황제의 명대로 가장 가까운 감옥으로 다가가 문을 열 뿐이었다. 열린 문 너머로 황제가 들어가고 나서야 고문관은 참았던 숨을 내쉴 수 있었다.

'죽는 줄 알았다.'

느낄 수 있었다. 황제는 딱히 자신이 불쌍해서 말린 게 아니었다. 그저 다른 더 급한 일이 있기에 넘어간 것뿐이었다.

'운이 좋았어.'

그리 생각하며 고문관은 황제가 들어간 감옥을 바라보았다. 지금까지 어떤 고문에도 버티며 정보를 토해 내지 않은 반란군이 어리석게만 느껴졌다. 이제 자신이 주는 것보다 더한 고통과 괴로움이 주어질 테니까.

'그냥 순순히 말할 것이지.'

하지만 그들이 불쌍하지는 않았다. 고문관은 자신이 해야 할 일을 할 뿐이니까. 죄수에게 동정심을 가지는 건 말도 안 되는 이야기였다.

황제가 감옥 안으로 들어서자 반쯤 죽어 가던 반란군의 눈에 빛이 돌아왔다. 희번덕 눈동자를 굴리며 노려보는 시선이 소름 끼쳤으나, 황제나 그림자 기사나 둘 다 담담하게 바라볼 뿐이었다.

"그래, 직접 말해야겠다고."

황제가 말을 꺼내자 그제야 반란군이 꺽꺽거리며 웃었다.

"기, 기다렸다."

이미 상당한 고통을 겪은 탓에 말이 제대로 나오지 않았다. 그러나 알아듣기에는 어렵지 않았다. 이번에도 그림자 기사가 앞으로 나서려 했으나 황제가 저지했다.

"내버려 둬라."

건방진 이를 벌하기보단 필요한 정보를 빠르게 듣는 게 더 중요했다. 다행히 남자는 순순히 정보를 털어놓았다. 털어놓는 내내 히죽거리는 게 거슬렸지만, 그는 모두 들은 후 손을 보면 될 일이었다.

"히, 히스산맥. 산맥을 넘어가는 길목 중에서 가장 외진 곳에 있는 길. 안쪽으로 들어가면 산지기의 별장이 있는데 거기에 원하는 이가 있을 것이다."

그 말에도 황제의 표정은 변하지 않았다. 그러자 그를 보고 있던 반란군의 표정이 불안하게 변했다. 자신이 한 행동이 헛수고가 아닌가 싶었던 것이다.

"그 외에는?"

"기한은 이틀. 이틀 뒤 정오!"

반란군의 얼굴에서 웃음이 사라졌다. 그는 불안한 듯 벌벌 떨며 말을 이어 나갔다.

"그 뒤에는 소용없다."

거기까지 듣고 황제가 몸을 돌리려 하자 발악하듯 마지막 말을 외쳤다.

"반드시 혼자 가야 한다. 절망이 널 무릎 꿇리리라!"

뒤에서 들려오는 처절한 목소리를 들으며 황제는 밖으로 나왔다.

"다른 이도 보지."

그렇게 말한 황제는 기다리고 있던 고문관에게 말했다.

"최대한 고통스럽게 처리해."

"명을 따르겠습니다!"

불안해하며 기다리던 고문관은 씩씩하게 대답하고는 아직도 소리치고 있는 반란군이 있는 감옥으로 되돌아갔다.

얼마 지나지 않아 시끄럽던 소리가 잦아들었다. 아무래도 입부터 막은 모양이었다. 이제 고문을 시작할 테니 자살을 방지하기 위함일 것이다. 결국 반란군은 고문관의 손에 떨어져 잔혹하게 죽을 터였다.

"다음."

조금 떨어진 감옥에 갇힌 이도 처음 만났던 반란군과 다르지 않았다. 처음에는 의기양양한 태도로 장소와 시간, 조건을 이야기하다가 황제가 별다른 반응을 보이지 않으니 불안해했다.

잡혀 온 이들의 이야기를 다 듣고 나서야 황제는 굳어 있던 표정을 풀었다. 괴로움을 담은 표정 너머 약간의 안도가 엿보였다. 하는 이야기를 조합해 보면 아직 일란은 죽지 않은 것 같았다.

'그저 살아 있기라도 한다면.'

황제는 어떻게든 일란을 구해 낼 생각이었다. 그런 황제를 보고 있던 그림자 기사가 물었다. 그가 먼저 말을 걸기 전에는 입을 열지 않는 그답지 않은 행동이었다.

"가실 겁니까?"

황제가 피식 웃었다. 웃겨서 웃는 것 같지는 않았다. 그 행동에서 그림자 기사는 어떤 불길함을 느꼈다.

"함정입니다. 들을 가치도 없습니다."

그림자 기사는 다른 이가 여기에 있었더라면 놀랐을 정도로 단호하게 말했다.

"그래, 대놓고 함정이긴 하지."

그랬다. 황제가 보기에도 이번엔 대놓고 함정을 파 놓겠단 의미로 보였다. 그림자 기사의 말이 맞았다. 당연히 무시하는 쪽이 옳았다.

'만약에 거기에 걸린 목숨이 일란의 것이 아니었다면 그랬을지도 모르지.'

황제의 말에 그림자 기사는 안도한 듯 가슴이 크게 부풀었다 가라앉았다. 그러나 이어진 말은 그가 기대하고 있었을 말과는 달랐다.

"가도록 한다. 이틀이면 시간이 아슬아슬하군. 말을 준비시켜라."

"폐하!"

당황한 목소리가 지하에 울려 퍼졌다. 그림자 기사는 뭐라 더 말하고 싶은 듯했으나 이내 입을 다물었다. 황제가 절대 뜻을 바꾸지 않을 것임을 깨달은 것이다.

"시끄럽군."

"죄송합니다."

"당장 갈 준비를 해."

"위험합니다."

"언제는 위험하지 않았나?"

황제가 입꼬리를 끌어 올리며 말했다. 어려서 암살 단체에 버려지고부터 단 한 순간도 위험하지 않았던 때는 없었다. 가장 높은 자리에 오른 이후 자리가 잡혔을 때에야 좀 괜찮아지긴 했지만, 위험은 언제나 그의 곁에 있었다. 지금처럼 말이다.

"그렇다고 위험에 직접 뛰어드는 것은 안 됩니다."

그림자 기사는 필사적으로 황제를 설득하려 들었다. 다른 이가 이랬다면 귀찮다고 신체의 일부를 잘랐을지도 몰랐다. 하나 지금까지 같이한 그림자 기사가 처음 하는 반항이기에 황제는 너그러워지기로 했다.

"충성을 바치겠다 말했지. 그렇다면 입을 다물어라. 그녀 없이는 나도 없음이니."

그 말에 그림자 기사는 입을 다물 수밖에 없었다. 뒤늦게야 황제가 얼마나 일란을 사랑해 왔는지 깨달았기 때문이었다. 그가 처음 사랑하게 된 사람은 그들에게 있어 커다란 가치를 지니고 있었다.

몇 번인가 더 입을 열려던 그림자 기사는 결국 침묵을 택했다. 그런 그를 보며 황제는 등을 돌려 지하를 떠났다. 그의 뒤를 따르며 필사적으로 머리를 굴려 보았으나, 딱히 좋은 방법이 떠오르지 않았다. 무엇을 말해도 황제는 거절할 터였다.

그렇다고 설득할 만한 사람도 없었다. 그림자 기사들은 황제의 수하였지, 대등한 존재가 아니었다. 과거의 일로 인해 다른 이들보다 좀 더 마음을 터놓았을지라도 그게 다였다.

"……따르겠습니다."

"어디를?"

"적어도 혼자 가실 수는 없습니다."

"근처까지는 같이 가도록 하지. 그들도 내가 진짜 혼자 올 거라고 생각진 않을 거야."

실상 장소와 시간만 안다면 누굴 데려올지 모르는 일이었다.

"감사합니다."

"됐다."

대답하면서 황제는 자신이 유해졌음을 느꼈다. 예전이라면 이런 자신의 태도를 고치려 들었겠지만, 지금은 아무려면 어떤가 싶어졌다. 사랑하는 사람이 생겼고, 아이가 둘이나 생겼다. 그들과 함께하면 그토록 평온하고 즐거울 수 없었다. 그 안온함에 저도 모르게 변해 간 것 같았다. 될 수 있으면 영원히 그러하길 바랐건만. 이번 일이 잘 해결되지 않는다면 그런 날은 다신 오지 않을지도 몰랐다.

궁에 들러 제복으로 갈아입은 황제가 밖으로 나서자, 기다리고 있던 그림자 기사들이 동시에 그를 바라보았다.

황궁기사단은 동원하지 않았다. 황궁에 남아 있을 리안과 엔릴을 지킬 이들도 필요했기 때문이었다. 물론 그들 내에서도 귀족파와 황제파가 나뉘기에 최대한 믿을 수 있는 이들로만 황자와 황녀를 위한 호위단을 구성했다.

그 목록 속에 레온하르트는 없었다. 아마 이 소식도 나중에야 그에게 들어갈 것이다. 대신 그 자리를 차지한 이는 밀레카였다. 황녀, 황자와 가장 오래 있었으며 상황을 잘 아니 그 역할을 맡겼다.

황궁기사단이 따르지 않는 대신 황궁 소속의 병사들과 믿을 수 있는 황제파 귀족 몇이 추가로 뒤를 따르기로 했다. 말을 내달려야 하기에 동시에 도착하는 건 어려울 테지만 말이다.

이 모든 게 순식간에 이루어졌다. 그런 만큼 부족한 부분도 많았지만, 시간을 끌 수는 없었다. 이틀이라는 시간을 괜히 정해 둔 것이 아닐 테니.

"출발한다!"

황제의 말이 떨어지기가 무섭게 그림자 기사들이 말에 올라탔다. 말의 색은 대부분 어두웠는데, 그림자 기사들의 일 특성상 밤에 조금이라도 덜 튀기 위함이었다.

황제와 그림자 기사들이 쏘아진 화살처럼 뛰쳐나가자 이어 귀족과 기병대가 뒤를 따랐다. 보병은 좀 더 느리게 출발했다. 급히 모은 전력치고는 나쁘지 않았다.

황궁의 한편, 그늘진 곳에 숨어 있던 여인이 속삭였다. 시녀복을 걸친 여인은 평범한 인상으로, 특별히 눈에 띄지는 않았다. 그 외모 덕에 그녀는 반란군의 첩자로 황궁에 들어올 수 있었다. 여인은 오늘 자신이 지켜보았던 바를 조심스럽게 늘어놓았다.
"황제가 떠났습니다. 동반한 병력은 그림자 기사단을 제외하면 황궁 소속의 병사들뿐인 듯하였습니다. 그 외에 황제파 귀족이 몇 더 따랐습니다."
그러자 햇볕이 드는 반대편에 서 있던 남자가 조용히 물었다.
"출발 시기는?"
"얼마 되지 않았어요. 출발을 확인하자마자 기회를 봐서 달려왔습니다. 빠르게 달리면 기한 내에 목표했던 장소에 도착하겠지요. 그럼 저는 여기까지."
그 말이 끝나기 무섭게 남자는 벽에 기대고 있던 몸을 떼어 냈다. 그늘진 부분을 바라보았으나 이미 여자 또한 몸을 빼낸 뒤였다. 때문에 여자를 잡지 못했다. 그녀가 사라지고 난 자리에 남은 것은 작은 주머니 하나뿐이었다. 그 안에는 여느 때처럼 반란군의 상황을 알리는 쪽지가 들어 있을 터였다.
그를 본 남자, 레온하르트는 혀를 찼으나 그도 잠시였을 뿐이다. 누군가가 이곳으로 다가오고 있는 게 느껴졌다. 레온하르트는 빠르게 평소의 표정으로 돌아와 저 멀리서 달려오는 기사를 바라보았다. 평소 함부로 뛰어다니지 않는 만큼 빨리 전해야 할 급한 소식이 있는 모양이었다.

"단장님."

가까이 다가온 이는 1기사단 소속의 기사로, 귀족파에 속한 이였다. 그는 숨을 몰아쉬며 레온하르트를 불렀다.

"무슨 일입니까?"

"황성기사 동원령이 떨어졌습니다."

"황성기사들은 이미 맡은 임무가 있지 않습니까?"

일란을 찾는 일 말이다.

"임무가 바뀌었다고 합니다."

"갑자기요?"

레온하르트로서는 관련해서 들은 바가 없었다. 하지만 그에 대해 추측하는 건 어렵지 않았다. 방금 여인에게 들은 이야기가 있었기 때문이었다.

"그렇습니다. 이제부터 황성기사단은 황녀님과 황자님의 호위를 서게 된다고 합니다."

역시나 예상은 틀리지 않았다. 아이들을 지키기 위해 황성기사들을 남겨 둔 게 틀림없었다. 그렇다면 이제 해야 할 일은 간단했다.

아이들을 지키면서 기회를 엿보는 것.

"알겠습니다. 움직이도록 하지요."

그리 생각하며 움직이려 했으나 달려온 기사가 곤란한 표정을 지었다.

"왜 그러십니까?"

"그게 말입니다."

난처한 목소리 뒤로 익숙한 목소리가 들려왔다. 최근 황녀와 황자를 돌보고 있는 시녀였다. 하지만 말이 시녀지 원래는 그림자 기사단 출신이라는 걸 모르는 이가 없었다.

"당분간 황궁기사의 총괄은 제가 맡게 되었습니다."

어느 시녀가 저리 살기가 짙단 말인가. 평범한 척하려 해도 간간이 드러나는 본질에 눈치 빠른 이들은 그녀의 정체를 알고 있었다. 그런 그녀가 이번에는 대놓고 나서고 있었다. 그동안 입고 있던 시녀복 대신 그림자 기사단원복을 입은 그녀는 무덤덤한 표정으로 레온하르트를 바라보고 있었다. 여느 그림자 기사들처럼 인형 같은 모습이었다.

"상황이 상황이니만큼 부디 양해해 주시기 바랍니다."

말은 그리하고 있었지만 강권이나 다름없었다. 멀쩡히 황궁기사단장이 존재하는데 자신이 전권을 맡겠다니. 기가 막힐 노릇이었다.

'이제는 감추지 않겠다는 건가.'

그동안은 표면적으로라도 단장 취급을 해 줬는데 이제는 그러지 않을 모양이었다. 자연 레온하르트의 표정이 싸늘하게 굳어 갔다.

"황성기사단에 대해 가장 잘 아는 이는 저일 텐데요?"

"하지만 황녀님과 황자님을 가장 잘 아는 사람은 저입니다."

"겨우 그 이유로 단장 역할을 대신 하겠다는 겁니까? 이유가 너무 조악하지 않습니까?"

"황제 폐하의 명입니다."

레온하르트의 항의를 밀레카는 황제를 내세워 깔끔하게 끊어 냈다. 그가 황제의 명을 어길 수 있는 처지가 아니란 걸 알고 있기 때문이었다.

"폐하께서 이상한 명을 내리셨군요."

그러나 레온하르트는 쉽게 물러나지 않았다. 여기서는 물러난 뒤, 뒤를 도모하는 것이 낫다는 것을 알면서도 속이 들끓었다. 스스로 황제의 개라 칭하긴 했지만, 이건 말 그대로 개 취급이 아니던가. 이리 와라, 저리 가라. 이걸 해라, 저걸 해라. 그동안 참아 왔던 마음이 분노로 부풀어 올랐다.

"폐하의 명을 어기실 생각입니까?"

차가운 목소리가 칼날처럼 레온하르트를 찔러 왔다.

"설마 그럴 리가 있겠습니까."

"그러면 납득하신 걸로 알고 물러가겠습니다."

밀레카는 고개를 숙여 보이곤 그대로 몸을 휙 돌렸다. 기본적인 예의를 지키고 있었으나, 그 안에 상대에 대한 배려는 눈곱만치도 보이지 않았다.

"단장님."

괜히 소식을 알리러 왔던 기사만이 안절부절못하며 레온하르트를 바라볼 뿐이었다.

"난 괜찮으니 가십시오."

"죄송합니다."

기사는 이를 악물고 분함을 표현했다. 자신의 직위에 자부심을 가져 오던 그였다. 난데없이 그림자 기사단원의 말을 따르라는 명이 불만스러울 수밖에 없었다. 만약에 황제의 명이 없더라면 제법 큰 난리가 났을지도 몰랐다.

그만큼 그림자 기사와 황성기사의 관계는 미묘했다. 원래라면 황족을 가장 가까이에서 지켜야 할 영광스러운 자리였다. 그런 자리를 그림자 기사들이 대신한 지 몇 년이 지났다. 앞으로도 달라지는 것은 없을 것이다.

그 사실에 불만을 가지는 기사들도 상당히 많았다. 그리고 그런 이들은 주로 귀족파에 해당하는 기사들이었다. 레온하르트가 부추기고 움직일 수 있는 이들이란 소리였다. 이미 사전에 대부분은 포섭해 두었다. 그러니 직접 황성기사단을 관리하지 못해도 나쁘진 않단 소리였다. 이용해 먹을 수 있는 이들이 아이들 가까이에 침투하는 셈이었으니 말이다.

'정말 성급히 움직이는군.'

레온하르트는 한숨지었다. 며칠 전에 반란군 쪽에서 보내온 소식에 재빠르게 움직여서 간신히 원하는 결과를 만들어 냈다.

'고의적인가.'

조금만 더 일찍 알려 왔다면 이런 수고를 할 일도 없었을 것을. 어차피 반란군 쪽에서도 자신이 성공하길 바라는지라 고의일 리는 없겠지만 그 때문에 미친 듯이 바빴다.

겉으로는 일란을 찾는 척하면서 불만이 많은 귀족들을 찾아다니며 부추겨야 했으니 말이다. 대부분의 일은 라온 후작에게 맡겨 놨지만, 그렇다고 해서 자신이 할 일이 없어지는 것은 아니었다.

'그래도 성공적인 결과다.'

황제는 일란을 구하기 위해 자신을 따르는 이들을 이끌고 황성을 떠났다. 황자와 황녀를 지키기 위해 황성기사단을 남겨 두었으나, 예전에 비해 경비가 약해졌다. 무엇보다 그 경비의 일부분이 반란에 손을 든 이들이니 말이다.

일란의 아이들이니 해를 끼칠 생각은 없었으나, 가만히 둘 생각도 없었다. 황제를 죽이는 데 일란이 효율적인 인질이듯이 아이들도 그러했으니까.

 황제는 아이들을 지키고자 자신에게서 전권을 뺏었으나, 그는 오히려 자신에게 움직일 수 있는 여유를 주었다. 그러니 이제 움직일 시간이었다. 레온하르트는 천천히 걸음을 옮기기 시작했다. 그러다 뒤늦게 생각난 듯이 작은 주머니를 열어 쪽지를 확인해 보았다. 쪽지에 적힌 내용은 생각하던 것과는 약간 달랐다.

 '아직 시간은 남았으니.'

 느릿하던 그의 발걸음이 점점 빨라지기 시작했다.

 열이 오르며 정신이 혼미해졌다. 중간에 의원이 다녀갔으나 상태는 딱히 나아지지 않았다. 그 상황에서 침대에 누워 끙끙대는 일란을 누군가가 안아 올렸다. 힘겹게 뜬 눈에 보인 이는 베른이었다. 그는 썩은 표정을 지으며 자신을 안아 들고 이동했다.

 '나도 싫거든?'

 그리 말해 주고 싶은 걸 참으며 주변을 둘러보니 알베르가 보였다. 단정하게 옷을 차려입은 그는 평소와 다르게 여러 가지 무기를 소지하고 있었다. 무기를 소지하고 있는 이는 그뿐만이 아니었다. 그 주위에 서 있는 이들 모두가 무장을 하고 있었다. 게다가 이동을 위한 말 여러 마리와 마차가 보였다. 단체로 이동하려는 것이다.

"여어, 일란."

진지한 표정으로 다른 남자들과 이야기하던 알베르가 손을 들어 올렸다. 담담하던 얼굴 위로 얄미운 미소가 떠올랐다. 그때 옆구리만 쑤실 게 아니라 저세상으로 보내 버렸어야 했는데. 일란은 뜨거운 숨을 내쉬며 안타까워했다. 그런 일란을 보며 알베르가 말했다.

"상태가 안 좋아 보이는데?"

"의원이 그 정도 거리를 이동하는 건 괜찮을 거라 했습니다."

알베르의 의문에 베른이 무뚝뚝한 어조로 대답했다.

"흠, 빠르게 달릴 생각인데. 정말 괜찮으려나?"

단단한 손이 이마 위로 올라와 열을 쟀다. 기겁을 하며 몸부림 쳤으나 손은 자신이 할 일을 전부 달성하고 나서야 물러갔다.

"너무 뜨거운데? 머리가 녹아내리겠어."

"의원도 따라가는데 뭐가 걱정이십니까?"

"정말 괜찮은 것 맞아?"

그러자 이번에는 다른 목소리가 끼어들었다. 의원이었다.

"타고난 체력이 튼튼한지라 괜찮을 겁니다."

"나 다치게 했다고 심술부리는 건 아니고?"

"제가 왜 그러겠습니까?"

의원이 툴툴대며 대답했다.

"알베르 님이 함부로 움직이시다 다친 것에 대해서 절대 화나지 않았습니다. 다치게 한 사람에게도요."

"화났네, 화났어. 그래도 치료는 제대로 해 주라고."

"어차피 이번 일만 끝나면 필요 없는 사람 아닙니까?"

"아니야. 원하는 사람이 또 있어. 중요한 사람이 원하고 있으니 아직 쓸모는 많아."

사람을 물건 취급하기는. 마음 같아서는 때려 주고 싶었지만 몸이 제대로 움직이지 않았다.

"……약을 좀 더 쓰겠습니다."

"그래, 그래야지. 그럼 베른, 마차에 일란을 태워."

평범해 보이는 갈색 짐마차의 문을 연 베른이 안에 일란을 눕혔다. 그리고 그 위에 얇은 담요를 덮어 주었다. 그가 할 수 있는 최선의 배려인 듯했다. 일란은 담요를 끌어당기며 상황을 파악하기 위해 애썼다. 반란군이 무장한 상태로 자신까지 데리고 이동하려고 한다. 때가 왔다는 소리였다. 그리고 그때는 황제를 죽일 때일 테고.

'안 되는데.'

죽여도 내가 죽이고 말지! 그동안 고생만 해 오다가 이제 익숙해져 가고 있었는데. 일란은 어지러운 머리로 생각을 정리하기 위해 애쓰며 몸을 일으켜 세웠다. 그러나 곧 도로 의자에 주저앉았다. 할 수 있는 건 그게 다였다. 창은 나무판자로 막혀 있어 밖이 보이지 않았다.

'뭔가, 뭔가 할 수 있는 게 있을 거야.'

그리 생각하며 끙끙거리고 있는 사이, 이어 알베르가 안에 올라탔다. 자연 일란의 표정이 일그러졌으나 알베르는 어깨를 으쓱하며 말했다.

"나도 누구 때문에 환자거든요."

그러면서 보란 듯이 웃옷을 들춰 상처를 감싼 붕대를 보여 주었다. 일란은 좋지 않은 것을 봤다는 듯한 표정으로 고개를 돌렸다. 이어 마차가 굴러가기 시작했다.

알베르 몰래 슬쩍 마차 문에 손을 대 봤으나 열리지 않았다. 밖에서 잠가 놓은 모양이었다. 이대로 황제를 죽이기 위한 인질이 되어 끌려가야 하는가. 일란은 지그시 입술을 깨물었다.

혹시라도 탈출할 기회가 생기지 않을까 싶어 계속 눈을 뜨려고 애썼다. 그러나 알베르가 눈을 멀뚱히 뜨고 자신만을 바라보고 있었다. 감시인 역할을 겸해서 같이 이동하는 모양이었다. 저번 일도 있었는데 뭘 믿고? 그리 생각했으나 오래지 않아 깨달았다. 아파서 몸이 잘 움직이지 않는다 생각했는데 아닌 모양이었다. 아무래도 약을 쓴 모양인지 몸이 점점 굳어 가고 있었다. 마치 나무토막처럼.

"아무래도 저번에 그런 일이 있었으니 다들 불안했나 봅니다. 그냥 가벼운 마비약이니 안심하십시오."

그런 자신을 보며 알베르가 설명해 주었다. 하지만 전혀 안심되지 않았다. 몸의 자유를 뺏었는데 안심하라는 쪽이 외려 이상하지 않은가. 쓰러진 몸에 움직이는 마차의 진동이 느껴졌다.

마차는 그대로 한참을 더 내달리더니 서서히 속도를 죽이기 시작했다.

'잠시 쉬려는 모양이네.'

마차를 끄는 말도 지치지만 마부도 인간이었다. 쉬지 않고 계속 달리기에는 무리니 잠시 쉬는 것도 이상치는 않았다. 문제는 굳게 잠겨 있던 마차 문이 열리면서 시작되었다.

"잠시 쉬고 오겠습니다."

그리 말한 알베르가 마차에서 나가자마자 곧바로 다른 이가 마차에 올라탔다. 새로운 감시인인가 싶어서 제대로 움직이지 않는 몸을 들어 그를 바라보았다. 태연히 마차에 오른 이는 레온하르트였다. 순간 열 때문에 헛것을 보는가 했다. 대체 그가 왜 지금 여기에 있단 말인가.

"단장님?"

굳은 목으로 간신히 소리 내 부르니 곧 답이 돌아왔다. 헛것이 아니란 소리였다.

"일란, 몸 상태는 좀 괜찮습니까? 갑자기 나빠졌다고 들었습니다."

그야 탈출을 시도하다가 나빠지긴 했다. 하지만 레온하르트는 거기까지는 모르는 사람처럼 걱정스러운 표정으로 자신을 바라보았다. 아니, 레온하르트라면 그 사실을 알아도 자신을 걱정할지도 몰랐다. 만약 그동안 그가 해 온 말들이 사실이라면 말이다.

"단장님."

일란은 자꾸 가라앉으려는 의식을 억지로 일깨우며 레온하르트를 마주 보았다. 결국 레온하르트는 반란군과 손을 잡았다. 그래도 마음 한구석에 가지고 있던 약간의 희망이 산산조각 났다. 한때는 그토록 존경하던 사람이었는데. 이제는 그럴 수 없게 되었다.

레온하르트가 손을 뻗어 왔다. 알베르처럼 열을 재 볼 생각인 모양이었으나 그를 거부했다. 노골적인 거부에 그의 미간이 찌푸려졌으나 그도 잠시였다.

"곧 편해질 수 있을 겁니다."

다정한 목소리가 들려왔다. 하지만 위선적이라는 생각밖에 들지 않았다. 이렇게 몸의 자유를 뺏고 이용하면서 다정이라니, 말이 되지 않았다.

"언제 말입니까?"

"모든 일이 해결된 후에 말입니다."

황제를 죽이는 일이 끝난 뒤를 말하는 거겠지. 일란은 뜨거운 숨을 토해 내며 레온하르트를 노려보았다. 그런 일란을 바라보는 레온하르트의 얼굴이 안타까움에 일그러졌다.

"왜 그런 눈으로 바라보는 겁니까?"

"……몰라서 물으십니까?"

"일란, 저는 정당한 복수를 하려는 것뿐입니다."

그는 황제도 마찬가지였겠지요. 하고 싶은 말은 길었으나 일란은 입을 다물기로 했다. 더는 말이 통하지 않는 이들과 대화하기도 지쳤다.

"이해해 주었으면 합니다."

무리다. 자신은 레온하르트를 이해하고 싶지 않았다.

그런 일란을 바라보던 레온하르트는 깊게 한숨을 내쉬며 자리에서 일어섰다.

"다음에 볼 때는 다른 상황일 겁니다. 부디 빨리 마음을 정리하길 바랍니다. 참, 아이들은 걱정하지 마십시오. 제가 지켜 주겠습니다. 그러니 마음을 편하게 가지십시오."

그게 되겠는가? 자신이 뭐라고 생각하건 말건 그 말을 끝으로 레온하르트는 마차에서 나갔다. 그제야 몸에 주고 있던 힘을 빼며 그 자리에서 쓰러질 수 있었다.

'지켜 주긴 누가 지켜 주겠다는 거야.'

아이들은 지금 이 상태가 가장 안전했다. 오히려 황제가 죽고 레온하르트의 손에 들어가면 그게 더 위험했다. 그야 언제나 아이들을 살려 주겠다고 했지만, 그 주변 사람들의 의견도 같을지는 모르는 일이었다. 아이들은 정식으로 인정받은 황족의 핏줄이었다. 상식적으로 살려 두는 쪽이 위험했다.

그동안 어떻게 아이들을 지켜 왔는데. 지금 자신은 너무 무력했다. 일란은 덜덜 떨리는 몸을 힘겹게 웅크렸다. 지금 자신은 추위를 느껴도 자신의 손으로 담요조차 덮을 수 없었다.

'리안, 엔릴.'

속으로 아이들의 이름을 불러 보았다. 지금 할 수 있는 일은 아이들이 무사하기만을 비는 것뿐이었다. 가장 힘들 때 옆에 있어 줄 수 없다는 것이 너무나도 괴로웠다.

상황이 이렇게 되었지만, 저번에 움직여 알베르를 인질로 잡았던 일은 후회하지 않았다. 움직이지 않고서는 아무런 결과도 만들어 낼 수 없으니까. 비록 도망치는 데에는 실패했다고 하더라도 가만히 있는 것보단 나았다. 그리 생각하며 일란은 눈을 감았다. 조금이라도 쉬어서 체력을 회복해 볼 생각이었다. 그런 생각이었는데.

다시 눈을 떴을 때는 몸이 움직이고 있었다. 정신도 생각보다 맑았다. 일란은 몇 번인가 손을 쥐었다 펴 보고는 상체를 일으켜 주변을 둘러보았다.

'약효가 떨어졌나?'

마차는 여전히 달리고 있었으나 어딘가 묘하게 현실감이 부족했다. 그리고 어두운 마차 안에서 바로 옆에 앉아 있던 알베르의 실루엣이 보였는데 그도 평소와 달라 보였다. 아니, 달라 보이는 게 아니라 달랐다.

일란은 놀란 표정을 지으며 옆에 앉은 남자의 팔을 살짝 건드렸다. 그러자 지친 듯이 고개를 숙이고 있던 남자가 고개를 들었다. 잠깐이지만 드러난 사나운 눈매에 놀란 것도 잠시, 과격하게 끌어안는 손길에 놀라 숨을 들이켰다.

"일란!"

덮쳐누르듯 끌어안는 몸에 감싸인 일란이 조심스럽게 그 등에 손을 올렸다. 손끝에서 느껴지는 익숙한 촉감에 몸이 떨려 왔다. 그동안 몇 번이나 맡아 왔던 그의 향기가 코끝을 간질였다.

꿈이지만 꿈이 아니다. 드디어 황제가 자신을 찾아내는 데 성공한 것이었다. 순간 안도의 마음이 들었다. 그가 자신을 찾아냈다고 해서 모든 게 해결되는 것도 아니었는데. 여전히 자신은 부상을 입은 채 마차 안에 갇혀 있었고, 황제는 떨어져 있었다.

"일란."

황제가 재차 자신의 이름을 불렀다. 귓가에 들려오는 목소리에 천천히 눈을 감았다 떴다. 그래도 눈앞에 보이는 이의 모습은 변하지 않았다.

"폐하."

자신의 목소리에 황제가 안심한 듯한 표정을 지었다. 그러나 그도 잠시였다. 끌어안고 있던 등이 긴장으로 굳었다.

"폐하?"

굳어진 몸은 도통 풀릴 생각을 하지 않았다. 외려 조금 전까지만 해도 기쁨에 가득 차 있던 금색 눈이 음울하게 가라앉았다. 끌어안고 있는 팔에는 힘을 빼지 않았으나, 표정만으로도 충분히 알 수 있었다. 황제는 절망하고 있었다.

'어째서?'

일란은 의문이 들었다.

"이건 또 꿈인가?"

어차피 자신들은 그동안 꿈을 통해 만나지 않았던가. 무슨 소린가 싶어서 생각을 해 보다 이내 그 뜻을 이해했다. 자신들은 인위적인 꿈을 통해 만나 왔다. 반면 진짜 꿈을 꾸는 경우도 있긴 했다. 자신만 해도 꿈에서 황제가 나타나 당황한 적이 있지 않았던가. 황제는 지금의 자신을 순수하게 꿈에 나타난 인물이라 생각하는 듯했다.

그런 생각이 들자 저도 모르게 입꼬리가 위로 올라갔다. 자신도 같은 경우에 곤란해했던 적이 있으면서, 이런 황제의 모습을 보니 절로 웃음이 떠올랐다. 일란은 저도 모르게 황제의 등을 끌어안았다. 그에게 현실감을 주고 싶었던 것이리라.

"꿈이면요?"

"얼른 깨어 다시 일란을 찾아야지."

그렇게 말하면서도 하는 행동은 말과 맞아떨어지지 않았다. 마치 다시는 꿈에서 깨기 싫은 사람처럼 자신을 꼭 끌어안은 채 목덜미에 얼굴을 파묻었다.

"꿈이 아니라면요?"

"아니라고?"

그리고 가만있던 황제가 고개를 들어 일란을 마주 보았다. 그의 손이 일란의 수척해진 뺨을 더듬다가 천천히 몸을 뒤로 물렸다. 그에 손을 놓으니 이번에는 손을 뻗어 손가락을 하나하나 확인해 보듯이 매만졌다. 실존하는지 확인이라도 해 보려는 듯이 섬세하고 조심스러운 태도였다.

"손가락이 전부 다 있어."

"그야 전부 있지요."

"다행이군."

황제가 일란의 손을 들어 올려 손가락 끝에 입 맞췄다. 정중하게 입을 맞춘 그는 이번에는 그 끝을 살며시 이로 깨물었다. 아플 정도는 아니었으나 이상하게 간지럽고 부끄러워 시선을 피해 버렸다.

이어 천천히 손을 깍지 낀 황제가 물었다.

"일란, 정말 그대인가?"

"그렇습니다."

부끄러움에 시선을 마차 천장에 고정한 일란이 대답했다.

"날 보고 답해 줘."

그제야 머뭇거리며 시선을 내리자, 진지한 금색 눈동자가 보였다.

"정말 일란, 그대인가?"

"네, 맞습니다."

일란은 간신히 목소리를 끄집어냈다. 깍지 낀 손을 당장이라도 뿌리치고 싶기도 했고, 아니기도 했다. 마음이 풍랑을 만난 배처럼 흔들렸다. 원래 자신을 좋아한다는 건 알고 있었지만, 마지막 헤어지는 순간까지 이렇게 가까이 접촉한 적은 없었다. 그래서 그런지 너무나도 어색했다.

황제의 금색 눈이 왈칵 무너지더니 이내 물기가 맺히기 시작했다. 그러더니 굵은 눈물을 뚝뚝 흘리기 시작했다. 매끄러운 뺨을 타고 흘러내린 눈물이 턱에 맺혔다가 아래로 떨어져 내렸다.

그 모습을 본 일란은 자신의 눈을 의심했다. 그가 눈물을 보이다니. 아무래도 진짜 꿈인 게 아닐까? 생전 처음 겪는 상황에 머릿속이 혼란스러워졌다. 그리하여 황제를 가만히 바라보고 있자니 나직한 그의 목소리가 들려왔다. 파르르 떨리는 목소리가 지금 그가 느끼고 있을 감정을 알 수 있게 해 주었다. 불안한 모양이었다.

"수척해졌어."

그의 시선이 조심스럽게 뺨에 닿아 왔다. 얼굴선을 따라 시선을 움직이다가 내뱉는 말이 마냥 안타깝게만 느껴졌다. 이런 말도 할 수 있는 사람이던가. 자신을 걱정하는 모습에 당황했다. 그러나 차분히 생각해 보니 그라면 할 법한 말이었다.

하지만 예전엔 그냥 듣고 넘겼던 말이 이상하리만치 간지러웠다. 일란은 저도 모르게 입꼬리가 솟아오르려는 걸 간신히 억눌렀다.

'웃을 때가 아니다만.'

이어 황제는 깍지 낀 손을 움직이며 말했다.

"손가락이 멀쩡해서 다행이야."

"손가락이요?"

뜻밖의 말에 놀라 되묻자 황제가 다시 어깨에 얼굴을 묻었다. 그러더니 어리광을 부리듯이 비볐다.

"그들이 잘린 손가락을 보내왔어."

그 말에 일란은 놀란 표정으로 자신의 손가락으로 시선을 내렸다. 자신의 손가락은 무사히 제자리에 있었다. 그러면 누구의 손가락을 황제에게 보냈단 말인가.

"아니라는 걸 알면서도 손가락이 하나씩 늘어날 때마다 불안해졌다."

그야 그럴 수밖에. 자신도 친밀한 사람이 그런 일을 당한다면 가슴이 내려앉을 것이다. 게다가 황제는 자신을 사랑한다 하지 않았던가.

"전부 가짜라고 생각했지만, 혹시 내가 알아보지 못한 진짜가 섞여 있으면 어쩌지?"

"폐하."

"실제로 어디선가 고통받고 있다면?"

"폐하."

일란은 차분하게 황제를 불렀다.

"생각하면 할수록 불안해졌다. 그동안 조금도 후회하지 않았던 과거마저 되돌리고 싶을 정도로."

그 말에 일란은 놀란 듯 눈을 크게 떴다. 황제가 자신을 사랑하는 건 알고 있었다. 하지만 그 정도란 말인가. 지금까지 해 온 모든 것을 뒤집어엎어서라도 자신을 구하고 싶었나. 혹독한 어린 시절을 보내고 간신히 손에 넣은 것들이었을 텐데.

그 마음이 지나치게 무거웠다. 깊은 땅속으로 가라앉는 것만 같았다. 그러면서도 그게 마냥 싫은 것도 아니었다. 자신도 뭐라 정의 내릴 수 없는 마음이 한편에서 점점 부피를 불려 갔다. 그리고 그것은 이내 속에서 터져 밖으로 흘러내리기 시작했다.

일란은 먼저 황제와 깍지 낀 손을 조심스럽게 떼어 냈다. 그는 떨어지기 싫은 모양이었으나 자신이 하려는 대로 따라 주었다. 자신이 싫어하는 행동을 했다가 미움받는 쪽이 더 싫은 모양이었다.

그 모습이 어쩐지 애틋하여 새어 나온 감정이 요동쳤다. 그리고 일란은 그런 감정을 느낀 자신에게 놀랐다. 분명 황제가 싫어서 도망치듯 수도를 떠나 몇 년간 숨어들었다. 그는 본인의 욕구를 충족시키기 위해 자신을 배려하지 않았기에 자신을 잃었다.

언젠가는 잡혀서 만날 것도 각오했었지만, 이런 것까지 예측하진 못했다. 당시 타인을 배려하지 못했던 황제는 이제 없었다. 다른 이에게는 어떨지 몰라도 최소한 자신에게는 그 태도를 달리했다. 아이들은 다시 만들면 된다던 황제도 지금 여기엔 없다.

일단 일란은 황제에게 가장 궁금했던 것을 물었다.

"아이들은 잘 지내고 있나요?"

"잘 지내고 있다. 의외로 배우는 것을 제법 좋아하더군. 리안은 검술 수업을 제일 좋아하고, 엔릴은 역사를 좋아한다."

"벌써 수업을 시킨다고요?"

"필요한 일이었다. 황녀와 황자의 자리를 확고하게 하자면 뭐라도 할 필요가 있었어."

"……그러면 어쩔 수 없지요."

거기까진 예상 가능한 정도였다.

"그리고 둘 다 엄마를 보고 싶어 해."

가족끼리 이렇게 오래 떨어져 있는 게 처음이니 그럴 만했다.

"저도, 저도 아이들이 보고 싶어요."

일란은 가라앉은 목소리로 말했다. 그 모습을 바라보고 있던 황제가 머뭇거리다 말을 덧붙였다.

"그리고 나도 보고 싶었다."

물기가 어려 있던 금빛 눈동자에서 당장이라도 다시 눈물이 굴러떨어질 것만 같았다.

"답은 해 주지 않아도 좋다. 그대만 무사하다면 나는 그로도 만족이야."

이어 나온 말도 일란에게는 아프게 다가왔다. 그랬기에 더 가까이 다가와 이마를 맞대는 황제를 말리지 못했다. 해후의 기쁨에 젖어 있던 황제의 표정이 점차 어두워졌다.

"열이 나는군."

무어라 대답해야 할지 몰라 가만히 있자니 이제는 황제의 표정이 아예 일그러졌다.

"어디가 아픈가? 그러고 보니 처음 그대가 사라졌을 때 바닥에 피가 많이 흘러 있었다. 상처는, 상처는 괜찮은가?"

일란은 최대한 담담한 태도로 말했다.

"괜찮아요."

하지만 황제는 그 말을 믿기 어려운 모양이었다.

"아픈 곳도 없는데 열이 날 리가 있나. 어딜 다쳤지?"

방금 전까지만 해도 젖은 눈으로 세상 가련해 보이던 황제는 지금 눈앞에 없었다. 지금 앞에 있는 이는 사람들이 잔혹하고 무시무시하다 일컫던 황제였다.

"지금은 괜찮아요."

"다치긴 했었다는 소리군. 어디지?"

황제는 대답해 주기 전까지는 절대 물러나지 않을 것만 같았다. 일란은 망설이다가 결국 조심스럽게 상처 부위를 알려 주었다.

"옆구리 부분을 조금 다쳤습니다."

당시를 생각하면 조금 다친 게 아니었다. 운 좋게 내장을 피해 가서 그렇지 피를 더 흘렸다면 위험했을 것이다. 그렇다고 그를 곧이곧대로 황제에게 말할 수는 없었다.

"옆이라고."

일란의 말이 끝나기가 무섭게 황제의 손이 옆구리에 와 닿았다.

"괘, 괜찮다니까요!"

당황했으나 황제도 물러서지 않았다.

"보여 줘."

"보여 줄 수 없습니다."

이 남자가 뭐라는 거야? 일란이 어처구니없다는 표정으로 거절했지만 황제는 집요했다.

"어째서 보여 줄 수 없다는 거지?"

그야 상처를 본 뒤 황제가 어떻게 반응할지 뻔했으니까. 그리고 상식적으로 남의 옷을 들춰 보겠다는 게 말이 되는 소린가. 일란은 고개를 내저었으나 이내 다시 촉촉이 젖어 드는 금색 눈동자에 숨을 멈췄다. 어쩐지 그가 울면 안절부절못하게 된다. 황제가 어떤 사람이라는 걸 알면서도 마음이 흔들렸다.

"난 그저 그대가 무사한지 걱정이 될 뿐이야. 혹시라도 상처가 덧나면 어떻게 되는지 알지 않는가."

"그건 알지만."

"일란."

안 돼. 이건 도저히 버틸 수 없다. 일란은 눈을 질끈 감으며 방금 본 모습을 떨쳐 버리려 애썼으나 쉽지 않았다. 머리를 흔들어도 애처로운 황제의 모습이 이미 눈에 박혀 버렸다.

그리고 그러는 사이, 슬그머니 내뻗은 황제의 손이 일란의 옷을 들어 올렸다. 평범한 여성에게 했으면 뺨이라도 한 대 맞았을 만한 행동이었다.

"폐하!"

일란이 놀라 외쳤으나 황제는 아무런 답도 하지 않았다. 그저 어두운 표정으로 일란의 살갗을 바라볼 뿐이었다.

"아팠겠군."

무엇에도 무너질 것 같지 않았던 카일의 목소리가 떨려 왔다.

"이 정도는 아무렇지 않습니다."

"어떻게 아무렇지 않단 말인가!"

"폐하, 저는 기사였습니다."

비록 유유자적 살아가는 게 목표였던 기사라고 하나, 기사였다. 많은 대가를 누리는 대신 강적을 앞에 두고 물러서지 않으며, 약자를 보호하는 기사 말이다. 이 정도 상처는 놀랄 만한 것도 아니었다.

"……지금도 기사다. 아직 사직서는 받지 않았어."

"네?"

진작에 처리한 줄 알았는데. 일란이 놀란 표정으로 바라보자 카일이 변명하듯 말을 이었다.

"당시엔 그걸 그대를 묶어 둘 수 있는 수단이라고 생각했다."

"지금은요?"

"그대는 그걸로도 묶어 둘 수 없어. 그걸 알았지."

"알고 계신다니 다행입니다."

일란은 한숨을 내쉬며 황제에게 말했다.

"중요한 건 그게 아니지. 상처는 정말 괜찮은 건가? 반란군이 제대로 치료를 해 주던가?"

"네."

"치료를 해 줬다고?"

황제가 의문을 가지는 건 이상한 게 아니었다. 레온하르트에 대해 알지 못한다면, 이상한 부분이 보일 수밖에 없었다.

"다행이긴 하지만."

기묘한 표정의 황제를 보며 일란은 올라갔던 옷을 다시 끌어 내렸다.

"최대한 빨리 구해 주겠다. 그러니 기다려라."

"늦으면 스스로 탈출할 겁니다."

이미 한 번 시도는 해 봤다. 비록 실패하고 상처가 다시 악화되긴 했지만. 황제가 구하러 온다고 해서 비련의 여주인공처럼 가만히 있을 생각은 없었다. 기회만 난다면 자신은 다시 탈출을 시도할 터였다.

"그 전에 도착하도록 하지."

"노력하십시오."

그리 대답하는 일란을 뚫어져라 바라보던 황제는 이내 시선을 돌려 주위를 둘러보았다. 사방이 가로막힌 마차 안. 창문은 판자로 막혀 있어 밖이 보이지 않았다. 꿈이 연결될 정도라면 아주 멀지는 않단 소리인데, 창문이 가로막혀 있어 위치를 특정하기가 어려웠다.

"혹시 여기가 어딘지 아나?"

그 말에 일란은 씁쓸한 표정으로 고개를 내저었다.

"저도 모르겠습니다."

일란은 정확한 지명을 모르고 있었으나 황제는 알고 있었다. 목적지가 히스산맥의 길 중 하나였으니 분명 그리로 가는 길 중 하나일 터였다. 문제는 어디서 출발하여 히스산맥으로 가는지 알 수 없다는 데 있었다. 수도 부근에서 출발했는지, 다른 방향에서 출발했는지만 알아도 좋을 텐데.

황제가 최대한 정보를 수집하려는 사이, 갑자기 일란의 몸에 충격이 느껴졌다. 누군가가 자신을 깨우려 하고 있었다.

"일어날 때가 되었군요."

"일란?"

뒤늦게 상황을 눈치챈 황제가 일란의 이름을 불렀다. 그러나 그런다고 해서 변하는 건 없었다. 시간이 촉박했다.

"그럼 기다리겠습니다."

그렇게 말한 일란이 말을 덧붙였다.

"잠시만 기다릴 거지만요."

그게 어처구니가 없기도 하여 황제는 피식 웃어 버렸다.

"최대한 빠르게 달려가지."

"노력하십시오. 하지만 만약 상황이 여의치 않다면."

일란은 황제를 똑바로 바라보았다.

"절 버리십시오."

"일란?"

"최선의 방법을 택하라는 겁니다."

자신이 황제를 죽이기 위한 미끼임을 알고 있었다. 그를 빌미로 반란군은 황제를 끌어내는 데 성공했다. 제일 좋은 방법은 황제가 자신을 빠르게 구하고, 황궁으로 돌아가 반란에 대비하는 것이다. 하지만 그게 불가능하다면 하나는 포기하는 게 나을지도 몰랐다. 그게 비록 자신이 되더라도. 딱히 목숨을 포기하려는 건 아니었다. 다만 그보다 소중한 걸 지키기 위함이었다.

"그럴 수는 없다. 나에겐 그대를 구하는 게 최선의 방법이야."

"아니란 걸 아시지 않습니까?"

"무슨 소리를 하는지 모르겠군."

황제는 모르는 척을 하고 있었다. 황제의 심정을 이해 못 하는 건 아니었으나 자신에게도 포기하지 못하는 게 있었다.

아이들의 안전.

"모르는 척하지 마십시오."

애도 아니고. 일란은 한숨을 내쉬며 황제를 바라보았다. 그는 눈썹을 내리깔고 아래를 바라보았다. 시선을 마주치고 싶지 않은 모양이었다.

"모르는 척하는 게 아니다. 나는 진정으로 그대가 무슨 말을 하는지 모르겠다."

"폐하."

"일생에 단 한 명. 가지고 싶은 사람인데 죽게 내버려 두라니. 그럴 수는 없다."

일란은 그 말에 말문이 턱 막혔다. 더는 흘러넘치는 감정을 숨길 수 없었다.

"죽지 않겠습니다."

"그걸 내가 어떻게 믿나."

"반드시 살아남아 보일 테니……."

"말은 그리해도 아이들을 위해서라면 목숨도 버릴 수 있지 않나."

황제는 자신을 정확히 보고 있었다. 하지만 자신도 아무런 생각 없이 이러는 건 아니었다. 아이들을 위해 목숨도 바칠 수 있었지만, 그들만 남겨 두는 것도 불안했다. 최선은 죽지 않고 살아남아 돌아가는 것이다. 지금 하는 이야기는 어디까지나 최악의 상황에 대한 대응일 뿐이었다.

'괜히 이야기했나.'

황제는 물러날 생각이 없어 보였다. 꿈의 세계가 서서히 무너져 내리고 있었다. 이제 얼마 지나지 않아 자신은 깨어날 테고, 더는 황제와 이야기를 할 수 없게 된다. 일란은 깊게 숨을 들이켜고 마음을 굳혔다. 더는 모든 것을 외면하고 있을 생각은 없었다. 그리고 필요하다면 그 무엇이라도 써먹을 것이다.

"폐하, 저는 살아 돌아갈 겁니다."

믿는 바도 있었다. 아무리 자신이 황제를 끌어낼 미끼라고 하나 반란군이 레온하르트와 손을 잡고 있는 이상, 쉽게 죽일 수는 없을 터였다. 레온하르트가 자신의 무사를 원하고 있었으니까.

"그러니 아이들을 지켜 주십시오."

"그럴 수 없다."

황제는 고집스럽게 고개를 내저었다.

"고집부리지 마십시오."

"그건 내가 할 말이다."

"이럴 시간이 없습니다!"

"알고 있다. 그대는 정말 고집이 세군."

고집이 센 건 그쪽이고! 그리 외치고 싶은 걸 참은 일란이 다시 입을 열려는 순간, 황제가 먼저 말을 가로챘다.

"그래도 나는 이런 그대가 좋아."

왜 하필 이런 모습이 좋다는 건데? 막 말을 꺼내려던 일란은 도로 입을 다물었다.

"그러니 포기하라고 하지 말아 줘."

무너져 내리는 황제의 모습에 일란의 마음 또한 같이 무너져 내렸다.

"좋아한다면 제 말을 들어주세요, 폐하."

다정한 목소리가 황제의 귓가에 울렸다.

"아니, 카일."

그 말과 함께 꿈의 세계가 무너지는 속도가 빨라졌다.

"부디 오지 마세요."

그럴 수 없다는 걸 알면서, 자신이 사랑하는 여인은 너무나도 잔혹한 소리를 하고 있었다. 그러나 오랜만에 다시 들은 자신의 이름에 놀라 아무런 답도 하지 못했다. 그저 뒤늦게 한탄하듯 말할 뿐이었다.

"그대는 왜 하필 이럴 때 이름을 불러 주는 건가."

일란은 그저 살며시 웃어 보일 뿐이었다.

"어째서."

꿈이 무너져 내렸다.

일란은 눈을 번쩍 떴다. 삐거덕거리는 몸을 간신히 추스르며 양팔로 상체를 끌어안았다. 온몸에 식은땀이 흘렀다.

"괜찮습니까?"

바로 옆에서 알베르의 목소리가 들려왔다.

"자는 것치고 식은땀을 너무 많이 흘려서 걱정했습니다."

그러고 보니 마차의 반대편 의자에 의원도 앉아 있었다. 아무래도 그와 알베르가 자신을 보살피고 있었던 모양이었다.

"어떻지?"

"깨어난 걸 보니 괜찮을 듯합니다."

"정말?"

"저는 거짓을 말하지 않습니다."

"그러면 다행이군."

대화를 마친 알베르가 일란에게 불쑥 그릇을 내밀었다.

"약입니다."

"필요 없습니다."

무슨 약인 줄 알고 받아 마신단 말인가. 일란이 거절했으나 알베르도 물러서지 않았다.

"잘못하다가 시체를 치우게 되길 원하진 않습니다. 얼른 마시오. 아니면 도움이 필요합니까?"

능글맞은 그 말에 일란은 떨리는 손으로 약그릇을 낚아챘다. 그리고 한 번에 약을 삼키고는 날카로운 시선으로 알베르를 노려보았다.

"도움은 필요 없습니다."

"그래 보입니다."

마냥 얄미운 알베르를 보던 일란은 곧 한 가지 사실을 깨달았다. 몸이 떨리긴 하나 출발 당시보다 잘 움직이고 있었다. 갑자기 자신의 몸 상태가 나빠져서 몸을 마비시키는 약을 더 쓰는 걸 그만둔 모양이었다. 대신 감시인이 하나 더 늘었지만.

늘어난 감시인은 베른이었다. 그는 여러모로 못마땅한 모양이었으나 착실하게 자신을 감시했다. 몸의 자유는 찾았으나 감시인이 그인지라 좋아해야 할지, 말아야 할지 모르겠다. 베른 또한 알베르 정도는 아니더라도 뛰어난 실력자였기 때문이다. 특히 타고난 체구에서 솟아나는 힘은 자신도 쉽게 무시할 수 없었다.

마차는 하루 정도 더 내달렸다. 그리고 드디어 목적지에 도착했다.

"도착했습니다!"

밖에서 소리가 들려오자 알베르가 먼저 마차 문을 열고 밖으로 나갔다. 그러고는 손을 내밀며 말했다.

"내리시지요."

물론 일란은 이번에도 에스코트를 깔끔하게 무시했다. 애초에 에스코트란 걸 받아 본 적도 없었다. 어려서는 뒷골목을 누볐고, 좀 더 자라서는 용병 휘하에서 버텼다. 그리고 커서는 기사가 되었으니 에스코트를 해 줬으면 모를까, 받은 적은 없었다.

그들이 도착한 곳은 일란도 모르는 장소가 아니었다.

'히스산맥.'

그곳에 이어진 산 중 하나인 모양이었다. 예전에 수도에서 도망칠 때 거쳤기에 잘 알고 있었다.

황제가 자신의 말을 따라 줄까? 거기까지 생각하던 일란은 입술을 지그시 깨물었다. 마지막 반응을 그렇게 보이긴 했지만, 그가 물러나는 건 상상이 되질 않았다. 그렇다면 최선은 자신이 혼자서라도 빠져나가는 것이었는데, 상황을 봐서는 그것도 어려울 것 같았다. 사방이 틀어막힌 느낌이었다.

앞장서 자신을 안내하는 알베르의 얼굴에는 아무런 표정도 떠올라 있지 않았다. 그렇지만 그 안에 담긴 증오는 충분히 읽어 낼 수 있었다.

'카일.'

일란은 오랜만에 다시 부르게 된 황제의 이름을 되뇌었다. 어쩌면 방금 전 꿈이 마지막 만남이 될지도 몰랐다. 아이들이 걱정되었다. 그리고 뒤늦게 아쉬움이 느껴졌다. 이럴 줄 알았으면 황제에게 더 많은 것을 따지고, 화를 내 볼걸. 감정을 토로해 내고 부딪쳐 볼걸. 그런 아쉬움.

"잠시 여기에 머무를 겁니다."

그래도 이미 늦었다. 이제 남은 것은 최선을 다하는 것뿐이었다. 상황이 이렇게 되어도 아직은 포기한 게 아니었다. 일란의 푸른빛 눈동자가 반짝였다.

"이번에는 얌전히 계시길 바랍니다."

낡은 오두막에 일란을 밀어 넣은 알베르가 경고를 했다.

"노력은 해 보지요."

"반드시 그래야 할 겁니다. 설사 뒤에 누군가가 있더라도 더는 목숨을 보장해 드리지 못합니다."

복수에 눈이 먼 알베르는 잠시 이성을 잃은 듯했다. 무리도 아니었다. 그 오랜 시간 동안 버텨 온 끝에 황제를 끌어내는 데 성공한 것이다. 이번 기회를 놓치면 또 언제 다시 그를 죽일 수 있게 될지 몰랐다. 알베르로서는 절대 놓치고 싶지 않았다. 그를 위해서라면 일란의 목숨을 내던질 수도 있었다. 설사 레온하르트가 분노하더라도 그는 황제가 죽은 뒤의 일이 될 것이니까.

"그러니 제가 이성이 있을 때 가만 계십시오."

일란은 아무 대답도 하지 않았다.

쾅.

이어 문이 닫혔다. 낡았다고는 하나 중간에 보수를 했는지 오두막은 사방이 막혀 있었다. 그 흔한 창문 하나 제대로 보이지 않았다. 살짝 벽을 두들겨 보니 뚫거나 부술 만한 두께는 아니었다. 보나 마나 바깥에 감시인이 있을 테고, 탈출은 쉽지 않을 듯했다.

일단 어떤 식으로 황제를 끌어낼 셈인지 추측해 보았다. 단순히 자신의 목에 칼을 들이대고 황제만 이리 오라 할 리가 없었다. 그랬다가는 황제를 죽이더라도 후폭풍을 무시 못 할 테니까. 뒤가 없는 이들이라면 굳이 레온하르트와 손을 잡지도 않았을 터였다.

그렇게 생각했지만, 알베르의 행동만 본다면 진짜 그럴 가능성도 아예 배제할 수만은 없었다. 무엇보다 황제라면 그런 상황에서 기꺼이 올 것 같았다. 그러니 어찌 걱정되지 않겠는가. 일란은 최선의 방법을 위해 열심히 궁리했다.

황제가 눈을 떴다. 잠시 이동하는 사이에도 마차에서 향을 피우고 일란을 찾았다. 그리고 그 덕에 오랜만에 그녀를 다시 만날 수 있었다. 다행히 신체적으로 큰 손상은 없어 보였지만, 몸이 많이 약해져 있었다. 인질치고는 대우가 나쁘지 않단 걸 알지만, 그래도 반란군을 용서할 수 없었다. 그리도 소중한 사람을 함부로 대하다니.

 애초에 왕국에서 먼저 제국의 황족과 손을 잡고 자신을 죽이려 하지 않았다면 손대지도 않았을 것이다. 자기들의 죄는 모르고 복수에 날뛰는 꼴이라니. 황제는 으득 이를 갈았다.

 그러다 이어 꿈속에서 보았던 일란을 떠올렸다. 그는 당시 만져 보았던 그녀의 피부 감촉을 되새기며 손으로 얼굴을 가렸다. 사랑하는 사람은 어찌 이리 잔인한가. 자신이 일란을 포기할 리 없지 않은가.

 목숨을 포기하지 않겠다 시원스레 말했지만, 위험한 상황에 몸을 던지는 사실은 변하지 않았다. 차라리 일란이 여느 귀족 영애와 같았으면 좀 더 안전했을까. 아니, 그랬으면 사랑에 빠지지도 않았을 것이다.

 "일란."

 그런 일란을 죽게 만들 수 없었다. 아이들에게도 자신에게도 일란은 더없이 소중한 존재였다. 더는 그녀 없는 하루를 보내기 싫었다. 이렇게 허무하게 잃을 수는 없었다. 그러니 어찌겠는가.

 "구해야지."

 무슨 일이 있어도 구해서 다시 평온하던 때로 돌아가고 싶었다. 일란은 불만스러운 표정으로 자신을 노려보고, 아이들은 자신과 함께 놀다 잠이 들곤 했다. 그마저도 자신에겐 행복이었다. 그러니 이대로 포기할 수는 없었다. 무슨 일이 있더라도.

 황제는 마차의 창을 열고 외쳤다.

 "좀 더 속력을 높여라!"

이미 중간부터 보병과는 속도 차이가 나서 말을 탄 이들만 앞선 상황이었다. 하지만 그림자 기사는 황제의 명을 충실하게 따를 뿐이었다. 내달리던 말의 속도가 더 빨라지며 약속된 함정으로 향했다.

황제의 궁. 황제의 방 바로 옆방의 창가에서 작은 아이 하나가 밖을 내다보고 있었다. 아빠랑 엄마의 좋은 점만을 닮아 더없이 사랑스러운 아이는 푸른 눈을 깜박이며 말했다.

"뭔가 이상해."

"응?"

리안은 창밖을 내다보고는 미간을 찌푸렸다. 평소 황제의 궁을 지키던 사람들의 수가 늘어나 있었다. 어린 아이가 보기에도 확연히 차이가 날 정도였다. 게다가 어젯밤에는 황제가 자신들을 보러 오지 않았다. 가끔 하루 정도 오지 않는 일도 있긴 했으나 어쩐지 기분이 좋지 않았다.

"기분이 나빠."

"불길한 예감이 들어?"

"불길한 예감?"

리안이 입술을 삐죽 내밀며 엔릴에게 물었다. 원래도 동생에 비해 감이 좋은 아이였는데 저번 바람궁 습격 사건으로 인해 더 예민해졌다. 다른 이들은 일란의 납치 때문에 미처 거기까진 신경 쓰지 못하고 있었으나, 동생인 엔릴은 알고 있었다.

"나쁜 일이 일어날 것 같으냐는 거야."

"어쩌면 그럴지도."

리안은 그리 말하며 고개를 갸웃거렸다. 황제의 궁으로 옮겨 온 뒤 환경은 더없이 좋아졌다. 그러나 일란이 없는 것 때문에 둘은 깊은 불안을 가지고 있었다. 잠시 고민하던 엔릴이 해답을 내놓았다.

"밀레카한테 말할까?"

그나마 황궁에서 황제나 일란을 제외하고 가장 의지하는 사람이었다. 그러나 그런 엔릴의 말에 리안이 고개를 내저었다.

"밀레카도 알 거야."

왜냐하면 갑자기 분위기가 바뀐 건 밀레카가 제일 먼저였기 때문이었다. 평소보다 분위기가 딱딱해 보였으며, 다른 이들에게 뭔가를 지시하는 경우가 늘었다.

"그럼 괜찮지 않을까?"

엔릴은 그렇게 말하며 누나의 등을 토닥여 주었다.

"으음. 그런가?"

리안도 그제야 조금 안심이 되는 듯했다. 그리고 나니 이번에는 다른 문제가 생겼다.

"엄마 보고 싶어."

상당 기간 동안 보지 못한 엄마가 보고 싶어졌다. 셋은 언제나 같이 살았기에 이리 오래 떨어져 있었던 적이 단 한 번도 없었다.

"나도."

"폐하가 찾아 준댔는데 언제 찾아 주는 거야?"

리안이 입술을 삐죽 내밀며 불만을 말했다.

"그러게. 너무 늦네."

둘은 창밖을 바라보며 도란도란 대화를 나누었다. 황제는 아이들에게 자신을 아빠라 부르라 하였다. 하지만 일란이 사라지기 전에 폐하라고 부르라 하였다. 그러니 아이들은 아빠란 호칭은 당분간 보류하기로 하였다. 아버지란 호칭도 마찬가지였다. 엄마인 일란이 돌아오면 그때 물어보고 호칭을 바꿀 생각이었다.

"엄마가 빨리 돌아왔으면 좋겠다."

"나도."

리안은 동생인 엔릴에게 기대며 작은 손을 꽉 잡았다. 애써 태연한 척하려 해도 쉽지 않았다. 언제나 곁에 있어 주던 일란이 없기 때문이다. 그런 건 밀레카에게도 전부 말하지 못했기에 자연 둘은 더욱더 서로를 찾게 되었다.

똑똑.

그때, 누군가가 방문을 두드렸다.

"밀레카네."

눈치 빠른 리안이 그렇게 말하며 창가에서 떨어졌다. 과연 문이 열리고 들어선 이는 리안의 예측처럼 밀레카였다.

"여기 계셨군요."

"응! 그러고 보니 검술 수업 시간이네?"

뒤늦게 깨달은 리안이 잽싸게 준비하려는 걸 보며 밀레카가 만류했다.

"당분간은 수업을 쉬기로 하였답니다."

"당분간? 언제까지?"

"폐하께서 돌아오실 때까지요. 엔릴 님 수업도 마찬가지로 쉬게 됩니다."

눈가를 부드럽게 휘며 하는 말에 리안은 손에 들었던 아이용 목검을 내려놓았다.

"그리고 또 드릴 말씀이 있답니다."

밀레카는 몸을 숙여 눈을 맞추고 아이들에게 말했다. 이야기를 듣던 아이들은 눈을 동그랗게 뜨다가 고개를 끄덕였다. 여러모로 걱정했던 것과는 다르게 금방 이해하고 동조했기에 밀레카는 가슴을 쓸어내렸다.

그게 황제가 황성을 떠난 지 하루 뒤의 일이었다. 그리고 황제가 떠난 자리를 노리고 있던 반란 가담자들이 활동하기 바로 전의 일이기도 했다.

황제궁은 유례없을 정도로 경비를 단단히 하고 있었다. 황제가 자리를 비운 지금, 황족의 핏줄을 이은 이들은 여기에 머무는 황녀와 황자뿐이기 때문이었다.

밀레카는 처음 만났을 때에 비해 훨씬 영리해진 아이들을 떠올리며 창밖을 내다보았다. 저 멀리서 일단의 무리들이 황제궁으로 몰려들고 있었다.

"폐하가 자리를 뜬 지 이제 하루가 지났건만."

무슨 일이 생겨도 황제가 기한 내로 돌아오지 못할 이 시간. 그들은 움직이고 있었다. 미리 예측하고 있던 상황이긴 하나 기가 막히기도 했다.

"정해진 위치로."

그런 밀레카의 뒤로 일부 남은 그림자 기사들이 서 있다 흩어졌다. 그리고 이어 한 남자가 다가와 밀레카에게 말했다.

"준비는 다 되었습니다."

"부단장님."

1기사단의 부단장이었다. 우직하며 성실하긴 하나 존재감이 작던 이였다. 그리고 황가에 충성을 맹세한 이이기도 했다. 어떤 상황이 오더라도 배신할 이는 아니었다.

"그런데 정말 단장님이 폐하께 반기를 드는 겁니까?"

그 말에 돌아본 밀레카가 부단장을 물끄러미 바라보았다.

"폐하께 그리 충성을 바치던 분이십니다. 믿을 수가 없습니다."

"사람의 마음만큼 믿을 수 없는 건 없지요."

"그렇다면 저희의 충성도 믿지 못하시는 겁니까?"

"반대로 사람의 마음만큼 믿음이 가는 것도 없지 않습니까?"

"말장난이군요."

부단장은 깊게 한숨지었다.

"일단 손님을 맞이하러 가야겠군요."

밀레카는 이제 시녀복을 입지 않았다. 거기에 무기까지 들고 있으니, 영락없는 그림자 기사의 모습이었다. 꼿꼿하게 걸어가는 등에는 그녀만의 신념이 묻어났다. 흔들리지 않는 충성. 그 모습을 보며 부단장도 등을 쭉 폈다.

"황가를 위하여."

이제 같은 기사에게 검을 들이밀게 될지라도 마음이 흔들리진 않을 터였다. 비록 같은 핏줄을 죽이고 황제가 된 이라고 하나, 황가는 이어져야 했다.

착.

부단장은 굳은 의지가 담긴 발걸음으로 걸어 나갔다. 이제 그가 멈추는 일은 없을 것이다.

 잠시 뒤돌아본 밀레카는 그런 부단장을 보며 피식 미소 지었다. 그리고 턱 밑의 마스크를 끌어 올렸다.

 '자, 그림자 기사로 돌아갈 시간이다.'

 끼익.

 황제궁의 커다란 문이 열렸다. 그 안에서 걸어 나온 밀레카는 가장 앞에 선 남자를 바라보았다.

 "어쩐 일이십니까, 크레센트 공작님?"

 밀레카가 단장 대행을 맡고 있기에 이렇게 불렀다.

 "어긋난 일을 바로잡으려고 합니다."

 "어긋난 일이라. 그게 무엇인지 여쭈어도 되겠습니까?"

 "아시지 않습니까? 황가를 무너트리고 그 자리에 들어앉은 짐승 같은 이를 끌어내리고자 합니다."

 그 말에 밀레카의 눈이 다른 의미로 휘었다.

 "그런 이가 어디에 있는지 모르겠군요."

 "황제 말입니다."

 미처 억누르지 못한 감정이 레온하르트의 말에 묻어 나왔다. 분노, 슬픔, 증오 등. 부정적인 감정이 조용한 공간에 울려 퍼졌다. 그사이 밀레카의 뒤쪽에도 미리 준비하고 있던 기사들이 자리 잡기 시작했다.

 "그분께서는 잘못된 황가를 바로잡으신 겁니다."

 실상 황제가 즉위한 뒤로 제국은 더 평화로워졌다. 전대 황실의 인물들이 하나같이 못났던 탓이다. 그러나 그 말에 물러날 정도라면 찾아오지도 않았을 것이다.

"그 반대겠지요."

"어차피 제가 뭐라 말해도 듣지 않으실 것 아닙니까?"

밀레카의 비아냥거림에 레온하르트는 아무런 대답도 하지 않았다.

"그냥 탁 까놓고 진심을 터놓지요."

"비켜라!"

으르렁거리는 듯한 목소리가 들려왔다. 평소의 레온하르트라고는 생각지도 못할 목소리였다.

"그래, 그러니까 훨씬 낫네."

밀레카도 예의는 집어던지기로 했다. 반란군에게 무슨 존대람. 추악한 민낯을 내보이는 이들에게는 반말도 아까웠다. 레온하르트가 저러는 이유도 알고 있긴 했으나 그게 어때서? 애초에 버림받은 황자를 이용해 먹기 위해 끌어들인 쪽은 그들 아니었나. 자기들이 하는 행동은 옳고, 아닌 이들의 행동은 틀리단 말인가? 웃기는 일이었다.

게다가 이들이 노리는 이가 누구인지 아니까 절대 물러설 수 없었다. 어려서부터 자라 온 환경이 그따위라 그런지 동물도 아이들도 자신을 따르지 않았다. 그런 자신에게 웃어 주었던 아이들은 황녀와 황자뿐이었다. 리안과 엔릴. 주군의 귀여운 후계자들. 그런 이들을 잡혀가게 내버려 둘 수는 없었다.

밀레카는 무기를 꺼내며 앞으로 한 발 나섰다. 그런 옆으로 부단장 또한 무기를 들고 섰다.

"그럼 싸워 보자고!"

레온하르트와 무기를 부딪치자 금속성의 소리가 크게 울렸다. 그를 신호로 반란을 꾀하는 이들과 그렇지 않은 이들이 붙어 싸우기 시작했다. 미리 방해가 될 만한 시녀나 시종은 다른 데 치워 놨기에 싸우기에 나쁜 환경은 아니었다.

"황가를 위하여!"

"그 황가는 잘못되어 있다!"

죽이고 죽이는 자들의 비명과 고함이 끊임없이 들려왔다. 같은 기사단원에게 검을 겨눠야 하는 기사도 있었으며, 한때는 같은 동기였던 이들도 있었다. 황제의 궁 앞마당이 금방 피로 물들기 시작했다.

밀레카는 혼신의 힘을 다해 레온하르트를 상대하고 있었다. 힘으로는 밀리지만, 기교는 밀레카 쪽이 좀 더 위였다. 그래서 그나마 버틸 수 있었다.

으득.

이를 악문 레온하르트가 검을 크게 휘둘러 밀레카를 밀쳐 냈다. 그사이 몇몇 사람이 밀레카에게 달려들었다. 얼떨결에 다른 이와 무기를 맞대게 된 사이, 레온하르트가 빠른 속도로 사람들을 헤치고 안으로 향하고 있었다.

"들어가지 못하게 해!"

밀레카의 말을 들은 부단장이 레온하르트의 앞을 가로막았다. 그의 표정은 참담해 보였다.

"단장님."

"부단장."

"지금이라도 돌이키기에 늦지 않았습니다."

"아니, 이미 늦었다."

"이건 잘못된 일입니다."

"그렇지 않아."

레온하르트는 매섭게 부단장을 공격하기 시작했다. 원래도 부단장은 레온하르트보다 하수의 실력을 지녔기에 막아 내는 게 쉽지 않았다. 하지만 그는 최선을 다했다.

"이런 황가를 지킬 필요가 있는가!"

레온하르트가 울분을 토해 냈으나 묵묵히 검을 받아 내기만 했다. 상처가 늘어남에도 그는 한 걸음도 비켜서지 않았다. 그러나 그도 한계는 있었다. 마침내, 결정적으로 큰 상처를 입은 부단장은 피를 쏟으며 그 자리에 쓰러졌다. 쓰러진 이는 그뿐만이 아니었다. 곳곳에 죽어 가는 사람이 늘어날수록 전투는 더 격렬해져 갔다.

"미안하다."

레온하르트는 그리 말하며 그 자리에 쓰러진 부단장을 확인 사살했다. 그는 훌륭한 수하였으나 결국 황가의 개에 불과했다. 살려 두면 끝까지 발목을 잡을 이였다.

부단장이 죽었음을 알게 된 밀레카가 가까이 접근하려 했으나, 방해가 너무 많았다. 반면 이제 레온하르트를 가로막는 자들은 별로 없었다. 그는 손쉽게 목적지에 도착했다.

강제로 열어젖힌 황제궁의 문을 지나 안으로 들어가 천천히 복도를 걸었다. 그동안 몇 번인가 지나왔던 길인데도 감회가 새로웠다. 그동안 레온하르트는 고개를 숙이고 황제의 개로서 이 길을 지나갔다. 그런데 이제는 아니었다. 부모님을 살해한 황제의 핏줄을 사로잡기 위해 지나고 있었다.

그 핏줄이 일란의 아이이기도 하다는 게 무척 안타까웠지만 당장은 어쩔 수 없었다. 아이들이 손에 들어오지 않으면 반란에 참여한 이들이 불만을 토해 낼 터였다. 아직은 그들이 필요했다. 그러니 아이들도 잡아야 했다.

"단장님."

그런 레온하르트의 앞을 기사 둘이 막아섰다. 1기사단 소속의 기사였다.

"정말 반란을 일으키시는 겁니까?"

레온하르트는 그 말에 피식 웃었다.

"그렇다면?"

"저희로서는 막아야겠지요."

그들은 늘어트리고 있던 검을 들어 올렸다.

"지금의 황제는 옳지 않아. 알지 않나."

"단장님의 행동도 옳은 건 아닙니다."

기사 중 하나가 일침을 놓고는 검을 휘둘렀다. 갑작스러운 기습이었으나 레온하르트는 쉽게 막아 냈다. 자신의 실력을 감추고 살았던 사람은 일란뿐만이 아니었다. 레온하르트 또한 자신을 감추고 숙이며 살아왔다. 평범하게 살고 싶다는 일란의 바람과는 다른 목적이 있었지만 말이다.

빠른 속도로 몇 차례 검을 나누면서 그들은 깨달았다. 자신들로서는 단장인 레온하르트를 이기지 못했다. 그러나 물러날 수 없었다. 바로 뒤에 있는 이들이 누군지 알고 있었으니까.

"황가를 위하여!"

황가. 저주스러운 황제가 속해 있는 황가.

황가에 충성을 바쳐야 한다고 말했던 이는 레온하르트였다. 황제의 눈을 속이기 위해서 몇 번이나 충성을 강조하며 외쳤다. 하지만 막상 그 문구를 듣게 되자 속에서 분노가 치솟았다. 황제는 기사들의 충성을 받을 자격이 없었다. 그런 이를 지키기 위해서 저들은 너무나도 쉽게 목숨을 내던졌다.

"끄으윽!"

성급히 달려들던 한 명이 검에 쉽게 목숨을 잃었다. 다른 하나도 상태는 좋지 않았으나 끈질기게 버텼다.

"어째서!"

그게 레온하르트를 더 분노케 했다.

"어째서 이러는 거지?"

"단장님도 아시지 않습니까!"

그의 말에 기사가 대답했다.

"지금의 평화를 누가 만들었는지요!"

모두 황제를 폭군이라 일컬어 왔다. 실제로 한 행동은 성군과는 거리가 멀었다. 그러나 그가 있었기에 썩어 가던 황가가 정리되었고, 제국은 굳건히 자리를 잡았다. 그 사실을 다른 이들이라고 모르지 않았다.

"거짓된 평화일 뿐이다!"

챙! 검과 검이 마주치며 날카로운 금속음이 났다. 레온하르트의 검술이 점점 더 난폭해져 갔다. 기사는 조금도 물러서지 않으려고 악을 썼으나 실력 차이가 너무 컸다. 그런데도 그는 부단장처럼 자신의 길을 지키려 하였다. 그 끝이 자신의 죽음이 될 것을 알면서도. 어리석은 짓이었다.

"허윽."

 마지막으로 앞을 지키던 기사가 쓰러지자 레온하르트는 깊게 한숨을 내쉬었다.

"후우."

 방해되는 이들을 전부 없앴으니 다시 앞으로 나아갈 때였다. 그는 아이들이 있으리라 추측되는 방문 앞에 섰다.

 어쩐지 예감이 좋지 않았다. 원래대로라면 이 안에 아이들이 있어야 할 터였으나, 가로막는 이가 너무 적었다. 누구도 지켜야 할 이 앞의 길을 터놓지 않는다. 적어도 밀레카는 이곳을 지켰어야 했다. 그만큼 뛰어난 실력자였으며, 단장 대행을 맡길 정도로 황제에게 신뢰받는 인물이었으니까.

 입술을 짓씹던 레온하르트는 그대로 문을 열어젖혔다. 아기자기하게 꾸며진 방에는 아무도 보이지 않았다. 방마다 살펴본 뒤, 혹시나 싶어 침대 아래나 옷장도 살펴보았다. 그러나 아이들은 없었다.

 까득.

 이를 악문 레온하르트는 그대로 발걸음을 돌렸다. 막는 이들이 적을 때부터 이상하다 여겼는데 벌써 황녀와 황자를 빼돌린 모양이었다. 가로막던 이들은 최소한의 구색을 갖춘 미끼에 불과했다.

 그렇다면 어떻게 해야 하지? 누군가를 사로잡아서 정보를 토해 내게 해야 하나? 쉽지 않을 것이다. 일반 기사들에게까지 위치를 알려 줬을 리는 없었다. 그렇다고 그림자 기사인 밀레카를 잡아서 물어봐야 하는가?

'그렇게 쉽게 될 리가.'

그림자 기사들은 기사라기보단 암살자에 가깝다. 고문과 추적에 능하며, 기사들이라면 질색할 잡학도 익히고 있었다. 게다가 고문에 강하기도 하였다. 잡아서 고문을 하는 정도로는 쉽게 정보를 털어놓지 않을 것이다. 차라리 이곳을 빠르게 정리하고 성문을 감시하는 게 나을 터였다. 그나마도 수도 어딘가에 몸을 숨기고 있다면 소용없겠지만.

레온하르트가 밖으로 뛰쳐나오자 여전히 전투 중이던 밀레카가 느긋하게 손을 흔들어 보였다.

"느긋하군."

일단 저 여자를 처리해야 할 것 같았다. 레온하르트는 망설임 없이 밀레카를 향해 발걸음을 옮겼다.

그렇게 황성에서 시작된 반란의 불길은 지방에까지 영향을 미쳤다. 마치 미리 준비하기라도 한 듯이 귀족파의 귀족들이 반란에 동조하겠단 의사를 내보였다. 병력을 모아 황제파 귀족을 습격하는 이들마저도 있었다. 그런 이들의 배후에는 라온 후작이 있었다.

"이제 돌이킬 수 없어."

라온 후작은 작게 중얼거리며 방 안을 서성였다. 병력을 더해주는 건 어렵지 않았으나, 이렇게까지 적극적으로 나설 생각은 없었다. 원래라면 애송이 공작이 이용하여 황제를 처리하고 떨어지는 이득만 취하려 했건만.

애송이 공작은 보기와는 달랐다. 정의로워 보이는 외모 속에는 뱀이 똬리를 틀고 앉아 있었다. 그에게 약점이 잡힌 이상 자신의 뜻과는 다르게 적극적으로 움직일 수밖에 없었다. 그 때문에 다른 귀족들을 찾아다니며 섭외하고 오늘에 맞춰 움직일 수 있게 만들었다.

그나마도 몇 년 전이었으면 이런 행동은 상상도 하지 못했을 것이다. 언제부터인가 황제가 여자로 인해 허술해지고, 밖으로 나돌기 시작하면서 귀족파를 야금야금 늘릴 수 있게 되었다. 최근 들어 황제가 다시 고삐를 조이기 시작했으나 이미 늦었다.

"그래."

이제는 돌아갈 수 없었다. 황제와 황녀, 황자는 반드시 죽어야 했다. 그러지 않으면 자신에게도 미래는 없었다.

그렇게 타오르기 시작한 불길은 쉽게 가라앉을 것처럼 보이지 않았다.

모든 일이 급박하게 돌아가고 있었다. 반란군이 말했던 시간은 이틀 뒤 정오. 말을 내달리면 아슬아슬하게 도착할 수 있는 시간이었다. 그래도 마음이 불안한지라 황제는 최선을 다해 속력을 내고 있었다. 일란의 생존 여부를 확인한 뒤로는 마차도 버렸다. 그도 말에 올라타 빠르게 달리기 시작했다.

말을 탄 이들 중에서도 낙오자가 발생하기 시작했다. 황제나 기사에게 지급된 말들은 지구력이 강한 군마였으나, 그렇지 않은 말들은 지쳐 서서히 뒤처져 갔다. 중간에 말을 갈아타야 했으나 끌고 온 말이 생각보다 많지 않았다. 너무나도 황급히 준비해서 출발한 탓이었다. 자연 병력은 자꾸 줄어들어만 갔다.

그런데도 당장 황제에게 신경 쓰이는 것은 일란의 안위뿐이었다.

이틀 뒤 정오. 그 시간이 지나면 소용없다 하였다. 그에 대해서는 추측하기 어렵지 않았다. 그들이 무얼 가지고 자신을 움직이려 하겠는가. 일란을 잡아가 인질로 삼은 시점에서 그 답은 나와 있었다.

'일란의 목숨.'

일란은 오지 말라고, 자신이 어떻게든 해 보겠다 생각하는 듯했다. 그러나 사실을 알고 있는 자신으로서는 조금도 지체할 수 없었다.

'빨리. 더 빨리.'

황제의 말이 날듯이 달려 나갔다. 그 뒤를 이어 그림자 기사들의 말이 달리고 있었으나, 따라잡는 게 고작이었다. 그래도 아직은 괜찮았다. 보병이 떨어져 나가긴 했으나 병력은 충분하다 여겼다. 중간에 길을 가로막고 있는 나무만 아니었더라면.

좁지 않은 길이 너비가 넓은 나무 여러 그루로 가로막혀 있었다. 돌아갈 수는 있었으나 속도를 늦춰야 했다. 하지만 반란군이 고작 이걸로 끝낼 리 없었다. 그걸 알기에 황제와 그림자 기사들은 검을 뽑아 들었다.

어디선가 고함이 들려왔다.

"죽여라!"

기습이 불가능함을 알았는지 숨어 있던 반란군들이 쏟아져 나왔다. 그들은 가까이 다가오려 하지 않고 멀리서 말을 공격했다. 그 와중에 또다시 일부가 말을 잃고 바닥에 떨어졌다. 가진 바 실력이 있는 만큼 금방 자세를 잡고 대응하기 시작했으나 발을 뺏긴 셈이었다.

반란군들은 살벌하게 뛰쳐나온 것치고는 직접적으로 덤비려 하지 않았다. 멀리서 쇠사슬과 화살로 견제하며 시간을 끌 뿐이었다. 그 의도를 알아차린 황제는 초조한 표정으로 이를 악물었다. 지금 이들은 황제가 정해진 시간에 약속 장소로 가지 못하게 막으려는 속셈이었다. 지금 황제를 죽이기보단 그에게 끝없는 절망을 안겨 주려는 속셈이었다.

"모조리 죽여라."

황제는 말을 잃은 그림자 기사에게 명하고 화살을 쳐 내며 자리를 이탈했다.

"뒤를 부탁한다!"

아직 말을 가지고 있는 이들이 그런 황제의 뒤를 급히 따랐다. 말을 잃어 뒤를 따를 수 없는 그림자 기사가 입술을 깨물었다. 그러고는 사나운 목소리로 외쳤다.

"최대한 빠르게 정리하고 뒤를 따른다!"

그 말에 말에서 내려 화살을 쳐 내던 다른 기사들이 반응을 보였다. 그들은 곡예에 가까운 태도로 날아드는 무기들을 쳐 내며 반란군에게 접근했다.

서걱.

가장 앞에 선 이가 반란군의 몸을 베어 내자, 비명이 뒤를 이었다.

"아아아악!"

그와 동시에 난전이 벌어졌다. 반란군들은 악을 쓰며 덤볐지만, 실력자가 없었다. 자연 빠르게 제압당할 수밖에 없었다.

그러나 아무리 빠르다 하더라도 사람을 죽이는 일이었다. 모든 일이 정리되었을 때는 이미 상당한 시간이 지난 뒤였다. 게다가 반란군들도 말을 가지고 있지 않았다. 산길에서는 말을 구할 방법도 없었다. 남은 이들은 난감한 표정을 지었다. 그렇다고 여기에 멈춰 서 있을 수도 없었다.

"뒤따른다!"

그 말과 동시에 빠르게 이동하기 시작했다. 그들은 길을 따라 이동하는 것보다 산을 타는 걸 택했다. 조금이라도 직선으로 걸어 시간을 단축해 볼 속셈이었다. 얼마나 시간에 맞출 수 있겠냐마는 그 방법밖에 남지 않았다.

뒤따르는 이들도 그랬지만, 앞서가는 황제 일행도 편치는 않았다. 가는 곳마다 자잘한 함정이 발길을 가로막았고, 때로는 반란군이 뛰쳐나오기도 했다.

그러는 사이에도 시간은 계속 지나가고 있어 황제의 마음을 초조하게 만들었다. 이대로라면 정오에 맞춰 도착하는 것은 힘들 것 같았다.

황제는 또다시 달려드는 반란군을 베어 내며 미친 듯이 앞으로 내달렸다. 더는 그림자 기사들이 따라오는지 신경 쓸 수 없었다. 혼자 가면 위험한 길인 걸 알면서도, 가지 않을 수도 없었다. 일란의 목숨이 걸려 있었기 때문이다. 갈수록 줄어드는 이들과 함께 황제는 끝없이 앞으로 나아갔다.

그림자 기사들은 황제를 혼자 보낼 수 없다는 생각에 필사적으로 싸웠으나, 그들도 인간이었다. 반란군을 처리하기 위해선 앞서 그랬던 것처럼 일부가 남을 수밖에 없었다. 혼자 가시면 안 된다고, 위험하다고 외치고 싶었으나 그도 쉽지 않았다. 황제가 처음 마음에 담은 사람에 대한 의미를 알기에. 그들은 그저 최선을 다해 무기를 휘두를 뿐이었다. 그리고 그러는 사이, 어느덧 황제는 보이지 않게 되었다.

몸이 무거웠다. 말의 속도도 느려졌다. 아무리 명마라고 하나 쉬지도 않고 하루 이상 달리는 건 말에게도 힘든 일이었다. 속도가 느려지는 것도 무리는 아니었다. 황제는 시간을 가늠해 보았다. 아직 시간은 남아 있었으나, 그게 도착하기까지 충분한 시간인지는 알지 못했다. 그러니 좀 더 서둘러야 했다.

처음 마음에 품고서 그를 남에게 알리지도 못했다. 일란이 위험해질까 봐, 혹시라도 자신처럼 불행해질까 봐. 뒤늦게 일란을 손에 넣는 데는 성공했으나 방법이 틀렸다. 그 때문에 오랫동안 그녀를 만나지 못한 채 괴로워해야 했다.

처음에는 뭐가 잘못되었는지도 몰랐다. 상대를 속이는 게 나쁘단 걸 인식하지 못했다. 그래서 그 때문에 떠나간 그녀를 원망하며 찾아 나섰다. 광기 어린 집착이었다. 지금의 자신은 당시로 돌아가도 똑같은 행동을 할 터였지만, 옳은 선택은 아니었다. 왜냐하면 그걸로 인해 지금 모든 것이 틀어졌으니까.

애써 손에 넣은 황제의 자리건만 일이 손에 잡히지 않았다. 일란에 대한 소식이 들려오면 그리로 찾으러 갔다. 자연 자리를 비우는 일이 많아졌다. 그사이 빈자리를 반란군과 귀족파들이 좀먹어 들어갔다.

원래의 계획대로라면 그들은 이미 예전에 전부 처리되었어야 했다. 그러기 위해 크레센트 공작가의 레온하르트와 라온 후작도 살려 두었던 거니까. 모든 것은 그들을 한데 모아 처리하기 위해서였다.

그랬는데 지금 상황을 보라. 과거의 잘못이 지금 되돌아오고 있었다. 좀 더 일찍 제대로 반란군을 처리해 두었더라면. 그랬더라면 일란이 다치거나 납치되는 일도 없었을 것이다.

처음 일란의 것으로 추측되는 핏자국을 보았을 때 가슴이 미어져 왔다. 통증에 숨을 쉴 수도 없었다. 후회했다. 좀 더 빨리 반란군과 귀족파들을 죽였어야 했다고. 그리고 일란과 자신의 아이들을 찾은 순간, 안도했다.

'너희들이라도 무사해서 다행이라고.'

일란에게는 아이들은 다시 낳으면 된다고 아무렇지 않게 말했던 적도 있었다. 아무리 자신의 아이인지 몰랐던 때라고 하나 지금 생각하면 되돌리고 싶은 말이었다.

처음에는 아이들이 어색했지만, 가까이하다 보니 마음이 변해 갔다. 그 마음이 어떤 것인지 깨닫기까지는 오래 걸렸다.

사랑스러움.

작은 아이들이 사랑스러울 수 있음을 깨달았다. 설사 자신의 아이들이 아니었다고 하더라도 결국엔 사랑했으리라. 겁이 없는 아이들은 자신에게도 태연하게 들러붙었고, 아무렇지 않게 마음에 침입했다. 마치 그들의 엄마인 일란과도 같이.

'그러니 일란, 죽지 말아라.'

일란도, 아이들도 잃을 수 없었다. 황성에 두고 온 아이들은 여러 가지 안전 장치를 해 두었으니 무사할 터였다. 이제 일란만 데리고 돌아가면 된다.

그다음에는 감히 주제도 모르고 기어오른 반란군과 귀족파를 처리하면 된다. 한동안 일란을 찾기 위해 자신의 일을 제대로 하지 않았다고 하나, 이미 그 전에 충분히 준비를 해 두었었다. 일란의 안전만 보장된다면 그들을 없앨 방법은 여럿 있었다.

문제가 있다면 일란을 어떻게 구출하느냐 하는 것인데. 황제는 피식 웃었다.

'안 되면 목숨이라도 걸어야지.'

지금 그는 소수의 인원과 함께하고 있었고, 상대는 함정을 파 놓은 채 기다리고 있었다. 그야말로 거미줄로 날아가는 나비와 같은 신세였다. 그런데도 망설임이 생기지 않았다. 자신이 죽게 되면 뒤가 어떻게 될지 알면서도 일단 일란을 살리고 싶었다.

설사 행복한 가족 안에 자신이 없더라도. 일란이라면 그림자 기사들을 붙여 주면 알아서 잘 살아갈 것이다. 최악의 경우에라도 그거면 되었다.

황제는 숨을 몰아쉬고 다시 말을 재촉했다. 오랫동안 함께한 주인의 마음을 알아서인가, 말도 다시 속도를 내기 시작했다.

툭툭.

일란은 오두막의 벽을 발로 살짝 차 보았다.

'어쩌지.'

시간은 자꾸만 흐르고 있었다. 황제는 이쪽으로 계속 가까워져 올 텐데 아직 도망칠 어떠한 방법도 생각해 내지 못했다.

'문이 열리면 기습할까?'

아니, 그건 예전에도 써먹었다. 이번에도 그들이 넘어가 줄 리 없었다. 그렇다고 이대로 있을 수만도 없었다. 저들이 노리는 건 황제의 목숨. 그 목숨을 앗는 계기가 되고 싶지 않았다.

너무 초조해한 탓인지 다시 머리에 열이 올랐다. 어지러워 바닥에 주저앉아 있자니 굳게 닫혀 있던 문이 열렸다.

"나와라."

검을 든 베른이 일란을 보며 말했다.

"움직이기 힘듭니다만."

일란이 바닥에 앉은 채로 고개를 내젓자 다른 남자가 들어와 그녀를 일으켜 세웠다.

'하필이면.'

딱히 인질의 가치가 없어 보였다. 여차하면 잡아서 협박하려고 했는데 저번 알베르의 일로 주의하는 모양이었다.

모든 게 가려져 있던 오두막을 나오니 밝은 하늘이 보였다. 해의 위치를 보니 정오가 다 되어 가는 시간인 듯했다.

"시간이 다 되어 가는군."

떨어진 곳에 서 있던 알베르가 입꼬리를 끌어 올리며 말했다.

"황제가 시간에 맞춰 도착할 수 있을 거라고 생각합니까?"

알베르는 흥분한 상태로 보였다. 그 때문에 감정이 쉽게 엿보였다. 그걸 주체하지 못해서 자신에게도 말을 건 듯했다.

"아니요, 오지 않을 겁니다."

일란이 단호하게 말하자 알베르가 기이한 표정으로 웃었다.

"정말 그렇게 생각합니까?"

아니었다. 황제라면 어떻게든 시간을 지켜서 올 거라는 걸 알고 있었다. 그렇지만 그걸 곧이곧대로 대답해 주고 싶진 않았다.

"저 길을 보십시오."

알베르가 오두막으로 향하는 길을 가리켰다.

"곧 황제가 나타날 겁니다."

"오지 않을 겁니다."

"그건 일란의 희망입니까?"

일란은 입술을 지그시 깨물었다. 몸을 비틀어 보았으나 남자가 워낙 단단히 팔을 틀어잡은 통에 벗어날 수 없었다. 그냥 이렇게 지켜봐야만 하는가? 마음이 답답해져 왔다.

오지 마라. 오지 마.

간절히 바랐건만 하늘은 소망을 들어주지 않았다. 길 저편 멀리서 익숙한 말 한 마리가 달려오고 있었다. 혹시나 따르는 이들이 있을까, 싶어 바라보았지만 보이지 않았다.

'호위 병력이 없어!'

언제나 붙어 다니던 그림자 기사들도 보이지 않았다. 그걸 보니 덜컹, 심장이 내려앉았다. 그런 일란을 아는지 모르는지 알베르가 웃으며 말했다.

"일란이 틀렸군요."

이어 남자가 베른에게로 일란을 넘겼다. 베른은 능숙한 태도로 일란을 뒤에서 붙잡고 목에 검을 겨눴다. 조금만 잘못 움직여도 목에 검날이 박히리라. 저번엔 자신이 알베르를 인질로 잡았는데 이제 반대로 되었다.

"드디어. 드디어!"

알베르가 몸을 부르르 떨었다. 드디어 그 황제를 단독으로 만날 수 있게 되었다. 최소한의 호위 인력이라도 붙어 있으리라 예측했으나, 전부 떨궈 놓고 온 모양이었다. 그게 무척이나 기꺼웠다.

'이제 복수의 시간이다.'

기나긴 세월이었다. 왕국이 멸망하고 이를 갈며 복수를 꿈꿨다. 그를 위해 더러운 이들과 손을 잡기도 하였고, 때로는 소중한 사람의 목숨을 버리기도 했다. 감회가 새로울 수밖에 없었다.

푸르륵.

힘껏 내달려 온 말이 그들을 앞에 두고 멈춰 섰다. 잘빠진 검정색의 말은 한참 그 자리에 서서 숨을 골랐다. 그리고 그 모습을 본 알베르는 미간을 찌푸렸다.

말에는 아무도 타고 있지 않았다.

황제는커녕 사람의 모습도 보이지 않았으나 예측 불가능했던 일도 아니었다. 황제가 흥분하여 혼자 달려오길 기대했으나 아무래도 좀 더 냉정했던 모양이었다.

"오지 않는다고 했지요?"

일란이 비웃는 듯한 목소리로 말했다. 그 탓에 베른이 검날을 더 가까이 들이댔지만, 그녀는 웃고 말 뿐이었다.

"오지 않은 게 아니겠지요. 하지만 괜찮습니다. 전부 예상 범위니까요."

황제가 다른 길로 오리란 것도 예측했던 범위 내였다. 알베르는 미리 숨겨 두었던 이들에게 신호를 보냈다. 주변을 수색하라는 뜻이었다. 저들 중 한 명이라도 황제를 발견한다면 즉각 위치를 알려 줄 것이다.

바스락.

간격을 두고 숲을 뒤지던 이가 어디선가 들려오는 소리에 귀를 기울였다. 그리고 그러는 사이, 뒤에서 접근한 그림자가 그의 입을 틀어막고 목을 꺾었다. 미처 비명을 지르기도 전의 일이었다. 축 늘어진 시체를 치운 그림자는 다시 움직이기 시작했다.

"이상 없음!"

그리 말하던 옆의 남자는 기다리던 반응이 돌아오지 않자 자리를 이탈했다. 그리고 다른 이가 맡은 부분으로 향했으나 그가 보이지 않았다. 지나치게 조용함에 이상을 느끼고 무기를 든 순간, 이번에는 그림자가 그에게로 접근했다.

"끄윽."

이번에도 큰 소리 없이 반란군을 처리했다. 그림자, 황제는 누군가가 오기 전에 다시 그늘로 향했다. 그리고 빠른 속도로 나무를 밟고 위로 올라가 모습을 감췄다. 숲의 나무가 높고 무성했기에 가능한 일이었다. 암살자에게는 딱 적절한 환경이었다.

나무 위에서 머물던 황제는 이어 품 안에서 작게 접힌 종이를 꺼냈다. 겉보기에는 약이 담긴 것 같았으나 실제로 그 안에 담긴 것은 독이었다. 암살자들이 자주 사용하는 것으로, 바람을 타고 멀리 날아가며, 효과가 빠른 마비약이었다.

'이게 얼마 만이지.'

황제는 숨을 멈추고 바람의 방향을 따라 독을 풀었다.

그림자 기사단은 예전에 황제가 암살 단체에 소속되어 있을 무렵의 동료들. 이후 암살 단체의 수장을 죽이고 나서는 수하가 되었다. 그들은 기사가 되고 나서도 지금껏 해 왔던 것을 잊지 못하고 평소에 써먹곤 했다. 말이 기사이지 암살자에 가깝단 소리였다. 그리고 그건 황제에게도 해당되는 소리였다.

대부분의 사람들은 검을 휘두르는 황제의 모습만 기억하고 있었다. 그렇기에 검사로 생각하나 실제로는 아니었다. 황제는 그 누구보다 뛰어난 암살자였다. 정면으로 싸우는 것도 뛰어났으나, 암살자로서의 능력은 더 뛰어났다. 이런 식의 싸움이 특기란 소리였다.

애초에 다른 이들은 모르고 있었지만, 그림자 기사단에 단장은 따로 존재하지 않는다. 그들이 호칭이나 직위를 거의 사용하지 않기에 아는 사람이 없었지만.

그림자 기사단의 단장은 황제였다.

황제는 알베르가 원하는 대로 정면 돌파할 생각이 없었다. 분명 일란의 목숨을 걸고 자진을 권유할 테니. 일란을 위해서라면 목숨도 걸 수 있었으나 의미가 없어서는 안 됐다. 자신만 죽고 일란은 여전히 잡혀 있는 상태라면, 아무런 소용도 없지 않은가. 최소한 그녀가 빠져나가기 쉬운 환경을 만들어 주어야 했다.

그래도 약속 하나는 지켰다. 어쨌든 혼자 오지 않았는가. 걸치고 있던 복잡한 장신구를 모조리 떼어 낸 그는 곧바로 숲속으로 스며들었고, 반란군을 처리하기 시작했다. 최소한 수라도 줄여 놓을 생각이었다.

수풀을 헤치며 이상 없다고 말하려던 반란군의 일부가 손을 벌벌 떨기 시작했다. 그러고는 곧바로 그 자리에 쓰러졌다. 쓰러진 몸은 나무토막처럼 굳어 있었다. 갑자기 들려오는 소리에 몇몇이 달려왔으나 이미 쓰러진 이는 죽은 뒤였다. 그제야 그들은 누군가가 자신들을 노린다는 걸 깨달았다.

"그림자 기사인가?"

반란군이 긴장한 표정으로 중얼거렸다.

"그럴지도 모르지. 그들이야 기사라기보단 암살자가 아니던가."

황제가 어디서 데려왔는지도 모르는 암살자 같은 기사들. 그들은 반란군에게도 충분히 두려운 존재였다.

"하지만 계획대로라면 황제 혼자 왔어야 맞지 않나?"

"몇이 따라왔겠지. 그 정도는 각오했잖아."

그리 대꾸한 이는 서서히 뒤로 물러서기 시작했다. 몰이사냥인 줄 알았는데 반대로 자신들이 몰리는 느낌이었다. 이걸 반란군의 수장인 알베르에게 알려야겠다는 생각이 들었다. 그렇게 뒷걸음치다 뒤돌아서려는 순간, 목에 화끈한 통증이 느껴졌다.

"으."

이번에도 비명은 나오기도 전에 막혔다. 단검을 돌린 황제는 곧바로 다른 이의 목도 베어 냈다. 솟아오르는 피를 막으며 소리를 질러 보려고 했으나 바람 새는 소리만이 들릴 뿐이었다. 그렇게 반란군의 수는 하나둘씩 줄어들어 갔다. 계속 반란군이 죽어 나가기만 하니 오두막 앞에 있던 알베르도 이상을 눈치챘다.

"소리가 들리지 않아."

계속 보고되어야 할 소식도 들어오지 않았다. 베른에게 잡혀 있던 일란도 상황을 눈치챘다. 그녀는 알베르보다 황제에 대해 더 자세히 알기에 그의 다른 능력도 알고 있었다. 암살 단체에서 어린 시절을 보낸 황제가 순수한 검사일 리가 없지 않은가. 그렇기에 입을 다물고 기회만을 노렸다.

그런 일란을 본 알베르는 미간을 찌푸렸다. 아직 그녀가 희망을 가지고 있음을 알아본 탓이었다. 알베르는 계획을 조금 수정하기로 했다.

"황제!"

커다란 목소리로 황제를 부른 알베르가 말을 이었다.

"지금부터 10을 셀 때까지 모습을 보이지 않으면 이 여자의 목숨은 없다!"

"완벽한 악당이시네요."

일란이 그런 알베르를 보며 비아냥거렸다. 보라, 말투가 완벽한 악당이 아닌가.

"원하는 걸 이루고자 한다면 어떤 악당이라도 될 수 있습니다. 그러니 이만 입을 다물지요?"

알베르가 섬뜩한 시선으로 일란을 노려보았으나 그녀는 피식 웃으며 눈을 피하지 않았다. 그동안 능글맞게 굴더니 이제야 조급해진 모양이었다.

"입 다문다고 상황이 달라집니까?"

베른이 검날을 더 가까이 댔으나 일란은 멈추지 않았다. 외려 소리를 높여 어디선가 듣고 있을 그에게 말했다.

"오지 마십시오! 이들은 절 죽이지 못합니다!"

그 말에 알베르가 흉흉한 태도로 가까이 다가왔다.

"정말 죽이지 못할 거라 생각하십니까? 약속 따위는 언제라도 어길 수 있습니다."

"그러면 죽여 보시든가요."

태연스럽게 나온 말에 알베르가 주먹을 꽉 쥐었다. 그래도 예전에 아는 사람이었다고 최대한 분노를 참아 내고 있었다. 베른이 자신의 주군에게 하는 행동이 맘에 안 드는지 검날을 움직여 목에 핏방울이 맺혔다.

"베른."

그런 베른을 말린 이는 알베르였다.

"지금은 때가 아냐."

"죄송합니다."

"그래서 숫자는 언제 세는 겁니까?"

일란이 천연덕스럽게 물었다.

'정말 이 여자는 목숨이 남아나는지.'

알베르는 일란을 노려보다가 숫자를 세기 시작했다.

"열. 아홉, 여덟."

숫자를 채 절반도 세기 전에 숲속에서 한 인영이 뛰쳐나왔다.

황제였다.

그 모습을 본 알베르의 눈동자가 격렬하게 떨려 왔다. 복수를 다짐한 이후 얼마 만에 보는 황제던가.

"오랜만이군요."

알베르는 더 이상 증오를 억누르지 않기로 하였다. 그는 눈동자처럼 가늘게 떨리는 목소리로 황제에게 인사를 했다. 과거 제국의 종속국이었던 때처럼.

하지만 돌아오는 반응은 원하던 게 아니었다.

"오랜만이라 하는데 누군지 모르겠군."

황제는 알베르를 알아보지 못했다. 그의 나라를 침범하고 멸망까지 시켜 놓고서 지옥에 빠트린 자를 몰라봤다.

"모르겠다고?"

되묻는 알베르의 눈동자에 증오의 불길이 넘실거렸다.

"왕국을 멸망시켜 놓고서 모르겠다고?"

점점 목소리가 높아져 갔다.

"중요하지 않은 이들은 기억하지 않는지라."

느긋한 목소리에 가슴이 터져 나갈 것 같았다. 단 한 순간도 복수를 잊은 적이 없었다. 복수의 순간을 기대하며 잠드는 밤도 많았다. 그렇지만 그 많은 밤 중 이런 상황을 상상해 본 적은 없었다.

'당신은 더 괴로워해야 해. 내가 슬펐던 것만큼 절망했던 만큼 그보다 더한 고통을 맛봐야 해.'

그렇게 생각해 왔는데 막상 만난 황제의 반응은 태연했다. 그게 알베르를 버티지 못하게 만들었다.

"잘라."

그래서 베른에게 말했다.

"네?"

"손가락을 잘라."

어떻게든 황제를 자신이 있는 곳으로 끌어내리고 싶었다. 알베르가 그리 말하자 그제야 황제의 표정이 흔들리기 시작했다. 베른도 알베르의 심정을 눈치챈 듯 호응해 주었다.

"어느 손가락을 자를까요?"

"검을 쥐는 손가락."

황제가 앞으로 더 다가섰다.

"거기서 멈춰. 그리고 사랑하는 사람이 중요한 걸 잃는 모습을 보라고."

알베르는 웃으며 외쳤다. 그사이 숲속에 흩어져 있던 반란군 중 살아남은 이들이 돌아왔다. 그들은 황제를 포위하고 도망칠 길을 막기 시작했다.

일란을 단단히 붙잡고 있는 베른 대신 다른 이가 그녀의 손가락을 잡았다.

"일란!"

애끓는 목소리가 울려 퍼졌다.

"하하하하하. 이제야 반응하는군!"

하지만 늦었다. 알베르는 자신이 내린 명을 돌이킬 생각이 없었다. 레온하르트가 일란을 살려 달라고 했으니 살려 두기만 하면 되지 않겠는가. 그도 이런 상황에서 일란을 무사히 살려 내는 건 터무니없는 요구란 걸 알 것이다. 손가락 한둘쯤이야.

"무엇을 원하는 거지? 원하는 건 전부 들어주겠다!"

황제가 외쳤다.

"무엇을 원하느냐고?"

알베르가 돌림 노래처럼 그의 말을 따라 했다.

"일단 무기부터 버리지."

황제는 자신이 지니고 있던 무기를 전부 땅에 내려놓았다.

"더 있을 텐데?"

이어 옷가지 사이에서 독이 담긴 종이가 툭 떨어져 내렸다. 그걸 본 알베르는 그제야 만족했다.

"무릎을 꿇을 수 있나?"

그 말에 황제는 이번에도 망설임 없이 그 자리에 무릎을 꿇었다. 왕국을 멸망시킨 장본인, 그 오만하고도 잔혹한 황제가 몸을 숙였다.

고작해야 여자 하나의 손가락 때문에.

그 사실이 눈물겹도록 우스웠다. 알베르가 이어 말했다.

"빌어. 네가 죽인 이들에게 빌라고."

"내가 죽인 이들 모두에게 사죄하겠다."

사죄의 말은 쉽게 흘러나왔다. 그러나 그로도 만족할 수 없었다.

"아직 모자라."

황제는 몸을 숙여 엎드렸다. 지금까지 단 한 번도 남에게 고개를 숙이지 않았을 황제가 반란군인 그의 앞에서 비굴하게 빌고 있었다. 알베르는 홀린 듯이 그에게 가까이 다가가 몸을 숙인 그의 머리를 발로 짓밟아 눌렀다. 단정하던 흑발이 어지럽게 흩어졌다.

"빌어, 더 제대로 빌란 말이다!"

"원하는 대로 빌도록 하지. 그러니 일란은 놓아줘라."

이 상황에서도 황제는 담담해 보였다. 이미 모든 걸 각오했기에 그런 것이었으나 그게 알베르의 분노를 부채질했다.

일란은 저도 모르게 이를 악물었다. 황제가 남에게 무릎을 꿇는 모습이 보기 싫었다. 자신 하나 구하자고 저리 비굴하게 구는 모습에 가슴이 아파 왔다. 어떻게든 빠져나가야 하는데 무력하게 잡혀 있는 자신도 싫었다. 이대로 황제가 농락당하다 죽게 내버려 둘 수 없었다. 자신이 아닌 다른 이에게 저런 꼴을 당하는 게 분통 터졌다.

'어떻게든 빠져나가야 해.'

포위당한 건 여전했으나, 일단 자신만 자유로워져도 황제의 운신이 편해진다.

그 상황에서 알베르가 말했다.

"그건 안 되지. 손가락을 잘라."

그는 애초에 황제와의 약속을 지킬 생각이 없었다. 반란군이 일란의 손가락을 펼치고서 단검을 꺼내 들었다.

"빌겠다!"

황제가 안타깝게 외쳤지만, 이미 늦었다. 알베르는 그의 말을 들어주지 않았다. 남자는 일란의 손목을 고정시키고 단검을 들이댔다. 점점 다가오는 날카로운 검날을 보며 일란은 침착하게 마음을 가라앉혔다.

손가락을 잃고 싶지는 않다. 자신은 기사이기 이전에 검사였고, 앞으로도 검을 손에서 완전히 놓을 생각이 없었다. 하지만 이대로라면 손가락도 잃고 황제도 잃게 생겼다. 그렇다면 차라리.

일란은 이를 악물고 손에 힘을 주어 다가오는 단검의 날을 손으로 잡았다. 날을 맨손으로 잡았으니 손이 멀쩡하겠는가. 곧 피가 뚝뚝 떨어져 내렸다. 그 모습을 본 남자가 빠르게 단검을 빼내려 했으나 악을 쓰고 붙잡았다.

그러고는 그대로 고개를 숙이자 베른이 아차 싶었는지 검을 물렸다. 일란의 목숨을 담보로 황제를 붙잡고 있었으나, 진짜 목숨을 잃게 되면 그 후에는 가치가 사라진다. 살리기 위해 고개를 숙이고 있었으니까.

그사이 베른에게서 빠져나온 일란은 그대로 남자에게서 단검을 빼앗았다. 손에서는 피가 철철 나고 있었고, 베른에게서 벗어났다고는 하나 거리를 크게 벌리지 못했다. 그 상태로 일란은 단검을 똑바로 쥐었다.

"다친 손으로는 단검을 제대로 휘두르지 못할 텐데요?"

알베르가 아직은 느긋한 목소리로 말했다.

"그야 그렇습니다."

그의 말은 틀리지 않았다. 너덜너덜해진 손은 검을 쥐기도 힘들 정도였다. 그나마 멀쩡한 왼손으로 받쳐 잡고 있었으나 싸우는 데는 도움이 되지 않을 것이다.

"그런데 이거 아십니까?"

"무엇을 말입니까?"

"단검의 용도는 싸우는 데만 있는 게 아닙니다."

아직 알베르는 자신의 말을 이해하지 못한 듯했다.

휘릭.

일란은 단검을 손에 든 채로 한 바퀴 돌렸다. 이런 거 또다시 하고 싶지 않았는데. 입술을 지그시 깨물었다 놓은 일란은 단검의 날을 자신의 목에 댔다.

"당장 그 더러운 발 치워. 아니면 죽어 버릴 테니까."

황당한 협박이었다. 그러나 그렇다고 해서 유효하지 않은 협박도 아니었다. 지금에 와서 일란의 시체는 가치가 없었다. 죽어서는 소용없단 소리였다.

"다가오지 마! 다가오면 그대로 찌를 테니까."

기가 막힌다는 표정을 짓던 알베르가 황제를 짓밟고 있던 발을 떼어 냈다. 덕분에 황제는 고개를 들 수 있게 되었지만, 이내 보이는 모습에 표정을 일그러트렸다.

"일란!"

애절한 목소리가 울려 퍼졌다.

"그러지 마. 그러지 마라. 위험하니 단검을 내려놔."

"싫습니다."

애초에 이런 상황이 오지 않게 잘하든가. 일란은 태연하게 황제의 말을 무시했다. 베른이 가까이 다가오려 했으나 이내 목을 파고드는 칼날에 그 자리에 멈춰 서야 했다. 인질이 스스로 자신의 목숨을 가지고 위협하는 이상한 모습이 연출되었다.

"무슨 짓을 하는지 모르겠군요."

알베르가 침착하려 애쓰며 말했다.

"죽어서 손해인 건 일란이 아닙니까?"

"손해를 보더라도 이게 낫지요. 남에게 목숨을 맡기는 건 취향이 아닙니다. 그리고."

"그리고?"

"황제는 죽여도 내가 죽입니다! 더 떨어지세요."

이미 알베르가 발을 뗀 이상 황제의 위험도는 현격하게 줄어들었다. 그렇지만 일란은 당당하게 협박을 했다.

"어리석은 행동입니다."

"그 어리석은 행동에 움직이지 못하지 않습니까?"

일란이 피식 웃으며 반박했다. 황제도 레온하르트도 일란의 목숨과 연관되어 있었다. 알베르로서는 이도 저도 못하게 되었다. 베른과 남자가 계속 틈을 노렸으나 쉽지 않았다. 가까이 다가가려 하면 일란은 검날을 목에 더 깊숙이 찔러 넣었다. 잘못하다가는 과다 출혈로 죽을 것 같았다.

"이리 오세요."

황제에게 손짓하자 무릎 꿇고 있던 그가 자리에서 일어나 다가

왔다. 다른 이들은 미처 그런 황제를 붙잡지 못했다. 그는 곁에 서며 단검을 노렸으나 일란은 그마저도 피했다.

"그대는 툭하면 목숨으로 협박하는군."

눈가가 빨개진 황제가 한탄하듯 말했으나 그도 가뿐히 무시해 주었다.

'그러면 목숨 가지고 협박하지 않아도 되게 만들든가!'

상황을 이렇게 끌고 가 놓고서는. 일란에게는 이 방법밖에 없었다.

알베르의 표정이 점점 싸늘하게 식어 가기 시작했다.

"목숨으로 협박한다고 해서 다 되는 건 아닙니다."

"지금까지는 잘 통하지 않았습니까?"

"이제부터는 아니겠지요. 죽여!"

그 말이 떨어지기가 무섭게 남은 반란군이 둘에게 짓쳐 들었다. 일란은 그제야 단검을 목에서 떼어 냈다. 이제 더는 목숨으로 협박한다고 해서 통하지 않으리란 걸 알았기 때문이었다.

자, 이제 어쩐다? 자신은 싸우기에는 몸 상태가 좋지 않았다. 황제는 멀쩡해 보였지만 무기가 없었다.

"이제 어떻게 하면……?"

질문이 채 끝나기도 전에 황제가 일란을 덥석 안아 들더니 그대로 달리기 시작했다. 중간에 반란군이 가로막았으나 유연하게 빗겨 가더니 무기까지 빼앗아 들었다.

"잡아!"

알베르의 고함이 들려왔다. 황제는 나름 빨리 달리고 있었으나 일란까지 안고 있었기에 금방 따라잡힐 수밖에 없었다.

"제 발로 달릴 수 있습니다!"

 등을 팡팡 치며 말하자 그제야 바닥에 내려 주었다. 일란은 그 상태로 황제의 뒤를 따라 뛰었다.

 처음에는 조급하게 뒤따르던 반란군들이 나중에는 활을 쏘거나 단검을 던지기 시작했다. 그를 눈치챈 황제가 자신이 일란의 뒤쪽에 서서 그를 막았다. 하지만 그들도 둘이 그걸 맞아 주리라 생각하고 행동하는 건 아니었다. 그저 속도를 늦추기 위한 수단일 뿐이었다.

 휘익!

 황제가 휘파람을 불자 거대한 전마 한 마리가 빠르게 뛰어왔다. 그가 미끼로 사용했던 말이었다. 먼저 말에 올라탄 황제는 일란마저 끌어 올렸다. 사람이 둘이나 탄 데다 숲속인데도 불구하고 말의 속도는 신기할 정도로 무척 빨랐다.

 "어미와 아비의 혈통이 좋거든."

 황제는 일란의 궁금증을 알아차린 듯 설명을 덧붙였다.

 그러나 둘의 행운도 길지는 않았다. 달리다 보니 길이 끊어지고 그 앞에 절벽이 나타났다. 말로 뛰어넘기에는 지나치게 넓은 너비. 황제는 말을 세우고 그 자리에 멈춰 섰다. 되돌아서려 했으나 이미 반란군은 지척까지 다가와 있었다. 먼저 말에서 뛰어내린 황제가 잠시 절벽 아래를 바라보며 위치를 가늠했다. 생각보다 절벽이 높지 않았다. 그는 일란도 내리게 하여 끌어안았다.

 '오늘따라 자주 안기네.'

 일란이 한숨을 내쉬기도 전에 황제가 절벽 아래로 훌쩍 뛰어내렸다. 하마터면 비명을 지를 뻔했다. 적어도 예고라도 해 줘야 하지 않겠느냐 말이다! 일란은 이를 악물었다.

황제는 손에 든 검을 절벽에 박아 넣더니 속도를 조절하며 아래로 떨어져 내리기 시작했다.

카가가가각!

검이 단단한 절벽에 갈리면서 마모되어 가기 시작했다. 다른 사람의 무게를 버티면서 할 만한 짓이 아닌데 기묘하게 익숙해 보였다.

툭.

생각보다 순조롭게 절벽 아래에 내려앉았다.

"앞으로는 미리 말하고 해 주세요."

이를 으득 간 일란이 말하자 황제가 당황한 표정으로 고개를 끄덕였다.

"그러도록 하지."

위쪽에서 반란군의 목소리가 들려왔다. 둘은 화살을 맞을 걸 걱정하여 빠르게 자리를 벗어났다.

다행히 반란군 중에서는 황제가 했던 것처럼 위험하게 절벽을 내려오는 이가 없었다. 시간을 벌게 된 둘은 깊은 숲속으로 숨어들었다. 그 과정에서 일란은 서서히 머리가 어지러워 옴을 느꼈다. 그 탓에 황제의 뒤를 따라 걷다가 그의 등에 머리를 박고 말았다.

"일란?"

돌아본 황제는 일란의 상태를 보고 심각한 표정을 지었다. 단검의 날을 생으로 잡은 손에서 여태껏 피가 멈추지 않고 있었다. 황제는 황급히 옷의 일부를 찢어 일란의 손바닥을 휘감았다.

일란은 멍하니 지혈된 자신의 손바닥을 바라보았다. 그리고 이번에는 안절부절못하고 있는 황제의 손도 바라보았다. 사람을 하나 안고 무기를 박아 넣으며 절벽을 내려왔다. 자연 황제의 손도 멀쩡하지 않았다. 손끝이 처참하게 망가져 있었다. 손톱은 깨져 있었으며, 너덜너덜해진 상태로 피에 물들어 있었다. 본인도 그러면서 황제는 자신의 상처만을 걱정하고 있었다.

'기가 막혀서.'

일란은 자신의 옷 일부를 북 찢었다. 그런 후 황제에게 손을 내밀었다.

"손이 많이 아픈가? 약을 가지고 왔어야 했는데."

황제는 그리 말하며 일란의 손을 보았다.

"아니요, 폐하의 손을 보여 주십시오."

그 말에 어쩐지 시무룩해진 기색이 느껴지긴 했으나 얌전히 손을 내밀었다. 일란은 황제가 해 줬듯이 자신도 그의 손을 천으로 꼼꼼하게 감쌌다.

"이러면 움직이기 불편하다."

황제가 항의했으나 깔끔하게 무시했다. 그리고 일어서려 했으나 어지러워 제자리에 주저앉고 말았다. 뒤늦게 지혈을 했으나 피를 너무 많이 흘린 탓이었다.

그런 일란을 본 황제는 그대로 땅에 앉으며 등을 내보였다. 거절할 때가 아니었기에 일란은 그의 등에 업혔다. 넓은 등은 생각보다 따뜻했고, 편했다. 일란은 자꾸 몰려오는 졸음을 물리치기 위해 입을 열었다.

"아이들은 괜찮습니까?"

"안전한 곳에 숨겨 두었다. 호위 인력도 많이 붙여 놨으니 무사할 거다."

"그럼 다행이군요. 그런데 이곳에 혼자 오다니, 생각이 있습니까, 없습니까?"

"그대가 죽는다고 생각하니 아무것도 떠오르지 않았어."

황제는 일란의 질문에 꼬박꼬박 답해 주며 숲속을 걸어 나갔다. 그 와중에 흔적을 지우는 것도 잊지 않았다. 일란이 물었다.

"방향은 알고 가는 겁니까?"

"길 찾는 건 익숙하다."

"모두 그곳에서 배운 겁니까?"

"……그래."

황제에게 있어 지옥 같았던, 암살자를 키우는 단체.

"그 당시에는 끔찍했는데, 지금에 와서는 나쁘지 않았다 생각되는군."

"어째서요?"

"그대를 구하는 데에 도움이 되었으니까."

그 말을 들으니 이상하게 가슴 한편이 간질거렸다. 저번부터 황제와 이야기를 할 때면 가끔 이런 기분이 들곤 했다. 꿈에서 그를 보았을 때도, 자신을 위해 무릎을 꿇었을 때도.

'이건 무슨 감정인 걸까?'

처음에는 알 수 없었지만, 이제는 조금 알 것 같았다. 그동안 누군가를 좋아해 본 적이 없기에 사랑을 알지 못했다. 그렇기에 자신의 감정을 정의 내리기도 쉽지 않았다. 그러나 최소한 이건 알 것 같았다.

세간에서는 이런 감정을 아마도 호의라고 부르리라.

아직 용서되지 않는 부분도 존재했기에 갈 길은 멀었지만, 한 걸음 내디딘 기분이었다. 물론 이 감정을 당장 황제에게 이야기할 생각은 없었다. 몇 년 동안 자신을 힘들게 했으니 그도 그만큼 괴로워해야 맞을 테니까. 심술 맞을지는 모르나 그렇게 생각했다.

일란은 서서히 눈을 감았다. 몰려오는 졸음을 더는 견딜 수 없었다. 황제가 무어라 말하는 게 얼핏 들렸으나, 알아듣기 힘들었다. 점점 몸에서 힘이 빠지며 손이 축 늘어졌다.

알베르는 절벽에서 아래를 내려다보았다. 뒤늦게 절벽을 내려간다고 밧줄을 가져오고 난리였으나, 이미 늦었다. 황제는 일란과 함께 저 멀리 사라져 가고 있었다. 그래도 아직은 기회가 있다. 황제를 따르는 이들은 그를 따라잡지 못했다. 도착하려면 아직 시간이 더 있어야 했다. 그사이에 어떻게든 다시 황제를 잡아낸다면!

"절벽 아래에 있는 길은 어디로 통하지?"

"거슬러 올라가면 다른 산과 이어집니다."

"반은 여기서 추적하고, 반은 미리 그쪽으로 가 있는다."

알베르의 명에 반란군들이 흩어졌다. 그 와중에 새파랗게 질린 얼굴의 베른이 무릎을 꿇었다.

"죄송합니다. 제가 놓치지만 않았더라면 이런 일이 없었을 텐데."

틀린 말은 아니었다. 베른이 조금만 더 제대로 해 줬더라면 복수를 마쳤을지도 몰랐다. 그러나 알베르는 마냥 그를 탓할 수도 없었다. 왕국이 멸망한 날로부터 계속 옆에 있어 주었던 베른이었다. 실수를 했다고 해서 쳐 낼 수 있는 사람이 아니었다.

"괜찮아. 하지만 다음번에는 용서하지 않을 테니까."

"알베르 님!"

베른이 감격스러운 표정을 지었다.

"제가 반드시 황제를 다시 잡아 오겠습니다!"

그리고 베른은 가장 먼저 밧줄을 타고 절벽을 내려갔다. 위험한데도 그는 조금도 신경 쓰지 않는 느낌이었다. 절벽을 내려가 점점 멀어지는 베른을 보며 알베르도 발걸음을 옮겼다. 반드시 황제를 잡아야 했다.

'우리의 원한을!'

아직도 피를 흘리며 무너져 가던 왕가의 사람들을 기억하고 있었다. 절대로 황제를 놓칠 수는 없었다. 언제 기회가 다시 온단 말인가! 알베르는 반란군과 함께 황제가 있을 법한 곳으로 빠르게 내달렸다. 일란이 부상을 당했으니 같이 있다면 멀리 가지 못했을 것이다. 그는 그것에 마지막 희망을 걸고 있었다.

등에서 느껴지는 무게에 황제는 초조해하고 있었다. 정신을 잃은 자와 그렇지 않은 자의 느낌은 차이가 날 수밖에 없었다. 일란이 정신을 잃은 것을 알아차리는 데는 오래 걸리지 않았다.

"일란!"

황제는 걸음을 멈추지 않으면서도 계속 일란을 불렀다. 피를 그렇게 많이 흘렸는데 정신마저 잃어서는 안 됐다. 이 상태라면 도망에 성공해도 일란이 어떻게 될지 모른다. 그 생각에 공포심이 마음을 야금야금 갉아먹어 들어갔다.

어디선가 일란의 상태를 좀 더 살펴봐야 했다. 필사적으로 주변을 둘러보며 적당한 곳을 찾던 황제가 작은 굴을 발견한 건 우연이었다. 한때 동물이 살다가 떠난 듯한 동굴은 생각보다 깨끗했다. 몸을 숙이고 안쪽을 들여다보자 내부가 생각보다 넓었다. 황제는 일단 안으로 들어가 겉옷을 벗고 그 위에 일란을 눕혔다.

"일란!"

재차 이름을 부르며 깨웠으나 도통 눈 뜰 생각을 하지 않는다. 이마에 손을 대 보니 열이 펄펄 끓고 있었다.

"정신 차려라!"

독한 마음을 품고 일란의 뺨을 쳤다.

찰싹.

힘껏 치자 하얀 뺨이 빨갛게 부풀어 올랐다. 그리고 이어 일란이 천천히 눈을 뜨며 말했다.

"……시비 거시는 겁니까?"

"정신을 차렸구나."

황제가 안도의 숨을 내쉬는 것이 보였다.

"으으."

뻑뻑한 눈을 깜박거리자 황제가 기겁하며 일란을 흔들었다.

"다시 잠들면 안 돼!"

그 정도는 일란도 알고 있었기에 필사적으로 정신 줄을 잡기 위해 노력했다. 몸 상태가 최악인 데다 출혈도 심했다. 이런 상태로 잠들었다가는 다시는 깨어나지 못할 수도 있었다.

아직 아이들도 보지 못했는데. 그리 생각하니 서글퍼졌다. 한편으로는 어쩔 수 없다고 생각했다. 적어도 둘 중 하나는 살아 돌아가야 했다. 그리고 살아날 확률이 가장 높은 사람은 황제였다. 어떻게든 그를 설득해서 내보내야 했다.

"앉혀 주십시오."

일란의 말에 황제는 조심스럽게 일란이 벽에 기대어 앉게끔 도와주었다. 그 손길이 얼마나 조심스러운지 일란은 간질거리는 느낌에 저도 모르게 천장을 바라보았다.

"추격자는 어떻게 되었습니까?"

"아직 거리가 좀 있다. 그리고 흔적을 지워 둬서 쉽게 찾지 못할 것이다."

"잘하셨습니다."

그 말에 황제는 기묘한 표정을 지었다. 기뻐하는 듯도 하고 슬퍼하는 듯도 하다. 일란이 잘했다는 말을 해 주었으니 기쁘나, 현재 상황이 마냥 그러고 있을 만한 상황은 아니었다.

일란은 생각을 정리하기 위해 애썼다. 어떻게 하면 황제를 먼저 보낼 수 있을까? 궁리해 보았지만 딱히 방법이 생각나지 않았다. 황제는 자신을 쉽게 버리려 하지 않을 것이다. 운이 좋아 아군이 먼저 발견한다면 다행이지만, 아니라면? 그런 상황은 상상도 하기 싫었다. 둘 다 죽으면 아이들은 어쩐단 말인가. 리안과 엔릴. 지금도 엄마를 기다리고 있을 아이들.

"폐하."

"싫다."

"뭘 말할 줄 알고 싫으시다는 겁니까?"

"이 상황에선 뻔하지 않은가."

"그래도 가셔야 합니다."

"그대를 두고는 가지 않아."

"잘 숨어 있겠습니다."

결과 333

그 말에도 황제는 고개를 내저었다. 이 상황에서 반란군에게 발각되면 일란의 목숨이 위험하다는 걸 알기 때문이었다.

"무슨 일이 있어도 같이 움직인다."

"저는 짐이 될 뿐입니다."

"그대는 절대 짐이 될 수 없어."

그러면서 황제는 일란을 바라보며 말했다.

"일란, 한 번쯤은 날 믿어 주면 안 되겠는가?"

떨리는 손끝이 멀쩡한 일란의 손등에 가 닿았다.

"반드시 무사히 구해 줄 테니까."

그 떨림에 담긴 마음이 일란에게 고스란히 전해졌다.

"그래도 안 되는 건 안 되는 거지요."

물론 일란은 마음만을 따를 생각이 없었다. 현실을 보아야 했다.

"일란!"

이렇게 되면 비장의 수단을 써야 했다. 일란은 깊게 심호흡을 하고는 황제에게 말했다.

"카일."

갑작스레 불린 이름에 황제의 떨림이 멈췄다.

"저도 죽고 싶은 게 아닙니다. 살고 싶습니다. 하지만 그러려면 최선의 선택을 할 필요가 있습니다."

"그대는 비겁해."

"그런 셈 치지요."

"왜 이럴 때만 이름을 부르는지."

황제는 다른 손으로 얼굴을 가렸다. 몇 년이나 자신을 찾아 헤맨 사람. 그를 완전히 이해할 수는 없었으나 그 깊은 마음은 알고 있었다.

"카일, 아군을 데려와요."

"그러다 반란군이 그대를 발견하면?"

일란은 그저 웃을 수밖에 없었다.

"내가 왜 여기까지 왔는데!"

"그래서 제 말은 들어주지 않을 건가요?"

황제가 고개를 숙였다. 그리고 다시 고개를 들었을 때는 눈가가 발갛게 물들어 있었다. 잔혹하고 냉정한 사람이라고만 생각했는데, 알고 보니 울 줄도 아는 사람이었다. 그리고 그 모든 게 자신을 위해서 보이는 행동이었다. 그 사실이 애틋했다. 그에게는 자신이 전부였다. 그걸 이제는 알 것 같았다.

"가세요."

황제는 석상처럼 그 자리에 굳어서 움직이지 않았다. 그러나 일란은 알 수 있었다. 결국 그는 자신의 말을 따라 줄 것이다.

"더한 걸로 협박하는 걸 보고 싶지 않으면 가세요."

"그대는!"

황제가 일란의 손을 움켜쥐었다.

"왜 매번 자신의 목숨을 그리 쉽게 여기는가!"

쉽게 여기는 게 아니었다. 다만 어떻게든 헤쳐 나갈 방법을 찾다 보니 목숨을 건 것뿐이었다. 그는 황제도 알고 있을 것이다. 일란은 희미하게 미소 지었다.

"그러니 가세요."

으득.

황제가 이를 악물었다.

"절대로, 절대로 죽지 말아라."

"죽지 않습니다."

"죽는다 해도 나는 너를 놓아줄 생각이 없다. 설사 시체가 되더라도 곁에 둘 것이다."

그건 좀 무서운데. 일란은 그렇게 생각하며 황제의 눈을 바라보았다. 어두운 동굴 속에서도 그의 금색 눈동자만은 선명했다.

'이거, 진심이네.'

정말 황제는 시체가 되더라도 자신을 놓아줄 생각이 없는 것이다.

"네가 어디로 가든 그 끝은 내 곁일 것이다."

너무 무거운 고백이었다.

"그러니 죽지 말아라."

세상 어느 여자가 이런 고백에 기뻐할까. 황제란 사람은 다른 이를 대하는 데에 지독히도 서툴렀다.

"죽지 않겠습니다. 그러니 빨리 다녀오십시오."

일란의 다짐을 듣고 나서야 황제는 자리에서 일어섰다.

"빨리 돌아오겠다."

"기대하겠습니다."

굴 밖으로 나선 황제는 나뭇가지와 돌을 들어 입구를 가렸다. 그나마 들어오던 희미한 빛이 완전히 차단되었다. 어두운 동굴 속에서 일란만이 혼자 남게 된 것이다. 황제가 떠나는 소리는 들리지 않았다. 버릇처럼 발걸음 소리를 죽인 모양이었다.

일란은 몸에서 힘을 빼며 멍하니 앞을 바라보았다. 이제는 시간 싸움이었다. 알베르가 먼저 자신을 발견할지, 아니면 황제가 돌아오는 게 빠를지. 거기에 자신의 목숨이 달려 있었다.

"그래도 어쩐지 불안하지 않네."

마지막에 황제가 했던 말 때문일까? 모르겠다. 이제 자신이 할 수 있는 일은 그저 기다리는 것뿐이었다.

언제까지 정신을 유지하고 있었는지 모르겠다. 중간에 자꾸 정신이 흐려지는 걸 깨우기 위해 살갗을 꼬집어 보기도 했다. 그러나 효과가 있었던 건 처음뿐이었다. 나중에는 살갗을 꼬집어도 아무런 느낌도 나지 않았다. 외려 점점 더 눈이 감길 뿐이었다.

그러다 문득 인기척을 느꼈다. 몸 상태가 엉망인데도 느낀 건 너무나도 노골적인 존재감 때문이었다. 일란은 숨을 죽였다. 위치를 알고 있는 사람은 황제뿐이었으나 혹시 반란군이 먼저 찾아낸 것일지도 모르기 때문이었다.

긴 인내의 시간이 지나갔다.

덜그럭.

입구를 가로막은 돌이 치워졌다. 일란은 바로 옆에 있는 돌을 주워 들며 독기 서린 눈으로 굴 입구를 바라보았다. 틈새를 막은 나뭇가지마저 치워지자 굴 안으로 빛이 새어 들어왔다. 그리고 이내 사람의 그림자가 어른거렸다.

만약에 반란군이라면 당장이라도 내려치리라. 돌을 쥔 손에 힘을 꽉 주는데 얼핏 금색의 눈동자가 보였다. 손에서 스르르 힘이 빠졌다.

그가 돌아왔다.

"일란!"

황급히 달려드는 황제를 보며 일란은 마음을 편히 가질 수 있었다. 황제가 일란을 안아서 밖으로 꺼내자마자 몇몇이 그녀에게 달라붙었다. 복장은 그림자 기사였으나, 의술에 대해 아는 자인 듯 능숙하게 처치를 이어 나갔다.

"급한 처치는 했으나 최대한 빨리 의원에게 보여야 합니다."

"그러면 그리로 가지."

황제의 명에 기사들이 일사불란하게 움직였다. 그런데 돌아가는 모습을 보니 전원이 같이 이동할 모양인 듯했다. 일란은 당황하며 황제에게 말했다.

"아직 반란군이 있습니다."

알베르만 잡아도 큰 성과였다. 그런데 그들을 내버려 두고 이동한다니.

"중간중간에 위험 요소가 많아. 한 명이라도 두고 갈 수는 없다."

알 수 있었다. 황제는 자신 때문에 반란군의 수장을 잡는 것도 포기하려 하고 있었다. 그를 잡으면 반란군을 뿌리 뽑을 수 있을지도 모르는데! 일란이 무어라 더 말하려 했지만, 황제가 말을 막았다.

"지금은 일란, 그대가 중요하다."

"그렇습니다. 상태가 심각하니 제대로 된 치료를 하셔야 합니다."

그림자 기사도 말을 거들었다. 그다음엔 뭐라 반박할 틈도 없이 황제에게 안겨 말에 태워졌다. 원래 그의 말을 찾지는 못한 듯, 다른 말이었다. 일란은 어색한 태도로 황제의 품에 몸을 기댔다. 그러자마자 말이 빠른 속도로 내달리기 시작했다. 그리고 그 주변을 호위하듯이 기사들이 둘러쌌다. 숲을 벗어나는 데는 오래 걸리지 않았다. 길에 접어들자 속도는 더욱더 빨라졌다.

  황제의 품은 따뜻했고, 어쩐지 안정감이 들었다. 든든한 가슴에 몸을 기대니 다시 눈이 깜박거리기 시작했다.

"조금만 더 정신을 차리고 있어라."

그런 일란에게 황제가 말했다.

"네."

"가면 리안과 엔릴도 만날 수 있을 것이다."

  일란이 도중에 정신을 잃게 될 것을 염려하는지 황제는 끊임없이 말을 걸었다. 하나같이 별로 중요한 말은 아니었으며, 했던 말을 다시 하기도 했다. 일란은 멀쩡한 손으로 가슴 부분을 지그시 눌렀다.

"일란?"

"네, 잠들지 않았습니다."

"그래."

  그저 정신을 깨우기 위한 용도의 이 대화가 따뜻하게 느껴졌다. 황제에게 이런 기분을 느끼게 될 줄이야. 아래에서 올려다보아도 황제의 표정은 보이지 않았다. 그렇지만 어떤 표정인지 알 수 있을 것 같았다. 아마도 다급한 표정이리라. 그걸 생각하자 입꼬리가 올라갔다.

"왜 웃지?"

그걸 황제도 눈치챈 모양이었다.

"그러게요. 왜 웃을까요?"

  일란은 여전히 웃는 표정으로 답했다. 반면 황제는 일란이 자신 때문에 웃는 것이라고는 조금도 생각하지 못하고 있었다. 그렇기에 웃는 이유를 알 수 없어 혼란스러워하였다.
 둘이서 그러는 사이에도 말을 계속 내달렸고, 어느 영지 근처에 도착했다. 그쯤에서 속도를 줄인 이들은 말에서 내리며 후드를 뒤집어썼다. 그러자 척 봐도 수상해 보이는 한 무리가 완성되었으나 그도 잠시, 그들은 뿔뿔이 흩어졌다. 일란은 황제와 단둘이 남게 되었다.
 '이거, 괜찮은 건가?'
 당황하여 황제를 보자 태연하게 자신에게도 후드를 씌워 주더니 두 팔을 벌렸다. 확실히 아직 혼자 몸을 가누기가 쉽지 않았으니 안겨서 가는 게 빠를 것이다. 그러나 지금까지는 황제가 먼저 안아 왔지, 스스로 안긴 적은 없었다. 자연 일란은 머뭇거릴 수밖에 없었다.
 "왜 그러지?"
 그를 아는지, 모르는지 황제는 일란을 재촉했다.
 '에라, 모르겠다!'
 일란은 눈을 질끈 감고 황제에게 달려가 품에 턱 안겼다. 그런 행동에 황제도 당황했다. 몇 번인가 입을 벙긋거리던 황제는 결국 입을 다물었다. 여기서 뭐라 더 말해서는 안 될 것 같은 느낌이 들었기 때문이었다. 그는 애써 태연한 척하며 일란을 안아 들었다. 그리고는 성큼성큼 걸음을 내딛기 시작했다.
 반란군에 의해 황성이 점령된 건 알고 있었다. 그러나 아직 그들도 수도 전부를 손아귀에 넣진 못했다. 그저 점령한 사실을 숨긴 채 성문을 단속할 뿐이었다. 그러니 수도 안으로 숨어들어도 되겠지만, 좀 더 안전하게 가기로 했다. 일란과 아이들이 있었으니까. 예전의 황제라면 곧바로 황성으로 돌아가 반란군들을 죽이고 볼 터였으나, 지금은 조금이라도 안전하게 돌아가는 쪽을 택했다.

그렇기에 수도 근처에서 방향을 꺾어 그로부터 멀지 않은 곳에 위치한 영지에 들렀다. 원래라면 일란을 양녀로 들이기로 되어 있었던 헤스트 백작의 영지였다. 백작가는 대를 이어 황가에 절대적인 충성을 맹세하고 있었다.

그는 핏줄을 죽이고 황좌를 거머쥔 지금의 황제에게도 마찬가지였다. 외려 그는 전대 황제에게 충성을 바치면서도 부족함을 느꼈기에, 지금의 황제에게 더 호의를 가지고 있었다. 그래서 양녀 건도 받아들인 것이었다.

어두워져 가는 영지로 들어서자 미리 마중 나와 있던 이들이 황제를 안내했다. 그들은 황제의 품 안에 있는 이에 대해 궁금해하면서도 그를 드러내지 않기 위해 애썼다. 헤스트 백작이 미리 철저하게 일러두었기 때문이다.

"오셨습니까?"

저택의 입구에 선 헤스트 백작이 황제를 맞이하였다.

"의원은?"

인사를 받기도 전에 의원부터 찾았으나 헤스트 백작은 당황하지 않았다.

"준비하고 있습니다."

헤스트 백작은 곧바로 준비된 방으로 황제를 안내했다. 일란은 도중부터 정신을 잃은 상태였다. 더는 말을 걸어도 아무런 대답도 돌아오지 않았다.

침대에 일란을 눕히자마자 미리 준비하고 있던 의원이 일란에게 달라붙었다.

"준비해 둔 약초와 붕대를 가져와!"

일란의 손을 감싼 붕대를 풀어 본 의원은 미간을 찌푸렸다. 먼저 물로 상처를 씻어 낸 그는 소독약을 바르고 이어 지혈초를 붙였다. 그런 후 마지막으로 붕대로 마무리한 뒤, 바쁘게 움직이며 약을 준비하기 시작했다. 황제는 그 모습을 바라보며 석상처럼 가만히 서 있었다.

"폐하께서도 쉬셔야 하지 않겠습니까?"

헤스트 백작이 권유했으나, 황제는 거절했다.

"나는 괜찮다."

모든 처치가 끝나고 나서야 황제는 의원에게 물었다. 그동안은 방해될까 봐 궁금해도 꾹 눌러 참았다.

"상태는 어떻지?"

"최악입니다. 영양실조에 과로, 상처로 인한 과다 출혈. 여러 가지가 겹쳤습니다."

의원의 말에 황제의 안색이 하얗게 변하며 굳었다.

"그래서?"

갑자기 싸늘해지는 느낌에 의원은 몸을 부르르 떨었다. 그는 여기에 와 있는 황제의 정체를 모르고 있었다. 그런데도 살고자 하는 본능에 자연스럽게 입을 열었다.

"그래도 아주 늦지는 않았습니다. 꾸준히 치료하면 회복될 겁니다. 한동안 고생하긴 하겠지만, 괜찮아질 겁니다."

"손은?"

"네?"

"그녀는 검사다. 손은 다시 쓸 수 있겠는가?"

그 말에 의원이 난처한 표정을 지었다.

"그는 치료하면서 상태를 봐야 할 것 같습니다."

"반드시 다시 검을 쥘 수 있게 치료해야 할 거야."

"네? 네, 물론입니다!"

의원은 소리 높여 답했다. 여기서 잘못 대답했다가는 큰일이 날 거란 예감 때문이었다. 다행히 틀린 답은 아니었는지 뒤에 있던 헤스트 백작이 천천히 고개를 끄덕여 주었다.

의원이 물러나자마자 황제는 침대 곁의 의자에 앉았다. 그리고 일란을 물끄러미 내려다보았다. 창백하던 안색이 조금은 나아진 것 같았다.

다행이다.

그리 생각하며 황제는 두 손을 모아 쥐었다. 만약에 일란이 죽었더라면. 그랬다면 자신도 더는 살아갈 의욕을 잃었을 것이다. 아이들이 있으니 죽지는 않겠으나 남은 삶은 지옥이 될 게 뻔했다.

황제는 한참 동안 일란을 바라보다 자리에서 일어섰다. 미리 여기에 보내 둔 아이들도 확인해 봐야겠단 생각이 들었다. 방문을 나서자 아까 나갔던 헤스트 백작이 그 앞에서 기다리고 있었다. 사람을 딱히 좋아하지 않는 황제였으나 백작의 이런 점은 마음에 들었다.

"아이들은?"

"황녀님과 황자님께선 잘 지내고 계십니다. 힘드실 텐데 어찌나 의젓하시던지요. 역시 황가의 핏줄이셨습니다."

생각보다 아이들이 마음에 들었는지 헤스트 백작의 말이 길어졌다.

"그렇다니 다행이군."

"지금 보시러 가시겠습니까? 모시겠습니다."

"그러지."

헤스트 백작은 앞장서 아이들에게로 황제를 안내해 주었다.

마침 때가 저녁인지라 아이들은 잘 준비를 하고 있었다. 그러나 황제를 보자마자 갈아입던 옷도 내팽개치고 그에게로 달려왔다.

"폐하!"

될 수 있으면 다른 호칭으로 불러 줬으면 좋겠는데. 그리 생각하며 황제는 무릎을 꿇고 시선을 낮췄다.

그 모습을 본 헤스트 백작은 놀란 표정을 지었다. 황가의 계보에 들였다 하여 어느 정도 아끼는 건 짐작했으나 저 정도일 줄은 몰랐던 탓이다. 아이들을 위해 시선까지 낮춰 주다니. 자신이 알아 오던 황제답지 않은 행동이었으나 싫지는 않았다. 외려 기꺼웠다.

'성군에 더 가까워져 가고 계신다.'

원래도 황녀와 황자를 지킬 생각으로 가득 차 있던 헤스트 백작은 경비를 더 단단히 하기로 했다. 절대 아이들과 자신의 양녀가 될 일란을 잃을 수는 없었다. 그게 앞으로 제국을 위한 가장 좋은 방법이 될 테니까.

"엄마는요?"

가장 앞장서 달려온 리안이 제일 먼저 일란의 안부를 물었다.

"찾았다."

"여기에 있어요?"

리안은 발을 동동 구르며 다급히 질문했다.

"그래."

"보러 갈래요!"

리안의 말에 엔릴이 고개를 끄덕였다.

"지금은 안 돼."

"왜요?"

초조함이 깃든 눈동자 두 쌍이 황제를 바라보았다. 지금 일란은 많이 다쳐서 쉬고 있다. 그렇게 이야기해도 될 텐데 그러고 싶지 않았다. 아이들이 엄마인 일란을 얼마나 기다렸는지 알면서도. 사실대로 말하면 아이들이 걱정할 것이 뻔했기에 잠시 대답이 늦어졌다.

"왜요!"

아이들의 목소리가 커졌다. 재차 묻는 말에 황제는 차분하게 말했다. 역시 거짓말을 하고 싶지는 않았다. 그렇다고 상처를 주고 싶지도 않았기에 천천히 상황에 대해 설명했다.

"일란은 너무 먼 거리를 달려와서 많이 지친 상태다. 지금 자고 있어."

"그래도 보고 싶어요!"

리안이 울먹이며 말했다.

"깬 다음에 같이 보러 가자."

주먹 쥔 작은 손을 잡으며 황제는 아이들을 달랬다. 해 보지 않은 행동이라 마냥 서툴기만 했으나 그 속에 담긴 마음은 아이들에게 전해졌다. 흥분하여 울먹이던 아이들이 붉어진 눈가를 쓱쓱 닦았다.

"정말이죠?"

"정말이지."

"약속해요."

아이들은 황제에게 새끼손가락을 내밀었다. 잠시 머뭇거리긴 했으나 손가락을 걸어 주자 금방 활짝 웃는다.

"원래 잠잘 때 깨우면 싫으니까."

"기다릴게요."

아이들은 한마디씩 하며 걸린 손가락을 흔들었다. 자신의 손가락에 비해 작은 손가락이 어색했다. 직접적으로 닿은 적이 거의 없어서 더 그럴지도 몰랐다. 언제까지나 마냥 어색하기만 한 존재일 줄 알았는데, 시간이 흐를수록 관계도 변해 갔다.

"그래, 내일은 꼭 엄마를 만날 수 있게 해 주마."

"네!"

씩씩하게 대답한 아이들은 다시 잠옷으로 갈아입었다. 자기 손으로 하는 모습을 보며 하녀들이 움찔거렸으나, 황제는 굳이 말리지 않았다.

아이들의 안전을 위해서라고 말하긴 했으나 황가의 계보에 넣은 것에 자신의 욕심이 없진 않았다. 아이들을 엮어 두면 나중에 일란이 쉽사리 떠날 수 없을 거라 생각했다. 그렇기에 큰 문제가 생기는 것이 아니면 아이들이 하고 싶은 대로 하게 내버려 두고 싶었다. 물론 황자와 황녀로서 받아야 하는 수업을 빼먹는 것 같은 일은 안 되지만, 잠옷을 혼자 갈아입는 것 정도야.

"잘 자라."

황제는 아이들에게 인사를 하고 자리에서 일어섰다. 헤스트 백작은 그 모습을 내내 흐뭇한 얼굴로 바라보고 있었다. 그리고 황제가 일어서자마자 언제 그랬냐는 듯이 표정을 지웠다.

"그럼 폐하께서 쉬실 방으로 안내해 드리겠습니다."

"아니, 나는 일란 곁에 있겠다."

"알겠습니다."

헤스트 백작은 더는 권유하지 않았다. 그저 그 여기사에 대한 황제의 마음이 깊음을 다시 한번 확인했을 뿐이었다.

황성의 소란과는 다르게 헤스트 백작가는 조용하기만 했다. 아직은 파란 전이었다.

서서히 어두워져 가는 숲속. 반란군은 아직도 황제와 일란을 찾아 헤매고 있었다.

"없다, 없어!"

알베르는 신경질적인 태도로 옆에 있는 나무를 주먹으로 후려쳤다. 황제가 사라지자마자 곧바로 추적하였으나 그 흔적도 찾지 못했다.

황제에 대해 더 자세히 알지 못한 게 문제였다. 버림받은 황자는 공작가의 도움으로 황제가 되었다. 그리고 그는 어디선가 암살자들을 데려와 기사로 만들었다.

그게 황제의 과거에 대해 알베르가 아는 전부였다. 설마 황제도 암살자일 줄은 상상도 하지 못했다. 아무리 버림받은 황자라 하여도 그런 데까지 떨어졌을까, 했던 것이다.

그러나 후회해도 이미 늦었다. 황제는 모습을 감췄고, 찾을 수가 없었다. 하늘은 점점 어두워져 갔다. 황제가 오는 길을 방해하기 위해 배치해 두었던 반란군들에게서도 아무런 소식이 없었다.

'아마도 대부분 죽거나 잡혔겠지.'

알베르의 머리가 팽팽 돌아갔다.

"서쪽은 찾지 못했다고 합니다."

"북쪽도 마찬가지입니다."

다른 두 방향도 마찬가지로 황제의 흔적을 찾지 못했다고 하였다. 베른이 갈수록 초조해하는 모습을 보였으나 지금은 그도 눈에 들어오지 않았다.

하늘에 걸려 있던 해가 모습을 감추었다. 이제는 완연한 어둠이 내려앉았다. 어둠 속에서는 더욱더 둘을 찾기 힘들 터였다. 이성적으로는 이제 돌아가야 했다. 만약에 황제가 이곳을 벗어났을 경우도 생각해야 하니까. 어쩌면 누군가가 자신들을 잡으러 올지도 몰랐다. 그리고 그 생각은 맞아떨어졌다.

"컥!"

갑자기 들려온 비명을 시작으로 반란군들의 수가 급격히 줄어들기 시작했다. 어둠 속에서 누군가가 움직이고 있었다.

'그림자 기사들은 말이야. 기사로서도 뛰어난 편이지만 그들의 진정한 공포는 거기서 나오는 게 아냐. 그들은 그림자로서 활동할 때 더 강해진다.'

어둠 속에 스며들어 황제에게 반하는 이들을 죽여 나간다. 그 모습은 그야말로 그림자. 흔히들 말하는 암살자의 모습을 하고 있었다. 더는 망설일 수 없었다.

"후퇴한다!"

알베르는 그리 외치며 검을 뽑아 들었다. 어둠이 서리면서 횃불을 피우긴 했으나 그마저도 하나둘씩 줄어들었다. 고의적으로 불을 든 사람부터 공격하고 있었다. 그 사실을 알아챈 누군가는 횃불을 집어 던지기도 했다. 화르륵. 횃불에서 시작된 불길이 채 번지기도 전에 꺼졌다. 그리고 이어서 약속이라도 한 듯 비명이 들려왔다.

"아악!"

그들은 비명을 막을 생각이 없어 보였다. 비명이 울려 퍼질수록 공포에 떠는 사람이 늘어나고 혼란한 상태가 되었으니.

"살려 줘!"

누군가의 비명을 뒤로하고 베른은 앞으로 치고 나갔다. 어떻게든 알베르만이라도 도망치게 하기 위함이었다.

"알베르 님!"

알베르는 베른의 희생을 거절하지 않았다. 여기서는 자신이 살아 나가야 했다.

챙!

베른이 보이지 않는 와중에도 용케 누군가의 공격을 막아 냈다. 그러나 공격은 한 번으로 끝나지 않았다. 한 손으로는 검을, 다른 한 손으로는 짧은 단검을 휘두르며 격렬하게 공격해 왔다.

그러는 와중에 바람이 불어왔다. 쓰러지는 이들은 더욱더 늘어 갔다. 그림자들이 독을 사용하기 시작한 것이었다.

"윽."

알베르는 손수건으로 입가를 막으며 고민했다. 베른을 도울 것인가. 아니면 혼자서라도 이탈할 것인가. 그냥 떠나기에는 그와 함께한 세월이 너무나도 길었다. 그토록 복수를 부르짖어 놓고 결국 정에 무너지는가. 알베르가 헛웃음을 지으며 무기를 드는 순간, 베른이 외쳤다.

"가십시오! 곧 뒤따르겠습니다!"

어둠 속에서 알베르의 검만이 달빛을 받아 희미하게 빛나고 있었다. 그림자들은 무기조차도 어두웠다. 아마도 재를 바르거나 검은 물감을 칠한 것이겠지만, 당장은 그게 생각나지 않았다. 그저 공포만이 몸을 부풀려 갈 뿐이었다.

알베르는 더 망설이기를 포기했다. 그는 베른을 뒤로하고 숲속을 내달렸다.

'살아야 한다!'

여기서 죽을 수는 없었다.

베른이 목숨 바쳐 길을 열자 반란군이 가세했다. 그들은 자신을 살리기 위해 목숨을 던졌다. 그러니 더욱더 죽을 수 없었다. 이곳에서 죽는다면 그건 개죽음이다.

알베르는 정신없이 달렸다. 가끔 나뭇가지가 스치며 몸을 긁어도 아랑곳하지 않았다. 숨겨진 근거지로 향하는 와중에 추적을 염려하여 흔적을 지우는 것도 잊지 않았다.

길게만 느껴지던 밤이 지나고 새벽이 되었을 무렵, 알베르는 산지기의 오두막에서 떨어진 또 다른 근거지에 도착했다. 일란을 잡아 두었던 곳과는 다른 장소였다.

"알베르 님!"

남아 있던 반란군이 놀란 표정을 지으며 그를 맞이했다.

"돌아온 이들은 없나?"

숨을 몰아쉬며 물었으나 그는 고개를 내저을 뿐이었다.

"아직 아무도 돌아오지 않았습니다. 무슨 일이 있었습니까?"

"……계획은 실패다."

"그럴 수가!"

실패라는 소식을 듣게 된 반란군들은 절망적인 표정을 지었다.

"하지만 아직 끝은 아니다."

알베르는 침착하게 그들에게 말했다.

"아직 기회는 남아 있어."

황성은 레온하르트와 귀족파들에 의해 점령된 상태였다. 그리고 레온하르트는 반란군과 손을 잡은 상태였다. 비록 황제는 놓쳤으나 그가 황족의 아이들을 잡는 데 성공했다면, 다른 방법이 있었다.

'하지만 불안해.'

황제의 아이들마저 놓쳤다면 황제를 불러낼 미끼가 사라진다. 그에게 인질의 가치가 있는 이는 극소수였다. 그렇게 되면 정면으로 황제와 부딪쳐야 했다. 귀족파와 반란군의 세력이 더해지면 해볼 만할지도 모르겠지만, 이전보다는 희생이 커질 터였다. 일단은 레온하르트에게 연락을 넣어 봐야 했다.

"황성으로 보낼 수 있는 전서구가 남아 있나?"

"네! 한 마리 있습니다."

"좋아."

알베르는 빠르게 움직여 전서구를 황성으로 날려 보냈다. 황성에서 전서구를 맞이할 수 있는 위치는 첩자가 알고 있었다. 첩자가 소식을 받아 들기만 하면, 그걸 레온하르트에게 전달하는 건 어렵지 않다.

어느 정도 정리가 되자 한발 늦게 베른이 걱정되기 시작했다.

'반드시 살아 돌아와야 한다.'

베른은 언제나 자신의 기대를 깨지 않았다. 그러니 이번에도 그래 주기만을 바랄 뿐이었다. 마음 같아서는 찾으러 가고 싶었지만, 그건 너무나도 위험한 생각이었다. 분명 추격자들이 자신의 흔적을 찾으며 숲을 뒤지고 있을 터였다. 그렇기에 일단은 자잘한 상처를 치료하고 잠시 쉬기로 하였다. 레온하르트의 답이 올 때까지는 약간의 여유가 있었다.

그리고 그때, 살아남은 베른이 뒤늦게 근거지에 도착했다. 그는 만신창이가 된 상태였으나 살아서 도착했다.

"알베르 님."

거친 숨을 몰아쉬며 검을 지팡이 삼아 걷는 베른은 의술을 모르는 자가 보아도 심각한 상태 같았다.

"베른!"

급히 달려간 알베르가 베른을 끌어안자 그는 곧바로 그 자리에서 무너져 내렸다. 급히 의원이 달려와 베른의 상태를 살펴보았다.

"어떻지?"

알베르가 독촉하자 의원은 무겁게 입을 열었다.

"가망이 없습니다."

"말도 안 돼!"

절규하였지만, 그렇다고 상황이 바뀌는 것은 아니었다. 베른은 흐릿해져 가는 시선으로 알베르를 바라보았다.

어려서 알베르의 말동무로 왕궁에 들어간 이후로 지금까지 계속 그와 함께해 왔다. 즐거울 때도 슬플 때도. 왕국이 멸망하는 순간에도 자신은 알베르의 곁에 있었다. 고통 속에서 절망에 잠긴 그를 보면서 곁에서 도와주고 싶었다. 하지만 그도 이제는 끝인 것 같았다. 한순간의 실수로 모든 게 틀어졌다. 이 모든 건 자신의 잘못이었다.

"알베르 님."

목소리는 생각보다 또렷하게 흘러나왔다.

"베른!"

"부디 원하는 바를 이루시길 바랍니다."

"갑자기 무슨 소리야! 의원!"

알베르는 계속 이야기하려는 베른의 말을 막으며 의원을 불렀지만, 그는 고개를 내저을 뿐이었다.

"마지막 말이 될지도 모릅니다. 들어 주십시오."

"그럴 수는!"

재차 의원에게 말하려는 알베르에게 베른은 마지막으로 하고 싶은 말을 쏟아 냈다.

"왕자님의 잘못이 아닙니다."

그전부터 말하고 싶었다. 알베르는 왕국을 멸망시킨 황제를 증오하면서도 자신 또한 미워했다. 마지막에 왕국의 부흥을 위해 황제에 반하는 이들과 손을 잡으려 했던 게 그였기 때문이었다. 하지만 그건 그의 잘못이 아니었다. 왕국을 더 잘되게 하기 위해 노력하다가 조금 어긋났을 뿐이다. 베른은 그렇게 생각했다.

"그러니."

숨이 가빠져 왔다. 이미 시야는 보이지 않게 된 지 오래였다.

베른은 직감적으로 알 수 있었다.

'아아, 끝이구나.'

자신의 왕자님에게는 미안한 일뿐이었다. 끝까지 함께하기로 하였는데 이리도 먼저 떠나다니. 얼마나 불충한 짓인가. 그래도 더는 버틸 수 없었다. 초점 없이 떨리던 베른의 눈이 움직임을 멈췄다.

"베른!"

알베르가 베른의 이름을 외쳤으나 바닥으로 떨어진 손은 더 이상 움직이지 않았다. 쭉 알베르와 함께해 온 베른은 그렇게 곁을 떠나갔다. 베른 이후에도 몇몇 살아남은 반란군이 귀환했으나 그는 눈에 보이지 않았다. 그저 망연자실하게 베른의 시체 앞에서 멈춰 서 있을 뿐이었다. 비어 있는 방으로 옮겨진 베른의 표정은 평온해 보였다.

"그래, 이제라도 평온히 쉬어라."

알베르는 울지 않았다. 울 수 없었다. 어깨 위에 들러붙은 복수는 베른의 몫만큼 더 커져 갔다. 더는 물러날 곳이 없었다.

"추모는 복수가 끝난 뒤에 해 줄게."

그게 알베르가 할 수 있는 최선이었다. 그는 베른의 시체가 놓인 방을 되돌아 나오며 무거운 발걸음을 옮겼다.

부드럽게 스며드는 햇살에 일란은 천천히 눈을 떴다. 간만에 오랫동안 편히, 잠들었다. 어찌나 깊이 잠들었는지 꿈도 꾸지 않았다. 그렇게 눈을 뜨니 침대 바로 옆에 의자를 두고 자신을 지켜

보는 황제가 보였다.

"깼나?"

황제는 그리 말하며 희미하게 웃어 보였다.

"밤새우셨습니까?"

피곤해 보이는 안색이라 그리 묻자 황제는 대답을 회피했다.

"어디 아픈 곳은 없나?"

"없습니다. 이 정도는 괜찮습니다. 그보다 정말 밤새우셨습니까?"

"조금은 잤다."

거짓말. 일란은 황제를 심술궂은 표정으로 바라보았다.

"저번에도 말했듯이 거짓말을 하는 사람은."

좋아하지 않아요. 그 말이 끝나기도 전에 황제는 사실을 고백했다.

"자지 않았다."

그럴 줄 알았다. 일란은 한숨을 푹 쉬고는 황제에게 말했다.

"좀 자고 오십시오."

"싫다."

"피로가 쌓이면 몸에 좋지 않습니다."

"나도 이 정도는 괜찮아."

말이 통하지 않는다. 정말 고집불통이었다. 일란은 꿋꿋하게 버티는 황제를 보다가 눈을 게슴츠레 떴다. 자러 가라고 해도 진짜 자고 올지는 알 수 없었다. 황제라면 문 앞에서 버티고 있을 가능성도 있었다. 지금 이 상황에서 반란군에 대한 대응책인 황제가 저러면 어쩐단 말인가.

한참 고민하던 일란은 침대 중앙에 있던 몸을 옆으로 움직여

옆자리를 비웠다. 다행히 침대는 무척 큰 편이었고, 자리는 넉넉했다. 일란은 비어 버린 옆자리를 팡팡 두드렸다.

"여기에 누우십시오."

사실 매우 부끄러웠지만 잠시 얼굴에 철판을 깔기로 했다. 핏발이 선 눈에 지쳐 보이는 얼굴. 그냥 봐도 피곤함에 절어 있는데 뭘 버티고 있단 말인가. 심지어 황제도 부상자였다. 절벽을 내려오는 과정에서 검을 쥔 손을 다쳤던 것이다. 붕대를 감고 있는 걸 보니 상처가 생각보다 큰 모양이었다. 억지로라도 재워야 할 필요성을 느꼈다. 평소의 자신이라면 생각지도 못했을 행동이나 어쩐지 잠시 마음이 말랑해져 왔다. 자신을 구하기 위해 황제가 했던 행동을 기억하고 있었기 때문이다.

그러나 그를 알 리 없는 황제는 눈을 뜨고 멀뚱하게 자신을 바라보고 있었다. 마치 자신의 목소리가 들리지 않는 사람 같았다.

"여기에 누우십시오."

재차 말하자 황제가 어색한 태도로 자신의 귀를 매만졌다.

"잘못 들으신 것 아닙니다."

"이건 꿈인가? 아무래도 내가 피곤했던 모양이군. 이런 꿈을 꾸다니."

황제는 멍하니 그리 중얼거렸다.

"꿈 아닙니다."

모처럼 호의를 베풀었는데 이런 반응이라니. 어처구니가 없어 답하니 황제가 고개를 내저었다.

"아니, 이건 꿈이 틀림없다."

"아니라니까요?"

"꿈이 아니고서야 일란이 나에게 그리 말할 리 없다."

묘하게 당당한 어투였다. 저러는 걸 뭐라고 생각해야 하나. 일란은 모처럼 내보인 호의가 허사로 돌아가자 허탈하게 웃음 지었다.

"그래서 꿈이라 싫으십니까?"

"그럴 리가. 꿈이라도 좋다."

황제는 의자에서 일어나 주섬주섬 침대로 올라왔다. 그런데 그 모습이 첫날밤을 앞둔 신랑처럼 수줍어 보였다. 일란의 옆은커녕 침대의 끄트머리에 자리 잡은 황제는 얌전히 자리에 누웠다.

"떨어지겠습니다."

"떨어지지 않을 테니 안심해라."

같이 하룻밤을 보낸 적도 있으면서 이렇게 조심하는 태도를 보니 기분이 묘했다. 그날 밤에는 어땠던가. 뜨겁고 격렬하며 열정적이었다. 다시는 보지 못할 연인처럼 자신을 대했다. 그런 이가 이렇게 순수하게 나오니 뭐라 말해야 할지 모르겠다.

일란은 고개를 내젓고는 침대에서 몸을 일으켰다. 잠에서 깼으니 일어날 셈이었다. 황제도 눕혔으니 일어나면 딱이었다. 그러나 이내 덜컥 그 자리에서 멈춰 서야 했다. 황제가 옷깃을 잡아 왔기 때문이다.

"어디 가는가?"

"깼으니 주변을 좀 둘러보려고 합니다."

그 말에 황제가 실망스러운 표정을 지었다. 아무래도 같이 침대 위에서 자는 걸 기대한 듯했다.

'그럴 리가 없잖아!'

어처구니가 없단 표정으로 바라보자 그가 천천히 눈을 깜박였다. 밤을 새워서 그런지 붉게 물든 눈가가 애처롭게 바라보니 험한 소리도 못 하겠다.

"일단 어딘지도 알아봐야 할 것 같고."

"헤스트 백작의 저택이다."

"아이들이 잘 있는지도 궁금하고요."

"내가 안내해 주지."

일란은 저도 모르게 손을 들어 올려 황제의 이마를 찰싹 쳤다. 말을 듣지 않는 아이 같은 행동에 나간 손이었다.

'당신은 그만 자라고!'

갑자기 이마를 찰싹 맞은 황제가 눈을 깜박였다. 뒤늦게 아차 했으나 이미 손은 나간 뒤였다. 황제의 손이 그의 이마를 매만졌다. 세게 치지 않았으니 그다지 아프지 않을 테지만, 일국의 황제에게 할 행동은 아니었다.

"죄, 죄송합니다!"

당황해서 사죄하니 황제가 괜찮다는 듯이 대답했다.

"괜찮다. 더 쳐도 된다."

이 남자, 뭐라는 거야. 일란의 표정이 절로 일그러졌다. 그러나 황제도 빈말은 아닌 듯했다. 이런 남자였던가. 어쩌 깊이 알아 갈수록 빈틈이 보였다. 그리고 그 빈틈은 일란의 마음을 흔들었다.

"됐습니다. 쉬십시오."

그러고 자리에서 일어나려 했으나 꽉 잡은 옷깃이 도통 움직이질 않는다. 힘은 무식하게 세서!

"혼자서도 주무실 수 있지 않습니까?"

"그대도 더 쉬어야 해. 의원이 많이 위험했으니 푹 쉬게 하라

했다."

"이 정도는 괜찮습니다."

"그러면 나도 일어나지."

한 대 때려 주고 싶다. 예전에 선배 기사들을 보며 가끔 떠올리곤 했던 생각이 머릿속을 스쳐 지나갔다. 하지만 이미 한 행동이 있기에 일란은 좀 더 침착하게 행동하기로 했다.

"그냥 누워 계십시오."

결국 일란은 황제의 옆에 다시 몸을 뉘었다. 잠시 일어섰을 뿐인데 포근한 침대에 몸이 빨려 들어갈 것만 같았다. 아직은 더 쉬어야 하는 게 맞긴 한 모양이었다. 절로 눈이 감기기 시작했다. 일란은 반쯤 졸았다. 뭔가 할 줄 알았던 황제는 옷깃을 놓고 얌전히 천장을 보며 누워 있었다. 순수하게 자신이 더 쉬었으면 했기에 한 행동인 듯했다.

'예전에도 이랬더라면.'

도망치는 일도 없었을 텐데. 그리 생각하며 잠에 빠져들려는데 노크 소리가 들려왔다.

똑똑.

낮은 위치에서 들려온 노크 소리에 문을 쳐다보았다.

"들어가도 되나요?"

점잔을 흉내 낸 아이 목소리가 들려왔다.

'엔릴!'

"아침이잖아. 엄마도 깨지 않았을까?"

이어 리안의 목소리도 들려왔다. 그러더니 문이 확 열렸다. 아무래도 더는 참고 있을 수 없었던 모양이었.

"엄마!"

"엄마아!"

아이 둘이 빠르게 안으로 뛰어 들어왔다. 그리고 이어 뒤쪽에서 나이 든 한 명의 중년인이 따라 들어오다가 이쪽을 보고는 곧바로 몸을 틀었다.

"정말 본의는 아니었습니다."

그렇게 말한 중년인은 얌전히 나가 도로 문을 닫았다.

'무슨 뜻이지?'

고개를 갸웃거리다가 뒤늦게 지금 상황을 깨달았다. 바로 옆에 황제가 누워 있다는 것을 말이다! 당황하여 벌떡 일어나는 일란에게로 아이들이 달려왔다.

"엄마! 괜찮아요?"

"아픈 곳은 없어요?"

커다란 눈에 그렁그렁 눈물을 담고 올려다보는 아이들은 지나치게 사랑스러웠다. 일란은 오랜만에 보는 보물들을 서슴없이 끌어안았다.

"리안, 엔릴!"

"엄마아아!"

기쁨의 해후가 이루어졌다. 아이들은 눈물을 펑펑 쏟으며 일란에게 안겼다. 그동안 어른스럽게 잘 버텼다고 하나 결국은 어린아이였다. 힘들지 않았을 리 없었다. 아이들은 오랜만에 만난 엄마의 품에서 불안감을 해소했다. 일란도 아이들처럼 오랫동안 쌓여 왔던 걱정을 풀어냈다. 감격의 순간이었다.

아이들은 엄마의 품에 안겨서 기쁨의 해후를 마쳤다. 그리고 뒤늦게 일란의 다친 손을 발견하고는 안절부절못하기 시작했다.

"아파요?"

"의원 불러올까요?"

리안과 엔릴이 쩔쩔매면서 일란의 손을 바라보았다.

"괜찮아."

일란이 침착하게 달래니 좀 차분해지긴 했지만, 그뿐이었다. 둘 다 일란의 곁에 머무르면서 강아지 같은 시선으로 그녀를 바라보았다.

"많이 아파 보여요."

"어디서 다쳤어요?"

아이들은 끊임없이 질문을 내뱉었다.

'뭐라고 해야 하지?'

지금까지 아이들에게 약한 모습을 보인 적이 없어 알 수 없었다. 그렇게 당황해하다 뒤늦게야 바로 옆에 황제가 있음을 떠올렸다. 혹시 도움이 될까 싶어 돌아보았더니 자신이 눕힌 그대로 침대에 얌전히 누워 있었다. 그리고 가만히 셋을 바라보는 모습을 보니 저도 모르게 손이 나갈 뻔했다.

'보고만 있지 말란 말이야!'

조심해야겠다는 생각이 들었다. 갑자기 둘 사이의 벽이 무너지면서 황제에게 하는 행동에 제한이 풀린 듯한 기분이었다. 이러다 다른 이들 앞에서 무례한 행동을 하게 될지도 몰랐다.

"엄마!"

리안이 일란의 손을 조심스럽게 잡고, 엔릴이 손등을 쓸어 주었다.

"빨리빨리 나아라!"

어디서 본 건 있어서 그리 말하는데, 그 모습이 너무나도 사랑스러웠다. 일란은 재차 아이들을 꽉 끌어안았다.

"빨리 나을 거야. 그러니까 너무 걱정하지 말렴. 엄마는 강하거든."

"맞아, 기사라고 했어!"

그제야 리안이 활짝 웃어 보였다. 엔릴도 얌전히 고개를 끄덕였다. 그러다 아이들은 일란의 너머 침대에 누워 있는 사람을 발견했다. 엄마인 일란만을 바라보았기에 미처 발견하지 못했던 황제였다. 리안의 눈동자가 다시 흔들리기 시작했다.

"너, 너무해!"

그렇게 외친 리안이 일란의 품을 벗어나 막무가내로 황제의 곁에 누웠다. 어제 엄마가 깨어나면 보여 주겠다고 하더니, 사실 엄마랑 잤단 말인가. 배신감마저 느껴졌다.

"나도 엄마랑 잘 거야!"

리안은 서러움에 와락 외쳤다. 엄마가 얼마나 보고 싶었는데. 그래도 참았는데 폐하는 엄마랑 둘이서 자고 있었다. 화가 났다. 게다가 그 말에 엔릴도 슬그머니 누나의 곁에 누웠다. 일란이 그런 게 아니라고 변명하려 했으나 아이들은 이미 자리를 잡은 뒤였다. 쉽게 일어날 것처럼 보이지도 않았다. 특히 리안은 입술을 꾹 다물고 미간을 찌푸린 채 이불까지 덮고 있었다.

"잠시 더 자는 것도 괜찮지 않겠는가."

거기에 황제도 말을 거들었다.

"이미 아침입니다."

"나보고는 더 자라고 하지 않았나."

그야 당신은 잠을 제대로 자지 못했으니까 그랬지! 일란은 기가 막혀 이마를 문질렀다. 침대가 넓어 어른 둘, 아이 둘이 눕기에 좁지는 않았다. 그렇지만 정말 이렇게 누워서 더 자자고? 황당할 수밖에 없었다.

"엄마도 누워요!"

리안이 단호한 어조로 말했다. 이미 화는 풀린 듯했고, 어딘가 신나 보이기까지 했다. 엔릴은 자신의 옆자리를 손으로 탁탁 쳤다. 황제는 흥미로운 표정으로 일란을 올려다보고 있었다.

잠시 망설이던 일란은 에라 모르겠다 싶어졌다. 그래서 그대로 침대에 눕자 엔릴이 일란의 품을 파고들었다.

"나도!"

엔릴의 뒤에서 리안도 찰싹 달라붙었다. 그 탓에 황제 쪽 자리는 휑해졌다. 그는 비어 버린 자리를 미묘한 시선으로 바라보다가 입꼬리를 끌어 올렸다. 기분이 나쁘진 않은 모양이었다. 되레 들떠 보였다. 일란은 손을 쭉 뻗어 리안까지 끌어안았다.

'그래, 아이들이 원한다면야.'

잠시 자는 것도 나쁘진 않으리라. 일란은 벌게진 눈가로 자신을 쳐다보다가 슬슬 눈을 감는 아이들을 바라보았다. 밤에 잠을 설친 모양이었다. 버티다가 얼마 되지 않아 두 명 다 나란히 눈을 감았다.

도로롱.

잠든 아이들에게서 작게 코 고는 소리가 들려왔다. 황제는 그런 아이들과 일란을 계속 바라보고 있었다.

"폐하도 이만 주무십시오."

"그러도록 하지."

황제는 순순히 고개를 끄덕이고 눈을 감았다. 그러나 그는 쉽게 잠들지 못했다. 잠시라도 깊은 잠에 빠져 정신을 놓으면 지금 손안에 있는 행복이 빠져나갈 것 같았기 때문이다. 일란도 아이들도 같은 침대 위에 누워 있는 이 상황이 무척이나 꿈같았다. 그렇기에 잠에서 깨어나면 사라질까 두려웠다.

그러나 그도 한계가 있었다. 일란을 찾는 내내 제대로 자지 못했고, 부상까지 입었다. 침대는 푹신했고, 옆에서는 아이들이 코 고는 평화로운 소리가 들려왔다. 거기에 일란이 아이들에게 자장가를 불러 주기 시작했다.

"해님도 코오, 구름님도 코오. 잠든 밤에 달님과 별님이 노래를 불러요."

유치한 가사라고 생각하면서도 정신이 가물거리기 시작했다. 그러고 보니 아주 어렸을 적에 잠들기 전, 어머니가 불러 주었던 자장가도 저랬던 것 같았다.

'엄마 양 곁의 아기 양은 편히 잠들고.'

잊고 있었던 다정한 목소리가 기억 저편에서 떠올랐다.

'스르르 우는 벌레 소리는 자장가 같아요.'

거기에 일란의 자장가 소리가 겹쳤다. 황제도 서서히 잠에 빠져들기 시작했다. 정신을 차려 보려고 했으나 거절하기 어려운 잠의 유혹은 그를 깊이 잡아끌었다. 결국 황제는 아이들처럼 잠들고 말았다.

 아이들에게 자장가를 불러 주던 일란도 황제가 잠들었음을 깨달았다. 그는 시체처럼 움직이지 않은 채 소리 없이 자고 있었다. 잠시 그를 바라보느라 자장가가 끊기자 아이들이 칭얼거렸다. 일란은 다시 입을 열어 자장가를 부르기 시작했다. 어느새 높이 뜬 햇살은 좀 더 강해졌고, 조용하던 저택은 활기를 머금기 시작했다. 그런데도 이 공간만은 조용하고 평화로웠다.

 어쩐지 마음이 편해져 일란도 다시 잠이 오기 시작했다. 귀족의 저택이라면 이때쯤 누군가가 시중을 들러 올 법한데 아무도 들어오지 않았다. 문득 마지막에 보았던 남자의 얼굴이 생각났다.

 '뭔가 오해한 것 같았지?'

 그 때문에 아무도 들어오지 않는 듯했다. 아이들의 등을 도닥이다가 점점 잠에 빠져들었다. 이 순간만은 복잡한 다른 것들이 떠오르지 않았다.

 '잠시만이라도.'

 이렇게 쉬는 것도 나쁘진 않을 것 같았다.

"허어."

 헤스트 백작은 수염을 쓰다듬으며 만족스러운 미소를 지었다. 황제가 황좌에 오른 이후 내내 알아 왔지만, 저리 편해 보이는 모습은 처음이었다.

 그는 일란의 예상대로 모든 시중인을 물렸다. 그러고도 혹시나 누군가가 깨우러 올까 싶어 문 앞을 지켰다. 중요한 서류와 소식도 그 자리에서 소곤거리며 받아 보았다. 일이 급한 건 알고 있었으나 고생해 왔던 황제가 조금이라도 쉬었으면 했다.
"한창 좋을 때지."
그렇게 중얼거리며 헤스트 백작은 빙그레 웃었다.

그에 반해 황성의 일은 빠르게 진행되어 가고 있었다. 밀레카는 끝까지 기사들과 반란군에게 저항하였으나 지고 말았다. 당장이라도 죽일 것처럼 굴던 레온하르트는 뜻밖에도 그녀를 사로잡았다. 그리고 과거 황제가 반란군과 죄를 저지른 자를 가둬 두었던 지하 감옥에 밀레카를 가두었다.
"이래도 내 입에서 정보를 얻지는 못할 텐데?"
밀레카가 이죽거렸다. 그녀는 어떤 고문이 가해져도 입을 열지 않을 자신이 있었다.
그 말에 레온하르트가 밀레카의 뺨을 후려쳤다. 성인 남성이 강한 힘으로 후려친 뺨은 금방 부어올랐다. 입 안이 터져 피가 났으나 밀레카는 그를 뱉어 내고는 다시 싱긋 웃었다. 평소 무표정하게 지내던 그녀답지 않은 모습이었다. 그러나 지금은 차라리 이게 나았다. 적어도 레온하르트를 동요시킬 수는 있을 테니까. 밀레카는 레온하르트를 약 올렸다.
"그거야 해 봐야 알겠지."
레온하르트는 그동안의 가식적인 모습을 집어던진 상태였다. 더는 존대를 하며 성실한 기사인 척을 할 필요가 없어졌다. 그렇기에 어렸을 적, 크레센트 공자였을 때의 말투로 돌아와 있었다.

"해 보려면 해 보든가."

레온하르트의 말에도 밀레카는 태도를 바꾸지 않았다.

"그 황제에 그 수하로군. 지독해."

"칭찬 감사하군."

"지옥을 맛보게 되어도 감사할지는 모르겠군."

"지옥?"

이번에는 진심으로 피식 웃었다. 정말 지옥을 맛보지도 못한 자가 그 단어를 들먹이는 꼴이 우스웠기 때문이다. 어려서 암살 단체에 납치되어 가 끔찍한 일들을 당해 왔다. 그게 지금의 밀레카를 만들었다. 황제가 수뇌부를 죽이고 모두를 자유롭게 만들어 주기 전에는 그곳이 지옥이었다. 그도 모르고 평온히 자라 온 레온하르트가 지옥을 운운하니 우스울 뿐이었다.

퍽.

다시 한번 밀레카의 뺨을 때린 레온하르트가 고문관에게 명했다.

"황자와 황녀의 행방을 최대한 빨리 알아내도록."

하룻밤 만에 주인이 바뀌어 버린 고문관이 삐죽거리며 나섰다.

"아, 알겠습니다."

그래도 명령을 하니 나서긴 했으나, 분위기는 좋지 않았다. 고문관들은 그림자 기사들을 두려워하고 있었다. 그런 이를 고문하라니. 고문은 같은 인간에게나 통하는 것이었다. 그렇다고 그를 거절하자니 목숨을 잃을까 두려워졌다.

이도 저도 못하는 상황에서 그는 죽지 못해 레온하르트의 명을 따르기로 했다. 고문관은 떨리는 손으로 고문 도구를 집어 들었다. 밀레카가 그 모습을 담담한 표정으로 바라보았다. 그런 모습을 잠시 바라보던 레온하르트는 등을 돌려 지하 감옥을 벗어났다.

'계획이 틀어졌다.'

최소한 아이들이라도 잡았어야 했는데. 원래 반란은 예고 없이 일어나는 것이기에 설마 아이들을 미리 대피시켜 두었을 줄은 몰랐다.

'이렇게 말해도 핑계겠지.'

좀 더 주의 깊게 행동했어야 했다. 그랬으면 이런 상황까지 오지 않았을 텐데. 레온하르트는 아득 이를 물었다. 어떻게든 황가의 핏줄인 아이들을 찾아내야 했다. 그리고 최대한 많은 인질을 손에 넣어야 했다.

그는 황제의 궁을 점령하자마자 곧바로 다른 궁에도 사람을 보냈다. 또 수도에 머무는 귀족들의 저택에 들러 그들을 구금하라 일렀다. 반란의 소문이 더 멀리 퍼져 나가기 전에 최대한 발 빠르게 행동할 셈이었다.

황제의 팔을 꺾고, 다리를 꺾어 수족을 봉하리라.

그게 레온하르트의 생각이었다.

레온하르트가 한창 바쁘게 움직이고 있는데, 반란군의 첩자가 다시 그를 찾았다. 시녀복을 입은 그녀는 이번에는 대놓고 모습을 드러냈다.

"전해 드릴 소식이 있어 찾아뵈었습니다."

그렇게 말하는 첩자는 초조해 보이는 모습이었다. 전서구를 받아 보자마자 모습을 감출 생각도 하지 못하고 달려온 듯했다. 좋은 소식일 것 같지는 않았다. 피곤에 절로 찡그려진 미간을 누르며 레온하르트가 물었다.

"그 소식이 무엇이지?"

알베르 쪽이 맡은 이는 황제. 사실 듣지 않아도 어느 정도 짐작은 갔다. 문제는 일이 얼마나 틀어졌느냐 하는 것인데.

첩자는 입술을 질끈 깨물며 작은 종이를 건넸다. 레온하르트는 망설임 없이 돌돌 말린 종이를 펼쳐 보았다.

「인질과 황제를 놓침」

최악의 가정이 현실이 되었다. 황제는 일란과 함께 반란군의 손아귀에서 무사히 빠져나갔다. 황제파 귀족들을 잡아들이는 일을 막 시작했는데 이러면 곤란해진다. 황제가 황제파 귀족의 영지로 가서 병력을 끌어모으면 자연 이쪽이 불리해질 것이다. 그런데 이걸 실패하다니. 레온하르트의 손아귀에서 종이가 구겨졌다. 이쪽은 황자와 황녀를 놓쳤고, 그쪽은 황제를 놓쳤다.

"전서구는?"

"대기하고 있습니다."

"쓰도록 하지."

"준비하겠습니다."

일단 이쪽의 정보도 그쪽에 전달해 주어야 했다. 그래야 반란군도 좀 더 철저한 대비를 할 수 있을 테니까. 황가의 핏줄을 전부 놓친 이상 더 신중하게 움직여야 했다.

전서구를 보내고 나서는 레온하르트도 직접 현장을 발로 뛰며 아이들을 찾아 나섰다. 그러나 그 흔적은 어디에도 보이지 않았다. 정말 철저하게 흔적을 지운 탓에 수도에 있는지, 아니면 다른 곳에 있는지조차 알 수 없었다.

문제는 그것뿐만이 아니었다. 보통 귀족들은 자신의 영지가 있다. 그래서 그곳에 머무르기도 하지만, 어느 정도 작위가 있으면 대부분 수도 내에 저택을 따로 가지고 있었다. 그곳에 머무는 황제파 귀족들을 잡아들여서 인질로 쓰려고 했건만, 막상 가니 저택들이 텅텅 비어 있었다. 마치 자신들이 찾아올 걸 알기라도 한 듯이.

어디선가 정보가 새어 나갔든가.

'아니면 황제가 미리 예측하고 있었든가.'

레온하르트는 주먹을 꽉 쥐었다. 어찌나 세게 쥐었는지 손톱이 박힌 손바닥에서 핏방울이 떨어졌다. 그러나 그는 치밀어 오르는 감정을 끝까지 참아 냈다. 지금은 자신이 이들을 지휘하는 입장이었다. 조금이라도 동요하는 모습을 보일 수는 없었다. 겁을 먹은 일부가 만에 하나 황제파로 돌아서면 곤란했다.

그 와중에 라온 후작이 찾아왔다. 그는 지친 얼굴로 레온하르트에게 말했다.

"내가 할 수 있는 일은 전부 했소."

그 말 그대로 라온 후작은 할 수 있는 것은 모조리 했다. 귀족파들을 끌어모았으며, 중립에 선 이들 중 일부도 설득해 냈다. 피곤하기는 했지만, 이대로라면 희망적이라 생각하였다.

"일은 잘되어 가고 있습니까? 황녀와 황자는?"

그러나 답은 금방 돌아오지 않았다. 불길한 예감에 심장이 쿵쿵 뛰었다.

"설마!"

라온 후작의 얼굴이 새하얗게 질렸다.

"놓친 것이오?"

"지금 찾고 있습니다. 아직 멀리 가지 못했을 겁니다."

물론 이는 추측에 불과했다. 언제부터 황제궁에서 아이들이 사라졌는지 알 수 없었기 때문이었다. 시녀들조차 직접적으로 아이들을 돌보지 않아 언제 사라졌는지 모른다 하였다.

밀레카가 정보를 뱉어 내고 있으나 두서없는 데다 어느 것이 진짜인지 알 수 없었다. 어쩌면 전부 거짓말인지도 모른다. 차라리 입을 다물고 있는 쪽이 도움이 될 듯했다. 고통 속에서도 정보를 조절하는 데 능숙한 여자였다. 그만큼 끔찍했다.

라온 후작은 레온하르트의 말이 진실인지 가늠하는 듯했다. 그러나 담담한 그 표정에서 진실을 읽어 내기는 쉽지 않았다.

"믿겠소."

그런 이상 할 수 있는 답은 하나뿐이었다. 지금에 와선 되돌아갈 수 없었다. 이미 너무 멀리 와 버렸다. 그러니 앞으로 나아갈 수밖에. 라온 후작은 단단히 결심이 선 표정으로 레온하르트에게 말했다.

"내가 더 할 일이 있소?"

"있습니다."

이미 반역자가 된 처지였다. 이제는 끝까지 레온하르트에게 매달릴 수밖에 없었다. 라온 후작은 현실을 다시 한번 자각했다.

지금은 무엇이라도 해야 했다. 반역자가 아닌 승리자가 되기 위해서.

으득.

아리사는 초조한 얼굴로 손톱을 물어뜯었다. 곱게 다듬어져 있던 손톱은 엉망이 되었고, 핏물마저 내비치고 있었다. 그런데도 멈출 수 없었다.

탑에 갇힌 지도 여러 날, 아끼던 시녀는 어찌 된 일인지 보이지도 않는다. 그나마 드나들던 다른 하녀에게 그에 관해 물어봐도 굳게 입을 다물 뿐이었다. 처음에는 말을 듣지 않아 패악도 부려 보았다. 그러나 자신을 담당하는 하녀만 바뀌었을 뿐, 상황은 달라지지 않았다.

그러지 말았어야 했다. 방법을 바꿔야 할 필요성을 느꼈다. 비록 탑에 갇혔다고 하나 맨몸으로 갇힌 것은 아니었다. 일부 옷과 장신구는 하녀와 기사가 날라 주었다. 어떤 상황에서도 품위를 잃지 않게끔 한 배려였다. 이제 와 이런 배려가 무슨 소용인가 싶긴 했지만 말이다.

옆에서 시중드는 이는 하녀였고, 자신의 취향에 맞춰 꾸며 줄 시녀는 보이지도 않았다. 그래서 그동안은 제대로 꾸미지도 않고 지냈다. 그래도 이거 하나는 도움이 될 것이다.

아리사는 장신구 중 하나를 꺼내 들었다. 시녀와 달리 하녀는 귀족 출신이 아니었다. 대부분 평민이었고, 이런 보석은 그저 보기만 했을 터였다.

처음으로 스스로 장신구를 달았다. 공작가의 딸로 태어나 지금까지 모든 것을 남에게 맡겨 왔다. 그러나 지금은 자신의 뜻대로 꾸미고 있었다. 낡은 거울에 비친 모습은 예전에 비하면 부족해 보였으나 나쁘진 않았다. 자신은 여전히 크레센트 영애였고, 우러나는 기품이 어디 가는 것은 아니었다.

물어뜯은 손톱마저 장갑으로 감추고 나니 과거가 떠올랐다. 갇혀 있지 않고 자유롭게 돌아다니던 그때가.

똑똑.

조심스럽게 문을 두드리는 소리에 이어 목소리가 들려왔다.

"식사 가져왔습니다."

이번에 바뀐 하녀였다. 척 봐도 어리바리해 보이는 모습이 들어온 지 얼마 안 된 것 같았다. 아마도 다른 하녀들에 의해 떠밀려 여기까지 오게 된 것이겠지. 그 사실에 서글픔이 느껴졌으나 그를 감췄다. 지금은 조금도 쓸모없는 감정이었다. 오히려 지금은 이런 하녀가 필요했다.

"들어와."

힘겹게 열린 문 너머로 단정한 하녀복을 입은 여자가 들어섰다. 그녀는 평소와 다르게 얌전히 있는 아리사를 보고 놀란 표정을 지었다. 얼른 표정을 수습했으나 하녀에게 신경을 기울이고 있던 터라 아리사가 못 볼 리 없었다.

하녀는 조심스러운 태도로 테이블 위에 식사를 올려놓았다. 예전에 비하면 단출하기 그지없는 식사였다. 그러나 아리사는 그를 내색하지 않았다. 우아한 태도로 의자에 앉은 그녀는 하녀의 시중을 받아 식사하기 시작했다.

평소와 달리 화려하게 꾸민 모습에 하녀의 시선이 힐끔 아리사에게로 향했다. 그러다 눈이 마주칠까 두려워 금방 다시 시선을 내리깔았다. 안 그래도 시중이 서툰데 다른 데 신경을 쓰니 잘될 리가 없었다. 그런데도 아리사는 화를 내지 않았다. 그저 지나가는 말투로 하녀에게 말을 걸 뿐이었다.

"여기 일은 할 만한가?"

"네?"

미처 질문할 줄 몰랐는지 하녀가 놀란 표정을 지었다.

"여기 일은 할 만하냐고 물었다."

하녀는 머뭇거리다 대답했다.

"무척이나 좋습니다."

표정만 봐도 거짓 같았다.

"무엇이 그리 좋은데?"

"보수가 다른 일과 비교도 되지 않습니다."

솔직하달까, 바보 같달까. 하녀의 말에 아리사는 어처구니없다는 표정을 지을 뻔했다.

"사실 저희 어머니가 몸이 좋지 않으셔서 돈이 많이 필요했거든요."

하녀는 묻지 않은 사실도 술술 털어놓았다. 자신에게는 흥미로운 이야기였다.

"그러면 지금은 괜찮아졌나?"

"아뇨, 열심히 돈을 보내고 있긴 한데 치료에 워낙 돈이 많이 들어서요."

희귀한 약을 써야 하는 병인 모양이었다.

"안됐네."

아리사는 동정하는 표정을 지었다.

"나도 어머니를 어렸을 적에 잃어서 그 심정 알 것 같아."

"그, 그런가요?"

"그래, 그래서 그런 이야기를 들으니 안타까워."

잠시 생각하는 시늉을 하던 아리사가 말했다.

"아, 그럼 이러면 어떨까? 내가 도와줄게."

하녀는 무슨 말인지 이해하지 못하는 모양이었다.

"이거 하나면."

아리사가 자신의 팔찌를 빼 들었다.

"치료비로 충분할 거야."

하녀의 눈에 탐욕이 떠올랐다.

"어때?"

"저, 정말 주시는 건가요?"

"난 거짓말을 하지 않아."

하녀가 입술을 질끈 깨물었다.

"그렇지만 그렇게 비싼 걸 받을 수는 없어요. 어머니가 대가 없는 호의는 없다고 하셨거든요."

"그래? 그러면 이건 어때? 나는 지금 혼자 있어서 무척 심심해. 가끔 말동무를 해 주는 건 어떨까? 그거라면 대가로 괜찮지 않을까?"

"말동무요?"

"응, 안 될까?"

아리사는 짐짓 애처로운 표정을 지었다. 하녀는 한참을 망설였지만, 느긋하게 기다려 주었다. 저런 미천한 것이 언제 이런 비싼 걸 보았을까. 반드시 넘어오리란 확신이 있었다.

"그, 그냥 말동무라면요."

봐, 넘어왔잖아? 아리사는 내심 웃었다. 이제 남은 건 넘어온 하녀를 잘 설득해서 여러 가지 정보를 얻어 내는 것에 있었.

"자. 어미가 빨리 낫길 빌어 줄게."

하녀는 벌벌 떨리는 손으로 팔찌를 받았다. 금으로 세공되어 있고 에메랄드로 장식된 팔찌는 그냥 보기에도 비싸 보였다. 그런 걸 그냥 준 것이다. 저런 반응도 당연했다.

"가, 감사합니다! 최선을 다하겠습니다!"

"이 정도 가지고."

아리사는 상냥하게 미소 지었다. 하녀는 식사 시중을 드는 내내 팔찌를 넣어 둔 품속을 더듬어 보았다. 그리고 평소보다 말을 많이 했다. 그로 인해 현재 공작가에는 크레센트 공작인 오라버니가 없다는 걸 알 수 있었다. 시작부터 만족스러웠다.

하녀는 식사가 끝난 후 식기를 트레이에 싣고서 연신 고개를 숙이며 방을 나섰다. 평소보다 나오는 게 늦어졌지만, 조금 떨어진 곳에서 복도를 지키고 선 기사는 이상함을 느끼지 못했다. 가끔 아리사가 패악을 부릴 때면 식사가 늦어지는 건 흔히 있는 일이었기 때문이었다.

"고생이네."

기사가 하녀에게 말했다.

"아닙니다, 당연히 해야 할 일인걸요."

수줍게 웃으며 대답한 하녀는 트레이를 밀며 기사를 뒤로했다.

어느 정도 거리가 멀어지자마자 하녀의 얼굴에 맺혀 있던 웃음이 사라졌다. 그리고 그 위에 남은 것은 담담함뿐이었다. 첫 수확이 좋았다. 계획대로 크레센트 공작 영애와 접촉하게 되었다.

'하녀로 들어온 지 얼마 안 돼서 힘들 줄 알았는데.'

예상외의 성과였다.

아리사를 탑에 감금하면서 레온하르트는 공작가 내부의 첩자를 축출하는 작업을 시작했다. 그 때문에 첩자는 대부분 쓸려 나갔고, 그나마 남은 이도 그에게 잡혀 알베르와의 연결선 역할을 하고 있었다. 하지만 그 행방이 다 알려지면 그게 어디 첩자던가.

알베르에게는 레온하르트도 모르는 모든 걸 사실대로 전해 줄 첩자가 필요했다. 그걸 위해 오래전부터 준비하고 있었던 그녀가 공작가로 오게 된 것이다.

실제로 그녀는 이미 공작가의 하녀로 일하는 이와 친척 관계였으며, 의심받을 만한 구석이 없었다. 문제가 있다면 너무 신입이라 중요한 일을 맡을 수 없었다는 것인데, 그도 오늘 해결되었다. 아리사의 패악으로 인해 다른 하녀들이 진저리를 치며 일을 떠맡긴 것이었다. 덕분에 좋은 자리에 들어올 수 있었다.

'게다가 공작 영애도 날 이용하려는 것 같고.'

딱 좋았다. 이제는 아리사의 말동무라는 핑계로 서서히 바깥의 정보를 전해 주면 된다. 그러다 다른 이들과 접촉할 기회를 만들어 주면 더 좋고.

레온하르트가 반란군과 손을 잡고 있다고는 하나, 그는 가장 높은 곳에 올라선 뒤에도 반란군과 계속 같이 갈 만한 사람은 아니었다. 그러니 안전장치를 해 두어야만 했다. 그 안전장치가 아리사였다. 갇히기 전까지는 그녀도 권력을 거머쥐기 위해 여러모로 작업하던 사람이니 딱 적절했다.

하녀는 부엌으로 들어서며 인사를 했다.

"다녀왔습니다~."

"괜찮아? 힘들었지?"

다른 하녀가 물어 왔다. 자기들이 힘들다고 신입을 보내 놓고 걱정하는 척하기는. 그러나 그걸 고스란히 드러낼 수는 없었기에 싱긋 웃었다.

"괜찮아요. 상냥하신 분이었어요."
"거짓말. 우리 앞에서는 거짓말할 필요 없어."
"정말인데."
"아이고. 이렇게 어설퍼서 어떻게 사니?"
그녀는 고개를 내저으며 답했다.
"저는 괜찮아요."
"괜찮다니 다행이긴 하네."

어차피 힘들다고 해도 일을 바꿔 주지 않을 거면서. 웃기는 인간들이네. 그녀는 그리 생각하며 빈 식기를 물이 든 통에 담갔다.

"허억!"

일란은 거친 숨소리와 함께 잠에서 깨어났다. 벌떡 일어나 주변을 둘러보니 넓은 방과 침대 그리고 그 위에서 자고 있는 아이들이 보였다.

'그러니까 이거, 현실 맞지?'

떨리는 손으로 엔릴의 손을 만져 보았다. 밤새 제대로 자지 않았는지 아이는 깊이 잠들어 깨지 않았다. 그러나 그게 외려 불안함으로 다가왔다.

이게 정말 현실인가. 꿈이 아닌가.

반란군에게 잡혀 있으면서 잠든 동안 악몽을 여러 차례 꾸었다. 그랬기에 보이는 모습을 그대로 믿을 수 없었다. 이렇게 현실감이 있는데도.

일란은 두 팔로 자신의 몸을 감싸 안았다. 아이들이 깨기 전에 다시 본래의 자신으로 돌아가야 했다. 이건 현실이다.

'현실이야.'

그렇게 되뇌는데 어디선가 시선이 느껴졌다. 놀라 고개를 드니 잠에서 깬 황제가 자신을 바라보고 있었다. 알고 있었다. 알고 있는데도 어찌할 수 없는 불안감이 몸을 움직였다. 일란은 손을 뻗어 황제의 손을 잡아당겼다. 그리고 그를 덥석 끌어안았다. 따뜻한 체온과 함께 닿아 온 가슴에서 느껴지는 심장 소리가 마음을 안정시켰다. 어색한 자세였으나 그것만은 확실하게 느껴졌다.

"일란?"

당황한 황제의 목소리가 들렸으나 깔끔하게 무시했다. 지금은 자신이 안정하는 게 먼저였다. 황제도 오래지 않아 불안한 일란의 상태를 눈치챘다. 그도 일란과 같은 일을 여러 번 겪어 보았기 때문이었다. 그는 손을 뻗어 일란의 어깨를 쓰다듬었다.

"괜찮아. 꿈이 아니야."

거세게 뛰던 심장 소리가 서서히 느려졌다. 흐르던 식은땀도 멈췄다. 황제에게서 이런 감정을 느끼리라곤 생각지도 못했는데, 그가 있어 안심이 되었다. 눈이 절로 스르륵 감겼다. 다시 눈을 뜨더라도 이번에는 불안하지 않을 것 같았다.

리안은 눈을 말똥말똥 뜨고 일란과 황제를 바라보았다. 밤새 엄마를 생각하느라 제대로 자지 못해, 깊은 잠에 들어 있던 아이들은 침대의 출렁임에 눈을 떴다. 그렇게 눈을 뜨자마자 보인 모습은 어색한 자세로 서로 끌어안고 있는 일란과 황제였다. 둘이 끌어안는 통에 사이에 낀 리안과 엔릴은 서로 바짝 붙어야 했다.

뒤늦게 눈을 뜬 엔릴이 리안을 바라보았다. 리안도 엔릴을 바라보았다. 엄마는 폐하를 아빠라고 부르면 안 된다고 했다. 그게 싫어서 그런 줄 알았는데 지금은 서로 끌어안고 있었다. 왜 그러는 걸까? 순수한 의문이 솟아났다. 그리고 리안은 그걸 굳이 참을 필요성을 느끼지 못했다.

"엄마!"

리안이 일란을 부르자마자 그녀는 그대로 황제를 확 밀어 버렸다.

쿠당탕.

침대에서 굴러떨어진 황제는 아슬아슬하게 제대로 착지했다.

"어? 리안, 일어났니?"

일란은 어색한 태도로 옷매무새를 가다듬으며 리안에게 웃어 보였다.

"폐하, 괜찮아요?"

그러나 리안의 시선은 일란이 아닌 황제에게로 향해 있었다.

"이 정도는 괜찮다."

황제는 태연하게 구겨진 옷을 펴며 자리에서 일어섰다. 엔릴은 어른스러운 표정으로 일란에게 말했다.

"그렇게 밀면 위험해요."

"위험하지 않았다."

굴러떨어진 당사자가 일란을 감싸 주었으나, 아이들은 미덥지 않은 모양이었다.

"엄마가 다른 사람을 때리면 안 된다고 했잖아요."

"맞을 만한 사람 빼고."

"맞을 만한 사람은 나쁜 사람이라며."

엔릴의 말에 리안이 말을 더했다.

"폐하가 맞을 만한 사람이에요?"

아이들이 그렇게 물으니 말문이 턱 막혔다. 황제는 맞을 만한 사람인가? 예전이라면 서슴없이 고개를 끄덕였을 것이다. 하지만 지금은 어째 고개가 쉽게 움직이지 않았다.

"맞을 만한 사람이지."

이번에도 당사자가 그렇게 말했다.

"정말? 폐하는 나쁜 사람이에요?"

일란은 당황할 수밖에 없었다. 문득 그가 자신을 구해 주기 위해 목숨을 걸었던 게 생각났다.

"그, 그렇게 나쁜 사람은 아니란다."

그래서 나온 게 이런 말이었다.

"그러면 조금 나쁜 사람?"

아이들의 말에 황제의 입꼬리가 올라갔다. 그것만으로도 기쁜 모양이었다. 원래 미움받던 처지라 심정이 이해가 가지 않는 것도 아니었지만, 골머리가 아파 왔다.

'그런 정도로 기뻐하지 마!'

그리 외치고 싶은 걸 참으며 일란은 말을 돌렸다.

"배는 고프지 않니?"

아침부터 내내 잤으니 배가 고플 만도 했다. 아이들은 힘차게 고개를 끄덕였다. 그 모습에 황제가 나서서 하녀에게 식사를 가져오라 일렀다. 순식간에 식사가 차려지고, 아이들은 그 앞에 얌전히 앉았다. 그러고는 식사를 하기 시작했는데, 그 모습을 본 일란은 조금이지만 놀랄 수밖에 없었다.

기사 출신인 일란은 각종 예의범절에 익숙했다. 기사로서의 덕목이었기 때문이다. 그래서 아이들에게도 기본적인 걸 가르치긴 했으나 그뿐이었다. 그런데 오랜만에 본 아이들은 흠 없는 태도로 기품 있게 식사를 이어 가고 있었다. 가끔은 밥을 먹다 장난을 치기도 하던 모습은 찾아볼 수가 없었다.

그걸 보니 아이들이 그동안 황가의 수업을 받아 왔다는 사실이 현실로 와 닿았다. 평민인 자신의 아이들인 리안과 엔릴은 이제 황녀와 황자인 것이다. 아이들이 자신의 아이인 건 변하지 않겠지만, 그 외에는 많은 게 달라질 터였다. 그리 생각하니 마음이 심란해졌다.

"왜 더 먹지 않지?"

"충분히 배가 부릅니다."

그런 일란을 가장 먼저 눈치챈 이는 황제였다. 그는 일란을 보고, 이어 아이들을 봤다. 그러고는 곧 이유를 깨달았다.

"미안하다."

황제는 식사를 하다 말고 일란에게 사과했다. 어떻게든 저질렀던 잘못에 대한 죗값을 치르고 일란과 같이하고 싶었는데, 매번 사과할 일만 늘어났다. 그로 인해 일란은 오랜 시간 도망쳐야 했고, 납치까지 되었다. 아직 그에 대한 용서도 다 받지 못했는데.

일단 용서를 받아야 일란에게 헤스트 백작의 양녀 건을 말이라도 꺼내 볼 수 있지 않겠는가. 이기적일지 모르나 황제는 일란이 아이들처럼 자신의 곁에 있기를 원했다. 그를 위해서는 수단과 방법을 가리지 않을 생각이었다. 다만 될 수 있으면 온건하게 그녀를 품에 안고 싶었다. 그러니 사과의 말은 쉽게 나갔다.

반면 그를 듣는 일란은 조금 놀랐다. 언제부터 황제가 자신에게 쉽게 사과를 하게 된 걸까. 처음에는 잘못이 잘못인 줄도 모르던 황제가 변해 가고 있었다. 일란은 가만히 눈을 깜박이며 아래를 내려다보았다.

"이번 일은 어쩔 수 없었음을 알고 있습니다."

황족인 아이들과 그렇지 않은 아이들은 지켜 줄 수 있는 한계가 다를 테니까.

"하지만 앞으로는 이런 일이 없었으면 합니다."

암묵적인 용서였다.

"절대로, 그대 허락 없이는 일을 진행하지 않겠다."

"그럼 됐습니다."

식사를 하던 아이들은 일란과 황제가 무슨 이야기를 하는지 이해가 되지 않는 모양이었다. 그러나 어른들의 일로 치부하고 따로 묻지는 않았다. 무엇보다 지금 당장 묻고 싶은 건 따로 있었다.

"엄마."

"왜 그러니?"

"폐하를 아빠라고 불러도 돼요?"

노골적인 질문에 일란은 들어 올리던 컵을 그대로 떨어트릴 뻔했다.

"쿨럭쿨럭."

사레가 들려 기침을 하고 있자니 어느새 다가온 황제가 등을 두드려 주었다.

"방금 뭐라고 했니?"

간신히 진정하고 다시 물어보니 리안이 태연하게 반복하여 물었다.

"폐하를 아빠라고 불러도 돼요?"

될 리가 있나! 그리 외치려던 일란은 순간 멈칫했다. 옆에서는 불안한 표정을 지은 황제가 자신을 바라보고 있었다. 저렇게 표정이 풍부한 사람이었을 줄이야.

일단 이성적으로 생각해 보자. 아직 황제를 아빠라고 부르게 하고 싶진 않았다. 그러나 이미 아이들은 황녀와 황자가 되었다. 때로는 황제를 부르는 호칭이 그들이 가진 권력을 말해 주기도 했다. 그 말은 아이들이 황제를 아빠라 부르는 쪽이 낫단 소리였다. 그렇기에 필사적으로 자신의 마음을 눌렀다.

아이들을 위해서라면야! 그러나 쉽게 허락의 말이 입 밖으로 나오지 않았다. 그런 자신을 보며 황제가 아이들에게 말했다.

"아직은 좀 이른 것 같다."

마치 자신의 마음을 읽어 낸 듯한 답이었다. 그게 오히려 마음을 굳히게 했다. 일란은 깊게 숨을 내쉰 다음에 말했다.

"아빠라고 부르려무나."

그 말에 놀란 건 아이들이 아닌 황제였다.

"정말, 그래도 되겠는가?"

물어 오는 목소리가 미세하게 떨렸다. 감정을 억누르기 힘든 모양이었다. 아이들은 식사를 하다 말고 그런 둘을 빤히 바라보앉다. 물러설 수 없는 상황이었다.

"됩니다."

굳어 있던 황제의 얼굴이 사르르 풀리며 미소가 떠올랐다. 그동안 보아 왔던 그리고 생각하기 힘들 정도로 환한 표정이었다. 안 그래도 미모가 뛰어난 이가 이러니 마치 꽃이 피어나는 것만 같았다.

"좋은가 봐."

리안이 속닥이는 말에 엔릴이 고개를 끄덕였다. 리안은 포크를 내려놓고 여전히 녹아내릴 듯이 웃고 있는 황제를 향해 말했다.

"아빠!"

황제로서는 생전 처음 듣는 아빠 소리였다. 뭐라 반응해야 할지 알 수 없었다. 웃고 있던 표정이 어색하게 굳었다.

"이럴 땐 어떻게 해야 하지?"

그는 빠르게 일란에게 도움을 청했다.

"그냥 계속 웃으면 된다고 생각합니다."

"그런가?"

황제가 당황하는 모습이 리안을 자극한 것 같았다.

"아빠!"

재차 소리 높여 부르며 옆에 있던 엔릴의 옆구리를 찔렀다. 졸지에 옆구리를 찔린 엔릴은 억 소리를 냈다가 누나의 뜻을 따라 주었다.

"아빠."

안절부절못하던 황제는 간신히 아이들과 시선을 마주쳤다.

"리안."

"네!"

결과 385

"엔릴."

"네."

그러고 나니 다시 대화가 끊겼다. 아이들은 신나서 아빠라고 불러 댔고, 황제는 계속 당황했다. 그런 모습을 옆에서 보고 있자니 한심해 보이는 한편, 즐거워 보이기도 했다.

그렇게 오후의 식사 시간은 묘하게 흘러갔다. 식사를 끝내고 나서야 황제는 아이들의 아빠 소리에서 해방되었다. 더는 어색해하지 않아도 될 텐데, 그게 아쉬운 모양이었다. 일란이 심술궂은 표정으로 말했다.

"일하러 다녀오십시오, 아빠."

느릿하게 밖으로 걸어 나가던 황제가 휘청거렸다.

"바, 방금 뭐라고!"

급히 되물었으나 일란은 다시 말해 줄 생각이 없었다.

"자, 밥 다 먹었으면 치워 달라고 하자."

그저 식사를 마친 아이들을 돌볼 뿐이었다. 황제는 일란이 다시 말해 주지 않을까 싶어 기웃거렸으나 헛된 소망이었다. 결국 그는 그대로 방 밖으로 나서야 했다.

"나오셨습니까?"

방 밖으로 나서자마자 앞에서 기다리고 있던 헤스트 백작이 황제를 반겼다. 어느새 황제의 표정도 평소처럼 돌아와 있었다. 아까와 같은 모습은 일란의 앞에서만 보이면 되었다.

"회의 준비는?"

"언제라도 시작할 수 있게 준비되어 있습니다."

"그럼 가지."

황제는 임시로 회의 준비를 해 둔 방으로 향했다. 가는 도중 헤스트 백작이 조심스럽게 물었다.

"제 양녀가 되실 분은 언제쯤 만나 뵐 수 있는 겁니까?"

"아직은 일러."

"하지만 황녀님과 황자님이 계신 이상, 최대한 빠르게 일을 진행하는 게 나을 겁니다."

지금 상태로라면 일란의 위치가 애매해진다. 아이들은 황족이 되었으나 그녀는 그렇지 않으니 말이다. 타인의 앞에서 자신의 아이들에게 말을 높여야 하는 경우가 생길 수도 있었다.

"알고 있다."

하지만 아직은 일렀다. 자신은 일란에게 완전히 용서받지 못했다. 그리고 그날이 언제가 될지도 알 수 없었다.

'일란의 마음을 얻을 수 있는 날이 오긴 할까.'

지금 당장은 예전보다 사이가 괜찮았지만, 일시적인 것일지도 모른다. 그게 황제의 마음을 불안하게 만들었다. 그 어떤 일도 두렵지 않았는데 일란이 엮이면 이야기가 달라졌다. 두려움이 솟아났다. 다시 그녀를 잃게 될까 봐 걱정이 되었다.

잠시였으나 불안해 보였던 황제의 뒷모습을 보면서 헤스트 백작은 수염을 쓰다듬었다. 아무래도 자신이 나서야 할 모양이었다. 주군이 하지 못하는 일을 수하가 알아서 해결하는 것. 그 또한 수하의 도리가 아니겠는가. 헤스트 백작은 그렇게 생각했다.

하지만 당장 성급하게 접근할 생각은 없었다. 이미 일란에 대한 정보를 어느 정도 알고 있으니 그런 접근이 되레 독이 되리란 걸 알기 때문이었다.
'천천히.'
그는 황제가 원하는 바를 이루어 줄 생각이었다. 그러기 위해서 일단은 반란군들을 제압할 계획을 세우는 게 먼저였다. 헤스트 백작은 가벼운 발걸음으로 앞으로 나아갔다.

삐이이익!
하늘을 선회하던 전서구가 목적지를 향해 내려앉았다. 나무 횃대에 앉자마자 기다리고 있던 남자가 먹이를 건네주었다. 전서구가 작게 썬 고기를 삼키는 사이, 남자는 다리에 달린 작은 통을 빼냈다. 통에 새겨진 문양을 보니 황궁 쪽에서 온 소식이었다.
남자는 조심스럽게 통을 들고 황급히 발걸음을 옮겼다. 반란군의 은신처 안쪽으로 향하자 복도를 지키고 있던 이가 그를 바라보았다.
"무슨 일이지?"
그 말에 전서구 통을 들어 보이자 옆으로 비켜서 준다.
"후우."
남자는 깊게 한숨을 쉬고는 천천히 문을 두드렸다.
똑똑.
안에서는 아무런 답도 들려오지 않았다.
똑똑.
재차 두드리자 음울한 목소리가 들려왔다.
"무슨 일이지?"

"황궁으로부터 전서구가 왔습니다."

"들어와."

문을 열고 들어가니 대낮임에도 어두컴컴한 방이 눈에 들어왔다. 두꺼운 커튼은 창을 가리고 있었고, 그 가운데 자신들의 수장이 앉아 있었다.

책상 앞에 앉아 종이를 넘겨 보고 있긴 했지만, 행동에 생기가 없었다. 오른팔이나 다름없는 베른을 잃은 뒤로 알베르의 행동에는 많은 변화가 생겼다. 손질하지 않은 수염이 지저분하게 나 있었고, 눈 밑에 어두운 그림자가 져 있었다. 식사를 제대로 하지 않았는지 뺨도 수척해 보였다.

위장을 위해 가볍게 행동하던 것도 집어치우고, 하루 종일 일에 매달렸다. 여러 군데서 올라오는 반란군들의 정보를 취합하여 병력을 움직였다. 그러는 와중에 첩자들의 소식도 빼놓지 않고 챙기고 있었다.

알베르는 묵묵히 남자에게 손을 내밀었다. 그 위에 작은 통을 올려 주자 곧바로 뚜껑을 비틀어 열었다. 그러자 안에서 돌돌 말린 얇은 종이가 떨어져 내렸다. 종이를 펼쳐 들여다보던 알베르가 난데없이 책상을 주먹으로 후려쳤다.

쾅!

잉크병이 넘어지며 까만 잉크가 책상을 타고 주르륵 흘러내렸다.

쾅!

재차 두들기는 주먹질에 잉크병이 바닥에 떨어졌다. 그러더니 머리를 양손으로 감싸 안고 이를 악물었다. 잠시 그러고 있던 알베르는 소식을 날라 온 남자에게 말했다.

"나가도 좋다."

"알베르 님."

무언가 말하려던 남자는 도로 입을 다물었다. 지금은 어떤 소리를 해도 소용없을 것임을 알기 때문이었다. 남자가 나가자마자 알베르는 실성한 듯이 중얼거렸다.

"실패, 실패라."

왕국이 멸망한 이후로 황제를 죽이기 위해 오랫동안 인내하며 준비해 왔다. 그러나 황제는 쉽사리 틈을 보이지 않았다. 그래도 어떻게든 참아 냈다. 아직 황제는 살아 있었고, 시간은 많았으니까. 그렇다 하더라도 점점 조급해지는 건 막을 수 없었다.

그러던 차에 일란의 존재를 알게 되었다. 처음에는 자신과 비슷하게 정체를 감춘 그녀에게 흥미를 가졌다. 그러다 그녀가 황제와 얽혀 있다는 사실을 알게 되었다. 일란은 무엇보다도 먹음직스러운 미끼였다. 실제로 황제는 그녀를 구하기 위해 목숨도 걸려고 하지 않았던가.

'그랬는데 놓쳐 버렸다.'

설마 자기 목숨을 가지고 협박을 할 줄이야. 그 탓에 많은 동료를 비롯해 베른마저 잃었다. 그래도 아직은 기회가 있다고 여기고서 필사적으로 버텨 왔는데. 황궁 쪽도 실패했다고 한다. 황녀와 황자를 잡지 못했다고 했다.

"ㅎㅎㅎ."

그토록 복수를 부르짖었는데 황가의 핏줄 중 어느 하나도 손에 넣을 수 없었다.

"아버지."

마지막까지 왕국을 지키기 위해 목숨을 내걸었던 아버지가 생각났다. 그런 아버지를 버리지 못해 어머니는 그 옆에 남았다. 형제자매도 모조리 잃었다.

그 모든 게 알베르의 욕심 때문이었다. 그 뒤로 알베르는 씻을 수 없는 죄악감에 괴로워했다. 자신이 나서지만 않았어도 상황은 달라졌을지 모른다. 그리고 온몸을 불태우던 그 증오는 나중에는 방향을 바꾸어 황제에게로 향했다.

그랬는데 아무것도 이루지 못했다. 크레센트 공작이 황자와 황녀를 찾고 있다 하였지만, 쉽게 찾을 수 있을 것 같지 않았다. 그 황제였다. 애초에 황자와 황녀를 아무렇게나 방치했을 리가 없었다. 한때는 귀여워했던 아이들이었으나 지금은 원수의 아이에 불과했다. 반드시 찾아서 죽여야만 했다.

"진정해. 진정하자."

알베르는 중얼거리며 머리를 흐트러뜨렸다. 베른이 옆에 있었다면 틀림없이 그렇게 말했을 것이다.

'진정하십시오, 알베르 님.'

그래, 틀림없이 그럴 것이다. 그러니 지금은 차분해져야 했다. 아직 기회가 사라진 건 아니었다. 어느 하나가 죽기 전까지 끝나지 않을 전쟁은 아직도 지속되고 있었다.

'생각해 보자.'

며칠 내내 혹사당했던 머리를 필사적으로 굴렸다. 반란에 대해 생각보다 제국의 반응이 빨랐다. 크레센트 공작을 통해 예전부터 귀족파 척결을 위한 준비를 해 오고 있다 듣긴 했다. 하지만 그 계획은 아직 완성되지 않았다 하였다. 그걸 앞서서 하고 있던 크레센트 공작 본인이 황제에게 반감을 가진 자였으므로. 그런데 지금 모습을 보라.

"이미 준비됐던 거였어."

황제는 크레센트 공작도 속여 넘겼다.

"그렇다고 물러날 수도 없다."

그러니 앞으로 나아가야 했다. 알베르는 간만에 머리가 맑아져 오는 것을 느꼈다.

그리고 그때, 두 번째 소식이 그에게 도착했다. 이번에는 크레센트 공작가로 보낸 첩자에게서 온 소식이었다.

「신뢰 얻음. 계획대로 진행 중.」

황궁에서 온 소식과는 다르게 긍정적인 단어가 적혀 있었다. 뒤늦게 들여보낸 첩자가 제 역할을 충분히 잘하고 있는 듯했다.

'이용할 수 있는 건 모두 이용한다.'

아리사도 그중 하나였다. 최악의 경우에는 현 크레센트 공작을 치우고 아리사를 그 자리에 앉혀 조종할 생각이었으니까. 아직 손대기에는 일렀지만, 작업은 꾸준히 해 둬야 했다. 알베르는 받은 쪽지를 불에 태우고는 다른 종이에 답을 작성하기 시작했다.

「지속적으로 작업.」

아리사에게 붙여 놓은 하녀는 제 할 일을 훌륭하게 해낼 것이다.

"오늘 날씨가 참 좋아요."

하녀는 그리 말하며 식사를 내려놓았다. 며칠 동안 그녀는 천천히 아리사에게 넘어가는 듯한 모습을 보여 주었다. 갇혀 있는 공작가의 영애를 불쌍히 여기는 마음 여린 하녀. 그녀는 그 모습을 흉내 내며 아리사의 신뢰를 얻어 갔다.

식사가 차려지자 천천히 음식을 먹던 아리사가 스쳐 지나가는 말투로 물었다.

"오라버니는 요즘 잘 지내고 계시는지 걱정되는구나."

질문을 듣자마자 웃음이 나올 뻔한 것을 꾹 눌러 참았다. 그래, 이렇게 물어 오길 기다렸다. 묻지도 않은 걸 주절주절 늘어놓기보다는 이쪽이 훨씬 의심을 덜 받는다. 하녀는 식사 시중을 들다가 머뭇거리는 모습을 보였다.

"왜 그러지?"

"아닙니다. 아무것도 아니에요."

"괜찮으니 편히 말해 보렴."

아리사의 눈치를 보는 척하다가 슬며시 눈을 내리깔았다. 그러고는 우물쭈물하며 크레센트 공작의 근황에 대해 이야기했다.

"지금 공작님은 황성에 계세요."

"그야 그렇겠지."

황성기사단의 단장이니 그곳에 있는 건 당연한 일이었다. 생각보다 소득이 없는 정보에 아리사는 내심 한숨지었다. 그러나 이어진 말에 움직이던 포크와 나이프를 멈췄다.

"일하러 가신 것이 아니라……."

"아니라?"

"하녀들 사이에 돌고 있는 소문인데요."

"괜찮으니 말해 봐."

"반란을 일으키셨다고 해요. 그 때문에 지금 수도는 돌아다니는 반란군 때문에 외출하기도 위험해요. 아차!"

하녀는 할 말을 다 해 놓고 뒤늦게 실수한 척 입을 다물었다.

"오라버니가 반란을 일으켰다고?"

아리사의 손에서 나이프가 떨어져 내렸다. 머릿속이 새하얗게 물드는 것만 같았다. 탑에 갇힌 지 얼마나 지났더라? 오라버니는 언제부터 황성을 점령한 거지? 그렇다면 황제는! 아리사는 머뭇거리고 서 있는 하녀의 손목을 덥석 잡았다.

"폐하는! 폐하는 어떻게 되셨지?"

당장 소식을 전해 줄 수 있는 하녀가 한 명뿐이란 사실도 지금은 떠오르지 않았다. 그저 그토록 사랑하는 황제의 행방에 가슴이 뛸 뿐이었다.

쿵쿵.

가슴이 아플 정도로 심장이 뛰었다.

'당신은 아직 죽어선 안 돼!'

어떻게든 손에 넣고 싶은 사람이었다. 망가트려서라도 곁에 두고 싶었다. 그런데 오라버니가 반란을 일으켜 황성을 점령했다니. 혹시라도 황제를 죽였으면 어쩌지? 머리가 핑글핑글 돌더니 몸이 의자에서 미끄러졌다.

"아리사 님!"

당황한 하녀가 아리사를 부축했다. 그러나 중요한 건 자신이 아니었다. 그녀는 쓰러져서 바닥에 주저앉은 상태에서도 끈질기게 물었다.

"폐하는! 폐하는 어떻게 되셨어!"

"자, 잘 모르겠어요. 하지만 소문으로는 황성에 계시지 않았다고 해요."

"그럼 무사하신 거구나."

"잘 모르겠어요."

하녀는 난처한 표정으로 답했다.

"안 돼, 무사하셔야 해."

아리사는 무너진 표정으로 중얼거렸다.

실제로도 황제는 무사했다. 하녀는 그 사실을 잘 알고 있었으나 너무 자세히 알아도 의심받는 걸 알고 있었다. 그렇기에 최대한 얼버무리는 척하며 정보를 건넸다.

"그러고 보니 반란군이 누군가를 찾는 것 같다던데. 황가의 사람을 찾는 게 아닐까요?"

황가의 계보에 오른 황녀와 황자도 반란군의 손아귀에서 빠져나갔다. 아리사는 그 말을 금방 알아들었다.

"하아."

깊게 숨을 내쉰 그녀는 천천히 자리에서 일어났다. 언제 나뒹굴었냐는 듯이 기품 있는 태도였다.

"그런데 넌 그런 정보를 어디서 들었지?"

"하녀들 사이에서 알음알음 퍼지고 있어요. 아무래도 보이는 게 있다 보니까요."

"그래, 그렇다고."

그렇게 중얼거린 아리사는 한편에 보관된 보석 상자를 꺼냈다.

결과 395

하녀가 힐끔거리는 시선이 느껴졌으나 지금은 그보다 중요한 문제가 있었다. 그녀는 보석 상자에서 반지를 꺼내 하녀에게 내밀었다.

"아리사 님?"

"앞으로도 그런 정보가 있으면 알려 줄 수 있겠니? 이건 그 대가란다."

"이, 이런 비싼 물건을 또 받을 수는 없어요."

하녀는 한 번쯤 사양하는 척을 했다.

"그냥 고마워서 주는 거야. 네가 아니면 나 혼자 탑에서 아무것도 모르고 있었을 테니까. 받아."

말은 저렇게 했지만, 또다시 반지를 받는 순간부터 어떤 관계가 만들어질지는 뻔했다. 대가를 받고 정보를 물어 주는 관계가 되겠지. 그걸 알면서도 하녀는 손을 내밀었다. 애초에 원했던 게 그런 관계였으니까. 아리사는 훌륭하게 자신의 함정으로 걸어 들어왔다. 사랑이란 어찌나 이리도 이용해 먹기 편리한지.

"그, 그럼 받을게요."

"그래."

아리사는 짐짓 상냥한 미소를 지었다. 그 가식적인 표정을 보며 하녀도 마주 웃어 보였다. 서로 속고 속이는 자들의 거래가 성립되었다. 처음에는 정보만 건네줄 테지만, 나중에는 그 이상을 할 생각이었다. 아리사는 반란군의 또 다른 대비가 되어 주어야 했다. 하녀는 반지를 손에 꼭 쥐고 기뻐하는 표정을 지어 보였다.

똑똑.

거칠게 다듬어진 천장에서 물방울이 떨어졌다. 떨어진 물방울은 밀레카의 입술을 적시고 아래로 흘러내렸다.

'아, 잠깐 잠들었나?'

밀레카는 감았던 눈을 떴다. 잠에서 깨어나자마자 끔찍한 통증이 느껴졌다. 그러나 그도 익숙한 일이었다. 크레센트 공작의 손에 잡힌 지 며칠. 고문은 일상이 되어 가고 있었다.

그래도 죽일 생각은 없는지 심각할 정도의 고문은 자제하는 모양이었지만, 그런다고 제대로 된 정보를 줄 생각은 없었다. 내뱉는 건 언제나 시답잖은 엉터리 이야기. 진실인지 거짓인지조차 알기 어려운 것들이었다. 고문관은 자신에게서 황족의 행방을 끌어내고 싶은 모양이었으나 그리 쉽게 말할 리가.

'그리고 이제는 충분히 시간을 끌었지.'

밀레카는 의자에 단단히 묶인 손목을 비틀어 보았다. 며칠 전부터 신경 써서 풀기 시작한 끈은 어느새 느슨해져 있었다. 이제 힘만 좀 주면 자리에서 벗어날 수 있다. 그러나 쉽게 물러날 생각은 없었다.

덜컹.

철제문이 흔들리며 고문관이 안으로 들어왔다. 표정이 무척 좋지 않아 보였다.

"제길. 괴물 같으니라고."

괴물.

밀레카는 속으로 웃었다. 예전에 몇 번이나 듣던 소리였는데, 한동안 듣지 않았다고 그 단어가 어색하게 들렸다.

"빨리 이야기하라고."

고문관은 지친 표정으로 고문 도구를 늘어놓았다. 보통은 이 시점에서 떨기 시작하나 그녀의 표정에는 변화가 없었다. 그게 고문관을 더 두렵게 만들었다. 사람이면 아프면 아프다고 표현을 하게 마련이다. 비명을 지르고 고통에 몸부림치며, 증오나 공포에 젖은 눈으로 자신을 바라보아야 했다. 그러나 밀레카는 그러지 않았다.

'이건 소용없는 짓이다.'

고문관은 그렇게 인식하고 있었다. 하지만 그로서는 위에서 시키는 대로 움직일 수밖에 없었다. 황제건 공작이건 그에게는 똑같은 윗사람이었다. 반란군이라 하여 명령을 따르지 않을 수는 없었다.

"오늘은 이게 좋겠군."

애써 의연한 척하며 살벌하게 생긴 도구를 집어 든 고문관이 천천히 밀레카에게 다가갔다. 하기 싫어하는 기색이 역력했다.

그리고 그때, 밀레카가 손을 풀었다. 그녀가 처음으로 꼬리를 휘며 웃어 보였다. 그 웃음에 고문관은 손에 들고 있던 도구를 바닥에 떨어트렸다.

덜컹.

금속이 돌과 부딪치는 소리가 나며 이어 밀레카가 천천히 양손을 들어 올렸다. 손톱이 뽑히고, 돌기가 돋아난 바늘에 긁혀 엉망이 된 피투성이의 손이 눈에 들어왔다.

상식적으로 무서워해서는 안 됐다. 아무리 상대가 기사라고 하나 며칠을 최소한의 물만 보급 받으며 고문을 당했다. 힘이 없을 게 당연했다. 당연했는데도 고문관은 저도 모르게 뒤로 물러서고 있었다.

손이 풀리고, 다리가 풀리고, 그녀가 의자에서 일어났다. 잠시 비틀거리긴 했으나 금방 자세를 잡고 똑바로 섰다. 그러더니 바닥에 떨어트린 고문 도구를 주워 들었다.

비명을 질러야 한다.

고문관은 그렇게 생각했으나 입이 떨어지지 않았다.

도망쳐야 한다.

하나, 다리가 움직이지 않았다.

고문 도구를 든 그녀가 자신을 향해 다가오고 있었다.

끼익.

도구를 누르니 작은 소리가 났다. 그 소리가 들리고 나서야 고문관은 숨을 몰아쉬며 비명을 지르기 위해 입을 열었다. 아니, 열려고 했다.

퍼억.

처참한 소리가 몇 번이나 좁은 감옥에 울려 퍼지다 이내 조용해졌다.

"자, 이제 나가 볼까?"

밀레카는 피에 젖은 고문 도구를 살며시 트레이에 내려놓고는 철창을 열었다. 밖에도 감옥을 지키는 이가 있었으나 그도 결국 고문관과 같은 절차를 밟았다.

'공작가의 기사라고 해도 별거 아니네.'

밀레카는 그렇게 생각하며 발걸음을 옮겼다. 느릿하던 걸음이 점차 빨라지고, 이내 무성한 나무의 그림자 속으로 사라져 들어갔다. 나뭇잎에 스친 상처가 따끔했다.

'아, 좀 아프다.'

간만에 당한 거라 더 아픈 것 같았다. 그래도 그 아픔조차 기꺼웠다. 자신이 인간이 된 것 같은 기분이 들었으니까.

'그래도 그냥 이대로 가는 건 섭섭하지.'

크레센트 공작에게 당한 만큼 어느 정도는 돌려주고 가야 속이 시원할 것 같았다. 무엇으로 갚아 준다? 지금 몸 상태로는 사람 몇 죽이는 게 다일 터였다. 그 정도로는 공작에게 별다른 피해도 주지 못한다.

그때였다. 무심코 올려다본 하늘에 새 한 마리가 선회하는 게 보였다. 전서구였다. 밀레카의 입꼬리가 올라갔다. 이런 상황에서 전서구를 발견하다니. 운이 좋았다.

그녀는 전서구를 바라보며 돌멩이를 하나 주워 들었다. 다른 무기가 없었으니까 별도리가 없었다. 거리를 가늠한 뒤 선회하며 내려오는 전서구에게 돌멩이를 던졌다. 바람을 타던 날개에 돌멩이를 맞은 전서구가 비틀거리다 그대로 땅으로 내려앉았다. 일단 내려오면 잡기는 더욱 쉽다. 또다시 주워 든 돌멩이를 던져 전서구를 기절시킨 뒤, 다리에 매달린 통을 떼어 냈다.

'전리품은 되겠네.'

이제는 황궁을 벗어나기만 하면 된다.

3권에 계속